Gitta von Cetto
Geboren in Landsberg am Lech, wuchs sie auf einem großen bayerischen Gestüt auf. Später lebte sie für längere Zeit in Amerika und begann in den 50er Jahren damit, Bücher zu schreiben. Seither hat sie zahlreiche Romane sowie Kinder- und Jugendbücher veröffentlicht. Heute lebt sie mit ihrer Familie auf der Insel Elba und in München.

Gitta von Cetto

Meine beste
Freundin

Schneider
Buch

Die Deutsche Bibliothek – CIP-Einheitsaufnahme

Cetto, Gitta/von:
Meine beste Freundin / Gitta von Cetto. – München :
Egmont Schneider, 2001
ISBN 3-505-11479-0

Dieses Buch wurde auf chlorfreies,
umweltfreundlich hergestelltes
Papier gedruckt. Es entspricht den
neuen Rechtschreibregeln.

Der Schneider Verlag im Internet:
http://www.schneiderbuch.de

Dieser Sammelband enthält folgende Titel:
Ein Zwilling reist selten allein (1975)
Ferien bringen neue Freunde (1976)
Für immer – Deine Freundin Ruth (1989)
Umschlaggestaltung: Karl Müller-Bussdorf
Lektorat: Martina Kuscheck
Satz: FIBO Lichtsatz GmbH, Unterhaching, 12' Garamond
Druck/Bindung: Clausen & Bosse, Leck
ISBN 3-505-11479-0

01 02 / 8 7 6 5 4 3 2 1

Inhalt

Ein Zwilling reist selten allein

Die Zwillinge Karoline und Karl
Wir machen Camping am Mittelmeer

„Schau doch mal, wie die Sonne untergeht!“, rief Karl bewundernd. Er blickte über den Pinienwald aufs Meer.

„Das tut sie jeden Tag. Sie kann nicht anders.“ Karoline gönnte diesem Naturschauspiel nur einen kurzen Blick. Sie schüttelte den Sand aus einer Decke und ging wieder ins Zelt.

Karl betrachtete mit kritisch zusammengezogenen Brauen seinen Zeichenblock, den er auf den Knien hielt. Dann nahm er das obere Blatt heraus, zerriss es in kleine Fetzen und warf sie weg. Genau in diesem Augenblick trat Karoline aus dem Zelt heraus. „Ferkel“, sagte sie. „Wirf deine Kunstwerke in den Papierkorb. Wie kann man nur so unordentlich sein.“

„Ich bin eben eine Künstlernatur.“

„Du bist ein Schlamper.“

Karoline sah ihren Bruder an. Sein von braunen

Locken umrahmtes Gesicht war nahezu hübsch, sein Lächeln von einer sanften, nachgiebigen Überlegenheit.

„Wie sprichst du denn mit deinem älteren Bruder“, sagte Karl lächelnd.

Er war genau um vierzehn Minuten älter als Karoline, die mit ihrem kurz geschnittenen, strohfarbenen Haar und den zu langen Armen und Beinen vor ihm stand. Zum Glück konnte sie einen mittelprächtigen Busen aufweisen, sonst hätte man sie für einen Jungen halten können. Sie wies anklagend auf die Papierschnipsel. „Nun mach schon. Außerdem sitzt du auf meinem Badetuch.“

Karl nickte freundlich. „Ja, ich tue ihm die Ehre an.“ Er warf mit kleinen Steinen nach seiner Zwillingsschwester. „Was gibt's heute Abend zu essen? Spagetti?“

„Ich weiß nicht. Wir werden abstimmen, wenn der Boss kommt.“ Der Boss war ihr Vater, teils bewundert, teils bekrittelt.

„Er ist überfällig. Er sollte längst da sein. Er wollte doch nur Brot und Salat und Batterien für den Transistor besorgen.“ Karl sah auf seine Uhr. „Er ist nun schon seit drei Stunden unterwegs. Hoffentlich ist nichts passiert.“

„Was soll denn passiert sein? Mit dem Wagen etwa? Ach wo. Er wird sich ein Bier genehmigen oder einen ausgedehnten Bummel am Hafen machen. Glaubst du, es ist angenehm, immer nur mit uns beiden herumzusitzen?“

„Nein, bestimmt nicht.“ Karl hatte sich über diesen Punkt auch schon seine Gedanken gemacht. Er ließ die Finger nachdenklich durch sein Haar gleiten. Seit dem frühen Tod der Mutter – und das war immerhin zwölf Jahre her – hatte der Boss die Doppelrolle Vater-Mutter gespielt. Und nicht schlecht. Die Erinnerung an die Mutter, das Bild einer lebhaften, sehr zierlichen Frau, war für die Kinder immer mehr verblasst und durch die Jahre schließlich nahezu ganz ausgelöscht worden. „Weißt du, was ich glaube ...?"

„Nein, weiß ich nicht", unterbrach ihn Karoline. „Räum endlich das Papier hier weg. Und den Pfirsichkern auch."

„Hauspolizei. Widerlich. Dass ich es mit so etwas neun Monate lang im Mutterleib ausgehalten habe." Er machte sich lustlos an das Einsammeln der Papierschnipsel. „Der Pfirsichkern ist nicht von mir. Er ist überhaupt nicht von uns", verkündete er. „Irgendjemand von den anderen Zeltlern hat ihn hierher geworfen."

„Aber da sitzen hundert Ameisen drauf. Sag es ihnen doch, dass sie umsteigen sollen."

Karl warf sich auf den Bauch und stützte den Kopf auf die Hände. „Warum bist du denn eigentlich immer so patzig mit mir?" In seinen Augen lag dieses sanfte Flehen, mit dem er fast immer sein Ziel erreichte.

„Schau mich nicht so an. Man könnte ja geradezu Weinkrämpfe bekommen." Karoline beförderte den Pfirsichkern in den Abfalleimer und ließ sich neben ihrem Bruder nieder. Sie lehnte den Kopf gegen seine Schulter. „Rück nicht ab, ich sitze so sehr bequem. Bin ich wirklich immer patzig?"

„Manchmal möchte man meinen, du seist ein Kerl!"

„Ein Kerl!", empörte sie sich.

„Nun ja, ein Junge, wenn dir das lieber ist."

Sie schüttelte den Kopf. „Ich bin sehr zufrieden, dass ich ein Mädchen bin. Ich möchte gar kein Mann sein. Igitt – nein, niemals." Damit sprang sie auf. Ihre Fußsohle, die sie sich heute an einer scharfen Muschel zerschnitten hatte, fing wieder an zu bluten und hinterließ eine Spur im Sand.

„Du solltest sie desinfizieren und ein Pflaster draufkleben. Unsere Ferien wären ziemlich verpatzt, wenn du Starrkrampf bekommen würdest", sagte Karl.

„Ich bin gegen Tetanus geimpft, ich bekomme keinen Starrkrampf. Mensch, es ist neun Uhr."

Im Nachbarzelt spielte ein Radio Schnulzenmusik, und etwas weiter entfernt bekam ein kleiner Junge, der jüngste jener kinderreichen englischen Familie, die vor einer Woche angekommen war, seinen abendlichen Zornanfall. „Wenn Babys plärren, klingen sie doch alle gleich, die Engländer, die Eskimos, die Amerikaner."

„Ich schreie auch gleich. Vor Hunger. Ich flehe dich an, setz das Wasser für die Spagetti auf. Der Boss wird schon irgendwann auftauchen. Machen wir Tomatensoße dazu?"

„Ja, los, hilf mir. Nimm das Brett und schneide Zwiebeln." Karl machte sich an die Arbeit, aber Karoline war nicht mit ihm zufrieden, als sie ihn nach wenigen Minuten kontrollierte. „Du musst sie viel kleiner schneiden."

„Noch kleiner? Ich bin schon halb blind." Dicke Tränen liefen ihm aus den Augen. „Du weißt ganz genau, wie ungern ich Zwiebeln schneide."

„Ja, ich weiß", sagte sie mitleidslos.

Neue Bekannte
Ein Traumschiff wird besichtigt

Franz Bodemer kam erst zurück, als es schon dunkel war, und seine Kinder empfingen ihn vorwurfsvoll, denn sie hatten sich um ihn geängstigt. „Wo warst du denn so lang? Du kannst doch nicht einfach vier Stunden ausbleiben, ohne uns eine Nachricht zu geben!"

„Wie denn? Soll ich euch einen reitenden Boten schicken? Wir haben schließlich kein Telefon im Zelt."

„Aber bei der Camping-Zentrale hättest du anrufen können. Wir haben uns halb tot geängstigt."

„Ach? Dafür seht ihr beide aber noch ziemlich blühend aus. Ihr habt hoffentlich schon gegessen. Habt ihr mir was übrig gelassen?"

„Klar. Aber wenn wir die Spagetti jetzt noch mal ins Wasser tun, schmecken sie labbrig."

Der Vater war nicht sehr groß und von kräftiger, etwas gedrungener Gestalt. Die Nase trat scharf zwischen den hellblauen Augen hervor. Sein Gesicht war gut geschnitten und zeigte frische Farben. Das dichte, leicht gewellte Haar begann grau zu werden, obwohl er in diesem Jahr erst vierzig wurde. Karoline fand ihn einen prima aussehenden Mann, ganz abgesehen von seinen sonstigen Eigenschaften. Er war tolerant, aufgeschlossen für die Ansichten der Jungen, auch wenn sie ihm oft zuwiderliefen, er lachte gern, trug seine gelegentlichen schlechten Launen nicht auf dem Rücken der Familie aus, war zuverlässig und ging ganz in seinem Beruf auf. Er stammte aus einer Arbeiterfamilie und war wie sein Vater Maschinenschlosser geworden. Mit zweiundzwanzig Jahren hatte er eine Schulfreundin, Tochter eines Transportunternehmers, in die er seit seinem sechzehnten Lebensjahr verliebt gewesen war, geheiratet. Sie hatte etwas Geld mit in die Ehe gebracht, und davon hatte man ein älteres Haus am Stadtrand erworben. Auf dem dazugehörigen Grundstück hatte Bodemer eine Reparaturwerkstatt errichtet und das Erdgeschoss des Hauses zu einem Verkaufs- und Ausstellungsraum für die Autos, die er vertrieb, ausgebaut. In den ersten Jahren hatte man sich schwer durchbeißen müssen, um die Bankschulden und Hypothekenzinsen zu tilgen. Die Zwillingskinder Karl und Karoline wurden im zweiten Jahr ihrer Ehe geboren. Dann, als es langsam bergauf ging und der Druck der Schuldenlast leichter wurde, starb seine Frau an einer unheilbaren Krankheit. Damals waren Karl und Karoline fünf Jahre alt gewesen. Eine Schwester des Vaters hatte sich um die Kinder und den verwaisten Haushalt gekümmert, aber vier Jahre später hatte sie geheiratet, und seither hausten die Zwillinge mit dem Vater allein. Zweimal in der Woche erschien Frau Rehn, eine energische Frau von sechzig Jahren, und fuhrwerkte mit Putzeimer, Scheuerlappen und dröhnenden Selbstgesprächen in der Wohnung umher, schimpfte über jede vergeudete Brotrinde, beschnüffelte murrend Karolines ersten Lippenstift und fauchte Karl ärgerlich an, als er sie im Spaß „unsere Raumpflegerin" nannte. „Ich bin eine Putzfrau, und ich war schon eine Putzfrau, als dein Vater noch nicht einmal geboren war, merk dir das." Sie hatte eine Stimme wie ein Hafenarbeiter und ein Herz so weich wie ein Sofakissen. Bei besonderen Anlässen, etwa wenn Karoline am Boden lungerte und hingerissen einer neuen Schallplatte lauschte oder wenn Karl seinen Pullover mit schwer herauszuwaschenden Farbflecken verkleckste, wandte sie sich anklagend an den Vater. „Das mag ein schlimmes Ende nehmen mit den beiden."

„Ein Ende?", lachte Herr Bodemer. „Wir stehen erst am Anfang. Jagen Sie mir keinen Schreck mit dem Ende ein."

„Eine Frau gehört ins Haus", murrte die Rehn.

„Ich habe doch eine Frau im Haus."

„Wen?"

„Sie", sagte Bodemer.

„Ach, mit Ihnen kann man kein vernünftiges Wort reden, es ist wirklich schade um die Zeit", knurrte sie, schoss aus dem Zimmer und knallte die Tür hinter sich zu. Sie vergötterte Bodemer, und sie mochte auch seine

Kinder. Aber sie hatte nie erlebt, dass Bodemer einem von ihnen mal eine knallte, und das konnte einfach zu keinem guten Ende führen.

Der Vater setzte sich an den Tisch, den Karoline im Vorzelt gedeckt hatte. „Ich bin am Umfallen, ich sterbe vor Hunger."

Karoline stellte die Spagetti vor ihn hin und tischte ihm eine Portion auf. „Erzähl doch endlich, wo du so lang warst."

„Ich muss erst einen Bissen zu mir nehmen." Er war der Einzige in der Familie, der die überlangen Spagetti auf die klassische Weise, ohne Zuhilfenahme eines Löffels, um die Gabel wickeln und ohne Gehänge in den Mund befördern konnte.

„Du riechst ja so komisch." Karoline hob schnuppernd die Nase. „Parfüm. Wieso riechst du denn nach Parfüm?"

„Es kommt von einer Frau."

„Oho!", riefen die Geschwister wie aus einem Mund.

„Klasse", fügte Karl noch hinzu.

Karoline fand diese Sache nicht so fabelhaft. Sie hatte ständig mit ihrer Eifersucht zu kämpfen. Der Gedanke, dass der Vater plötzlich eine Frau an Land ziehen könnte, beschäftigte sie mehr, als ihr lieb war, und zwar deshalb, weil sie sich überhaupt kein weibliches Wesen vorstellen konnte, das dieser Auszeichnung würdig wäre. Außerdem würde sie selbst dann auf den zweiten Platz rücken.

Karl schnupperte ein zweites Mal. „Warst du im Clinch mit dieser Frau?"

„Ich habe ihren Wagen seitlich gerammt. Aber es war nicht meine Schuld. Sie ist bei Rot über die Kreuzung gefahren."

„Idiotisch. Ist was passiert?", wollte Karl wissen.

„Mir nicht viel. Aber ihr Wagen hat ziemlich was abbekommen.“

„Und sie selbst?“

„Ein paar Hautabschürfungen, weiter nichts. Und ich musste sie quasi aus ihrem Wagen herausschälen. Und das ganze Drum und Dran, die polizeilichen Protokolle, das Abschleppen ihres Wagens, das hat natürlich enorm viel Zeit gekostet.“

„Wir haben es gemerkt“, sagte Karoline, und das klang nicht sehr verbindlich. „Schmecken dir meine Spagetti?“

„Ausgezeichnet. Aber ist dir nicht etwas zu viel Knoblauch hineingerutscht? Wie viele Zehen hast du genommen?“

„Drei. Für jeden von uns eine. Und natürlich eine Menge Zwiebeln.“

„Da werden wir morgen eine ganz schöne Fahne haben.“

„Mir macht das nichts aus“, mischte sich Karl ein. „Wir sind ja unter uns.“

Karoline kreuzte die Arme auf dem Tisch, bettete das Kinn darauf und sah ihren Vater, den sie für den prächtigsten Mann der Erde hielt, von unten her an. Dann sagte sie mit einer raschen Linkswendung zu Karl hin: „Vielleicht will er morgen jemanden küssen.“

Der Vater machte ein bedeutsames Gesicht und wiegte den Kopf. „Vielleicht.“

„Die Unfallfrau?“

Bodemer schnalzte mit der Zunge. Es bereitete ihm Spaß, seine eifersüchtige Tochter auf die Palme zu treiben. „Vielleicht, wenn sie es möchte.“

Der Campingplatz lag in tiefem Schweigen, bis auf das leise auf- und abschwellende Rauschen des Meeres. Es war der Atem der Nacht. Karoline trug ihren Schlafsack ins Freie und breitete ihn vor dem Zelt aus. Sie fand keinen Schlaf und redete sich ein, dass sie sterbensunglücklich sei, obwohl sie keine einleuchtenden Gründe dafür anzugeben wusste. Aber ebenso wenige Gründe sprachen dafür, dass sie sich besonders glücklich fühlen sollte. Ich bin nicht glücklich, also bin ich unglücklich, wiederholte sie sich trotzig. Es war ein schönes Gefühl, nahezu erhaben, ganz allein hier zu liegen, zu den kalt funkelnden Sternen aufzublicken und sich unglücklich zu fühlen. Sie dachte an ihren Schulkameraden Gert, in den sie einmal verknallt gewesen war, bis sie dann herausgefunden hatte, dass er nur in einem größeren Kreis ein Blender war und ziemlich abflaute, sobald man allein mit ihm war. Er konnte immer nur über Erwachsene herziehen und sich selbst großartig finden. Nach Gert hatte sie sich in ihren Biologielehrer verknallt, aber dieser war verheiratet und mit seinen dreißig Jahren natürlich uralt. Da Karoline nicht der Typ war, sich lang mit einer aussichtslosen Sache aufzuhalten, waren ihre Gefühle für ihn sehr bald abgeklungen, und seitdem befand sie sich in einer tiefen Flaute. Die meisten Mädchen hatten ihre Freunde oder Flirts und auch schon intime Erfahrungen mit Jungen oder taten wenigstens so. Karoline stand oft vor dem Spiegel, betrachtete ihr Jungengesicht mit den kurzen, störrischen Haaren, nahm die Schultern zurück, begutachtete ihre Brüste und gestand sich ein, dass sie wirklich kein Mädchen war, auf das Jungen besonders standen.

Manchmal besprach sie sich mit ihrem Bruder darüber. „Ich glaube, wir sind verwechselt worden. Ich hätte ein Junge und du ein Mädchen werden sollen. Meinst du nicht, da ist irgendwas schief gelaufen bei unserer Geburt?“

Aber Karl lachte sie nur aus. „Ich glaube einfach, du bist zu ruppig zu Jungen.“

„Soll ich mich ihnen vielleicht anbieten?"

„Das überlass mal anderen doofen Gänsen. Schaff dir eine Katze an, wenn du unbedingt schmusen willst."

Karl mit seinen idiotischen Vorschlägen verstand sie nicht, und das Schlimme war, dass sie sich selbst nicht verstand.

Der Mond stieg blutrot hinter dem hügeligen Land auf, und in dem kleinen Pinienhain begann eine Nachtigall zu flöten, und eine zweite antwortete ihr. Karolines träumerische und verwirrende Stimmung stieg. Sie wäre glatt in der Lage gewesen, ein Gedicht zu machen, ein Gedicht, in dem sie versucht hätte, das Unbegreifliche begreiflich zu machen. Aber da waren die Mücken, die auf ihrem Gesicht Landeübungen machten. So zerflossen ihre Gedanken, und zurück blieb nur eine große Ratlosigkeit. Sie schlich ins Zelt, fand Zigaretten und Feuerzeug und begab sich wieder unter den Sternenhimmel.

Wenige Minuten später gesellte sich plötzlich Karl zu ihr.

„He, was ist denn mit dir los?", fragte er.

„Nichts."

„Ich dachte, dir schmecken Zigaretten nicht."

„Tun sie auch nicht. Aber den Mücken schmecken sie erst recht nicht, deshalb rauche ich." Karl blieb vor ihr stehen und blickte nachdenklich auf sie herab, und das irritierte sie. „Warum schläfst du denn nicht?"

„Ich muss mal. Das wird doch noch erlaubt sein."

Karoline schwieg, und Karl wandte sich mit einem Achselzucken ab und trottete in Richtung der Toiletten. Als er zurückkam, hatte Karoline ihre Zigarette ausgedrückt, sie lag auf dem Bauch und schien zu schlafen. Er blieb einen Moment vor ihr stehen. Mädchen in diesem Alter scheinen alle mehr oder weniger zu spinnen. Schade, dass sie kein Junge ist, dann würde ich sie schon zurechtbiegen.

Die „große Unbekannte“, deren Parfüm Karoline erschnuppert hatte, hieß Wanda Ihrenkamp. Sie war in Wilna geboren, sprach mit dem unverkennbaren baltischen Akzent und verfügte offenbar über viel Geld. Sie war mit ihrem weißen Sportwagen tags zuvor aus Cannes gekommen, wo sie ein Haus besaß. Der Boss gab diese Details beim Frühstück preis, ohne dass die Kinder ihn besonders hätten ausquetschen müssen.

„Woher weißt du denn das alles?“ Karoline füllte die Kaffeetasse ihres Vaters.

„Sie hat es mir erzählt.“

„Eine gesprächige Dame.“

„Ja. Aber nicht unsympathisch.“

„Wie kann man nur ein rotes Lichtsignal überfahren, jemandem in den Wagen knallen und dann noch Lust haben, seine Lebensgeschichte zu erzählen? Mit allen Details.“

„Quatsch, Details.“ Das kam von Karl, der sich natürlich mal wieder auf die Seite seines Vaters schlug.

„Geburtsort, Vorname und so. Ich würde das nie tun“, sagte Karoline.

„O ja, du würdest es auch tun, wenn die Polizei dich danach fragt. Frau Ihrenkamp musste das doch alles zu Protokoll geben.“

Karl grinste. Die Partie stand eins zu null für den Vater. „Wie alt ist sie denn?“, erkundigte er sich, aber er wartete die Antwort erst gar nicht ab, denn im Grunde war das Alter dieser Frau ihm egal. Viel wichtiger schien ihm, was für einen Wagen sie fuhr, wie stark er beschädigt war und ob er wohl leicht repariert werden konnte. Als er sich alle diese Informationen geholt hatte, machte er sich an sein drittes Brötchen heran. „Und was hat unser Wagen abgekriegt?“

„Der Kühler ist ziemlich eingedrückt, die Scheinwerfer sind kaputt, und die Stoßstange ist verbogen. Ich mache das alles zu Hause in meiner Werkstatt.“

„Komm, Karoline, wir gucken uns unseren Wagen an.“

„Wartet, bis ich fertig gefrühstückt habe. Wollt ihr schwimmen, oder wollt ihr mit mir kommen? Ich habe eine Verabredung um zehn Uhr.“

„Mit wem?“

„Mit Frau Ihrenkamp.“ Karoline musterte den Vater mit zusammengekniffenen Augen. „Und mit ihrem Mann“, warf er so nebenbei hin.

„Ach so ... War der denn dabei?“

„Nein.“

Sie fuhren kurz vor zehn los. Der Boss parkte seinen Wagen am Hafen, wo die bunten Fischerboote lagen. Im schalen Wasser schaukelten Orangenschalen und Teile von Holzkisten. Zwei alte Männer hockten auf der Erde und flickten ihr Netz. Plötzlich sagte eine ärgerliche Stimme zu Karoline, die hinter ihrem Vater und Karl etwas zurückgeblieben war: „Mensch, pass doch auf. Hast du keine Augen im Kopf?“ Sie war gegen einen Burschen gestoßen, der vor ihr auf der Straße kniete, um die beiden Fischer zu knipsen. Er hob die Kamera, die ihm aus der Hand gefallen war, auf. „Mich einfach überrennen, wie ein Panzer.“

Karoline blickte einen Moment in sein wütendes Gesicht, dann klapperte sie mit ihren Holzsandalen weiter. Wenn er sie nicht so angeschnauzt hätte, wäre ihr wohl ein Wort der Entschuldigung über die Lippen gekommen. So ein Flegel, dachte sie ärgerlich. Der Boss und

Karl, die diesen Zwischenfall aus einiger Entfernung beobachtet hatten, warteten auf sie.

„Diese Type hat mich vielleicht angefahren", berichtete Karoline und hakte sich bei ihrem Vater ein.

„Du hast ihn aber auch fast über den Haufen gerannt."

„Wenn er sich schon als Verkehrshindernis mitten auf der Straße breit macht, soll er wenigstens ein Warnschild aufstellen."

Karl deutete auf die Segeljacht, über deren Laufsteg eben zwei weiße Zwergpudel spazierten. „Hübscher kleiner Kahn." Es war die größte und auch die eleganteste Jacht im ganzen Hafen. Der Mann, der die beiden Pudel an der Leine führte, gehörte wohl zur Besatzung. Er trug zwei prall gefüllte Taschen und kam vom Einkaufen zurück.

„Kurz nach zehn. Wir sind ziemlich pünktlich", erklärte der Vater. „Das ist Ihrenkamps Jacht."

„Bist du sicher?", fragte Karl, nachdem er einige Sekunden gebraucht hatte, um seine Stimme wieder zu finden.

„Hundertprozentig. Frau Ihrenkamp hat mir gestern gesagt, dass ihre Jacht SÜDWIND heißt. Lies doch."

„Klasse."

Karoline versuchte ein gleichgültiges Gesicht zu machen, aber im Anblick dieses Traumschiffes gelang ihr das nicht ganz. Sie befeuchtete ihre Lippen und sagte: „Wieso kommt sie denn mit dem Auto, wenn sie ein Schiff hat? Da stimmt doch irgendwas nicht."

Der Boss zuckte die Achseln. „Vielleicht wird sie leicht seekrank. Los, lasst eure Holzpantinen hier stehen. Auf Schiffen geht man barfuß oder mit Segelschuhen."

Karl konnte sich immer noch nicht fassen. Er starrte die Jacht an. „Mensch, das ist wirklich ein dicker Hund", sagte er.

„Hallo, Herr Bodemer, kommen Sie! Sie haben Ihre Kinder mitgebracht? Das ist nett." Die Stimme kam von oben, eine sehr helle, vielleicht etwas gar zu sehr auf Fröhlichkeit getrimmte Frauenstimme. Frau Ihrenkamp stand an der Reling, eine hoch gewachsene, blonde, sehr schlanke, sehr jugendlich aussehende Frau in einem bronzefarbenen Bikini, der sich von ihrer bronzefarbenen Haut kaum unterschied. Bei flüchtigem Hinsehen hätte man sie für nackt halten können.

Wenn ich sie mit drei Worten beschreiben müsste, würde ich sagen: Sexbombe erster Wahl, überlegte Karoline.

„Guten Morgen, Frau Ihrenkamp." Der Boss winkte ihr einen Gruß zu und schritt dann mit einer selbstverständlichen Gelassenheit über den Laufsteg, als bewege er sich von jeher in einer Welt von Jachten und verwöhnten schönen Frauen. Er war wirklich bewundernswert, er fand sich in jeder Situation zurecht, Sohn eines Arbeiters. Karoline war stolz auf ihn.

Frau Ihrenkamp begrüßte ihn mit ausgestreckten Armen. Es war wie im Film. „Das sind also Ihre Zwillinge? Wie heißen die Jungen denn?"

Karoline warf den Kopf zurück und nahm dem Vater die Antwort ab. „Dies ist Karl, und ich heiße Karoline." Sie wusste, dass sie eine Jungenfigur hatte und in ihren Jeans, dem ausgewaschenen, etwas weit gewordenen T-Shirt und dem kurz geschnittenen Haar nicht gerade sehr mädchenhaft wirkte. Aber trotzdem ärgerte sie sich jedes Mal, wenn fremde Menschen die leichte Wölbung ihres Busens einfach übersahen.

Sie nahmen unter einem blau und grün gestreiften Sonnenschirm Platz. Karl umfing Frau Ihrenkamp mit seinen sanften Blicken. Er war natürlich hingerissen, und sicher zeichnete er sie bereits in Gedanken. Nun ja, bitte, wenn es ihm Spaß macht. Karoline schenkte ihm ein gönnerhaftes Lächeln.

„Ich muss mich noch einmal bei Ihnen bedanken, dass Sie es gestern so gelassen hingenommen haben, als ich Sie rammte“, wandte sich Frau Ihrenkamp mit einem bezwingenden Lächeln an den Vater.

„Erstens rege ich mich beim Autofahren prinzipiell nicht auf, und zweitens habe ich in meiner Werkstatt so viel mit zusammengeknallten Autos zu tun, dass mir zerbeulte Kotflügel bis zum schrottreifen Auto überhaupt nichts bedeuten.“

Sie nickte ihm zu. „Was kann ich Ihnen dreien anbieten? Was wollen Sie trinken? Ügo hat eben frisches Obst gebracht. Wollen Sie eisgekühlten Tomatensaft? Aus frischen Tomaten selbstverständlich. Nicht das dumme Zeug aus den Flaschen. Oder Obstsaft?“

Der Boss und Karl entschieden sich für Grapefruitsaft, Frau Ihrenkamp für Mineralwasser, und Karoline bat um jenen Tomatensaft, der tatsächlich mehr Aroma und Süßigkeit aufwies als „das dumme Zeug in den Flaschen“. Dennoch hätte sich Frau Ihrenkamp den Hinweis, dass auf ihrer Jacht keine Säfte aus dem Laden serviert wurden, ersparen können.

Ügo brachte die Getränke und eine Schale mit Salzmandeln. „Die Mandeln sind von unserem eigenen Grundstück“, sagte sie. „Wir haben ein kleines Haus in Südfrankreich.“

Herr des Himmels, das war bei allem Verständnis für Besitzerstolz doch etwas zu viel. Wahrscheinlich legte Frau Ihrenkamp die täglichen Frühstückseier selbst und häkelte ihre Unterwäsche aus handgewebter Seide aus der eigenen Seidenraupenzucht. Karl sah sich um, während er eine ganze Hand voll Salzmandeln in seinem Mund verschwinden ließ. Mein gefräßiger Bruder ist natürlich überwältigt von allem, was hier so geboten wird, überlegte Karoline, aber sie konnte es ihm nicht ganz verübeln. Es war natürlich schon eine andere Sache, hier auf dieser Jacht bequem herumzusitzen und eisgekühlte Getränke serviert zu bekommen, als in dem kleinen Schlauchboot zusammengepfercht schal gewordenes Cola zu trinken. Sie schenkte Frau Ihrenkamp gerechtigkeitshalber ein freundliches Lächeln.

„Oh, hier kommt mein Mann. Der wird es sich nicht nehmen lassen, Ihnen das Schiff bis zum allerletzten Schräubchen zu zeigen", rief Frau Ihrenkamp.

Herr Ihrenkamp passte nicht in das Bild eines überarbeiteten und nervenzerrissenen Managers, der enorme Gelder zusammengeschuftet hatte und nun auf seinen Herzinfarkt wartete. Man sah ihm seinen Tennistrainer, seinen Masseur und seine vernünftige Lebensweise an, ein erfolgreicher, hervorragend aussehender Ehemann einer schönen Frau. Er berichtete von einer ereignisreichen und von widrigen Stürmen gezeichneten Kreuzfahrt Cannes-Genua-Korsika-Sardinien-Palma-Gibraltar-Algier-Sizilien-Neapel bis hierher nach Porto Azzurro. „Meine Frau macht da nicht mit. Erstens wird sie seekrank, und zweitens kann sie nicht ohne ihr geliebtes Auto sein. Deshalb ist sie mit dem Wagen hierher zu uns gestoßen."

„Nicht nur deshalb." Sie dehnte sich und blickte auf ihre wohlgeformten, gepflegten Füße.

„Ach ja, weil sie faul ist, das vergaß ich zu erwähnen. Hier auf der SÜDWIND müssen nämlich alle tüchtig ran, die mitfahren wollen. Meine Frau hätte lieber ein komfortables Motorboot mit eleganten Schlafkajüten, Badezimmer, Salon und voll automatisierter Küche. Nicht wahr, mein Schatz?"

Frau Ihrenkamp nickte freundlich. „Genau. Ich habe

es nicht so sehr mit klammen Fingern, abgebrochenen Nägeln, Erbswurstsuppe und sturmgepeitschter See."

„Und so etwas liebt man nun und hat es ein Leben lang am Bein", sagte Herr Ihrenkamp und lächelte ebenso freundlich zurück.

Es war eine gut einstudierte Szene, aber die falschen Untertöne waren nicht zu überhören.

Herr Ihrenkamp wandte sich von seiner schönen Frau ab. Das Lächeln schwand aus seinem Gesicht. Er ging weg und kam mit einem Glas in der Hand zurück. „Darf ich Ihnen auch einen Drink mixen?", fragte er den Boss.

„Nein, danke, keinen Alkohol am Vormittag."

„Soll ich Ihnen das Schiff zeigen?"

„O ja, bitte."

Er nahm sein Glas mit und führte seine Gäste über das Deck aus Teakholz. Die Segel waren gerefft.

„Wie groß sind sie aufgetakelt?", erkundigte sich der Vater.

„Hundertachtzig Quadratmeter am Wind, dreihundertsechzig vor dem Wind." Er erging sich in Zahlen und technischen Einzelheiten, während er mit seinen Gästen ins Innere des Bootes tauchte, wo er ihnen die Kammern für den Skipper und die beiden anderen Besatzungsleute, den Messraum und die winzige Küche zeigte. Im Messraum zeigte Herr Ihrenkamp ihnen etliche Preise, welche sich die SÜDWIND bei großen Segelregatten geholt hatte. Er strich zärtlich über das glänzende Mahagoniholz der Wand, und sein Gesicht strahlte. „Es ist ein braves, uraltes Segelboot, nicht eine von diesen schicken modernen Angeber-Jachten. Ich habe es mit zwei meiner früheren Schulkameraden für ein Spottgeld gekauft und dann natürlich eine ganze Menge hineingesteckt."

„Der ist ganz schön verknallt in sein Boot", raunte Karoline ihrem Bruder zu, als Herr Ihrenkamp mit dem Boss ein paar Schritte vorausgegangen war.

„Das wäre ich auch, wenn ich so einen Kahn hätte."

„Und so eine Frau", sagte sie spitz. „Da rettet er sich auf sein Boot."

Als sie mit ihrer Besichtigung fertig waren und wieder zu ihrem Ausgangspunkt zurückkehrten, stießen sie auf einen Jungen mit blonder Löwenmähne. Neben einer Kamera, die er umgehängt hatte, zierte eine dicke Metallkette seinen nackten Oberkörper.

„Das ist mein Sohn Mike", erklärte Herr Ihrenkamp. „Mike, das ist Herr Bodemer, dem Mama gestern nach dem Leben getrachtet hat."

Mike hob den Kopf. „Freut mich." Er verbesserte sich rasch. „Es freut mich natürlich nicht, dass meine Mutter mit Ihnen zusammengeknallt ist."

„Ihre Kinder? Ich weiß ihre Namen nicht", wandte sich Herr Ihrenkamp an den Boss.

„Karoline und Karl."

Karoline betrachtete Mike mit gefurchter Stirn. War das nicht die Type, die sie vorhin so angeschnauzt hatte? Mike schenkte den Gästen seiner Eltern keine besondere Beachtung. Er marschierte einfach zwischen Karoline und ihrem Vater hindurch, warf sich neben seiner Mutter auf den Boden und begann an seiner Kamera herumzufummeln. „Ich muss mal nachsehen, ob da was kaputt ist. Vorhin hat mich irgendein Trottel überrannt, und da ist sie mir auf den Boden gefallen!"

„Der Trottel war ich", sagte Karoline. Er hob die Brauen und betrachtete sie. Die Augen verbargen sich hinter seiner dunklen Brille.

„Du? Ich dachte, es war ein Kerl."

Und das würde er vielleicht auch jetzt noch denken, wenn ich keine Mädchenstimme hätte, fuhr es Karoline durch den Kopf. „Ist was kaputt an der Kamera?“, fragte sie.

„Ich glaube nicht. Aber es war das letzte Bild von meinem Film, und das ist natürlich verwackelt.“

„War es denn so ein unwiederbringliches Bild?“, fragte Frau Ihrenkamp.

„Klar“, murrte er.

„Die Sophia Loren auf dem Tretroller“, sagte Karoline.

Mike nahm die dunkle Brille ab und musterte sie mit einem Blick, der nicht gerade gewinnend war. Dann setzte er die Brille wieder auf und schlenderte ohne ein Wort aufs Vorderdeck, lehnte sich gegen das Geländer und setzte die Untersuchung seiner Kamera fort.

Frau Ihrenkamp verstrickte Karl und Karoline in ein Gespräch über ihre Schule, dann rief sie nach Ügo, weil sie ihren Gästen frische Getränke anbieten wollte.

„Ich mache das schon“, sagte Herr Ihrenkamp.

„Ich möchte wirklich wissen, wozu wir Ügo haben“, sagte sie leicht verärgert.

„Keinesfalls als Butler. Er hat genug andere Arbeit auf dem Boot.“

„Hören Sie sich das an. Habe ich nicht einen schrecklichen Mann. Immer kommen seine Leute und sein Boot zuerst. Wo ist überhaupt Mike? Der könnte ruhig auch mal was tun.“

Aber Mike war verschwunden. Herr Ihrenkamp erschien nach wenigen Minuten mit den eisgekühlten Getränken und einer Tragtasche aus Leinen. Sie trug die Aufschrift IKA-GARTENMÖBEL. Er setzte das Tablett mit den Flaschen und Eiswürfeln ab und kippte den Inhalt der Tragtasche, es waren Drehbleistifte, Feuerzeuge, Reisenähzeuge, Klappmesser und Schlüsselanhänger, auf die Schiffsplanken. „Werbegeschenke von meiner Firma“, sagte er. „Mögt ihr Kinder so etwas? Nehmt euch davon. Am besten ihr stopft alles wieder rein und nehmt die ganze Tasche mit. Die gehört nämlich auch dazu."

„Sie sind der Hersteller von den IKA-Gartenmöbeln", sagte der Boss. „Sie werden lachen, auf Ihrem Fabrikgelände stand das Geburtshaus meines Großvaters. Mein Großvater war Seiler."

„Seiler? Diesen Beruf gibt es wohl heute gar nicht mehr."

Die Sonne brannte unbarmherzig. Frau Ihrenkamp hatte sich den Strohhut tief übers Gesicht gezogen, ihr Mann leerte sein zweites Glas Gin Tonic. Die Gespräche gingen schleppend. Die Sache mit den Autos war gestern Abend schon besprochen worden, die SÜDWIND war besichtigt und gebührend bewundert worden, man hatte festgestellt, dass Ihrenkamp die bekannten IKA-Gartenmöbel herstellte und dass man in derselben Stadt wohnte. Nun hatte man sich eigentlich nichts mehr zu sagen. Karl und Karoline warfen dem Vater beschwörende Blicke zu, und schließlich stand der Boss auf und verabschiedete sich. „Bleiben Sie noch länger hier?", fragte er.

„Nein. Übermorgen geht es noch mal nach Capri. Meine Frau auf dem Landweg, wir Männer mit dem Schiff. Und Sie? Wie lang bleiben Sie noch hier?"

„Wir brechen unsere Zelte erst in zehn Tagen ab."

Karl schulterte die Segeltuchtasche. Er ging als Letzter hinter seinem Vater und seiner Schwester über den Laufsteg. „Man müsste eine Fabrik haben", sagte er, während er in seine Holzpantinen schlüpfte.

„Du hast dir eben den falschen Vater ausgesucht", sagte der Boss.

„Quatsch. So meine ich es nicht. Du bist schon ganz richtig."

„Danke."

Als sie zu ihrem Wagen kamen, lehnte dort Mike. „Hallo." Er hob kaum merklich die Hand.

„Hallo, Mike", erwiderte Karl. Er hatte kaum ein Wort mit ihm gewechselt, aber er mochte ihn.

„Ich wollte nur sagen, dass meine Kamera okay ist. Sie hat nicht einmal einen Kratzer abbekommen." Karoline nickte. „Deshalb habe ich hier auf euch gewartet", sagte Mike, und seine Stimme klang etwas verlegen.

„Woher kennst du denn unseren Wagen?"

„Sehe ich denn so beklopft aus? Ich habe mir einfach den Wagen ausgesucht, bei dem der Kühler vorn eine Delle hat."

„Schlau", sagte der Vater.

Mike verzog das Gesicht. „Fragen Sie mal bei mir in der Schule nach. Da ist man anderer Ansicht." Er wies auf die Leinentasche, die an Karls Schulter hing, und sein Lächeln bekam einen Schatten von Bitterkeit. „Hat mein Vater wieder mal Weihnachtsmann gespielt. Das tut er gern."

„Warum? Ich finde das prima."

Mike hatte nur ein Achselzucken als Antwort. Er schlüpfte aus einer Sandale und beschrieb mit den Zehen einen Kreis in dem sandigen Staub der Straße. „Stumpfsinnig, hier so herumzuhängen", sagte er mürrisch.

„Kennst du denn niemanden?", fragte der Vater.

„Wieso soll ich denn jemanden kennen", gab er patzig zurück.

Karl war ärgerlich über die Art, wie er mit dem Boss sprach. „Wieso denn nicht, Mensch! Jeder lernt doch irgendwo jemanden kennen."

„Ja, du vielleicht. Ich nicht. Wir schippern doch dauernd herum. Ich bin doch nie länger als achtundvierzig Stunden an einem Ort, dann hat mein Alter schon wieder Ameisen in der Hose. Los weg, alle Mann an Bord."

Karls Augen glänzten. „Das ist doch klasse.“

„Am Anfang ja, aber dann wächst es dir zum Hals heraus. Es dauert nicht mehr lang, dann richte ich mir meine Ferien anders ein. Überhaupt mein ganzes Leben.“

Es klang wie eine Drohung, und Karoline musste lachen.

„Spiel nur nicht den wilden Mann. Ich kenne genug solche Typen, und da ist meistens nichts dahinter.“

„Los, Leute, einsteigen“, drängte Bodemer, der das Wetterleuchten in Mikes Gesicht richtig deutete.

„Wohin fahrt ihr jetzt?“, fragte Mike und sah plötzlich gar nicht mehr aufgebracht, sondern recht verloren aus.

„Heim. Zu unserem Zeltplatz.“

Mike schwebte eine Frage auf den Lippen, aber er sprach sie nicht aus. „Ciao“, sagte er nur.

„Ciao“, grüßten Karoline und Karl zurück. „Mach’s gut.“

Mike nahm rasch die Kamera hoch und knipste sie beim Einsteigen.

Besuch von Mike
Ist er wirklich eine Niete?

Der Boss und Karl tuckerten mit dem Schlauchboot umher. Karoline hatte sich so in den Sand gelegt, dass ihre Beine bis hinauf zum Knie vom Wasser umspült wurden. Sie lag auf dem Bauch und las. Das Buch war spannend genug, um die Hitze und das Kindergeschrei um sie herum zu ertragen. Eine ganze Weile ertrug sie auch die Fliege, die sich mit boshafter Ausdauer immer wieder auf demselben Fleck auf ihrem nackten Rücken niederließ. Aber dann wurde es ihr plötzlich zu viel, und sie warf sich ärgerlich herum. „Biest, verdammtes“, brummte sie.

„Das versteht sie nicht. Du musst Italienisch mit ihr sprechen.“ Neben ihr im Sand hockte Mike und grinste sie an. In der Hand hielt er eine lange Binse, mit der er „Fliege“ gespielt hatte.

„Du? Das sollst du mir büßen“, lachte Karoline und warf mit Sand nach ihm. Sie lachte ihn an und machte nicht den leisesten Versuch, ihre Freude zu verbergen. „Wie bist du denn hierher gekommen?“

„Mit dem Hubschrauber.“ Er schüttelte den Sand aus seiner Mähne und reichte Karoline die Binse. „Hier ist eine Rose für dich. Eigenhändig gepflückt.“

„Danke.“ Sie steckte die Binse vor sich in den Sand. „Sag ehrlich, wie bist du hergekommen?“

„Mit dem Mofa. Wir haben ein Mofa auf dem Schiff.“

„Und wie hast du uns gefunden?“

„Das war eben die große Kunst. Ich habe vier Campingplätze abgeklappert.“

„Da hattest du aber Glück. Ich glaube, es gibt hier auf der Insel mindestens dreißig.“

„Macht euch das Zelten Spaß?“

„Wir finden es schön, sonst täten wir es nicht.“

„Wer kocht denn bei euch? Eure Mutter?“

„Nein, gibt es bei uns nicht. Meine Mutter ist tot.“

„Oh ...“, machte Mike und wusste nicht, was er sagen sollte.

„Aber das ist schon lange her, und Karl und ich haben kaum mehr eine Erinnerung an sie“, half ihm Karoline aus seiner Verlegenheit. „Wir drei, mein Vater, Karl und ich, kommen ganz gut allein zurecht, obwohl wir ja keine intakte Familie sind.“

Er studierte ihr Gesicht aufmerksam, als ob er feststellen wollte, ob sie die Wahrheit sprach. Dann nickte er. „Die intakten Familien, die sind ja auch so und so oft Käse. Ich könnte ein Lied davon singen.“ Er begann kleine Steine ins Meer zu werfen und nagte an seiner Unterlippe.

„Dein Vater und deine Mutter sind doch ganz in Ordnung.“

Er dachte einen Augenblick nach und entschloss sich dann, keine weiteren Erklärungen hierzu abzugeben. Karoline streckte sich auf dem Rücken aus und dehnte sich. „Halt mal ganz still, ich grabe dich ein“, sagte Mike und begann mit beiden Händen Sand auf sie zu schaufeln. Als sie dann unter dem Sand ganz verschwunden war und nur mehr ihr Kopf heraussah, steckte er die Binse auf den Sandhügel. „Hier ruht Karoline.“

„Autsch, Mensch, du bist wohl verrückt“, fuhr sie hoch. „Du hast mich direkt in den Nabel gepikt.“

„Wo wär's dir denn lieber gewesen?“

„Du, ich mag solche Scherze nicht“, fuhr sie ihn an.

„Na ja, schon gut, ich werde es mir merken. Ich wusste nicht, dass du so prüde bist. Bis vor ein paar Stunden wusste ich überhaupt nicht, dass du ein Mädchen bist.“

„Aber jetzt weißt du es.“

„Ja.“ Er saß da in Jeans und einem weißen T-Shirt mit dem Aufdruck IKA-GARTENMÖBEL und bemerkte, dass Karoline genau auf diesen Punkt blickte. „Ich finde es genauso blöd wie du“, sagte er und zog sich das T-Shirt ärgerlich über den Kopf. „Am liebsten würde mir mein Vater noch IKA-GARTENMÖBEL auf die Brust tätowieren lassen.“

„Immerhin macht ihr einen Haufen Geld damit.“

„Weißt du, was ich mal werde?“ Er sprach mit gedämpfter Stimme, als verriete er ein großes Geheimnis. „Nichts.“

„Und da bist du womöglich noch mächtig stolz darauf.“

Er warf etliche Hand voll Sand in die Luft und fing ihn wieder auf. „Ich mache auch die Schule nicht fertig. Ich will nicht studieren, ich wüsste überhaupt nicht, was. Und ich brauche kein Abitur."

„Ich schon. Und Karl auch."

„Das ist ganz normal. Ihr wollt euch eben hochrappeln."

„Das klingt so, als steckten wir jetzt im Dreck, weil wir aus der Arbeiterklasse stammen", sagte sie warnend.

„Quatsch. Das wollte ich damit doch nicht sagen. Ich meine ja nur, dass man niemand durch die höhere Schule peitschen soll, der nicht will. Ich bin doch alt genug, um meine eigenen Entscheidungen zu treffen."

Karoline sah ihn zweifelnd an. „Wie alt bist du denn?"

„Siebzehn."

„Und wie sieht deine Entscheidung aus, wenn dein Vater dich nun aus der Schule nehmen würde?"

Aber Mike wollte sich nicht festnageln lassen. In seinen Gedanken und Plänen sah es noch ziemlich konfus aus. Er musste das unbedingt ordnen, irgendwann mal, aber nicht ausgerechnet heute. „Puh, mir ist heiß", sagte er und streifte seine Jeans, unter der er eine rot-weiß gestreifte Badehose trug, ab. „Gehen wir schwimmen?" Er wartete Karolines Antwort erst gar nicht ab, sondern zog sie an den Händen hoch.

Mike schwamm wunderbar, und obwohl Karoline sich bisher auf ihre Schwimmkünste viel eingebildet hatte, überragte er sie bei weitem in Stil und Ausdauer. Er war ihr immer um viele Nasenlängen voraus und musste wieder umkehren, um in ihrer Nähe zu bleiben.

„Was würdest du tun, wenn ich ein Hai wäre?", rief er ihr zu, als er sie in einem weiten Bogen umkreiste.

„Ich würde sagen: Scher dich weg und such dir eine fettere Frau aus!"

„Möchtest du von einem Hai gefressen werden?"

„Also hör mal, Mike, wenn du so blöd fragst, bist du freilich ein hoffnungsloser Fall für die höhere Schule. Das grenzt ja an Schwachsinn."

„Hast du gesagt Schwachsinn?" Er schoss auf sie zu und tauchte sie unter. Als sie prustend wieder hochkam und nach ihm griff, bekam sie die Kette, die er am Hals trug, zu fassen, die Kette riss und entglitt ihren Fingern.

„Oh, das tut mir Leid!", rief sie bestürzt. „Die kriegen wir nicht wieder. Hier ist das Wasser doch mindestens dreißig Meter tief."

In Mikes Gesicht arbeitete es. Er kämpfte erbittert gegen seinen Zorn, er kannte seine Wutausbrüche nur zu gut. „Musste das sein?", knirschte er und sah Karoline feindselig an.

„Ich habe ja gesagt, dass es mir Leid tut. Ich habe es doch nicht mit Absicht gemacht."

Mike sagte nichts und schwamm einfach von ihr weg, dem Strand zu.

Karoline war noch nie so weit hinausgeschwommen. Sie fühlte sich im Stich gelassen. Das Ufer schien ihr in unerreichbarer Ferne und rückte auch nicht näher, obwohl sie mit allen Kräften vorwärts strebte. Mike war bereits weit vorausgekrault. Plötzlich bekam sie es mit der Angst zu tun und begann nach ihm zu rufen. Hörte er sie? Er reagierte nicht, und niemand anders war in Hörweite. Sie begann die Nerven zu verlieren. Sie dachte an Menschen, die wegen eines plötzlichen Kreislaufversagens oder wegen Unterkühlung einfach weggesackt waren, ohne dass jemand es bemerkte. Es würde Mike ganz recht geschehen, wenn ich hier ertränke, sagte sie sich. Aber dann musste sie über diesen unsinnigen Gedankengang lachen, und mit dem Lachen fasste sie auch neuen

Mut. Sie zwang sich zu ruhigerem Atmen und zu disziplinierteren Schwimmbewegungen, und nun rückte der Strand merklich näher. Sie konnte schon die einzelnen Gesichter voneinander unterscheiden und sah sogar den roten Plastikeimer, mit dem die beiden kleinen Mädchen spielten. Geschafft, dachte sie erleichtert, legte sich auf den Rücken und ließ sich von dem leicht schaukelnden Wasser tragen, um sich etwas zu verschnaufen, denn Mike sollte nicht die Genugtuung haben, sie außer Atem ankommen zu sehen.

Als sie festen Boden unter den Füßen spürte, stand sie auf und schüttelte das Wasser aus ihrem kurzen Haar. Ihre Knie zitterten, es war, als ob sie Watte statt Muskeln in den Beinen hätte. Sie warf den Kopf zurück und blickte in die Runde.

Mike lag genau dort, wo er zuvor gelegen hatte. Er knackte den Binsenstiel in kleine Stückchen und blickte gar nicht auf, als Karoline sich neben ihn in den Sand warf. „Du hast mich ganz schön hängen lassen." Er gab nur ein knurrendes Geräusch als Antwort.

„Du bist stocksauer wegen der Kette. Ich habe es doch nicht mit Absicht gemacht", sagte sie. „Es war einfach, weil du mich untergetaucht hast."

„Das weiß ich. Aber ich hing eben an dem Ding."

„Hast du es von einem Mädchen?"

Er runzelte die Stirn und sah Karoline strafend an. „Von wem denn sonst? Von meiner Freundin, klar."

„Scheiße", sagte Karoline zerknirscht. Es reizte sie, mehr von Mikes Freundin zu erfahren, aber Mike sprang plötzlich auf und teilte ihr mit, dass er nun gehen müsse. „Wir haben noch eine Menge auf dem Boot zu tun, und wenn ich nicht rechtzeitig zurück bin, wird mein Vater wieder mal behaupten, ich drücke mich vor der Arbeit. Er ist doch immer so wahnsinnig scharf darauf, mich zu

‚ertüchtigen'. Und das geht mir manchmal auf den Wecker, verstehst du."
„Du wirst es schon nötig haben."
„Was?"
„Dass man dich ankurbelt." Trotz seines tief gebräunten Gesichts konnte sie sehen, wie sich die Röte auf seiner Stirn verbreitete, und sie freute sich, dass sie ihm eins ausgewischt hatte. Es war die Rache dafür, dass er sich vorhin so gemein benommen hatte.
„Du meinst also, ich bin eine Niete."
„Ich meine gar nichts, ich kenne dich ja überhaupt nicht. Vielleicht bist du ein Volltreffer."
Er nahm seine dunkle Brille ab und putzte sie mit einem Zipfel seines T-Shirts blank. Er hatte blaugraue, sanfte Augen und eine schmale, gerade Nase, die mit der Stirn eine Linie bildete. Ein nahezu klassisches Profil, stellte Karoline fest. Aber sie fand seine gekräuselten, abstehenden Haare abscheulich. Schade, dass ich ihn nicht näher kenne, sonst würde ich es ihm sagen.
„Grüß deinen Vater und deinen Bruder", sagte Mike, während er sich in seine hautengen Jeans hineinzwängte. „Endlich sitzen sie, seit Hugo sie ausgekocht hat."
„Hugo? Ist das der, den deine Mutter Ügo nennt?"
„Sie hat doch diesen französischen Tick, seit wir in Cannes dieses Haus haben. Hugo ist Hugo und nicht Ügo. Er heißt Hugo Hinterdorfer und hat keinen Tropfen französisches Blut. Er stammt aus Garmisch. Im Winter ist er Skilehrer, im Sommer jobbt er auf Segelbooten." Er drehte sich auf dem Absatz einmal um die eigene Achse und tippte Karoline auf die Schulter. „Ciao."
„Ciao, mach's gut."
„Worauf du dich verlassen kannst." Damit ging er weg, setzte im Weitsprung über ein rotes Badetuch, das jemand im Sand ausgebreitet hatte, griff im Vorbeigehen

einem kleinen Italienerjungen ins schwarze Kraushaar, hob einen Stein auf und schleuderte ihn weit hinaus ins Meer.

Karoline tat es plötzlich Leid, dass er jetzt einfach so wegging. Wahrscheinlich würde sie ihn nie mehr wieder sehen. „Hallo, Mike!", rief sie ihm nach.

Mike blieb stehen und drehte sich um. „Ist was?", fragte er.

Sie konnte ihm doch unmöglich sagen: Bleib doch noch eine Weile bei mir. Vielleicht würde er dieselbe Idee haben und wieder umkehren. Aber er stand nur da und wartete.

„Hab noch nette Ferien", rief sie.

„Ja. Du auch." Er hielt die Daumen und schüttelte beide Fäuste. Dann war er in wenigen Sätzen bei seinem Mofa, das er an der Eisbude abgestellt hatte.

Kurz darauf kamen der Boss und Karl mit dem Schlauchboot. Sie packten ihre Schnorchelgeräte und Harpunen aus und erzählten von ihren Abenteuern mit allen möglichen großen Fischen.

Karoline sprang auf und guckte in das Schlauchboot. „Nicht ein Schwanz, nicht eine einzige winzige Sardine. Ihr bringt immer nur Erlebnisse, aber nie einen Fisch mit."

„Und was hast du inzwischen gemacht?"

„Ich hatte Besuch. Von Mike."

„Was wollte er denn?"

„Meine Gesellschaft", sagte Karoline. „Was denn sonst?"

„Sehr bescheiden, das muss man ihm lassen", spöttelte Karl.

„Sei mal ruhig ein bisschen freundlich zu mir, dann mache ich uns heute Abend Reibekuchen. Nicht aus der Tüte, sondern echte."

„Mit abgeriebenem Finger drin?“

„Das kommt ganz auf dich an, denn du reibst die Kartoffeln. Arbeitsteilung.“

„Du hast einen dicken Kratzer am Hals. Was hast du denn da gemacht?“

Karoline griff sich an den Hals. „Das muss von unserer Seeschlacht kommen. Mike wollte mich ertränken.“

„Warum denn?“

„Weil ich ihm gesagt habe, er sei schwachsinnig.“

„Das ist ja auch ziemlich ruppig“, sagte der Vater.

„Du, mit dem kannst du nicht anders fertig werden. Ich kenne solche Typen.“

Karoline ist unruhig
Warum schreibt Mike nicht?

Die Ferien waren noch nicht ganz zu Ende, aber Bodemers hatten die Zelte abgebrochen und waren nach Hause zurückgekehrt. Der Boss konnte seinen Betrieb nicht so lange allein lassen. Karl und Karoline hingen im Haus herum und wussten nicht recht was mit sich anzufangen. Sie freuten sich auf die Schule.

Die Sonnenbräune schwand dahin. Statt des blauen Himmels lag eine muffige Dunstglocke über der Stadt, und es nieselte. Karoline trieb sich viel in der Werkstatt herum. Schon als ganz kleines Kind hatte sie gern zugesehen, wenn ein Auto „operiert“ wurde, wie sie es nannte, wenn wichtige Teile herausgenommen oder repariert wurden und der Boss ihr erklärte: „Dies ist die Lunge des Autos und dies das Herz, und dann gibt es auch Adern und natürlich einen Kreislauf und Muskeln und einen Bauch, der ständig gefüllt sein will.“

Karl zeigte kein übermäßiges Interesse für technische Dinge. Für ihn waren Autos nicht viel mehr als praktische Fortbewegungsmittel und darüber hinaus eine Einnahmequelle für seinen Vater. Der Boss lebte von Autos. Karl würde einmal von seinen Zeichnungen leben. Er hatte es sich auf der Couch bequem gemacht und blätterte mit verträumten Augen in seinem Skizzenblock. Alles war wieder ganz nah, die angeschwemmten Holzplanken, die sie zwei Tage lang in der Sonne getrocknet und dann daraus ein Feuer gemacht hatten. Zwei amerikanische Jungen in seinem Alter hatten sich zu ihnen gesetzt und ihnen gezeigt, wie man „devils on donkeys" briet. Man wickelte ein Stück Käse und eine halbe Tomate in eine dünne Scheibe Speck ein und hielt sie am Spieß so lange über die Glut, bis Speck und Käse zu einem braunen Bällchen ineinander verschmolzen waren.

Karl schloss die Augen und bildete sich ein, den köstlichen, räucherigen, käsegetränkten Speck auf der Zunge zu spüren. Die Jungen hatten sich wunder wie erwachsen und erfahren gebärdet. „Komm mit rüber an die Bar, Cola trinken", sagten sie und nahmen Karl in die Mitte. Sie waren größer und stärker als er, grobknochige, laute, gutmütige Kerls. Aber Karl kehrte noch mal um, um den Boss um Erlaubnis zu fragen. „Das ist doch lächerlich. Sag deinem old man, du trägst die Verantwortung für dich selbst. Du bist doch kein Hosenpisser mehr." Sie sprachen von ihrem Vater, den sie „old man" nannten, immer etwas von oben herab.

Sie warfen ihre Münzen unablässig in den Plattenspieler, tranken ihre Cola und gaben mächtig über Mädchen an.

Karl glaubte ihnen kein Wort, aber er hielt den Mund. Er hätte gern von was anderem gesprochen, denn er wusste genau, was nun kommen würde, und da war sie auch schon, die Frage, um die er sich gern herumgedrückt hätte. „Und du? Was ist mit dir?“

„Ich mache mir nichts aus Mädchen“, sagte er verdrießlich.

„Ach, so einer bist du.“ Die Jungen wechselten Blicke und schlugen ihm auf die schmalen Schultern, dass er fast darunter zusammenbrach. „Du weißt vielleicht gar nicht, wie ein Mädchen ausschaut.“

„Klar weiß ich das, schließlich habe ich eine Schwester“, sagte er ärgerlich. Er nahm eine Papierserviette und seinen Stift, den er ständig bei sich trug, und warf mit ein paar Strichen eine Mädchenfigur aufs Papier. Er betrachtete sie, und sie schien ihm einigermaßen gut gelungen. Er schob die Zeichnung seinen Begleitern zu. Sie steckten sich Zigaretten an und betrachteten sie fachmännisch.

„Na ja, da ist alles dran“, sagte der Größere. „Ist das deine Schwester?“

Karl riss ihm die Papierserviette aus der Hand und zerknüllte sie. Er hatte plötzlich eine irrsinnige Wut auf den Jungen und hätte ihm am liebsten mit der Faust ins Gesicht geschlagen. Er konnte nicht einmal sagen, was ihn so zornig gemacht hatte, denn zu Hause ging es bestimmt nicht prüde zu. Karoline und er hatten bis zu ihrem zehnten Lebensjahr gemeinsam in einer Wanne gebadet, und auch jetzt fand keiner was dabei, weder der Boss noch er noch Karoline, wenn sie sich nackt begegneten. Es war nur das wissende Grinsen des Jungen, das ihn auf die Palme getrieben hatte.

„Gib her, ich möchte die Zeichnung noch mal anschauen!“, sagte dieser und versuchte Karl die zerknüllte Papierserviette zu entreißen. Aber Karl teilte mit der geschlossenen Faust wilde Boxhiebe aus, und dann, als alle beide ihn zu überwältigen versuchten, rannte er weg, ohne sein Cola zu bezahlen, rannte und rannte, stolperte über eine Badetasche, fiel vornüber in den Sand, rappelte sich wieder auf und kam ganz außer Atem bei seinem Zelt an. Der Boss war gerade dabei, sich eine Pfeife zu stopfen. Er blickte auf. Karl hätte sich am liebsten wie ein ganz kleiner, furchtsamer Junge an die Schulter des Vaters gekuschelt und sich mit den Armen um seinen Hals geklammert.

„Wo brennt's denn?", rief er Karl entgegen.

„Nirgends. Ich wollte mir nur Bewegung machen."

„War es nett mit deinen beiden neuen Freunden?"

„Es sind nicht meine Freunde", hatte Karl mürrisch geantwortet. „Die tun sich dick, weil sie rauchen und es mit Mädchen haben. Ich mag dieses Getue nicht. Es ist immer dasselbe."

„In deiner Klasse sind doch auch solche. Das hast du mir doch selbst erzählt. Du musst da einfach nicht hinhören, wenn es dich nicht interessiert."

Karl sah zu, wie der Boss seine Pfeife zu Ende stopfte und sie dann anzündete. Der Boss hatte natürlich Recht mit dem, was er sagte, und es war gar nicht so leicht, eine Antwort darauf zu finden. Schließlich nahm der Vater ihm die Antwort ab. „Du bildest dir wohl ein, dass du dich schämen musst, weil du dich noch nie an ein Mädchen herangemacht hast? Aber das ist ein kompletter Blödsinn, und schließlich geht das niemanden etwas an. Es ist dein eigenes Problem. Im Übrigen kannst du getrost mit mir darüber sprechen, wenn es dich bedrückt."

„Es bedrückt mich nicht. Nicht im Geringsten." Er ging zu der Mülltonne, hob den Deckel und ließ die zerknüllte Papierserviette hineinfallen. „Wo ist Karoline?"

„Ganz weit da draußen. Sie entwickelt plötzlich einen mächtigen Ehrgeiz im Weitschwimmen."

Karolines Kopf war nur mehr als ganz kleines helles

Pünktchen in großer Entfernung zu sehen. Ein Motorboot kam dicht an ihr vorbeigebraust.

„Ich hole sie mal rein, und dann tauche ich sie tüchtig unter, die blöde Person“, sagte Karl. „Wenn sie so weit rausschwimmt, soll sie gefälligst ihre rote Bademütze aufsetzen, damit sie die Motorboote sehen können.“

All diese kleinen Geschehnisse rief ihm sein Skizzenblock jetzt zurück ins Gedächtnis. Er begann Mike aus der Erinnerung zu skizzieren, und es gelang ihm recht gut. Nur mit dem Mund hatte er Schwierigkeiten. Er hatte ihn ja nur ein paar Minuten auf dem Schiff beobachtet, und da hatte Mike die Unterlippe zornig vorgeschoben, aber das konnte wohl nicht sein normaler Ausdruck sein.

Karoline, die dem Vater seinen Nachmittagskaffee in die Werkstatt gebracht hatte, kam in heller Erregung ins Zimmer gestürzt. „Die Neue ist da“, sagte sie.

„Welche Neue?“

„Die neue Sekretärin.“

„Ist heute der Erste? Das habe ich ganz vergessen.“

Frau Hilbricht, die zehn Jahre lang als Schreibkraft und Buchhalterin bei Bodemer ihren Dienst getan hatte, war mit ihrem fünfundsechzigsten Lebensjahr ausgeschieden.

Karl nahm rasch die Füße von der Couch, ehe seine Schwester ihn ausschimpfte. „Wie ist sie denn?“

„Schön ist sie nicht, aber ganz apart. Sie hat auseinander stehende Augen und eine Nase, die etwas flach gedrückt ist, pechschwarze Haare, komisch geschnitten. Altmodisch, so eine Art Pagenkopf, weißt du. Die Augenbrauen sind wie mit einem Kohlenstift gezeichnet. Sie muss asiatisches Blut haben.“

„Aber sie spricht Deutsch?“

„Klar. Sie ist hier geboren. Sie heißt Salli Arnold. Tippen kann sie wie die Feuerwehr. Ich habe das beobachtet."

Der Skizzenblock lag aufgeschlagen auf der Couch. Karoline nahm ihn hoch und betrachtete Mikes Porträt. „Scheußlich", sagte sie und legte den Block zurück.

„Ich finde, ich habe ihn ganz gut getroffen."

„Das finde ich leider auch. Darum ist er ja so scheußlich. Mit diesem abscheulichen Haar. Und Pickel hat er auch, die hast du vergessen einzuzeichnen."

„Wirklich? Hat er Pickel? Das habe ich gar nicht bemerkt."

„Doch. Drei."

„Du hast sie gezählt? Da hast du ihn dir aber sehr genau angesehen."

„Nicht genauer, als ich andere Jungen ansehe." Sie warf sich neben Karl auf die Couch. „Hast du was zu lesen für mich? Ich habe schon alle meine Bücher ausgelesen."

„Meine Bücher hast du auch schon alle gelesen. Ich habe nichts Neues. In einer Woche geht die Schule wieder an, da können wir uns aus der Bibliothek Bücher holen."

„Eine Woche ohne Lesen. Ich werde verrückt. Ich möchte mir ein Taschenbuch kaufen, aber ich bin pleite. Kannst du mir was borgen?"

„Nicht eine müde Mark. Ich habe selbst nichts mehr. Aber heute Abend bekommen wir ja unser Taschengeld."

„Bis heute Abend bin ich vor Langeweile krepiert. Ich laufe runter zum Boss und hole mir was."

Es war fünf Uhr, und die Werkstatt war schon geschlossen. Herr Büsing, einer von den beiden Autoverkäufern, kam eben in den Hof gefahren. Er stieg aus, tauchte noch einmal mit dem Kopf ins Auto zurück und holte seine Mappe aus dem Wagen. Als er den Kopf wieder zurückzog, stieß er fast mit Karoline zusammen. „Hoppla", sagte er und legte den Arm um Karoline. Herr Büsing konnte sich das leisten. Er arbeitete seit zehn Jahren in der Firma und kannte Karoline seit ihrem ersten Schultag. „Du bist mächtig gewachsen in den letzten Monaten. Fast schon eine junge Dame. Allmählich soll ich vielleicht ‚Sie' zu dir sagen." Herr Büsing war jünger als Karolines Vater, aber er sah älter aus, weil er einen Bart trug und zu viel Zigaretten rauchte und sich abends in Kneipen herumtrieb und öfter einen über den Durst trank. Aber er war immer bei bester Laune, und Karoline konnte ihn gut leiden.

„Unterstehen Sie sich ja nicht und sagen Sie ‚Sie' zu mir." Sie gingen nebeneinander über den Hof zu der kleinen eisernen Tür, die zur Reparaturannahme und zum Büro führte.

„Ich habe heute das gelbe Cabriolet verkauft. Dein Vater wird sich freuen", sagte Herr Büsing im Hineingehen. Aus dem Büro drang Schreibmaschinengeklapper, rasch wie ein Trommelwirbel. Die alte Hilbricht hat nicht halb so schnell geschrieben, fuhr es Karoline durch den Kopf. Das Geklapper brach ab, und dann hörte sie die Stimme ihres Vaters. „Neuer Absatz. Da die Vorderachse des Wagens durch den Aufprall gestaucht wurde, mussten wir sie ..."

Karoline und Herr Büsing traten ein. Herr Bodemer unterbrach sein Diktat. „Nun?"

Salli Arnold hielt im Schreiben inne, aber ihre Finger blieben auf den Tasten der Schreibmaschine liegen. Karoline warf einen kurzen Blick darauf und stellte fest, dass sie eine kleine, rundliche Hand mit verhältnismäßig kurzen Fingern hatte. Eine Puppenhand, dachte sie geringschätzig. Salli lächelte sie an, und Karoline zwang sich ebenfalls zu einer Art Lächeln. Sie will es mit der Freundlichkeit schaffen, aber sie ist sicher keine so gute

Kraft, wie die Hilbricht es war, dachte Karoline. Sie hätte sich für den Boss eine andere Sekretärin gewünscht, älter, solider, nicht ganz so hübsch, nicht ganz so vergnügt.

Herr Büsing knallte seine Mappe auf den Tisch und sagte aufgekratzt: „Gute Nachrichten: Ich habe das gelbe Cabriolet verkauft."

„Donnerwetter! Ich gratuliere." Der Boss klopfte Büsing auf die Schulter. Das würde nun ein langes Gespräch über Zahlungsbedingungen, Liefertermin und womöglich einen anderen Wagen, der in Zahlung genommen werden musste, geben. Karoline kam sich überflüssig vor und brauchte Sekunden, ehe ihr einfiel, warum sie überhaupt gekommen war.

„Heute ist der Erste. Kann ich mein Taschengeld haben?", sagte sie.

„Ich glaube, ich habe nur große Scheine bei mir."

„Oh, das stört mich nicht. Ich nehme auch ganz große."

„Wart mal." Der Vater holte seine Brieftasche hervor und fingerte darin herum. Dann klappte er sie wieder zu und steckte sie ein. „Frau Arnold, geben Sie mir bitte zwanzig Mark aus der Kasse und legen Sie einen Zettel mit meinem Namen hinein, damit ich es morgen zurückgeben kann." Er beugte sich mit Herrn Büsing über den Kaufvertrag des Wagens und begann die einzelnen Punkte durchzusprechen.

Salli gab Karoline die zwanzig Mark, und diese lief aus dem Büro hinaus auf den Hof, wo die vielen Autos standen, hübsche und gepflegte und auch ein paar vergammelte alte Schlitten. Sie kannte das alles von Kindesbeinen an, und es war ihr vertraut, es gehörte zu ihrem Zuhause.

Der Buchladen lag nur zehn Minuten entfernt, aber Karoline trödelte. Sie fühlte sich bedrückt. Sie blieb vor einem Schaukasten, in dem allerlei modischer Krimskrams ausgestellt war, stehen und betrachtete sich in der Spiegelscheibe. Was ist mir eigentlich über die Leber gelaufen? Ich sehe ja ganz verbiestert aus! Ich bin ganz einfach launenhaft. Das liegt an meinem Alter. Mädchen zwischen vierzehn und siebzehn wären verschlossen und mürrisch. Das sei ganz natürlich. Sie hatte darüber gelesen. Warum sollte sie eine Ausnahme sein.

Im Buchladen belebte sich ihr Gesicht wieder. Die vielen bunten Einbände und Titel versetzten sie in einen Zustand seliger Trunkenheit. Sie ließ sich Zeit und wählte mit Bedacht. Als sie den Laden verließ, hatte sie ihr Taschengeld bis auf vier Mark ausgegeben. Vier Mark für den ganzen Monat! Da konnte man keine großen Sprünge machen. Sie dachte plötzlich an Mike, der in diesem Augenblick vielleicht in Capri oder irgendwo anders herumlungerte und sich ohne auf sein Geld achten zu müssen Langspielplatten oder komische Jeans oder irgendwas anderes, das ihm gerade so durch den Kopf ging, kaufte. Und plötzlich steigerte sie sich in eine derartige Wut hinein, dass sie ihn in Gedanken einen stinkreichen Doofkopf nannte. Trotzdem hätte er ihr ruhig einmal schreiben können. Schließlich hatten der Boss und Mikes Eltern wegen des zusammengeknallten Autos ja ihre Adressen ausgetauscht. Er wusste also, wo sie zu finden war.

Karoline ist eifersüchtig
Macht sich Salli an ihren Vater heran?

Die Schule hatte wieder begonnen, und Karl und Karoline streckten ihre Fühler nach nachhilfebedürftigen Schülern aus. Beide waren darauf erpicht, ihr Taschengeld durch Nachhilfestunden aufzumöbeln.

„Der von der Dritten, du weißt schon, der rothaarige Plumpsack, dem du vor einem Jahr schon mal in Englisch auf die Sprünge geholfen hast, hat mich heute gefragt, ob ich ihm Stunden geben könnte“, sagte Karl, während der großen Pause. „Aber ich will ihn dir natürlich nicht wegschnappen.“

„Den kannst du gern haben. Der wäscht sich nicht und riecht immer verschwitzt. Er war nur erträglich, solange ich meinen Stockschnupfen hatte“, erklärte Karoline.

„Gut. Ich werde mir die Nase zuhalten. Ist er blöd oder nur faul?“

„Blöd ist er bestimmt nicht. Er ist auch nicht ausgesprochen faul. Ich glaube, die Hauptschwierigkeit liegt darin, dass er so unglückselig aussieht, zu dick und unbeholfen, eben genau so, wie man als Junge nicht aussehen will. Und anstatt dies nun auf der anderen Seite durch annehmbare Leistungen in der Schule auszugleichen, lässt er sich einfach fallen, verstehst du. So in der Art: Ich bin ein dicker, ziemlich fies aussehender Brocken, für mich hat ja doch alles keinen Sinn.“ Sie dachte ernstlich über diesen rothaarigen dicken Jungen, der zu allem Unglück noch Sigismund Schön hieß, nach und sagte schließlich: „Man müsste ihn aufbauen, ihm moralisch in den Hintern treten, ihm sagen, dass er genauso viel wert ist wie irgendein sportlicher, hoch gewachsener Hohlkopf.“

„Und warum hast du ihm das nicht beigebracht?“

„Das können nur Jungen unter sich ausknobeln. Ich bin ein Mädchen.“

„Ach, sieh mal an“, sagte Karl und tastete seine Schwester wie bei einer Leibesvisitation ab. „Du hast keinen Po, du hast keine Hüften, und oben hast du auch nur eine Andeutung. Wo bist du eigentlich ein Mädchen?“

„Idiot“, knurrte Karoline ärgerlich.

„Kannst du nicht irgendwas mit deinem Haar anstellen? Ich finde diesen Schnitt abscheulich."

„Mir gefällt er", sagte Karoline, aber sie verschwieg, dass sie ihr Haar schon seit den Sommerferien nicht mehr mit der Schere berührt hatte.

An einem der nächsten Tage fragte Karoline den Boss beim Frühstück, ob sie vielleicht zweimal in der Woche nachmittags ins Schwimmbad gehen könnte. Seit jenem Tag, da sie mit Mike weit hinausgeschwommen war und plötzlich Angst bekommen hatte, sie könne das Ufer nicht mehr erreichen, war ihr klar geworden, dass es mit ihrer Schwimmerei nicht allzu weit her war. Es genügte eben nicht, im Sommer ein paar Wochen zu schwimmen. Man musste das ganze Jahr über systematisch trainieren.

„Selbstverständlich kannst du schwimmen gehen", sagte der Vater.

„Vielleicht Dienstag und Freitag. Da geht auch immer ein ganzes Rudel von meiner Klasse zum Schwimmen."

„Klar. Richte dir das ein, wie du willst."

„Es ist nur – dein Drei-Uhr-Kaffee, den ich dir immer bringe."

„Ach so, ja." Der Boss war in seine Morgenzeitung vertieft und hatte offenbar gar nicht so recht hingehört, denn er blickte erst auf, als Karoline ihre Frage wiederholte.

„Mach dir um meinen Kaffee keine Sorgen. Frau Arnold kann das ja jetzt übernehmen."

„Wieso denn die?" Karoline sprach das „die" gedehnt aus, so gedehnt, dass der Vater die Zeitung beiseite legte und seine Tochter fragend ansah.

„Warum denn die nicht? Glaubst du, sie kann keinen Kaffee kochen?"

„Frau Hilbricht war zehn Jahre lang bei dir und hat dir nicht ein einziges Mal Kaffee gekocht."

„Doch. Zwei- oder dreimal, aber der war miserabel."

„Und woher weißt du, dass die Neue nicht auch miserablen Kaffee kocht?"

„Das weiß ich eben nicht, aber das werde ich ausprobieren." Der Boss griff wieder zur Zeitung. Für ihn war die Sache erledigt.

Aber Karoline knabberte noch lang an diesem Gespräch herum, obwohl sie sich eingestand, dass man um eine Tasse Kaffee nicht so viel Aufhebens machen sollte. Sie stand mit einem verbiesterten Gesicht neben Karl in der S-Bahn, die sie in die Schule brachte, gab einsilbige Antworten und fand aus ihrer schlechten Laune nicht mehr heraus.

„Warum bist du eigentlich so muffig? Hast du schlecht geschlafen?", fragte Karl schließlich.

„Ich denke darüber nach, was sich unser Vater da eingehandelt hat mit dieser Arnold."

„Wieso? Sie arbeitet selbstständig und nimmt ihm allen möglichen Kleinkram ab, mit dem die Hilbricht nicht fertig wurde, und sie kommt mit den Leuten in der Werkstatt und mit den Kunden gut aus."

„Ich finde, sie passt einfach nicht zu uns, ich meine, in unseren Betrieb. Sie könnte Verkäuferin in einer Kosmetikfirma sein. Wenn die Mechaniker mit ihren Stundenabrechnungen kommen, feixen sie übers ganze Gesicht, und sie feixt zurück. Das ist doch wirklich mehr als blöd. Bei der Hilbricht ..."

„Da haben sie nicht gefeixt", unterbrach Karl sie. „Die war einfach eine brave Arbeitsmaschine. Lachen war bei der nicht drin."

„Mit dir kann man nicht sprechen. Du warst vom ersten Augenblick an verknallt in sie."

„Quatsch. Aber du hast einen Hick auf sie."

Die Geschwister funkelten sich an, drehten dann einander den Rücken zu und fanden sich für den Rest der Fahrt unausstehlich.

An diesem Abend trieb sich Karoline auf dem Hof zwischen den abgestellten Autos herum und zerbrach sich den Kopf über einen Vorwand, ins Büro zu platzen. Es war schon nach sechs, und der Boss war noch nicht nach oben gekommen. Es regnete ununterbrochen. Es war einfach scheußlich. Ihr Haar triefte, und sie wusste, dass sie eine rote Nase hatte. Sie ging über den Hof zur Frontseite des Hauses. Hinter den großen Glasscheiben blitzten die zum Verkauf ausgestellten Autos, und vor der Tankstelle stand der beleuchtete Christbaum. Sie berührte mit den Fingerspitzen seine Nadeln. Uns beiden ist zum Heulen, und übermorgen ist Weihnachten. O du fröhliche, o du selige Weihnachtszeit ... Karoline nahm das Kinn hoch, durchquerte den Hof mit den missmutig dastehenden Autos und lief schnurstracks und ohne sich irgendeine fadenscheinige Erklärung zurechtzulegen ins Büro. Die Wärme und Trockenheit des Raumes schlug ihr wohlig entgegen.

„... und Sie können damit rechnen, dass dies als ein Garantiefall anerkannt wird." Der Boss hob den Kopf und blickte Karoline fragend, aber nicht unfreundlich entgegen. Er war nie ärgerlich, wenn sie ihn beim Diktat unterbrach.

„Hallo, was gibt's?", sagte er.

Salli Arnold nickte Karoline zu. Wenn sie lächelte, wurde ihr Mund sehr breit, und ihre Augen ganz schmal. Sie sah dann wirklich sehr komisch aus, aber außerordentlich reizvoll.

„Ich wollte nur mal nachsehen, wann du nach oben

kommst. Wegen des Essens.“ Sie hätte in der Wohnung natürlich nur auf den Knopf des Telefons drücken und die Nummer zwei zu wählen brauchen, um diese Erkundigung einzuholen.

„Ich muss nur noch diesen einen Brief fertig diktieren“, sagte der Vater. „Oder gibt es noch was Wichtiges?“ Er wandte sich Salli Arnold zu.

Salli schüttelte den Kopf. „Da ist noch an Peterson & Co. zu schreiben wegen der monierten Lackierung, aber das kann ich ohne Sie erledigen.“

„Morgen. Schluss für heute.“

„Ich bleibe noch eine Viertelstunde da und lasse mir was durch den Kopf gehen wegen unserer neuen Prospekte. Ich finde den Text irgendwie zu platt und zu technisch. Nur auf Männer abgestellt. Dabei stecken doch so und so oft Frauen hinter dem Autokauf.“

„Wo stecken die Frauen nicht dahinter? Wollen Sie mir das sagen?“, scherzte der Boss.

Karoline fasste Salli Arnold scharf ins Auge und suchte nach einem Schatten von Verlegenheit. Aber Salli lachte nur, und dann sagte sie, und es klang ganz frei: „Ich weiß nicht, wie weit es bei Ihnen zutrifft.“

Karoline hatte schon die Türklinke in der Hand und wollte gehen, als der Vater sie zurückrief. „Bleib doch noch die paar Minuten, bis ich den Brief fertig diktiert habe.“

„Okay.“ Sie freute sich über diese paar Worte wie über ein unerwartetes Geschenk. Der Boss diktierte den Brief zu Ende. Seine Stimme war wie sonst, aber Karoline fand, dass er sein „Sonntagsgesicht“ aufhatte, während er Salli über die Schulter blickte. Er rannte nicht hin und her, wie er es sonst bei seinen Diktaten getan hatte, sondern saß ganz behaglich auf der Schreibtischkante dicht neben Salli Arnold.

Als er fertig war, kramte er sich wie gewöhnlich ein paar Fachzeitschriften zusammen, um sie mit nach oben zu nehmen. Plötzlich sah er Karoline fragend an, als entdeckte er jetzt erst ihre nassen Haare und ihre triefenden Schuhe. „Warst du einkaufen?“

Sie schaltete nicht rasch genug. „Nein, warum?“

„Du bist pitschnass.“

„Ich habe mich mit dem Christbaum vor unserer Tankstelle unterhalten, und er kommt sich dumm und überflüssig vor, und wir beide sind uns darüber einig, dass diese Christbaumelei vor jeder stinkigen Benzinsäule und jedem Strumpfladen eine idiotische Unsitte ist.“

„Bravo“, stimmte ihr Salli zu, und diesmal konnte Karoline nicht anders, als Sallis kindlich komisches Lächeln andeutungsweise zurückzugeben.

Beim Hinausgehen entdeckte sie auf dem grünen Aktenschrank eine braune Kaffeedose, eine kleine elektrische Kaffeemaschine und zwei Tassen.

„Wollen wir heute mal ins Kino gehen?“, sagte der Boss aufgekratzt, als er sie unterhakte und die Werkstatt durchquerte.

„O ja.“ Sie war Feuer und Flamme. „Im Atlantik gibt es einen wahnsinnig guten Film. Ich habe die Kritik darüber gelesen.“

„Sollen wir jemanden mitnehmen?“

Ihr Argwohn verriet sich in ihrer Stimme, als sie ziemlich böse fragte: „Wen denn?“

„Karl natürlich“, lachte der Boss. „Was dachtest du denn?“

„Hm ...“, machte sie nur. Was ist mit mir los? Ich ersticke an meiner Eifersucht. Ich habe keine Ablenkung wie die anderen Mädchen, das ist es vielleicht. Ich habe mich noch nie in einen Jungen richtig vergafft. Aber die anderen Mädchen mit ihrem ganzen Getue und Gerede, die sich mit ihren teils erlogenen, teils richtig ausgekundschafteten sexuellen Erlebnissen brüsten, hängen mir zum Hals heraus, dachte Karoline. Aber wenn ich zu ihnen gehörte, wäre ich jetzt in einer besseren Position. Ich wäre nicht so stur auf meinen Vater eingestellt. Es ist nicht mehr so wie früher zwischen uns beiden, und ich weiß nicht, woran es liegt.

Wie immer nach der Arbeit war Bodemers erster Gang ins Bad, um sich nach dem Arbeitstag frisch zu machen. Karoline lief in das Zimmer ihres Bruders, der rasch eine Zeitung über seinen Zeichenblock warf.

„Du bist es? Ich dachte, der Boss."

„Meinst du, der wird blind, wenn er deine nackten Mädchen sieht?" Karl besuchte seit einem Jahr einen von seiner Schule ins Leben gerufenen Sonderkurs für besonders begabte Zeichner. Natürlich war da auch Modellzeichnen mit inbegriffen.

Er nahm die Zeitung weg und blickte auf die Abbildung eines alten Automodells, der in den zwanziger Jahren weltweit bekannten Ford Tin-Lissy. „Schickes junges Ding", grinste er.

Karoline nahm die Zeichnung in die Hand. „Wie weit bist du mit deiner Mappe?"

„Achtzehn Zeichnungen sind fertig. Ich möchte jetzt nur noch einen Bugatti etwa aus dem Jahr 28 und einen alten Steyr zeichnen."

„Du hast aber nur noch zwei Tage." Die Mappe war als ein Weihnachtsgeschenk für den Vater gedacht. „Wir gehen heute mit dem Boss ins Kino."

„Oh, prima." Karl strich sich das Haar aus der Stirn. Was für einen hübschen Bruder habe ich, dachte Karoline zum hundertsten Mal. Sie umfasste ihn von hinten und schlang ihre Arme fest um seinen Hals. „Du wirst einmal ein großer Künstler, und du bist sanft und gemütvoll und wirst blendend aussehen, und alle Menschen werden dich mögen."

„Autsch, du drückst mir die Kehle zu."

Karoline lockerte ihren Griff, ohne ihn ganz freizugeben. „Und man wird sich fragen: Wie kommt dieser nette Kerl nur zu so einer miesen Schwester."

„So mies bist du gar nicht."

Karoline versetzte ihm einen kräftigen Schlag auf den Rücken. „Was Trostvolleres fällt dir wohl nicht ein. Ekel."

„Im Augenblick nicht. Aber ich werde darüber nachdenken." Er räumte seinen Zeichenblock weg.

„Was glaubst du denn, was ich mal werde?"

„Eine bissige Emanzipierte", sagte er, um sie zu ärgern.

„Ich glaube, ich werde in einem gläsernen Turm sitzen und spinnen und so eine Art Dornröschen werden", sagte sie verträumt.

„Spinnen tust du ja jetzt schon gewaltig."

Der Boss riss die Tür auf. „Los, ihr zwei, essen!"

Karoline steckte gerade ein Kompliment über den Hühnersalat, den sie gemacht hatte, ein, als das Telefon klingelte. Das Telefon befand sich auf der Diele. Sie stand auf.

„Verdammt noch mal, das wird Keller sein, mit dem ich heute Abend zum Bowling gehen wollte", sagte Bodemer. „Sag ihm ... warte mal, was sagst du ihm denn?"

„Ich sage ihm, dass wir drei heute ins Kino gehen, und wenn die ganze Welt sich auf den Kopf stellt."

Aber es war nicht Bodemers Bowlingfreund Keller. Es war Mike Ihrenkamp. Er meldete sich mit: „Ich bin es. Der vom Sommer."

Karoline erkannte ihn sofort. Sie hatte seine Stimme,

sie hatte den ganzen Burschen noch so gut in Erinnerung, obwohl sie ihn doch nur wenige Stunden gesehen hatte und eigentlich kein Grund vorhanden war, mit besonderer Hingebung an ihn zu denken. Aber ihr Herz schlug höher. „Dank dir schön für die vielen netten Postkarten, die du mir von deiner Segelfahrt geschrieben hast“, sagte sie.

„Ich schreibe nie Postkarten. Hast du im Ernst eine von mir erwartet?“

„Nein, natürlich nicht. Warum sollte ich auch.“

„Ja.“ Einen Moment war es still in der Leitung.

„Immerhin nett, dass du anrufst.“

„Ja“, kam es nach einigem Zögern zurück.

Herr des Himmels, das war aber eine spritzige Unterhaltung. Sie wartete, ob Mike etwas sagen würde, aber es kam kein Wort von ihm. „Wie geht es deinen Eltern?“, fragte sie schließlich.

„Danke. Mein Vater schuftet und lässt sich von seinem Leibarzt alle Nase lang wieder richtig einstellen wie ein Präzisionsuhrwerk. Meine Mutter ist mit ihrem Freund in London.“

„Mit ihrem was?“

Mike ging auf diese Frage gar nicht ein. Er wusste ganz genau, dass Karoline ihn verstanden hatte. „Am Weihnachtsabend wird sie natürlich zurück sein, um den heiligen Lichterbaum anzustecken und Geschenke zu empfangen und natürlich auch auszuteilen. Ich weiß schon, was ich bekomme. Eine neue Skiausrüstung, die ich nicht brauche, weil die alte noch tadellos ist, und eine Menge Sachen, die ich sicher nicht anziehe, und wenn’s ganz schlimm kommt, eine Brieftasche aus Kroko.“

Karoline holte tief Atem. Sie wusste nicht recht, was sie antworten sollte. Alles, was Mike sagte, klang so verzweifelt, fast bösartig. „Ich verstehe nicht, warum du dich aufregst“, meinte sie schließlich, obwohl sie begriff, was in Mike vorging.

„Worüber? Über die Brieftasche aus Krokoleder?“

„Ja. Auch über die.“

Rief er an, um ihr von seinen Weihnachtsgeschenken zu erzählen, oder was wollte er sonst? „Könnte es sein, dass es dir einfach zu gut geht?“

„Gut? Mir geht es hundsmiserabel schlecht. Ich gebe mir zeitweise wirklich Mühe, aber ich verstehe mich mit meiner Mutter nicht, und ich bin mit meinem Vater zerkracht und mit mir selbst erst recht. Ich könnte mir jeden Tag drei Kugeln durch den Kopf schießen.“

„Eine würde genügen“, sagte Karoline.

Mike lachte kurz. Aber es klang nicht fröhlich. „Ich möchte dich sehen. Können wir uns treffen, irgendwo, in einer Stunde?“

„Geht leider nicht. Ich gehe ins Kino. Ich bin verabredet.“ Sie überlegte, ob sie sagen solle, dass sie mit ihrem Vater und ihrem Bruder ins Kino gehe, aber Mike kam ihr zuvor.

„Kannst du es nicht absagen? Ich nehme ein Taxi und hole dich ab.“

Sie zögerte einen Moment. „Nein, Mike, heute nicht. Morgen.“

„Geht es wirklich nicht heute?“

„Nein.“

„Schade. Ciao“, sagte er nur und legte auf.

Karoline biss sich auf die Lippen. Sie hatte noch nie in ihrem Leben so deutlich wie jetzt gespürt, dass jemand sie brauchte. Und sie hatte ihre Chance verspielt. Sie riss das Telefonbuch aus der Schublade und fand Ihrenkamps Nummer. Dann wählte sie, ohne zu überlegen, wie sie diesen Rückruf motivieren sollte. Aber es meldete sich nur eine Hausangestellte, die ihr erklärte, dass Mike nicht zu Hause sei. Er musste von einer Telefonzelle aus angerufen haben.

„Wer war es denn?“, fragte Karl, als sie ins Zimmer kam.

„Mike.“

„Mike? Was wollte er denn?“

„Nichts Besonderes. Er lässt euch grüßen.

Hochzeit mit Salli
Unser Taschengeld reicht nur für Schneeglöckchen

Der Film war spannend, aber sie musste fortgesetzt an Mike denken, an das, was er ihr gesagt hatte, und vor allem an das, was er ihr vielleicht noch hätte sagen wollen, wenn es dazu gekommen wäre. Letztlich wurde sie ärgerlich auf ihn. Der gnädige Herr geruhte anzurufen, machte ein paar dunkle Andeutungen und brachte sie ganz aus dem Häuschen. Schließlich hatte er eine Freundin, er hatte es ihr ja selbst gesagt. Soll er doch bei ihr seinen Seelenschmerz abladen.

Der Vater lieferte Karoline und ihren Bruder zu Hause ab, blieb aber selbst im Auto sitzen. „Ich schaue noch kurz zum Bowling rein.“ Er schlug die Tür zu, aber er öffnete sie noch einmal, ehe er wegfuhr. „Ihr habt doch euren Schlüssel.“

„Nett, dass du daran denkst und deine Kinder nicht einfach aussetzt und auf der Straße erfrieren lässt.“

„Habt ihr die Schlüssel oder nicht?“

„Wir haben sie.“

Karoline drehte sich nicht um, um dem Wagen nachzusehen. „Ich wette, jetzt rennt er zur Arnold“, sagte sie, während sie die Haustür aufsperrte.

„Na und? Unser Vater ist kein Mönch. Und impotent ist er auch nicht, sonst wären wir beide nicht auf der Welt.“

„Danke für die Aufklärung. Das weiß ich selbst.“

„Immer auf der Arnold herumhacken! Ich kapiere das einfach nicht. Sie hat dir doch nichts getan. Ich finde sie Klasse.“

„Wenn jemand mit dem Po wackelt, ist das noch lang kein Gütezeichen.“ Karoline ging vor Karl her und versuchte Sallis Gang nachzumachen.

„Klasse. Geh doch immer so. Von hinten wirkst du jetzt geradezu mädchenhaft.“

Der Heilige Abend war vorbei. Am ersten Feiertag arbeiteten der Boss, Karl und Karoline gemeinsam an der Weihnachtsgans, begossen und beschnupperten sie und stellten Überlegungen bezüglich der Knusprigkeit an.

Karl, der für sein Leben gern kochte, spickte eine Zwiebel mit Nelken und warf sie in den Rotkohl. Der Boss schälte die Kastanien. Alles in allem sah man friedlichen Festtagen entgegen.

„Wie halten wir es mit Silvester?“, fragte der Vater.

„Wie jedes Jahr. Heringssalat, Punsch, Krapfen“, sagte Karoline. „Mitternacht Sekt.“

„Ich dachte, ihr wolltet vielleicht mal mit jungen Leuten feiern. Auf die Dauer ist das für euch doch nicht so lustig, immer nur mit eurem Vater.“

„Ich finde es komisch genug.“ Karoline sah ihren Bruder fragend an. „Und du?“

„Ein paar von meinem Zeichenkurs machen eine Party. Da wäre ich ganz gern hingegangen.“

„Klar, Junge. Und du, Karoline?“

Sie zuckte die Achseln. „Ich könnte auch zu einer Party gehen. Ich habe aber keine Lust. Da sind Erna und Billy und Marlies und Ulrich und Peter Trost und noch ein paar andere. Zuerst wird getanzt, aber zum Schluss geht's doch nur aufs Knutschen raus, und da mache ich mir nicht so viel daraus."

„Weil da nämlich niemand ist, mit dem du gern knutschst, sonst würdest du schon auf den Geschmack kommen", lachte Karl.

„Du musst es ja wissen."

Der Boss war mit dem Schälen der Kastanien fertig und warf die Schalen in den Mülleimer. „Stimmt es, dass du in ein Mädchen von deinem Kurs verknallt bist?"

„Es stimmt halb und halb."

„Was heißt halb und halb?"

„Sie ist nicht von meinem Kurs. Ich gebe ihr Nachhilfeunterricht."

„In der Liebe", spöttelte Karoline. „Aber sie ist auch wirklich unheimlich nett, das muss ich zugeben. Sie zieht sich immer gegen die Mode an. Aber ich mag solche Typen gern."

„Kommt sie auch auf deine Party?", fragte der Boss.

Karl nickte.

„Okay. Du bist also Silvester untergebracht. Kannst du Karoline nicht mitnehmen?"

„Willst du mich loswerden?" Sie hakte sich bei ihrem Vater ein. „Wir können es uns doch urgemütlich machen, wir zwei."

„Wir sind drei. Ich habe Salli Arnold eingeladen für Silvester", sagte der Vater.

„Ach ... Wieso denn?"

„Wieso denn nicht? Es macht mir Freude. Und ihr auch. Sie hat niemand, jedenfalls niemand, mit dem sie gern Silvester verbringt."

Karl warf einen raschen Blick auf seine Schwester. Würde sie aus der Haut fahren? Zunächst suchte sie Zuflucht beim Rotkohl. Sie hob den Deckel und begann emsig in dem Topf herumzurühren. „Ich finde das eine prima Idee“, sagte Karl, um die peinliche Pause zu unterbrechen.

Karoline hörte auf mit dem Herumrühren und setzte den Deckel energisch zurück auf den Kochtopf. Es klang wie ein Paukenschlag. „Ich auch.“ Entweder sie hatte sich so gut in der Hand, oder die Vernunft hatte über ihre törichte Eifersucht gesiegt. „Dann gehe ich wohl doch besser mit Karl weg.“

Der Boss, der das Besteck für das Tranchieren der Gans zurechtlegte, sah sie an. „Warum denn, Mädel?“

„Weil ich nicht stören möchte.“

„Nun werd mal nicht komisch. Du störst doch nicht. Im Gegenteil. Es wäre gar nicht so schlecht, wenn du und Salli euch etwas näher kommen würdet. Mach nicht so ein Gesicht, als solltest du eine Spinne essen.“

Karoline holte tief Atem und dachte über sich nach. Ich bin ein Ekel, ich weiß, aber ich kann es nicht ändern. Warum hat man Karl mit seinem hübschen, sanften Gesicht, seiner Nachgiebigkeit und seinem weichen, gewellten Haar mit mir verwechselt. Ich bin borstig, innerlich und äußerlich, aber sicher wäre ich ein prima Junge geworden, einer, auf den man sich verlassen kann und der nicht ständig eingeschnappt ist.

Sie hatte gute Lust, Gläser an die Wand zu werfen, oder noch besser, den Rotkohl, irgendetwas Sinnloses zu tun, schreien, mit den Füßen aufstampfen, den Boss mit Schimpfnamen belegen und Himbeersaft auf die Gans schütten. Sie fühlte sich zum Heulen elend, und plötzlich musste sie ohne jeden Zusammenhang an Mike denken, und dabei wurde ihr klar, dass er der Hauptgrund für diese Stimmungspanne war. Sie hätte das Kino damals schießen lassen sollen und Mike treffen. Es wäre so wichtig gewesen für ihn und für sie. Sie glaubte ganz deutlich zu spüren, dass sie ihn nie wieder sehen würde. Wenn er jetzt plötzlich vor ihr stünde, würde sie zu ihm sagen: Mensch, Mike, seit dem Sommer habe ich eigentlich nichts anderes getan, als auf dich zu warten. Nein, natürlich würde sie ihm das nicht sagen. Wahrscheinlich wäre sie ruppig zu ihm, ruppig genug, um ihn von ihr wegzutreiben.

Der Boss riss sie aus ihren Gedanken. „Wer macht den Salat an?“, fragte er.

„Ich!“ Karl rannte schon nach den Zutaten. Er war Spezialist in der Zubereitung von Salat. „Mit oder ohne Knoblauch? Wer küsst wen heute oder morgen?“

„Nur wir uns gegenseitig. Der Duft bleibt in der Familie. Nur rein mit der Knoblauchzehe.“

Der Silvesterabend wurde weitaus erfreulicher, als Karoline ihn sich vorgestellt hatte. Salli war heiter und aufgekratzt wie ein Schulkind und machte kein Hehl daraus, wie glücklich sie sich hier fühlte. Sie gestand ohne Scheu, dass sie noch nie in ihrem Leben Krabben-Cocktail gegessen habe, und machte den Boss und Karoline vorsorglich darauf aufmerksam, dass sie wahrscheinlich bis Mitternacht einen Schwips haben werde. Sie sah nicht viel anders aus als unten im Büro vor ihrer Schreibmaschine. Sie war kein bisschen „herausgeputzt“, ihr Make-up war unauffällig, ihr Parfüm nicht aufdringlich und ihr malvenfarbenes plissiertes Kleid hätte ebenso gut zu einem Maiausflug wie zu einer Silvesternacht gepasst.

Karoline, die erwartet hatte, dass Salli etwa in einem Brokat-Hosenanzug aufkreuzen würde, war angenehm überrascht. Sie ließ sich sogar zu einem Kompliment hinreißen. „Sie haben unheimlich schönes Haar“, sagte sie.

„Ja, Pferdehaar“, lachte Salli. „Ich habe es geerbt.“

„Sie werden nicht behaupten, dass Ihr Vater ein Pferd war.“

Das war wieder der Moment, wo Salli beim Lachen die Augen so zusammenkniff, dass nur mehr zwei funkelnde Schlitze zu sehen waren. „Nein. Mein Vater und Großvater und Urgroßvater waren keine Pferde. Aber meine Großmutter mütterlicherseits war Japanerin.“

„Aha ...“

„Und wurde von einem Amerikaner mit einem Kind sitzen gelassen.“

„Das ist ja geradezu packend. Genau wie bei Madame Butterfly.“

Salli nahm einen Schluck Punsch und sah über den Rand ihres Glases hinweg Karoline an. „Ja. Nur mit dem Unterschied, dass sie nicht Harakiri machte, sondern für ihr Kind sorgte.“

„Das war also Ihre Mutter. Wie kam sie nach Deutschland?“

„Als Sekretärin einer Handelsgesellschaft. In Berlin lernte sie meinen Vater kennen. Er war ein einfacher Dachdecker. Aber meine Mutter, die eine höhere Schule besucht hatte und vier Sprachen sprach, verliebte sich in ihn. Er arbeitete an einem Neubau und guckte quer über die Straße direkt in das Büro, wo meine Mutter saß, und er warf ihr Kusshände hinüber und ein paar Mal einen Blumenstrauß, der natürlich nie bis zu ihr herüberkam, sondern auf der Straße landete. Und eines Tages nach Büroschluss stand er unten vor der Tür, und sie gingen eingehakt miteinander in das nächste Café und sprachen über ihre Heirat, als sei das die natürlichste Sache der

Welt. Meine Mutter hat es mir immer wieder erzählen müssen, als ich noch ganz klein war, und es war für mich das schönste Märchen, das ich mir vorstellen konnte."

Karoline fing an, Salli mit ihrer weichen Stimme und dem runden, unmodernen Gesicht gern zu haben. „Hat Ihr Märchen denn auch ein glückliches Ende gefunden?"

Das Lächeln wich von Sallis Gesicht, als ob eine unsichtbare Hand es weggewischt hätte. „Mein Vater verunglückte auf dem Bau tödlich, wenige Wochen vor meiner Geburt. Meine Mutter starb, als ich zehn Jahre alt war."

Ich hätte nicht fragen sollen. Der Boss hat ja angedeutet, dass Salli eigentlich niemand auf der Welt hat, überlegte Karoline.

„In fünf Minuten ist es Mitternacht", verkündete der Boss. „Geh, hol den Sekt aus dem Kühlschrank und bring die Gläser mit!"

Salli wollte aufspringen, um Karoline zu helfen, aber der Boss legte seine Hand auf ihren Arm. „Lass nur, sie kann die drei Gläser und die Flasche Sekt gut allein tragen."

Er hatte sich verraten, er duzte sie! Aber der wilde Aufruhr der Gefühle, den Karoline erwartet hatte, blieb aus. Sie trieb sich länger als notwendig in der Küche umher, wischte die Gläser umständlich aus, hielt eines nach dem anderen prüfend gegen das Licht, öffnete eine Dose mit Salzmandeln und richtete sie in einer Kristallschale an.

„Hallo, Mädel, wir haben nur noch eine Minute Zeit", drang da die dröhnende Stimme des Vaters zu ihr. „Wo bleibt die Bedienung?"

„Ich komme." Sie trug das Tablett ins Zimmer.

Wenige Sekunden später knallten die ersten Schüsse auf der Straße, und die Glocken begannen zu läuten. Der Boss öffnete den Sekt und füllte die Gläser. Er stieß zuerst mit Karoline, dann mit Salli an. „Auf ein glückliches neues Jahr."

„Du sollst tausend Autos verkaufen", sagte Karoline.

„Danke. Neunhundertneunundneunzig genügen."

Karoline stieß mit Salli an. „Alle Wünsche sollen in Erfüllung gehen", sagte sie.

„Danke. Ich habe gar nicht sehr viele."

„Aber sicher ist einer darunter, der Ihnen sehr nah am Herzen liegt! Ich werde testen, welcher es ist." Sie ließ den Blick zwischen dem Boss und Salli hin und her gehen. „Soll ich noch mal in die Küche gehen?"

„Wieso?"

Sie deutete mit dem Zeigefinger auf den Boss. „Weil du Lippenstift am Mundwinkel hast, seit ich draußen in der Küche war."

Sallis Augen wurden wieder ganz schmal, als sie ungezwungen lachte. „Oh, das stimmt, das stimmt! Der Chef ist tatsächlich ein Gezeichneter."

„Ihr könnt euch ruhig küssen. Mich stört das nicht", sagte Karoline.

Der Boss legte den Arm um Salli. „Das ist eine sehr erfreuliche Nachricht. Ich denke, es wird dich dann auch nicht stören, dass Salli und ich zusammenleben werden."

„Du meinst, ich bekomme eine Stiefmutter?"

„Ja. So kann man es wohl nennen."

Es war ein Segen, dies alles mit Punsch und Sekt serviert zu bekommen. Karoline ließ sich in einen Sessel fallen und warf die Arme über die Seitenlehnen. „Ich bin platt. Ich weiß gar nicht, was ich sagen soll."

„Es wird dir schon zu passender Zeit das passende Wort einfallen", tröstete sie der Boss.

Salli nickte ihr zu. „Du kommst nicht zu kurz. Wir werden uns redlich deinen Vater teilen, und du brauchst keine Angst zu haben, dass ich dir hier im Haus dreinpfuschen werde. Das bleibt nach wie vor dein Gebiet. Ich arbeite weiter im Geschäft."

Ihre Pläne sind also schon fix und fertig, dachte Karoline resigniert. Das Telefon klingelte, und sie sprang auf die Beine. Es wird Mike sein, er muss es einfach sein, es ist gar nicht anders möglich. Gerade jetzt brauche ich jemand, der mich in Atem hält. Aber warum sollte Mike, der seit jenem Anruf kein Wort mehr von sich hatte hören lassen, ausgerechnet jetzt anrufen? Wunschträume, Blödsinn ...

„Hallo." Aus dem Telefonhörer drangen Stimmen und Lachen und Musik. „Bist du es?"

„Klar bin ich es. Glaubst du vielleicht die Sophia Loren?" Es war Karl, der dem Boss und der Schwester ein frohes Neujahr wünschen wollte.

„Hast du's schön?", fragte Karoline und bemühte sich, sich ihre Enttäuschung nicht anmerken zu lassen.

„Ja. Wir sind alle ziemlich high. Und ihr?"

„Halt dich fest: Uns steht jemand ins Haus, schon ganz bald. Über den kurzen Weg. Eine dunkle Frau."

„Das klingt nach Wahrsagerei. Habt ihr Blei gegossen?"

„Nein."

„Wer kommt denn ins Haus?"

„Salli."

„Salli?"

„Lass es dir vom Boss sagen. Ich hole ihn dir an den Apparat." Sie sah sich nach dem Vater um. „Komm mal! Der Zwilling will dich sprechen."

Der Boss kam zu Karoline und nahm ihr den Hörer ab.

Salli trat auf den Balkon hinaus, und Karoline folgte ihr.

Durch die Nacht krachten immer noch Schüsse, und Leuchtraketen schossen zischend gegen den Himmel, zerplatzten und teilten sich in farbige Sterne, die lautlos zur Erde sanken und verglühten. Karoline hatte Angst, Salli könnte sprechen, Fragen stellen und Antworten erwarten oder irgendeine rührselige Bemerkung machen. Aber Salli stand nur da und sagte kein Wort und überließ sich ihren eigenen Gedanken. Sie ist kleiner als ich, überlegte Karoline und streckte sich. Der Boss war ja auch nicht übermäßig groß. Wie alt mag sie sein? Dreißig? Mitte zwanzig? Es war schwer zu sagen. Jedenfalls war sie reizvoll, das musste man zugeben.

Der Boss und Karl führten ein endloses Gespräch, und das Schweigen zwischen Salli und Karoline wurde drückend. Jede von uns wartet darauf, dass die andere etwas sagt, dachte Karoline. Salli machte eine Bewegung, und Karoline zuckte zusammen. O Gott, es wäre mir grässlich, wenn sie nun plötzlich den Arm um mich legen würde. Aber Salli dachte gar nicht daran. Sie strich sich nur eine Strähne aus der Stirn.

Endlich war der Vater mit seinem Telefongespräch fertig. Er trat zu ihnen auf den Balkon. „Na, ihr Mädels, habt ihr tiefsinnige Gespräche geführt?"

„Wir haben tiefsinnig geschwiegen", sagte Karoline.

„Auch nicht schlecht. Kommt rein, ihr erkältet euch. Wer macht mir eine Tasse Kaffee?"

„Ich", riefen Salli und Karoline wie aus einem Mund, und dann mussten sie beide lachen und drängten sich nebeneinander in die Küche.

Zwei Monate nach diesem Abend teilte der Boss den Geschwistern beim Frühstück mit: „Ihr braucht heute nicht in die Schule. Salli und ich heiraten, und dann gehen wir alle gut Mittag essen, wir vier und unsere beiden Trauzeugen."

Von diesem Tag an würde Salli also zur Familie gehören. „Wie sollen wir sie nennen?“ Die Geschwister beratschlagten das auf dem Weg zum Standesamt. Der Werkstattleiter Gustav Meier, einer der beiden Trauzeugen, saß am Steuer des Wagens. Der Boss, Salli und Büsing waren schon vorausgefahren.

„Wir nennen sie Salli. Oder sollen wir vielleicht Muttchen zu ihr sagen?“, meinte Karoline. Sie hatte sich mit Salli abgefunden. Sie begann sogar, sie ganz annehmbar zu finden, aber sie sprach nicht darüber. „Der Boss hätte es uns ruhig ein paar Tage früher sagen können“, murrte sie.

„Wir müssen an einem Blumenladen halten. Was kauft man denn für so einen Fall? Rote Rosen?“

„Jetzt am Monatsende! Wenn du sie berappst. Ich bin vollkommen blank.“

„Ich auch.“ Karl tastete sich ab, als könne er irgendwo noch ein Bündel versteckter Geldscheine entdecken.

„Ich habe noch genau zwei Mark. Das würde gerade für Schneeglöckchen reichen.“

„Nein, Schneeglöckchen finde ich einfach zu zimperlich für so einen Fall. Dann schon lieber gar nichts. Das hat wenigstens Stil.“

Im Wartesaal des Standesamtes stießen sie auf den Vater und Salli, und da waren auch noch vier andere Paare, die ihre Mutprobe ablegten. Salli trug einen dunkelgrünen Wollmantel und eine gleichfarbene Pudelmütze. Sie sah genauso aus wie an jedem anderen Tag, jung, schick, nicht aufgeputzt. Aber da war doch ein Unterschied zu jedem anderen Tag. Ihr Gesicht strahlte heute besonders, und sie rauchte eine Zigarette. Das war bei Salli ganz ungewohnt.

„Ich bin so aufgeregt wie vor meiner Fahrprüfung, obwohl ich ja heute wohl nicht durchfalle“, erklärte sie und blies den Rauch ungeschickt durch ihre komische kurze

Nase. Dann nahm ihr strahlendes Gesicht plötzlich einen flehentlichen Ausdruck an, als sie zuerst Karl und dann Karoline anblickte und mit gedämpfter Stimme fragte: „Seid ihr beide denn auch hoffentlich einverstanden mit mir?“

„Ich werde dir das unter vier Augen mitteilen“, entgegnete Karl und zog Salli von den anderen weg in eine Ecke des Raumes, wo er mit lebhaften Gesten auf sie einzureden begann.

„Lass mir meine Braut“, rief der Boss. Alle blickten auf Salli und Karl, ohne von dem Getuschel etwas zu verstehen.

„Du bekommst sie gleich wieder, und dann hast du sie sowieso ein Leben lang am Hals“, rief Karl zurück, und die anderen Paare, die artig und gottergeben auf ihren Stühlen aufgereiht saßen und sich nur im Flüsterton miteinander unterhielten, blickten erstaunt auf.

„Was ist das für ein rüder Ton an diesem würdigen Ort. Das wird ein schlimmes Ende nehmen mit Ihrem Sohn“, sagte Herr Büsing, der Karl schon von seinem vierten Lebensjahr an kannte. Und Gustav Meier pflichtete ihm schmunzelnd bei. „Ja, höchste Zeit, dass er in eine strenge mütterliche Zucht kommt.“

Der Boss nickte belustigt. „Salli ist genau der Typ, der mit Strenge durchgreifen wird.“

Währenddessen wanderten irgendwelche geheimnisvollen Dinge von Sallis Hand in die Hand von Karl, und im gleichen Augenblick öffnete sich die Tür zum Trauungssaal, und der Amtsdiener rief die Namen von Salli und dem Boss aus. Salli und der Boss kamen sich entgegen und begaben sich würdigen Schrittes in den Saal, gefolgt von ihren Trauzeugen und Karl und Karoline. Neben Bodemer, mit dem schon frühzeitig grau werdenden Haar, wirkte Salli eher wie ein Kind, das zur Schuleinschreibung geführt wird. Beim Hineingehen stieß Karl seine Schwester an, öffnete die Faust und zeigte ihr einen zusammengefalteten Fünfzigmarkschein. „Für unsere Blumen. Das Geld habe ich mir von unserer Mutter gepumpt“, raunte er ihr zu. „Klasse, was?“

„Ganz schön schäbig.“

„Lang nicht so schäbig wie ein paar popelige Schneeglöckchen. Und wir zahlen es ihr zurück, in kleinen Raten selbstredend.“

Karoline warf einen raschen Blick auf ihren Bruder. Bewunderung und ein Hauch von Neid waren dabei. Karl mit seinem sanften Gesicht, seinem gewinnenden Wesen und der Behändigkeit seiner Empfindungen, wie mühelos hatte er es geschafft, zu Salli in null Komma null ja zu sagen.

Mike ist verschwunden
Karoline nimmt ihn in Schutz

Salli ordnete sich in den Tagesablauf mühelos ein. Sie half morgens das Frühstück bereiten, dann ging sie mit dem Boss nach unten und kam kurz vor dem Mittagessen, das sie oder Karoline oder beide gemeinsam tags zuvor vorbereitet hatten, wieder nach oben. Zwei- oder dreimal in der Woche aßen der Boss und Salli auswärts zu Abend. Seit einiger Zeit schmiedeten sie Pläne für eine Hochzeitsreise. Der Boss hätte gern zwei oder drei Wochen auf einem Bauernhof in Südtirol ausgespannt. Er wollte weg von den Autos, er wollte Kühe muhen hören und Heuduft einatmen anstatt Benzindämpfe und Ölgeruch.

Bodemer fing an, mit Salli ins Kino zu gehen, und

manchmal besuchte er auch ein Theater mit ihr. „Unser Vater wird vergnügungssüchtig“, meinte Karoline an einem solchen Abend. „Er holt nach.“

„Er muss doch Salli schließlich was anderes bieten als nur dich und mich. Und es tut ihm gut. Ich finde, er ist zehn Jahre jünger geworden.“ Karl holte die letzten beiden Cola-Flaschen aus dem Kühlschrank und verstaute sie in einer Tragtüte. „Da müssen doch noch irgendwelche Apfelschnitten von gestern da sein“, murmelte er.

„Du gehst wieder weg? Zu Ulla?“

„Hast du was dagegen?“ Er runzelte die Stirn. Er schätzte diese Fragerei nicht. „Warum gehst du nicht auch öfter mal weg. Du sitzt viel zu viel zu Hause. Ich weiß gar nicht, was mit dir los ist. Du bist gar nicht wie andere Mädchen.“

„Lass mich doch zufrieden mit deinen Belehrungen“, erwiderte sie gereizt.

„Ich meine es doch nur gut mit dir. Warum bist du denn so sauer?“ Er war bei seiner Fahndung endlich auf die Apfelschnitten gestoßen und packte vier davon ein.

„Bekommt Ulla zu Hause eigentlich nicht genug zu essen?“

Karl konnte nur den Kopf schütteln. Von dieser knausrigen Seite kannte er seine Schwester gar nicht. Irgendetwas bei ihr war nicht in Ordnung. Manchmal zeigte sie sich wortkarg und verdrießlich bis zur Unerträglichkeit, und im nächsten Augenblick war sie wieder ganz vernünftig und gut gelaunt. Sie tat ihm Leid, wie sie da stand und ihm zusah, wie er die Apfelschnitten verpackte. Aber ich bin schließlich nicht der Spaßmacher für meine Zwillingsschwester, sagte er sich. Er freute sich auf Ulla. Vielleicht würden da auch noch ein paar andere aus seiner Clique sein, und man würde gemeinsam in eine Diskothek gehen. Er hätte Karoline gern herausgerissen aus ihrer bockigen Isolation, aber er wusste, dass er sie bis aufs Blut reizen würde, wenn er sie jetzt auffordern würde mitzukommen. „Also dann, ciao“, sagte er schließlich.

„Ciao.“

Karl trödelte noch eine Weile in der Wohnung herum, und bevor er ging, streckte er noch mal den Kopf in die Küche. „Ist dein Plattenspieler eigentlich wieder in Ordnung?“

„Nein.“

„Soll ich dir meinen reinstellen?“

„Mann! Mach endlich, dass du rauskommst.“ Es war zum Heulen. Diese Anteilnahme machte sie noch vollends fertig. Sie kam sich ausgeschlossen vor und begriff nicht, dass sie selbst es war, die sich ausschloss. Von ihrem Blickwinkel sah es so aus, als ob alle gut untergebracht wären, der Boss und Salli und Karl und Ulla und auch alle ihre Schulkameraden, nur sie selbst stand beiseite. Wann hatte das begonnen? Im Sommer, als Mike ihr Leben gestreift hatte und dann wieder verschwunden war? Oder erst im Herbst, als sie herausbekommen hatte, dass der Boss und Salli einander mochten? Sicher trug auch Karls Getue mit Ulla dazu bei.

Die Küche war blitzblank. Hier gab es nichts mehr zu tun. Sie ging ins Bad und überprüfte Stück für Stück die kleinen Dinge, die sich seit Sallis Einzug hier breit machten. Wenn sie es sich überlegte, handelte es sich nur um ein paar Cremedosen, die hier vorher nicht gestanden hatten, zwei verschiedene Parfüms, von denen Karoline wusste, dass der Boss sie Salli geschenkt hatte, ein flaches Schächtelchen mit Lidschatten und die harte, kurzborstige Bürste, mit der Salli ihr kräftiges Haar traktierte. Karoline nahm den Glasstöpsel von einer Parfümflasche, roch daran und betupfte sich dann. Sie griff nach der Bürste und begann ihr Haar in einer Art liebevollen Zornes zu bearbeiten. Dann ging sie mit dem Gesicht ganz dicht an den Spiegel heran und nahm Maß, wie sie es jeden Tag tat. Sehr, sehr langsam, aber doch schon sichtbar, begann ihr Haar zu wachsen. Sie hatte es seit dem Sommer nicht mehr geschnitten, und sie fand, dass sie bereits eine Idee weiblicher aussah. Sie nickte ihrem Spiegelbild wie in geheimem Einvernehmen zu und probierte zwei von Sallis Lippenstiften aus, aber sie fand sie nicht passend und wischte sie wieder ab. Zu rot, zu kirschig. Sie selbst benützte einen sehr hellen, sehr blassen Stift.

Sie versuchte ihrer Jungenfrisur eine etwas mädchenhaftere Note zu verleihen, indem sie ihr Haar toupierte. Aber sie fand es abscheulich und zog das Haar mit der Drahtbürste wieder glatt. Man musste eben noch ein paar Monate Geduld haben. Bis zum Sommer würde das Haar lang genug sein.

Sie hörte die Haustür quietschen und lief hinaus, um nachzusehen. Es war Karl. Er durchquerte den Korridor und nickte ihr kurz zu. Karoline hoffte, er hätte sich mit Ulla zerkracht und sei nun zurückgekommen. Sie fühlte sich so verdammt einsam und folgte ihm in sein Zimmer, wo er unter seinen Schallplatten wühlte. „Ich habe vergessen, die neue Platte von Manitas mitzunehmen. Ich hatte sie Ulla versprochen“, sagte er.

„Ach so ...“ Karoline stand an der Tür und sah ihm zu. Wenn er jetzt gesagt hätte: „Komm doch mit“, wäre sie ihm um den Hals gefallen. Aber da hatte er die gesuchte Platte bereits gefunden und lief an ihr vorbei. „Ciao, mach's gut“, rief er ihr zu, und dann fiel die Haustür ins Schloss. Boing!

„Lümmel“, rief sie ihm nach, denn sie musste sich Luft machen.

Zehn Minuten später, als sie sich lustlos über einen

Aufsatz hermachte, klingelte das Telefon. Ihr Herz pochte. Lieber Gott, lass es nicht eine falsche Verbindung oder einen nichts sagenden Anruf für den Boss sein. Sie hob den Hörer ab. „Bodemer."

„Hier spricht Frau Ihrenkamp", sagte eine Stimme am Telefon. „Spreche ich mit Karoline Bodemer?"

„Ja, ich bin es, Karoline."

„Du weißt, wer ich bin. Wir haben uns im Sommer kennen gelernt. Durch deinen Vater. Erinnerst du dich?"

„Ja, natürlich, ich erinnere mich. Wir waren auf Ihrer Jacht."

„Und später fuhr Mike zu euch auf den Campingplatz, ja?"

„Ja – doch", entgegnete Karoline argwöhnisch.

„Du hast dich mit ihm angefreundet, ja?"

Wo wollte Frau Ihrenkamp hinaus? „Angefreundet ist übertrieben. Ich sah ihn eine halbe Stunde, vielleicht auch eine ganze. Wir schwammen miteinander."

„Ja. Aber später?"

Karoline war verwirrt. „Später?"

„Weißt du, was mit Mike los ist?"

Die Frage kam so unerwartet, dass Karoline mit der Antwort zögerte. „N-nein, das heißt ...", stammelte sie verwirrt.

„Du stehst seit dem Sommer mit ihm in Verbindung?", sagte Frau Ihrenkamp mit der Strenge eines Untersuchungsrichters.

„Er hat mich mal angerufen, aber das ist lange her, Monate."

„Wann?"

„Irgendwann kurz vor Weihnachten."

„Und seither hast du nie mehr was von ihm gehört? Das kannst du mir nicht erzählen. Du hast doch sicher irgendeine Verbindung zu ihm. Du kannst es mir ruhig sagen.“ Aus ihrer Stimme klang nun Besorgnis.

„Nein, ich habe keine Verbindung zu ihm, ich weiß nichts von ihm.“ Sie sprach mit enger Kehle, und deshalb klang es wohl nicht ganz glaubwürdig. „Ich schwöre es“, sagte sie zur Bekräftigung.

„Natürlich weißt du was von ihm. Sag mir doch die Wahrheit. Diese Geheimniskrämerei den Eltern gegenüber, ich finde das einfach nicht fair.“ Sie wartete ab, und als Karoline nichts erwiderte, änderte sie ihren Tonfall. „Gut, vielleicht weißt du wirklich nicht Bescheid. Mike ist seit einer Woche von zu Hause verschwunden. In den ersten drei Tagen machten wir uns nicht allzu große Sorgen, denn er war schon mal ein paar Tage weggeblieben, aber dann ist er wieder zurückgekommen. Das war kurz vor Weihnachten. Ja, das muss etwa um die Zeit seines Telefonanrufes bei dir gewesen sein. Hat er dir damals nichts gesagt von seinem Vorhaben?“

„Nicht ein Wort. Er wollte mich nur sehen, aber ich hatte keine Zeit, ich war anderweitig verabredet. Warum ... ich meine, warum ging er denn aus dem Haus? Gab es Krach?“

„Warum, warum“, erwiderte Mikes Mutter unbeherrscht. „Da musst du den Psychoanalytiker fragen. Ihr jungen Leute setzt doch heute euren Stolz darein, zu euren Eltern ein so genanntes gestörtes Verhältnis zu haben. Wer kein gestörtes Verhältnis zu seinen Eltern oder seinen Lehrern oder zu seiner Umwelt oder zur Gesellschaft hat, gilt doch bei euch nicht als normal.“

Diese Antwort gefiel Karoline nicht, und sie hätte gern unverblümt Bescheid gesagt, denn sie ahnte jetzt so ungefähr, wo es zwischen Mike und seinen Eltern haperte. Aber es war sinnlos, sich mit Mikes Mutter darüber am Telefon herumzustreiten.

„Hatten Sie Krach mit Mike? Vielleicht hat er irgendwas angestellt und fürchtete, dass Sie es merken würden?“

„Mein Gott, wir waren die großzügigsten Eltern der Welt!“, rief Frau Ihrenkamp aus. „Da konnte Mike sich wirklich nicht beklagen. Er hatte alles, was er sich nur wünschen konnte, ein schönes Zuhause, Nestwärme, einfach alles. Wenn ich da an andere Kinder denke, die in engen Verhältnissen und mit unnachsichtigen Eltern aufwachsen.“

Dieser Bühnenton, verdammt noch mal, der konnte einem ganz schön auf die Nerven gehen. Karoline fand keine andere Antwort als ein unbeholfenes: „Hm, ja ...“

„In seinen Briefen an dich hat er uns Eltern wohl in Stücke zerlegt.“

„Briefe? Was für Briefe denn?“

„Du hast doch Briefe von ihm bekommen.“

„Ich? Nie im Leben.“

„Aber wir haben doch alle möglichen Briefe an dich in seinem Schreibtisch gefunden, zum Mindesten Entwürfe zu Briefen.“

Karoline musste unwillkürlich lachen, denn der Gedanke, dass Mike Briefe entworfen haben könnte, um sie später ins Reine zu schreiben, war wirklich zu komisch. „Was hat er mir denn geschrieben?“

„Ich kann es dir im Einzelnen gar nicht sagen. Eine unverstandene Seele klagte an gegen Gott und die Welt. Für mich war das alles nur wirres Zeug. Sie waren jedenfalls weit davon entfernt, Liebesbriefe zu sein. Diese Art von Attacken gegen die Umwelt nennen die Jungen ja wohl Aggressionen abbauen.“

„Nicht nur wir Jugendlichen, das dürfen Sie nicht behaupten.“ Karoline begriff immer mehr, warum Mike sich mit seiner Mutter nichts zu sagen hatte. Frau Ihrenkamp war eine selbstbezogene, unduldsame Frau, die ihrem Sohn nicht das Recht auf eigene Empfindungen einräumte. „Was sagen denn Mikes Freunde? Ich meine, seine Mitschüler? Vielleicht könnte man da herausbekommen, wo er ist."

„Er hat sich seinen Mitschülern gegenüber immer ziemlich abgekapselt, und es kam auch nie zu richtigen Freundschaften, denn er hat ja auch in den letzten vier Jahren dreimal die Schule gewechselt. Er ist einfach ein schwieriger Junge, und er macht uns nichts als Sorgen und Kummer", rief sie anklagend.

Dieses selbstbedauernde Bibbern in der Stimme hätte sie sich sparen können. Karoline konnte kein Mitgefühl für Mikes Mutter aufbringen. „Vielleicht höre ich von ihm", meinte sie. „Ich nehme an, er gammelt irgendwo in der Welt herum. Er braucht das vielleicht, um mit sich selbst ins Reine zu kommen."

„Zum Glück wird er nicht verhungern und erfrieren. Er hat sich hundert Mark aus meiner Kasse mitgenommen."

„Mit hundert Mark kommt man nicht sehr weit."

„Nun, wir werden ja sehen."

Karoline hätte gern die Briefe gehabt, von denen Mikes Mutter gesprochen hatte, aber sie wollte nicht darum bitten. „Lassen Sie es mich wissen, wenn Sie von ihm hören?"

„Ja, sicher. Und du auch, nicht wahr?"

Der Boss und Salli kamen früh nach Hause. Salli steckte den Kopf in Karolines Zimmer. „Ich wollte nur sehen, ob du noch wach bist."

Karoline schlüpfte eben in ihren Schlafanzug. „Ich bin wach wie ein ganzer Ameisenhaufen."

„Schläft dein Bruder schon?"

„Er ist ausgegangen."

„Bist du müde, oder können wir uns noch was erzählen?"

„Hast du denn was zu erzählen?"

„Nichts Bedeutendes", lachte sie. „Und du?"

Karoline war glücklich, Salli zu sehen und mit ihr zu sprechen. Heute zum ersten Mal empfand sie Salli als jemand, der zum Haus gehörte, als Freundin, mit der es sich gut sprach. „Ja, ich habe eine Kleinigkeit zu erzählen", sagte sie.

Salli kam rasch ins Zimmer und schloss die Tür hinter sich. Sie setzte sich zu Karoline aufs Bett und machte ihre großen runden Augen. „Hast du in der Lotterie gewonnen?"

„Ich bin kein Gewinnertyp." Sie rutschte ganz an die Wand, damit Salli besser Platz fände. „Weißt du, wer Ihrenkamps sind? Hat dir mein Vater davon erzählt? Wir trafen sie in den Ferien."

„Die Frau mit dem reichen Mann und dem patzigen Sohn?"

„Hat er gesagt, Mike sei patzig?"

„Dem Sinn nach, ja, glaube ich."

„Mike ist nicht patzig. Ich glaube, er ist einfach kreuzunglücklich, unzufrieden mit sich selbst und mit seinem Leben, und er kommt mit den Eltern nicht klar", sagte Karoline mit unerwarteter Heftigkeit, als müsse sie Verteidiger von Mike werden. Sie war so glücklich, dass Salli dasaß und ihr zuhörte.

„Du kennst ihn näher? Ich dachte, du hättest ihn nur ganz flüchtig einmal gesehen."

„Nein, ich kenne ihn nicht näher, aber man merkt ihm an, dass er Schwierigkeiten hat. Er hat mich mal angerufen, vor Wochen. Wahrscheinlich hätte er mich gebraucht, und ich hätte ihm vielleicht auch helfen können, aber ich habe ihn hängen lassen. Ich habe den Moment verpasst, ich war einfach bescheuert." Sie sah Salli an und merkte, dass diese unbequem saß. „Leg dich doch hin. Das tut dem Rücken gut. Du sitzt sowieso den ganzen Tag an der Schreibmaschine. Tut dir denn das Kreuz nie weh?"

„O doch." Salli machte es sich bequem. Sie lagen nun Kopf an Kopf, und in Karoline keimte ein zärtliches Gefühl auf, als sei Salli ihre große Schwester, die sie bisher einfach übersehen hatte. „Bin ich eigentlich unausstehlich? Wie sehe ich aus? Habe ich erträgliche Momente? Kann mich außer dem Boss und Karl irgendjemand gern haben?"

„Ja. Ich zum Beispiel", lachte Salli. „Du wolltest mir was erzählen. Gehört das auch dazu?"

„Ja und nein." Sie kuschelte sich an Salli und blies sich das Haar aus der Stirn. „Vor einer Stunde rief mich Mikes Mutter an. Mike ist von zu Hause ausgerissen. Sie haben in seinen Sachen geschnüffelt und Briefe, die er an mich geschrieben hat, gefunden, stell dir das vor, Briefe, die ich nie bekommen habe. Aber sie dachten natürlich, ich hätte Verbindung mit Mike und wüsste sicherlich, wo er steckt."

„Oh, das ist ja spannend. Wir müssen ihn aufstöbern", sagte Salli lebhaft.

„Wo denn? Wie denn? Das ist gar nicht so einfach."

Der Boss rief nach Salli und öffnete Karolines Tür. „Hier steckst du! Was heckt ihr beide denn da aus?" Er traf Anstalten, ins Zimmer zu kommen, aber Salli befahl ihm energisch, sich wieder zu verziehen. „Habt ihr Geheimnisse vor mir?"

„Ja ... Wir führen hier Frauengespräche", sagte sie kurz angebunden.

„Frauengespräche. Lippenstiftquatsch, Kleidergetuschel und der ganze Schmus." Er zog sich grollend zurück. Aber in Wirklichkeit fand er es gut, Salli und Karoline zum ersten Mal so vertraut zu sehen.

Während Karoline erzählte und jedes winzige Detail ihrer Bekanntschaft mit Mike erwähnte, wurde sie sich klar darüber, wie sehr sich ihre Gedanken seit dem Sommer mit ihm beschäftigten. „Hältst du es für möglich, dass man sich in jemand verknallt, den man kaum kennt und der einen mit Liebenswürdigkeit nicht gerade überhäuft hat?", fragte sie offen heraus.

„Wenn ich dir so zuhöre, halte ich es absolut für möglich."

Salli richtete sich auf und betrachtete Karoline nachdenklich. „Weißt du eigentlich, dass du sehr apart aussehen kannst, wenn du ein bisschen was für dich tust."

Karoline wurde rot bis hinter die Ohren. „Ach, komm ..."

„Du hast ein Gesicht, das man sich merkt, und das ist schon ein enormes Plus bei den tausend Allerweltsgesichtern, die einander gleichen wie ein Ei dem anderen."

In der Küche fiel irgendetwas klirrend zu Boden. „Jetzt zertrümmert der Boss die Wohnung aus Wut darüber, dass wir ihn hinausgeworfen haben. Ich glaube, du solltest nach ihm sehen", schlug Karoline vor.

„Gute Idee. Morgen probieren wir mal einen Hauch von Lidschatten aus. Nur so zum Spaß." Sie küsste Karoline flüchtig auf die Stirn und sprang auf.

„Ciao, Salli." Karoline löschte das Licht. Ich kann es dem Boss nicht verdenken, dass er sich Salli geangelt hat. Man muss sie wirklich gern haben, dachte sie. Ich war wohl völlig benebelt, dass ich mich so gegen sie gestemmt habe.

Gute Freunde
Salli und Karoline haben ein Geheimnis

Am Morgen nach Frau Ihrenkamps Anruf hatte sie Salli gefragt: „Hast du dem Boss was davon erzählt?“ Und Salli hatte das verneint und ihrerseits gefragt, ob Karoline es ihrem Bruder gegenüber erwähnt habe. „Nein. Ich finde, das geht die Männer nichts an. Es ist überhaupt nicht nötig, dass jeder seinen Senf dazu gibt, pro und contra.“ Von da an trafen sich ihre Blicke viel sagend. Sie hatten nun ein Geheimnis miteinander.

Karoline wartete auf ein Zeichen von Mike, auf einen Telefonanruf oder einen Brief von ihm. Er hatte sich in ihre Gedanken eingeschlichen, und hier war er nun und beschäftigte sie und drängte sich in ihre Träume. Sie gab dem Vater und Karl zerstreute Antworten, und in der Schule konnte sie sich nicht mehr richtig konzentrieren. Eines Tages kam sie mit der sensationellen Nachricht nach Hause, dass sie eine Vier in Physik geschrieben habe. Das war ungeheuer für eine Spitzenschülerin.

„Donnerwetter“, sagte der Boss und musterte sie mit einem Blick, der mehr Wohlgefallen als Kritik ausdrückte. Was ging hier vor? Jedenfalls nichts Nachteiliges. Karoline fing an, hübsch auszusehen. Ihr Haar glich nicht mehr einer schlecht gemähten Wiese, und ihr Gesicht, mit dem sie sich jetzt unter Sallis Aufsicht zu beschäftigen begann, war kein Jungengesicht mehr. Die Augen hatten mehr Wärme bekommen, der Mund war weicher, wenn sie Salli zulächelte.

Sie schrieb in Gedanken Briefe an Mike, sie führte Gespräche mit ihm, sah ihn von allen möglichen Gefahren bedrängt und machte sich Sorgen um ihn. Eines Tages hielt sie es nicht länger aus und rief Frau Ihrenkamp an. Aber Mikes Eltern waren immer noch ohne ein Lebenszeichen von ihrem Sohn. Sie hatten inzwischen die Polizei und Interpol eingeschaltet, aber da Zigtausende von jungen Menschen durch die Welt gammelten, hatte man ihnen wenig Hoffnung gemacht, Mike in absehbarer Zeit aufzuspüren.

Dann eines Tages jedoch geschah etwas, das Karoline als Wunder bezeichnete, einfach schon deshalb, weil es sich von allen anderen Geschehnissen der letzten Monate „wunderbar“ abhob. An einem verregneten Mainachmittag starrte sie unlustig aus dem Fenster. Das Wasser lief in breiten Bächen den Gehsteig entlang. Es trug gelbe Schwaden von Blütenstaub mit sich und strebte den Gullis zu, um gurgelnd darin zu versinken. Am Rinnstein kniete ein kleines Mädchen, pitschnass und quietschvergnügt. Es war Betti Singer, die vierjährige Tochter einer sehr auf Anstand und Sauberkeit bedachten Geschäftsfrau. Sie trug zum weißen Pulli weiße Flanellhosen, beides inzwischen durchnässt und herrlich schmutzig, und sicher würde sie bittere Vorwürfe oder gar Haue beziehen, wenn sie so nach Hause käme. Aber Betti, die heimlich ausgebüxt war, erlebte eine ihrer glücklichsten Spielstunden. Sie sprang auf, rannte ein Stück am Rinnstein entlang und kehrte wieder zurück zu dem Kerl, der neben ihr auf dem Pflaster hockte und leere Streichholzschachteln und Zündhölzer und Schiffchen aus Papier schwimmen ließ. Und dieser Bursche hieß Mike, und es dauerte nur zwei Minuten, da stand Karoline neben ihm im Regen und klopfte ihm auf die Schulter.

„Hallo, Mike“, sagte sie, als hätten sie sich hier verabredet an diesem unfreundlichen Tag im Mai.

„Hallo.“ Mike blickte zu ihr auf. Er sah jämmerlich

aus. Sein Gesicht war schmal geworden, härter und abweisender, und dieses grässliche Haar sah noch wirrer und ungepflegter aus, als Karoline es in Erinnerung hatte.

„Kommst du mich besuchen?"

„Klar. Warum würde ich wohl sonst hier herumsitzen?" Der Regen pladderte unvermindert aufs Pflaster, und die Autos zischten wie Wasserwerfer vorbei. „Passt es dir nicht?"

„Was?"

„Mein Besuch."

Seine Stimme klang anders, heiser, und so als ob es ihn Anstrengung kostete zu sprechen. Es war gar nicht Mikes forsche, selbstbewusste Stimme. „Klar passt es mir", sagte Karoline, und dann zog sie Betti an der Hand hoch. „Nach Hause mit dir, aber im Laufschritt", sagte sie. Aber Betti fing an zu plärren, sie versuchte sich loszureißen und wollte sich von ihrem wunderbaren Spiel nicht vertreiben lassen, so dass Karoline sie einfach auf den Arm nahm, um sie nach Hause zu tragen. Da kam schon ihre große Schwester angelaufen, und Betti wechselte von einem Arm in den anderen. Sie schrie wie eine Alarmsirene, spuckte nach Karoline, warf Mike, ihrem Spielgenossen, flehende Blicke zu und trommelte mit den Fäusten auf ihre große Schwester. Aber diese war nicht beeindruckt und verschwand mit Betti um die Ecke.

Mike und Karoline standen da und sahen einander durch einen Vorhang von Wasser an. „Umwerfendes Wetter", bemerkte Mike.

„Ja, wonnig."

„Möchtest du mit mir Schiffchen schwimmen lassen?" Mikes Versuch zu scherzen und den Gleichgültigen zu spielen gelang nicht ganz. Er sah zu kläglich aus, ungewaschen und ausgehungert, und außerdem fror er.

„Schiffchen, jawohl, aber in der Badewanne", sagte sie

in einem mütterlich energischen Ton. „Komm mit rauf, los."

Mike folgte ihr willig ins Haus und schien glücklich, dass sie keine Fragen stellte, sondern es ihm überließ zu erzählen, was es zu erzählen gab. „Ich bin bis nach Pakistan gekommen", sagte er. „Am Anfang ging alles verhältnismäßig leicht. Ich hatte immer was zu essen und oft sogar ein Dach überm Kopf, und ich traf etliche brauchbare Leute, Jungen und Mädchen. Ein paar wirklich feine Kumpel."

„Du schnatterst vor Kälte. Komm mit." Mike trottete folgsam hinter ihr her. Karoline ließ das Bad einlaufen. „Zieh dich aus", sagte sie. „Ich koche dir inzwischen einen heißen Tee. Wenn du in der Badewanne sitzt, pfeifst du, dann komme ich und schrubbe dich ab."

Während sie den Tee kochte, überlegte sie, wo sie Mike unterbringen konnte. Sie würde ein Campingbett in Karls Zimmer stellen, und dort konnte er schlafen, zunächst einmal. Denn sicher war er nicht in Eile, nach Hause zu kommen. Morgen würde man weitersehen.

Sie brühte den Tee auf und stellte die Kanne warm, als Mike pfiff. Er saß in der Badewanne, hielt beide Handflächen gegen die Schläfen gepresst und verzog das Gesicht zu einer Grimasse.

„Hast du Angst, dass du deinen Kopf verlierst? Hältst du ihn fest?", fragte sie ihn.

„Ich fühle mich beschissen, ich habe Schmerzen, als ob mir der Schädel zerspringen würde", murmelte er.

„Dein Schädel zerspringt nicht so leicht, der ist dick."

Sie seifte ihm den Rücken ein und begann ihn mit der Bürste zu bearbeiten. Dann sah sie die Narben. „Was ist denn das da?"

„Nichts Besonderes."

„Narben."

„Wenn es dich interessiert: Mich haben sie zusammengeschlagen, vor drei Wochen in einer Kommune in Frankfurt. Da waren fünf oder sechs ziemlich sture Kerls, die den ganzen Tag nur herumgelungert sind und ihre Joints geraucht haben. Ich war der Einzige, der mal den Boden gefegt und auch mal einen Topf Suppe gekocht hat. Tagsüber ging ich arbeiten, Wände anstreichen, Zement und Ziegelsteine zubringen. Und wenn ich heimkam und Wurst und Käse oder auch mal ein Suppenhuhn mitbrachte, hockten sie nur da und hatten nichts anderes zu tun als mir klarzumachen, dass die Welt fast ausschließlich aus blöden und gewissenlosen Saukerlen bestünde und die Gesellschaft von Grund auf umgekrempelt gehöre. Am Anfang hörte ich mir das an und fand auch ein paar gute Gedanken darin, weil ich ja selbst an der Gesellschaft eine ganze Menge auszusetzen habe. Aber als sie mir dann ihre zusammengestopselte Theorie entwickelten, war es mir einfach eins zu viel. Sie sagten, man müsse in der ganzen Welt Zuchtanstalten für emsige Idioten anlegen, die darauf aus wären, mit dem größten Vergnügen für eine freiheitliche, geistig überlegene Minderheit zu schuften. Dein Alter wäre ein prima Kapo in so einer Anstalt, sagten sie."

„Wussten sie denn, aus welchem Stall du kommst?"

„Ich hatte ihnen dummerweise von meinen Eltern erzählt, ganz am Anfang, und warum ich mit ihnen nicht zurechtkam und davongelaufen sei. Aber jetzt fingen sie an, meine Eltern in hirnloser Weise mies zu machen und mit Dreck zu beschmeißen, und heckten einen Plan aus, gemeinsam mit mir hierher zu kommen. Dann sollten wir mit meinem Wohnungsschlüssel nachts in unser Haus gehen und uns gerechterweise nehmen, was wir so für die nächsten fünfzig Jahre zu unserem sorgenfreien Dasein benötigten. Da habe ich natürlich nicht mehr mitgespielt. Wir haben uns zerkracht, und zum Schluss habe ich meine Alten leidenschaftlich verteidigt, du wirst es nicht für möglich halten."

„Beug dich nach vorn, damit ich besser an deinen Hals komme", befahl Karoline und rückte seinen Kopf nach unten.

„Willst du mich ersäufen?", protestierte er.

„Nein. Nur Kruste für Kruste abnehmen, bis der Mensch wieder einigermaßen zum Vorschein kommt. Erzähl weiter."

„Sie wollten die Sache dann allein deichseln. Sie haben mir meinen Hausschlüssel heimlich nachts weggenommen, aber sie haben ja nicht viel von mir gewusst, z. B. wie meine Eltern heißen und wo sie leben. Am nächsten Tag haben sie dann noch mal probiert, mich mit allen möglichen Kniffen auf ihre Seite zu kriegen. Und als dies nicht zog, haben sie versucht, meinen Namen und den Namen meiner Eltern einfach aus mir herauszuprügeln."

„Und?"

„Ich habe natürlich dichtgehalten."

„Fabelhaft", sagte Karoline bewundernd. „Aber wieso hast du dann ganze drei Wochen gebraucht, um hierher zu kommen?"

„Weil der Entschluss so unreif war wie eine grüne Pflaume im Mai. Und als ich mich von dieser Bande verdrückt hatte, fand ich auch zufällig einen besonders unterhaltsamen Arbeitsplatz."

„Wo denn?"

„Auf einer Schutthalde."

„Genau so siehst du aus", sagte Karoline. Ich sollte netter zu ihm sein, weiblicher, mein Gott, ich gebärde mich schon wieder wie ein Kerl, dachte sie.

Mike war nur mehr Haut und Knochen. „Meinst du

wohl, ich kann ein paar Tage bei euch bleiben? Meinst du, deinem Vater ist es recht?"

„Sicher. Und vor allem meiner Mutter." Sie lachte. „Sperr den Mund nicht so auf, mach die Klappe wieder zu. Jawohl, ich habe seit neuestem eine so genannte Mutter."

„Wieso so genannte?"

„Weil sie nicht respektabel ist. Du wirst es schon sehen."

„Magst du sie?"

„Am Anfang hätte ich sie am liebsten in meinem Zahnglas ertränkt, aber inzwischen mag ich sie. Ich kann sie ehrlich gut leiden. Übrigens habe ich mit ihr viel über dich gesprochen."

„Du über mich?"

Karoline beantwortete diese Frage nicht. Sie klatschte Mike den Waschlappen auf den Rücken. „Jetzt kommen die Füße dran", sagte sie.

In diesem Moment öffnete sich die Tür, und Salli stand da. Sie zog die Brauen, die immer wie dicke Balken über ihren dunklen Augen standen, in stummer Frage hoch.

„Mike ist gekommen", erklärte Karoline sachlich.

„Oh, das ist eine gute Nachricht."

„Ich bin gerade dabei, ihn menschenähnlich zu machen."

Salli nickte. Sie nahm keinen Anstoß daran, dass Karoline Mike abschrubbte, und Karoline hatte es auch gar nicht anders von Salli erwartet. „Soll ich dir helfen?", erkundigte sie sich.

„Wenn du willst, gern."

„Wie wäre es mit einer niedlichen kleinen Kopfwäsche? Das ist so praktisch in der Badewanne. Mann, was für Haare! Da kommt man ja gar nicht durch. Findest du sie schön?"

Mike zuckte nur mit den Schultern.

„Ich finde sie scheußlich", sagte Karoline.

„Ich auch", stimmte Salli zu. „Ich kann prima Haare schneiden. Weg mit der Matratze, wie wär's, Mike?"

Mike saß da wie ein Opferlamm, dem das Messer bereits an der Kehle sitzt. „Macht mit mir, was ihr wollt", sagte er.

Später, als er dann mit Schüttelfrost im Bett lag und das Thermometer über vierzig Grad zeigte, begriff Karoline, warum er sich so willig von seinem langen Haar getrennt hatte. Er fühlte sich einfach zu elend, um irgendjemand, besonders zwei Frauen, die sich so resolut um sein Wohlbefinden kümmerten, Widerstand zu leisten. Armes Schwein, dachte sie und beugte sich liebevoll über ihn, um ihm die feuchte Stirn zu trocknen.

Nacheinander trafen der Boss, dann Karl und zum Schluss der herbeigerufene Arzt zur Besichtigung von Mike ein. Der Arzt stellte eine lobuläre Pneumonie, eine Lungenentzündung, die alle Lungenlappen erfasst hatte, fest, und riet dazu, Mike in ein Krankenhaus zu überführen. Aber Karoline, Salli und auch Karl wollten nichts davon wissen. Sie würden sich in die Krankenpflege von Mike teilen und ihn schon wieder auf die Beine bringen. Lediglich der Boss meldete seine Bedenken an.

„Besteht eine akute Gefahr?", fragte er den Arzt.

„Nein, aller Voraussicht nach nicht, und ich werde zweimal am Tag kommen. Der Patient scheint mir jedoch sehr geschwächt und hat nicht allzu viel zuzusetzen. Wo haben Sie den jungen Mann denn aufgelesen?" Es war Bodemers Hausarzt, deshalb konnte er sich diese persönliche Frage leisten.

„Quasi in der Gosse", sagte Karoline. „Am Rinnstein. Er kam mich besuchen. Er ist ein Freund von mir." Freund? Das war ihr einfach so herausgerutscht.

Mike lag in Karls Zimmer, das als Krankenstube eingeräumt worden war. Er fieberte stark und war nicht ganz bei sich. Manchmal versuchte er zu sprechen, aber aus seiner ausgetrockneten Kehle kamen nur undeutliche, gemurmelte Laute hervor. Die Fieberwellen fielen und stiegen. Dr. Krepa schätzte, dass die Krise nicht mehr weit entfernt wäre. Mike musste diese Lungenentzündung schon etliche Tage, bevor er endlich vor Bodemers Haus angelangt war, mit sich umhergeschleppt haben. Bei kalten Regenschauern am Rinnstein sitzen war natürlich seiner Krankheit auch nicht gerade zuträglich gewesen.

Als das Fieber weiter anstieg, verfiel er in einen von wirren Träumen angefüllten Halbschlaf. Gelegentlich öffnete er die Augen einen Spalt und nahm Karoline wahr, die sich ein paar Tage von der Schule beurlaubt hatte und an seinem Bett saß. „Du hast längere Haare, das steht dir gut", sagte er in einem seiner wachen Momente und streckte die Hand nach Karoline aus. Aber sein Arm sank schlaff zurück auf die Bettdecke, bevor er Karoline berührt hatte. „Warum rückst du ab?", murmelte er mutlos. „Jetzt bist du ganz weit weg von mir."

„Nein, das bildest du dir nur ein. Ich bin ganz nah bei dir, Mike." Sie nahm ihm das feuchte, inzwischen warm gewordene Tuch von der heißen Stirn und wechselte es gegen ein frisches und kühles aus. Karoline wusste nicht, ob Mike sie gehört hatte. Er hatte die fieberglänzenden Augen schon wieder geschlossen und lag da mit seinen kurzen, raschen Atemstößen. So gehörte er ihr ganz. Sie konnte ihn in aller Ruhe betrachten und ihren Gedanken nachhängen. Er sieht wunderbar aus, wenn er so daliegt, ganz ohne Aggression und Argwohn und falschen Stolz. Er ist eher ein weicher Junge so wie Karl, er will es nur nicht wahrhaben und geht mit den verkehrten Mitteln dagegen an. Aber er würde einen Tobsuchtsanfall bekommen, wenn man ihm das sagte.

Plötzlich richtete Mike sich auf, schnitt ein wildes Gesicht und presste die Zähne aufeinander. „Ich bin kein schlapper Hund", knirschte er, als habe er ihre Gedanken gelesen.

„Kein Mensch behauptet das. Spiel dich jetzt nur nicht auf. Du musst mit deinen Kräften haushalten." Sie berührte ihn sacht an der Brust, und da fiel er auch schon wieder zurück in die Kissen, so schwach war er.

„Beschissen", murmelte er, und dann nach einer Weile: „Hol meine Eltern nicht hierher, ja? Versprichst du es?"

„Ja, ich verspreche es." Das zweite Versprechen zu diesem Punkt. Vor einer Stunde hatte sie dem Boss versprochen, dass sie Mikes Mutter benachrichtigen würde.

Es klingelte, und Mike fuhr zusammen und warf sich mit dem Kopf auf die Seite. „Das wird meine Mutter sein, und sie wird mir wieder mit ihrer Nestwärme kommen, und mir ist es sowieso schon heiß genug."

„Eh, wie haben wir's denn! Du reißt ja schon wieder Witze." Sie stand auf, um die Haustür zu öffnen.

„Ich kann nicht, nein, bitte, lass sie nicht rein, ich kann es nicht ertragen, dass sie sich am Anblick ihres angeschlagenen Miki-Babys weidet."

„Reg dich nicht auf. Es ist fünf Uhr, und das ist der Arzt, der dir eine Spritze verpasst. Deine Eltern wissen doch noch gar nicht, dass du hier bist."

Es war tatsächlich Dr. Krepa. Nachdem er Mike die Injektion gegeben, die Fieberkurve studiert und ihn abgehorcht hatte, begleitete Karoline ihn bis zur Haustür. „Hast du seine Eltern verständigt?", fragte er.

„Noch nicht. Geht es Mike schlecht?"

„Nicht schlechter als gestern, aber es ist unkorrekt, seine Eltern nicht zu benachrichtigen. Außerdem kannst du deinen Vater dadurch in Teufels Küche bringen."

Mikes Mutter war nicht zu erreichen. Sie befand sich auf einer Safari in Afrika. Karoline versuchte es mit dem Vater, aber von der Sekretärin wurde ihr gesagt, er sei nach Zürich zur Gesellschafterversammlung eines seiner Schwesterbetriebe geflogen und werde erst in zwei Tagen zurückerwartet.

„Es ist ziemlich wichtig. Können Sie ihn telefonisch erreichen?"

„Ja, das kann ich."

Karoline wusste nicht, wie weit die Sekretärin in die Familienverhältnisse eingeweiht war und ob sie überhaupt von Mikes Verschwinden etwas wusste. „Können Sie Herrn Ihrenkamp bitten, mich heute Abend anzurufen?" Sie gab ihre Telefonnummer durch.

„Wenn es geschäftlich ist, vielleicht kann ich Ihnen dann von hier aus weiterhelfen", meinte die Sekretärin.

„Nein, es ist privat."

„Ach so ..." Der verständnisvolle Ton der Sekretärin war nicht zu überhören. Karoline erinnerte sich an eine von Mikes Bemerkungen, dass Vater und Mutter sich in punkto Freundschaften volle Freiheit ließen. Wahrscheinlich dachte Ihrenkamps Sekretärin jetzt, sie sei eine von seinen „Gespielinnen". Diese Vorstellung war eher komisch als ärgerlich.

Es war vier Uhr, als Karl nach Hause kam. Die Tür zu Mikes Zimmer war nur angelehnt, und Mike rief nach ihm, aber Karoline war als Erste im Krankenzimmer. „Was ist? Brauchst du was?"

„Ich habe nach Karl gerufen, nicht nach dir", entgegnete er unfreundlich. Karoline verkniff sich eine schroffe Erwiderung. Mike war in einem wahrhaft jämmerlichen

Zustand, und Patienten hatten das Recht auf schlechte Laune. Vielleicht gehe ich Mike auf die Nerven.

Während ihr Bruder bei Mike war, machte sie sich mit bewusstem Lärm in der Küche zu schaffen. Es sollte nicht so aussehen, als belausche sie Geheimnisse. Dennoch konnte sie ihre Neugier nicht bezähmen, und als Karl nach einer Weile in die Küche kam, um sich die Hände zu waschen, fragte sie ihn: „Was wollte Mike von dir?“

„Nichts Besonderes.“

„Hat er sich über irgendetwas beklagt?“

„Nein, Schwester. Er wollte Pipi machen, und ich musste ihm dabei helfen. Zufrieden?“

„Ja, sehr“, lachte Karoline. „Wie findest du ihn?“

„Bestrickend.“

„Ich meine, wie du seinen Zustand findest.“

„Ich bin sicher, er bleibt dir, Schwesterherz. Und ich gönne es dir. Du wirst von Tag zu Tag hübscher.“

„Hör auf, sonst werfe ich mit Kochtöpfen nach dir.“

„Wirklich, du bist jetzt schon ganz ansehnlich“, sagte er in seiner sanften Art. „Du musst mir mal Modell stehen.“

„Das fehlt mir wie ein Loch im Kopf. Aber du wirst gefälligst nicht so bröseln mit deinem Brot, sonst sage ich es unserer Stiefmutter, und die wird dir ordentlich aufs Dach steigen.“

Ein Gespräch mit dem Vater
Mike will nicht nach Hause

Bodemer war am Telefon, als Mikes Vater aus Zürich anrief. „Ich habe gute Nachricht für Sie. Ihr Sohn ist bei uns aufgetaucht“, sagte der Boss.

„Das ist ja großartig. Ich bin sehr erleichtert, ich machte mir wirklich große Sorgen um ihn. Ist er bei Ihnen? Kann man jetzt vielleicht ein vernünftiges Wort mit ihm sprechen? Geben Sie mir den Ausreißer mal ans Telefon."

„Das geht im Augenblick nicht."

„Wieso? Das verstehe ich nicht."

Der Boss gab einen genauen Bericht über Mikes Zustand ab und wiederholte die Versicherung des Arztes, dass keine akute Gefahr bestünde.

„Ich bin morgen Abend zurück, dann werde ich Mike umgehend in eine Klinik bringen."

„Er will in keine Klinik, Herr Ihrenkamp, und ich glaube auch, dass man ihn nicht dazu zwingen sollte. Wir kümmern uns alle um ihn und werden ihn hoffentlich bald wieder auf die Beine bringen."

„Was für eine Zumutung! Das bringt ja Ihren ganzen Haushalt durcheinander. Nein, nein, eine ordentliche Klinik ist in diesem Fall die beste Lösung. Lassen Sie mich nur machen. Ich komme morgen gegen achtzehn Uhr gleich vom Flugplatz zu Ihnen und werde ein ernstes Wort mit meinem Sohn sprechen."

Ein ernstes Wort von einem energiegeladenen Vater, das war genau das, was Mike im Augenblick am allerwenigsten brauchen konnte. Der Boss wusste das. Er hatte mit Mike gesprochen, hatte ihm gesagt, dass seine Mutter verreist war, dass man aber heute Abend einen Anruf von seinem Vater erwarte, und hatte erlebt, wie Mikes Gesicht sich verhärtete. „Ich will ihn aber nicht sehen", hatte er geknirscht. „Ich will ihm ein paar Dinge sagen, und er wird mir etliche Dinge sagen. Ich will mich nicht in diesem Zustand mit ihm auseinander setzen."

„Sei nicht verstockt, Mike. Dein Vater wird sich kaum abhalten lassen", hatte Bodemer ihm gesagt, und Mike hatte darauf geantwortet, dass er dann von hier abhauen würde, und daran würden ihn keine versperrten Türen und keine Lungenentzündung hindern. Bodemer hatte ihm zugeredet wie einem kranken Gaul, aber er hatte ihn nicht umstimmen können. Wie es nun dem Vater taktvoll beibringen?

„Hören Sie, Herr Ihrenkamp, ich denke, Sie müssen mit Ihrem Besuch warten, bis es Ihrem Sohn wieder besser geht."

„Lächerlich. Ich werde ..."

„Doch, bitte. Halten Sie sich zunächst raus", fiel ihm der Boss leicht verärgert ins Wort.

„Erlauben Sie mal, soll das ein Befehl sein?"

Der Boss lief rot an, und Salli, die neben ihm stand, legte ihm flehentlich den Finger auf den Mund. „Nein, kein Befehl, aber eine dringende Bitte", knurrte er nach einer bangen Pause. „Eine sehr dringende Bitte."

„Gut. Die Hauptsache ist schließlich, dass mein Sohn wieder aufgetaucht ist", sagte Ihrenkamp einlenkend.

„Das meine ich auch. Wir bleiben in Verbindung."

„Selbstverständlich. Hm ... und noch was, Herr Bodemer, ich bin Ihnen und Ihrer Familie natürlich sehr dankbar für das, was Sie sich da aufgehalst haben."

„Nicht der Rede wert."

„Und lassen Sie sich von Mike nicht einwickeln. Er hat wirklich nicht den geringsten Grund, sich gegen sein Elternhaus aufzulehnen."

„Ich lasse mich sehr schwer von jemanden einwickeln", entgegnete der Boss.

Als er aufgelegt hatte, stand Mike plötzlich in der Tür. Er schwankte leise hin und her wie ein Betrunkener, und unter seiner fieberglänzenden Stirn lagen die Augen tief in den Höhlen. „Ihr müsst nicht glauben, ich sei nichts weiter als der aufsässige Sohn eines reichen Vaters, einer von den vielen aufsässigen Söhnen, weil das heute so Mode ist. Ich bin nicht so vernagelt. Bei mir sitzt es tiefer. Von meiner Mutter bin ich beiseite gelegt und von meinem erfolgreichen Vater mit verkehrten Mitteln zur Tüchtigkeit gedrillt worden. Das macht mich ganz krank. Und trotz allem mag ich ihn, diesen beschissenen Vater." Und plötzlich stürzten Tränen aus seinen Augen, er warf die Hände vors Gesicht, verlor das Gleichgewicht und sackte im Zeitlupentempo zusammen.

Der Boss und Karl liefen zu ihm hin und brachten ihn ins Bett.

Karoline sah betreten zur Seite. Ein Junge, schon fast ein Mann, und noch dazu einer, der sich so viel auf seine Härte einbildete – und dann vor Zeugen weinen!

„Guck du ruhig hin. Das siehst du nicht oft, echte Männertränen. Denk du ja nicht geringschätzig darüber", sagte Salli und nickte Karoline zu. Mit ihrem runden Kindergesicht und den immer etwas erstaunt wirkenden Augen sah Salli immer sehr komisch aus, wenn sie ihre Weisheiten verzapfte.

Nach einigen Tagen hatte Mike den Tiefpunkt seiner Krankheit überschritten, aber er kam nur sehr langsam wieder zu Kräften und beschwerte sich bei Dr. Krepa über seinen Zustand. „Da muss es doch irgendwas geben, um mich aufzupulvern. Ich fühle mich wie ein ausgetretener alter Schlappschuh."

„Du hattest nicht viel zuzusetzen. Jetzt musst du einfach Geduld haben, bis du wieder hochkommst."

„Geduld", knirschte Mike und schlug mit den Fäusten auf die Bettdecke.

„So ist's recht, das stärkt die Muskeln", lachte Dr. Krepa und verließ das Zimmer.

„Lasst euch doch alle eingraben mit eurer ärztlichen Kunst“, schrie Mike ihm nach.

Karoline stand an seinem Bett und lachte über seine ohnmächtige Wut. „Warum eilt es dir denn so? Du versäumst doch nichts. Morgen darfst du eine Stunde am Fenster sitzen.“

„Wunderbar. Mike Ihrenkamp sitzt am Fenster und träumt vor sich hin“, sagte er grimmig. „Weißt du, was ich tun werde? Ich werde den Leuten unten auf den Kopf spucken, damit ich eine Beschäftigung habe. Und schau du nicht immer so auf mich herunter. Davon könnte ich glatt eine Gallenkolik kriegen.“

„Okay, tob dich nur aus.“ Sie strich die Bettdecke, die noch Eindrücke von Mikes Fäusten zeigte, glatt. „Was möchtest du essen?“

„Schrotkörner in einer Salzsäuresoße.“

„Fein. Ich werde alles vorbereiten und Salli Bescheid sagen. Ich gehe aus.“

„Aus? Heute Abend noch?“ Mike sah sie an, als vergehe sie sich gegen alle Grundregeln des Anstandes. „Wohin denn?“

Karoline war versucht, ihn durch eine vorgespiegelte Verabredung mit einem Jungen zu ärgern, aber dann entschloss sie sich doch für die Wahrheit. „Nachhilfestunden geben.“

„Warum fängst du da nicht bei mir an?“

„Erstens weil du mir gesagt hast, du würdest nicht mehr in die Schule zurückgehen, und zweitens weil du kein Geld hast, sie mir zu bezahlen.“

„Mensch, bist du happig.“

„Ja.“ Sie setzte sich auf den Bettrand, nahm seine Hände und betrachtete sie. „Die muss ich auch mal beackern, die sehen ja scheußlich aus. Hast du früher mal Nägel gebissen?“

„Ja, klar. Ich habe alles getrieben, was ein gestörtes Kind tun kann. Ich war sogar mal Bettnässer."

„Und bildest dir mächtig viel darauf ein, was? Du machst ja eine richtige Religion aus deiner gestörten Kindheit. Damit verliert es nämlich viel von seiner Glaubwürdigkeit. Vielleicht nimmst du dich selbst zu wichtig."

„Vielleicht. Vielleicht bin ich auch nur ein Schlappschwanz", sagte Mike bekümmert. „Spreche ich zu viel von mir selbst? Du bist die Erste, wo ich den ganzen Dreck ablade. Vielleicht einfach deshalb, weil du kein Junge bist, aber auch kein richtiges Mädchen."

„Danke für das Kompliment."

„Warst", schränkte er ein. „Inzwischen hast du dich gemausert. Soll ich dir was sagen? Ich habe dir eine Menge Briefe geschrieben."

„Ja, ich weiß."

„Woher?"

„Deine Mutter hat es mir erzählt."

Mikes Backenmuskeln arbeiteten. Ein neuer Zornanfall war fällig. Schließlich sagte er mit erkünstelter Ruhe: „Sie hat meinen Schreibtisch aufgebrochen. Da kannst du mal sehen, wie sie ist."

„Jetzt mach aber mal einen Punkt, Mike, du bist albern und ungerecht. Wenn man sich um jemand Sorgen macht, ist jedes Mittel erlaubt."

„Sie hat sich nie besondere Sorgen um mich gemacht." Er zuckte die Achseln. „Was hat sie dir denn von diesen Briefen erzählt? Wahrscheinlich, dass lauter unverständliches, unausgegorenes Zeug darin steht."

„Nein", log Karoline, obwohl Mike den Nagel auf den Kopf getroffen hatte. Aber es schien ihr im Augenblick aussichtslos, mit ihm ein vernünftiges Wort zu reden. „Warum bist du eigentlich so geladen auf deine Eltern?"

„Bin ich geladen auf sie? Ich kann sie nur nicht als das akzeptieren, was sie mir gegenüber darzustellen versuchen, nämlich die über jeden Zweifel erhabenen Erziehungsberechtigten. Wären es die Eltern von irgendjemand anderem, würde ich sie vielleicht ganz annehmbar finden. Meine Mutter hat einen Freund. Es ist nun schon der zweite, den ich erlebe. Nicht dass ich mich moralisch entrüste. Mein Vater hat ja auch seine Mädchen. Aber dann bei unserer Betriebsfeier oder bei offiziellen Einladungen oder bei den Geburtstagen der Großmütter oder Tanten spielen sie das intakte Ehepaar. Und mein Vater, der dauernd meine Ertüchtigung im Mund führt und aus Prinzip mit meinem Taschengeld knausert, weiß, dass meine Mutter ihren derzeitigen Freund, diesen Playboy, praktisch aushält, aber darüber verliert er natürlich kein Wort, weil er sich seine eigene Freiheit damit erkauft. Und mir predigt man Ehrlichkeit, Zivilcourage und was weiß ich nicht noch alles und bildet sich wohl ein, dass das Bübchen nie hinter die Kulissen guckt. So was schafft einen, aber das kapierst du vielleicht nicht."

„Doch." Karoline überlegte sich, ob sie dem Gespräch eine andere Wendung geben sollte, aber dann ließ sie ihn weitersprechen. Es war gut, wenn endlich alles rauskam.

„Als ich noch klein war, hat mein Vater ein paar rührende, stümperhafte Versuche gemacht, mit mir ein gutes Verhältnis herzustellen. Er kam oft zu mir ins Zimmer und hat mit mir Pingpong oder mit der elektrischen Eisenbahn gespielt, oder wir gingen zusammen zu einer Sportveranstaltung. Aber dann fing er an, mir gewisse Vorbilder vor die Nase zu setzen und mir einzuhämmern, so und so musst du mal werden. Natürlich war er selbst die Nummer eins unter diesen Vorbildern: tüchtig, aufrecht und mit einem stark ausgeprägten Pflichtbewusstsein. Aber dann ist dieses herrliche Gemälde plötzlich zerplatzt, und zwar durch einen blöden Zufall." Er lachte in der Erinnerung leise vor sich hin. „Jemand hatte für die Hungerkatastrophe in Äthiopien als ‚ungenannt' eine große Geldsumme gespendet, und ich las es in der Zeitung, oder vielleicht sorgte mein Vater dafür, dass ich es las, und machte mir klar, was für ein Prachtkerl er sein müsse. Aber dann ließ er sein Notizbuch bei mir im Zimmer liegen, und zwar aufgeschlagen und genau an dem Tag mit der Eintragung ‚Fünf Mille ungenannt auf Konto soundso überwiesen', und ich wette, das war kein Zufall. Ich sollte wissen, was für ein feiner Kerl er war."

„Nun ja ...", Karoline wusste wirklich nicht, was sie dazu sagen sollte. „Wir alle sind keine Engel."

„Nein. Aber man sollte dann nicht ständig mit den Flügeln schlagen und so tun, als ob man einer sei. Ich kann mir keine anderen Eltern aussuchen, ich muss also wohl oder übel mit diesen zurechtkommen, und vielleicht geht das später auch mal, wenn ich fünfundzwanzig oder dreißig bin. Aber im Augenblick schaffe ich's nicht. Es kommt mir bei ihnen alles zu verlogen vor."

„Lügst du nie?"

„Doch."

„Ich auch."

„Ich lüge mich aus einer unangenehmen Situation heraus oder weil ich vor irgendwelchen Folgen Schiss habe, aber ich lüge nicht, um mich als Prachtkerl hinzustellen. Das ist es."

Karoline wusste, dass Mikes Vater sich für den frühen Abend angesagt hatte. Sie war in Zeitdruck und musste Mike diesen Besuch jetzt beibringen. „Ist dir jetzt wohler, weil du ausgepackt hast?", fragte sie ihn.

„Ja, bedeutend."

„Das trifft sich gut. Dein Vater kommt dich besuchen, in einer Stunde."

Mike nahm diese Mitteilung viel ungerührter hin, als sie erwartet hatte. „Er wird hoffentlich nicht den Versuch machen, mich mit nach Hause zu nehmen."

„Nein, das glaube ich kaum. Deine Mutter ist ja auch noch nicht zurück."

„Ach so, ja, die ist immer noch hinter den Löwen her. Ich kann mir vorstellen, was für kleidsame Safari-Anzüge sie in fünf Koffern durch die Wüste schleppt."

„Du lässt auch kein gutes Haar an deinen Eltern."

Er machte eine ärgerliche Handbewegung. „Ach komm, das verstehst du nicht. Ein Kind, das nicht ganz auf den Kopf gefallen ist, merkt doch die falschen Töne bei diesem Papi-Mami-Getue. Und ich habe Gespräche aufgeschnappt, aus denen mir klar wurde, dass sich meine Eltern ‚mir zuliebe' arrangiert haben. Da kommst du dir vielleicht blöd vor, wenn du als Kitt für eine kaputte Ehe herhalten musst. Bübchen soll mit Papi und Mami aufwachsen, jeden Tag wird ihm ein Löffel voll heiler Welt verpasst. Heimlich hat Mami ihre Liebhaber und Papi seine Miezen, und beide zusammen haben wenig oder gar keine Zeit und auch keine Antennen, um zu merken, dass Bübchen SOS-Signale gibt. So, da hast du die ganze Story skizziert", sagte er. „Soll ich sie noch ausschmücken?"

Karoline schüttelte den Kopf. „Du musst Fieber messen. Und trink deinen Orangensaft." Es klingelte. „Das wird dein Vater sein", sagte sie.

„Mach doch einfach nicht auf", stöhnte er. Aber sein Gesicht belebte sich, und er blickte erwartungsvoll nach der Tür. Trotz allem freut er sich auf seinen Alten, dachte Karoline und blickte sich im Zimmer um, ob alles in Ordnung sei.

Draußen in der Diele wurden Stimmen laut. „Endlich werde ich vorgelassen zu meinem Herrn Sohn", hörte sie

Herrn Ihrenkamp zu Karl sagen, polternd, fröhlich mit einem nicht zu überhörenden Unterton von Verärgerung.

Sie nickte Mike zu. „Ich lasse euch allein. Mach's gut. Und nicht beißen, nur knurren."

Als Karoline von ihrem Nachhilfeunterricht nach Hause kam, saßen die anderen beim Abendessen. Auch Mike nahm heute zum ersten Mal am gemeinsamen Essen teil. Er trug einen Bademantel vom Boss, der ihm viel zu weit war. Vor ihm stand ein Teller mit Spagetti. Er aß mit großem Appetit.

„Ich habe mich gesund geschrieben", erklärte er. Seine Augen sahen frisch aus, und seine Gesichtsfarbe war normal. Er schien kein Fieber mehr zu haben.

Karl rückte zur Seite und machte Platz für Karoline. Salli und der Boss unterhielten sich über einen Kunden.

„Ich hatte eine erstklassige Unterredung mit meinem Alten", erklärte Mike froh gestimmt.

„Oh, das ist fein", sagte Karoline erleichtert. Der Boss und Salli unterbrachen ihr Gespräch und blickten auf Karoline. Sie wussten schon Bescheid. Mike hatte ihnen berichtet.

„Wir haben uns jede Menge Liebenswürdigkeiten an den Kopf geworfen, dass die Fetzen nur so flogen. Aber wir sind beide mit dem Leben davongekommen. Jedenfalls hat sich dabei manches geklärt. Es war richtig erfrischend."

„Iss, Mike, deine Spagetti werden kalt", sagte Salli. „Und hier ist noch etwas Soße."

„Danke. Du bist die Güte selbst, du bist einfach super."

Karoline hob die Brauen. Seit wann duzte er Salli?

Mike las die Frage von ihrem Gesicht ab. „Ja, ja, wir duzen uns jetzt. Auch der Boss und ich“, erklärte er.

„Wie seid ihr denn nun verblieben, du und dein Vater?“

„Ich habe ihm klargemacht, dass ich so schnell nicht wieder nach Hause kommen werde, weil alles viel zu verfranst ist. Ich glaube, er war eher erleichtert.“

„Jetzt haben wir also den Schwarzen Peter“, sagte Karl.

Mike nahm diese Bemerkung nicht krumm. Er war auch viel zu sehr mit seinen Spagetti beschäftigt und aß heute zum ersten Mal mit Appetit.

Wenige Tage danach trat der Familienrat zusammen. Man besprach sich unten im Büro. Was sollte mit Mike geschehen?

„Warum soll er nicht einfach bei uns bleiben? Wir kommen doch auch alle ganz gut mit ihm aus“, meinte Karl.

Auch Salli war dieser Meinung. Karoline äußerte sich nicht. Sie bemerkte, dass der Boss die Stirn in Falten legte.

Er schüttelte den Kopf. „Mike ist doch kein Objekt, das man einfach von einer Hausnummer an die andere abgibt. Offen gestanden wäre mir einfach die Verantwortung zu groß. Es ist problematisch, ob mit oder ohne Schuld seiner Eltern, steht hier nicht zur Debatte. Aber er ist immerhin monatelang spurlos verschwunden, er pfeift auf die Schule, und er lehnt sich gegen alles auf, was auch nur andeutungsweise nach Pflicht riecht. Damit ihr mich recht versteht: Ich kann ihn gut leiden, aber ich möchte mir nicht zutrauen, ihm über alle seine Schwierigkeiten hinwegzuhelfen. Ich habe ja auch gar nicht die Zeit und Salli auch nicht, und vielleicht habe ich auch gar nicht das Zeug dazu, ihn zurechtzubiegen. Ich kann ein kaputtes Auto wieder hinkriegen, aber nicht Mike."

„Mike ist nicht kaputt", widersprach Karoline heftig.

„Er ist durcheinander, verheddert in unklaren Empfindungen. Ich glaube, er hängt sogar an seinen Eltern, aber er findet einfach nicht den Dreh, sie so hinzunehmen, wie sie nun mal sind", sagte Salli.

„Das ist auch viel verlangt. Ich möchte Ihrenkamps auch nicht zu Eltern haben", warf Karl ein. „Die sind ja wie aus der Gefriertruhe."

Der Boss schlug mit der Faust auf den Tisch. „Verdammt noch mal, ich bin der Letzte, der Ihrenkamps verteidigt. Ich kenne sie auch viel zu wenig. Aber ihr kennt sie auch nicht, und ich muss sagen, dass mir das ewige Gemäkel an den Eltern, wie es heute üblich ist, allmählich zum Hals heraushängt. Wir Eltern müssen unsere Kinder, so wie sie sind, ja schließlich auch hinnehmen."

Das trieb Karoline auf die Barrikaden. „Moment mal. Das ist eine Behauptung, die hinten und vorn hinkt. An Kindern wird doch hundertmal mehr herumgemäkelt und herumerzogen als an den Eltern."

„Weil sie unfertig sind, unerfahren, weil ..."

„Unerfahren!", fiel ihm Karoline ins Wort. „Was bringt ihr ihnen denn bei? Eure Erfahrungen? Oder die Erfahrungen eurer Opas, die euch selbst eingetrichtert wurden?"

„Jawohl, er hat Recht", rief Karl dazwischen.

Der Boss schob die Unterlippe ärgerlich vor und zerknackte Streichhölzer. „Seit wann seid ihr denn so aufständisch? Das fehlt noch, dass wir uns wegen Mike zerkrachen, nur weil wir nicht wissen, wie wir ihn anpacken sollen."

„Er muss doch irgendwelche Vorstellungen über seine nahe Zukunft haben", sagte Salli und nickte Karoline auffordernd zu. „Du weißt doch sicher Bescheid."

„Mike hat keine Vorstellungen, aber sein Vater hat welche. Er will ihn in ein Internat stecken. Aber wenn Mike das Wort ‚stecken' hört, geht er schon die Wände hoch."

„Er wird schon wieder auf dem Boden landen", meinte Salli weise. „Karoline, du musst ihn zu einem vernünftigen Entschluss bringen."

„Ich?"

„Natürlich du", sagte Karl und sah seine Schwester an. „Auf dich steht er doch."

Mike ist ein Spinner Was soll nur aus ihm werden?

In dem kleinen Garten neben der Werkstatt, der sich zäh gegen die Umklammerung der Großstadt wehrte, blühte der Jasmin, und nach Sonnenuntergang trugen die Glühkäfer ihre milden grünlichen Lichter durch die Dunkelheit. Der Juni war ungewöhnlich heiß und trocken. Der Boss hatte seinen üblichen Heuschnupfen. Er schimpfte über die Medizin, die den Menschen neue Herzen und Nieren einpflanzte, aber gegen die umherschwirrenden Graspollen noch kein Mittel erfunden hatten. Er hatte rot umränderte Augen und musste neben dem Schaden auch noch den Spott einstecken und sich sagen lassen, er sehe wie ein wütender Bulle aus.

Salli hatte etwas an Gewicht zugenommen. Es stand ihr gut und bereitete ihr keinen Kummer. „Richtig essen macht nur in einer Familie Spaß", sagte sie, wenn sie sich ein drittes Mal auftischte.

Karl und Karoline rätselten herum, ob Salli vielleicht schwanger war. Aber Mike, der sich inzwischen gut erholt hatte, zeigte sich informiert. „Keine Spur von schwanger. Sie nimmt die Pille.“

„Woher weißt du das?“

„Weil ich sie gefragt habe.“

„Mann! Du hast Nerven.“

Er lachte Karoline, die ihn staunend betrachtete, aus. „Salli fand mein Interesse ganz in Ordnung. Sie will sich erst nach einer guten Kraft im Büro umsehen, ehe sie an ein Kind denkt, denn sie will dann auch Zeit für ihr Kind haben. Bei mir war's anders.“

„Ach komm, Mike, nun spiel das nicht so hoch. Ich kann es schon nicht mehr hören, und du bist auch kein Kind mehr“, sagte Karl.

„Aber du wirst lachen, ich war mal ein Kind.“

„Aber jetzt bist du ein ziemlich harter Brocken.“

„Weil ich mich nicht weich klopfen lasse. Hast du was dagegen?“

„Ihr hackelt euch den ganzen Tag, ihr beide“, sagte Karoline ungeduldig.

Mike grinste. „Wenn wir immer ein und derselben Meinung wären, hätten wir uns nichts zu sagen. Stimmt's?“ Er boxte Karl freundschaftlich in die Seite, und Karl boxte ihn zurück und gab ihm einen seiner verträumten Blicke.

Dann wandte er sich an seine Schwester. „Ich führe nämlich endlose Nachtgespräche mit diesem Typ, damit er möglichst lang wach bleibt, denn wenn er schläft, schnarcht er wie ein Bär.“

Seit Mike nicht mehr krank war, bewohnten sie gemeinsam Karls Zimmer.

Karoline fing an, eifersüchtig auf ihren Bruder zu sein, auch auf Salli und sogar auf den Boss, einfach auf alle, die es mit Mike gut konnten. Es kam ihr so vor, als nähme sie den letzten Platz bei ihm ein.

Sie sah nach der Uhr. „Wenn du deine Mutter am Flugplatz abholen willst, musst du jetzt los", sagte sie.

„Nur nicht hetzen. Davon bekomme ich Herzflattern."

„Los, setz dich in Bewegung, sonst schaffst du's nicht mehr."

„Ich nehm ein Taxi."

„Und woher nimmst du das Geld?", sagte Karl. „Von mir nicht. Bei mir stehst du sowieso schon hoch genug in der Kreide. Du kannst den Bus nehmen."

Mike blickte Karoline erwartungsvoll an, aber auch diese schüttelte den Kopf „M-m."

„Okay, Salli wird mir was geben", meinte er zuversichtlich.

Karl zuckte die Schultern.

„Mensch, schau mich bloß nicht so verächtlich an. Glaubst du, es macht mir Spaß, euch um ein paar Mark anzuhauen? Mir geht das ja selbst an die Nieren." Mikes Vater, den er inzwischen ein paar Mal gesehen hatte, hatte ihm von sich aus kein Geld angeboten, und Mike war zu stolz gewesen, den Alten um Geld anzugehen. Die Lage fing an, kritisch zu werden. Er lächelte die Geschwister unsicher an. „Ich habe wirklich nur eine Mark in der Tasche. Das reicht nicht, um mit dem Bus hin- und zurückzukommen."

„Lauf nebenher", spottete Karl.

„Seid nicht komisch, und steht jetzt nicht da wie zwei Scharfrichter, sondern rückt mal zwei oder drei Mark raus", sagte er fast demütig. „Ihr habt ja ganz Recht. Ich muss mir irgendwas einfallen lassen in punkto Piepen."

Er bekam fünf Mark ausgehändigt und rannte aus dem Haus.

Als die Tür hinter ihm zugefallen war, tat Karl einen tiefen Atemzug. „Merkst du, wie fügsam er ist? Man muss nur ein bisschen kratzen, dann kommen die guten Seiten unter dem Verputz zum Vorschein. Er macht sogar sein Bett jetzt selbst, und gestern habe ich ihn ertappt, wie er heimlich Sallis Schuhe geputzt hat. Aber es hilft alles nichts, wir müssen ihn wohl rausschmeißen."

„Ja", sagte Karoline lahm.

„Zu seinem eigenen Wohl."

„Ja."

Mike kam erst nach Mitternacht nach Hause. Karoline hörte, wie er die Tür leise aufschloss und sich wie ein Dieb in die Küche schlich, wo er den Wasserhahn aufdrehte und das Wasser laufen ließ, um es abzukühlen. Sie ging zu ihm in die Küche, weil sie ihre Neugier nicht bezähmen konnte.

„Wie war's denn?", fragte sie.

„Wie in einer gut inszenierten Komödie. Mein Vater und ich standen auf der Terrasse am Flugplatz. Die Maschine landete, und die Passagiere kamen über die Gangway herunter. Meine Mutter sah fabelhaft aus in irgendeinem bunten Fummel. Wir winkten heftig, und sie winkte zurück, und auch ihr Partner hob den Kopf, lächelte uns zu und winkte. Dann trafen wir sie unten am Ausgang, jeder umarmte jeden und ..."

„Moment mal, wen hast du denn alles umarmt? Deine Mutter inklusive Freund?", unterbrach ihn Karoline.

„Nein, ihn nicht, nur sie. Er hat sich dann auch ziemlich bald verdrückt, und wir drei zitterten los zu Ihrenkamps."

Zu Ihrenkamps. Er sagte nicht „nach Hause". Karoline rückte für sich und Mike einen Stuhl zurecht, und sie setzten sich an den Küchentisch. „Möchtest du noch was essen? Wir hatten heute Schinken und Spargel. Von beidem ist noch was übrig. Ich könnte dir Spargelsalat machen."

„O nein, danke. Ich habe bei Ihrenkamps vorzüglich gespeist. Mit Vorspeise, und dann gab es eine Hammelkeule mit jungen Bohnen und hinterher Erdbeeren und Schlagsahne." Er trank ein paar Schluck Wasser und stellte das Glas zurück. „Die Hammelkeule war gegrillt, ganz perfekt, innen noch einen Schimmer rosa, die Bohnen zergingen auf der Zunge, und bei der Nachspeise perlte der Sekt im Glas. Pieknobel."

„Ach, Mensch, hör doch auf mir zu erzählen, was und wie du bei deinen Eltern gegessen hast. Sag mir lieber, wie du mit ihnen verblieben bist."

„Gar nicht."

„Was heißt gar nicht? Hattet ihr Krach?"

„Ach wo. Meine Eltern sind so vorsichtig und sanft mit mir umgegangen, als sei ich eine Tellermine und könnte jeden Augenblick losgehen. Blöderweise bildeten sie sich ein, ich sei der verlorene Sohn, der jetzt nach Hause zurückkehrte. Du ahnst es nicht, was für ein Gesicht sie machten, als ich ihnen erklärte, dass sie da schief gewickelt seien."

„Was hast du ihnen denn über deine Pläne gesagt?"

„Nichts Besonderes. Ich habe ihnen einfach nur gesagt, dass ich bei euch bliebe. Aus, Schluss. Keine weiteren Erklärungen."

Karoline schluckte. Jetzt bin ich dran, dachte sie, jetzt muss ich es ihm beibringen, dass es so nicht geht. Aber warum eigentlich ich? Warum nicht Karl oder Salli oder der Boss?

„Du machst ein Gesicht, als hättest du Bauchgrimmen. Was ist los mit dir?", fragte Mike.

„Gar nichts. Ich überlege mir nur ... oh, Mike, du Spinner, du weißt doch selbst, dass das Kohl ist", brach es aus ihr heraus. „Du musst doch irgendeine Form für dich finden."

„Form? Seit wann redest du denn so hochgestochen? Schreiben wir einen deutschen Aufsatz, oder sprechen wir wie halbwegs vernünftige Menschen miteinander? Möchtet ihr mich loswerden? Dann sag's doch ganz einfach."

„Es ist wirklich schwer, mit dir zu sprechen. Du bist immer gleich auf hundert. Wie hat denn deine Freundin mit dir gesprochen? Hast du sie überhaupt noch?" Die Frage nach Mikes Freundin war bei Karoline von Zeit zu Zeit immer wieder aufgetaucht und hatte sie stark beschäftigt. „Siehst du sie noch? Wo ist sie?"

„Was denn für eine Freundin?"

„Na ja, die, die dir den Anhänger geschenkt hat, du weißt doch, damals, als du mich ertränken wolltest."

Mike griff mit beiden Händen über den Küchentisch nach Karolines Hand und hielt sie fest. „Die habe ich doch erfunden, weil ich mich aufspielen wollte. Ich habe mir das Ding selbst gekauft, auf dem Flohmarkt in Paris. Ich hatte nie eine Freundin. Zwischen dreizehn und sechzehn dachte ich, ich könnte überhaupt nur Jungen gern haben, und ich habe mich mit diesem Problem ziemlich hart herumgeschlagen. Nicht aus einem Vorurteil heraus, sondern weil ich mich einfach nicht wohl gefühlt habe bei der Vorstellung, und auch weil ich gewusst habe, dass ich es dann einfach schwerer hätte im Leben. Dann habe ich dich getroffen, und du warst so ein Zwischending zwischen einem Mädchen und einem Jungen." Er ließ ihre Hand plötzlich los und nahm einen Schluck Wasser wie ein Redner, dem der Mund trocken geworden war. „Also jetzt weißt du es", sagte er und wischte sich den Mund mit dem Handrücken ab. „Warum glaubst du denn, warum ich dir Briefe geschrieben habe und warum ich hierher gekommen bin?" Seine Hand kam wieder zu Karoline hinüber, strich den Arm hinauf bis zum Hals und zog ihren Kopf näher zu sich heran. „Inzwischen bist du allerdings ein richtiges Mädchen geworden."

Einen Augenblick sahen sie sich an, dann küssten sie sich über den Küchentisch, was ziemlich umständlich war. Schließlich fiel das Glas auf den Boden und zerbarst dort geräuschvoll. Aber sie ließen sich dadurch nicht stören. Plötzlich jedoch erschien Karl an der Tür, sah, was sich hier tat, und wollte sich eben wieder zurückziehen, als Mike ihn aus einem Augenwinkel entdeckte.

Er griff mit allen zehn Fingern in Karolines Haar und sagte ohne die geringste Verlegenheit: „Du, deine Schwester ist ein Mädchen geworden im letzten halben Jahr. Und was für eines!"

„Skalpier sie nicht, lass sie los", sagte Karl und setzte sich zu den beiden an den Küchentisch. „Wie war's zu Hause?"

„Mittelprächtig. Ich habe es Karoline schon erzählt. Mich zieht es nicht heim." Karl setzte zu sprechen an, aber Mike winkte ab. „Ja, ja, ich weiß schon, ihr wollt mich loswerden. Deine Schwester hat es mir ziemlich unverblümt beigebracht."

„Niemand will dich loswerden, aber du musst laufen lernen."

„Ich kann laufen." Mike grinste. „Ich bin von den Ihrenkamps weggelaufen. Ich weiß, meine Eltern haben die so genannte Erziehungsgewalt über mich. Erziehungsgewalt, wenn ich dieses Wort schon höre, wird mir übel. Woher nehmen sich Eltern das Recht? Weil sie einen in die Welt gesetzt haben? Hat man sie darum gebeten? Es hat ihnen doch sicher Spaß gemacht."

„Komm, jetzt rede keinen Stuss, Mike. Das sind doch ganz blöde Gemeinplätze." Karoline rückte ihren Stuhl neben seinen Stuhl und legte den Arm um Mike. „Es handelt sich doch nicht nur darum, was für Rechte Eltern haben und welche Mittel sie anwenden können, um ihre Rechte durchzudrücken. Sie sind ja schließlich auch verantwortlich für ihre Kinder. Wenn du Fensterscheiben einwirfst oder einen alten Mann vom Fahrrad stößt, dann sind sie dran. Und sie machen sich strafbar, wenn ihre Kinder nicht in die Schule gehen."

„Das weiß ich alles selbst, danke. Meine Eltern müssen nicht zustimmen, wenn ich Autoknacker werden möchte. Aber wieso dürfen sie mich an den Haaren in eine Oberschule zerren und darauf bestehen, dass ich ein blöder Anwalt werde oder ein stinkiger Manager oder sonst was in der Art? Das ist doch eigentlich eine Unverfrorenheit."

„Was möchtest du denn nun eigentlich werden? Autoknacker oder Anwalt oder Fernsehstar? Was denn?", fragte Karoline.

„Am liebsten beglaubigter Krakeeler", lachte Mike.

Eine unerwartete Wendung
Werden Karoline und Mike Freunde bleiben?

Die Wendung kam unerwartet und von einer Seite, an die niemand gedacht hatte. Da Mike jetzt wieder zu Kräften gekommen war, wurde er zu kleinen Dienstleistungen herangezogen. Er wurde mit einem Zettel zum Einkaufen geschickt, oder er half beim Kochen. Er tat das alles sehr gutwillig. Er wollte um keinen Preis als fauler Strick gelten, aus Angst, Bodemers könnten ihn satt bekommen.

Manchmal fand er nachts lange keinen Schlaf, und

dann weckte er Karl und lag ihm mit seinen Selbstanklagen in den Ohren. „Ich habe mich jetzt genau aufs Korn genommen. Ich glaube, ich tauge zu nichts anderem als zum Schmarotzer“, sagte er.

„Genau.“

„Meinst du das im Ernst?“, sagte Mike verzweifelt. „Was soll ich nur anfangen?“

Karl war nicht begeistert über solche nächtlichen Gespräche. Er wollte acht Stunden schlafen und hielt nicht viel von Mikes Selbstanalysen. „Denk dir halt was aus“, sagte er und drehte sich auf die andere Seite.

„Mensch, du bist auch ein Gesprächspartner!“

„Ich bin ein Schüler und muss morgen meine fünf Sinne beisammen haben“, murrte Karl.

Wenige Tage danach rief Salli vom Büro an und bat Mike, ihr eine Schmerz stillende Tablette runterzubringen. „Ich habe scheußlich Kopfweh, mir flimmert es vor den Augen“, sagte sie.

„Wo finde ich die Tabletten? Im Apothekerkästchen? Soll ich dir auch Wasser mitbringen?“

„Wasser brauche ich nicht, aber ein Glas.“

„Gut, ich bin in einer Minute bei dir.“ Aber es wurde eine halbe Stunde daraus.

Er fand die Tabletten und lief damit nach unten. In dem kleinen Hof stand die Luft schwül und bewegungslos. Kein Wunder, dass Salli Kopfschmerzen hatte. Ein Gewitter zog sich am Himmel zusammen, und die Schwüle wirkte bedrückend. Ein ausgewachsener Ochse würde in dieser Luft Migräne bekommen. Mike knöpfte sein Hemd auf.

In der Werkstatt war es noch unerträglicher als auf dem Hof. Der Dunst von Benzin und altem Öl machte das Atmen schwer. Ein Fräser verursachte einen Höllenlärm, und es wurde gehämmert, und irgendwo flog ein Werkzeug klirrend auf den Boden. In einer Ecke fluchte ein Arbeiter gottserbärmlich. Dicke Luft, dachte Mike. Er stellte sich vor, dass er hier arbeiten müsste, sein Leben lang, ohne Aussicht, je aus dieser Werkstatt herauszukommen. Millionen von Menschen lebten so, mussten ebenso leben und sich damit zurechtfinden. Sie würden sich, während sie schwitzend und fluchend unter den Autos herumkrochen, ein besseres Leben für ihre Kinder vorstellen. Ihre Söhne würden vielleicht Ingenieure werden oder Betriebswirtschaftler oder Politiker, die für bessere soziale Verhältnisse kämpften. Aber wie viele von den Arbeitersöhnen schafften das schon?

Ich habe mir verdammt wenig Gedanken darüber gemacht. Eigentlich habe ich mich fast immer nur mit meinen eigenen Problemen beschäftigt. Mike blieb stehen und suchte sich vorzustellen, er wäre einer von denen, die jetzt in dieser erbärmlichen Hitze ihre acht Stunden arbeiteten. Unter dem Wagen, vor dem er stand, lag ein Arbeiter rücklings auf einem Hebewagen. Mike sah nur die Beine in den ölverschmierten Jeans, die unter dem Wagen hervorragten. Plötzlich stieß der Kerl sich ab, der Hebewagen rollte zurück, und dann – Mike traute seinen Augen nicht – lag sein früherer Schulkamerad Rudolf Pleschke in voller Größe vor ihm. Rudolf Pleschke, der lange Lulatsch, war bei Gott nicht kürzer geworden.

„Mensch, Rudolf!", und „Mensch, Mike!", schrien beide zugleich, und dann rappelte sich der lange Pleschke hoch und boxte Mike mit seiner Faust in die Seite.

„Autsch, lass das, das mag meine Lunge nicht. Ich war nahezu am Abkratzen."

„Ach was, Leute wie Ihrenkamps gehen nie unter, die schwimmen immer oben."

„Willst du mich verscheißern?"

Rudolf Pleschke wischte sich mit dem Handrücken das

verklebte Haar aus der Stirn. „Was machst du denn hier? Hat dein Alter einen Wagen bei uns zur Reparatur?“

„Nein.“

„Was tust du dann hier?“

„Wohnen!“

„Wo? Bei den Bodemers? Wieso? Du, die sind Klasse.“

„Wem sagst du das. Ich habe den Standort gewechselt. Ich bin weg von zu Hause.“

„Was?“ Dem Pleschke blieb der Mund offen stehen. „Erzähl mal.“

Mike berichtete. Aber nach einer Weile schrak Pleschke zusammen: „Mensch, ich muss den Wagen noch hinkriegen.“ Er griff sich aus seinem Werkzeugträger eine Flachzange und bettete sich wieder auf den Hebewagen, aber bevor er unter dem Auto verschwand, brachte Mike noch rasch seine Frage an. „Wie lang bist du denn schon hier? Seit damals, seit du von der Schule plötzlich verschwunden bist?“

„Ja, seit über einem halben Jahr. Mein Vater hat einsitzen müssen. Er war da in eine Sache verwickelt, bei der gestohlene Wagen im großen Stil nach Portugal verschoben wurden.“

„Ich weiß.“

„Ach, das hat sich herumgesprochen?“

„Was spricht sich nicht herum?“

Rudolf Pleschke wollte sich unter das Auto schieben, aber Mike hielt ihn bei seinen langen Beinen fest. „Wart doch noch einen Moment. Wegen dieser Sache hättest du doch nicht aus der Schule raus müssen. War’s dir denn peinlich?“

„Ach wo. Aber die Piepen waren dann einfach nicht mehr da, verstehst du. Wir sind vier Geschwister, und meine Mutter kann mich jetzt nicht bis zum Abitur durchfüttern.“

„Dabei hast du so leicht gelernt. Du warst doch das reinste Mathe-Genie."

„Lass meine Beine los. Ich muss weitermachen", sagte Rudolf, und dann verschwand er unter dem Wagen, und nur seine Füße, die in groben, ausgetretenen Lederschuhen steckten, waren zu sehen. Mike hörte ihn unter dem Auto vor sich hin schimpfen.

Er blieb noch eine Weile stehen und starrte auf diese Schuhe. In seinem Gehirn arbeitete es. Er hatte Rudolf Pleschke immer gut leiden können. Pleschke hatte neben ihm in der Schule gesessen, er hatte ihn oft genug aufgezogen wegen seines Vaters mit den vielen Moneten. Aber nur Pleschke und kein anderer hatte sich das herausnehmen dürfen, und als dann der Platz neben ihm eines Tages plötzlich leer war, hatte Mike mit Erstaunen bemerkt, was ihm dieser Rudolf bedeutet hatte. Dann war das Gerede über seinen Vater losgegangen. Man wusste, was geschehen war, aber deshalb hätte Rudolf doch nicht so spurlos von der Bildfläche verschwinden müssen. Niemand kam auf die nahe liegende Idee, dass Geldschwierigkeiten schuld daran sein könnten. Rudolf Pleschke, das Mathematikgenie, das seinen Lehrer durch knifflige Fragen und unerwartete Lösungen oft genug in die Zwickmühle gebracht hatte, hinterließ eine Lücke. Eine Weile sprach man noch von ihm und rätselte herum, wo er wohl sein könnte, dann vergaß man ihn allmählich. Andere Neuigkeiten und Sensationen traten in den Vordergrund: Ein Lehrer, ausgerechnet ein Sportlehrer, war zu Hause beim Anstreichen der Küche von der Leiter gefallen und hatte sich die Schulter gebrochen. Ein Junge, der in seiner unbeholfenen Naivität so aussah, als hätte er den Unterschied zwischen Männchen und Weibchen noch nicht entdeckt, war Vater geworden. Und eines Tages waren die Wände des Konferenzzimmers mit aufrührerischen politischen Parolen beschmiert worden, und man kämmte die ganze Schule nach Verdächtigen durch. Kurzum, die Themen für hitzige Gespräche gingen nicht aus.

Mike stellte sich vor, was man in der Schule über sein plötzliches Verschwinden wohl zusammengequatscht hatte. Vielleicht hatten sie gedacht, der ist mit ein paar tausend Mark von seinem Alten durchgegangen. Vielleicht hat er auch aus Geltungssucht irgendwo eingebrochen, und sie haben ihn geschnappt, und sein Vater hat das Ganze mit Geld und guten Beziehungen vertuschen können. Sie werden mir keine Träne nachgeweint haben, dachte Mike. Ich muss ihnen wohl immer recht hochgestochen vorgekommen sein, weil ich nie dicke Freundschaften hatte und weil bei mir zu Hause – bei den Ihrenkamps – Schulkameraden, die Schmutz, Lärm, Gepolter und aufständische Ideen ins Haus trugen, nicht erwünscht waren.

Mike bemerkte, dass er immer noch vor den unter dem Auto herausragenden Beinen seines Schulkameraden stand. Er und ich, wir hätten gute Kumpel werden können, aber wir haben es verpasst. Idiotisch. Wir haben fast zwei Jahre nebeneinander gesessen, aber haben so gut wie nichts voneinander gewusst, als dass wir uns gegenseitig einigermaßen sympathisch fanden.

Er stieg über Rudolf Pleschkes Beine hinweg und betrat das Büro. Salli hob den Kopf und tippte weiter, ohne auf die Tasten zu sehen. „Hallo, Michi", sagte sie. Manchmal nannte sie ihn Michi anstatt Mike, und dann lag eine große und echte Zärtlichkeit in ihrer Stimme. Sie hörte nun auf zu tippen und fuhr sich mit dem Handrücken über die Stirn. „Du hast mich ganz schön warten lassen auf meine Tablette", sagte sie.

„Ich habe einen früheren Klassenkameraden getroffen, der bei euch arbeitet."

„Wer denn? Doch nicht etwa der Pleschke?“

Mike nickte. „Warum? Gibt es was auszusetzen an ihm?“

„Nichts anderes, als dass er an jeder Hand fünf Daumen hat. Er ist irrsinnig fleißig und gutwillig, er hat eine Menge Grips, aber er ist kein Praktiker.“

„Er war ein Ass in Mathematik, in Physik, in Quantenlehre und so. Sein Vater war mal vorbestraft, und jetzt sitzt er.“

„Ja, ich weiß. Kann ich jetzt bitte meine Tablette haben?“

„O verzeih, das habe ich ganz vergessen.“ Mike holte die Tabletten aus der Tasche, und Salli schluckte eine davon mit Wasser. „In zehn Minuten ist mir besser“, sagte sie zuversichtlich. „Ich bin keine Migränefrau.“

„Du solltest dich einfach zwei Stunden hinlegen, das wäre besser, als dieses Giftzeug zu schlucken.“

„Ja.“

„Warum tust du's nicht?“

„Dreimal darfst du raten.“ Sie wies auf einen Berg Post. Obenauf lag der Stenoblock.

„Scheiße“, knurrte Mike, vor dem das Bild seiner gepflegten Mutter entstand, die zugunsten ihrer Nerven und ihres Aussehens mehrmals am Tag ruhte. Aber bei passender Gelegenheit spielte sie die tüchtige Frau, indem sie in geflickten und verblichenen Jeans aus der Boutique im Garten die Rosen beschnitt. Salli spannte einen neuen Bogen ein und tippte wieder. Sie schien Mike ganz vergessen zu haben. Ihre kurzen, kräftigen Finger bewegten sich mit ungeheurer Geschwindigkeit über die Tasten, und ihr Gesicht war so ernst und konzentriert, als spiele sie eine Beethoven-Sonate.

Er machte kehrt, aber ehe er das Büro verlassen hatte, rief Salli: „Mike! Hat Karoline mit dir gesprochen?“

„Worüber gesprochen?“

„Du musst dich zu irgendwas entschließen. Du hängst in der Luft, du hast die Füße nicht auf der Erde, aber fliegen kannst du auch nicht.“

„Ich kann es schon nicht mehr hören. Schmeißt mich doch einfach raus“, sagte er geknickt.

„Kein schlechter Vorschlag“, erwiderte Salli in aller Ruhe und wandte sich wieder ihrer Arbeit zu.

Gefühllose Person! Mike riss die Tür auf und knallte sie wütend hinter sich zu. Er rannte durch die Werkstatt, stolperte fast über Rudolfs Beine, die sich immer noch am selben Platz befanden, und kam in der Wohnung an, als Karoline eben im Weggehen war.

„Bleib jetzt da“, herrschte er sie an, während er die Fäuste ballte. Dann fing er unvermutet an zu toben, ging in die Küche, nahm einen Stuhl hoch und setzte ihn hart zurück auf den Boden, fluchte wie ein betrunkener Hafenarbeiter, sah sich suchend nach anderen Möglichkeiten, seinen Zorn auszutoben, um und fand schließlich ein halb gefülltes Senfglas, das er an die Wand knallte.

Karoline betrachtete ihn voller Neugier. Jetzt dreht er durch, überlegte sie. Was tue ich nur mit ihm? Er muss sich wohl erst austoben, ehe ein vernünftiges Wort aus ihm herauszubekommen ist. Sie sah, dass Mike sich auf die blaue Keramikschüssel, die Salli so sehr liebte, stürzen wollte, und stellte sich schützend davor. „Nimm das da“, sagte sie und reichte ihm einen Holzteller.

„Macht keinen Spaß“, knurrte Mike, stieß mit den Füßen noch ein paar Mal gegen den Küchentisch und hörte dann plötzlich auf zu toben. Er blies sich das Haar aus dem Gesicht und atmete tief ein wie ein Sportler nach einem harten Training. „Jetzt ist mir wohler“, sagte er und lachte Karoline freundlich an.

„Bekommst du diesen ‚Anfall' oft?"

„Ich erinnere mich nur ein einziges Mal daran. Damals mit fünf oder sechs, als man mir meinen alten, räudigen, zerrupften Teddybär hinter meinem Rücken weggenommen und mir einen doppelt so großen neuen ins Bett gelegt hatte."

„Gut. Und wer hat dir heute deinen Teddybären weggenommen?"

„Salli, du, Karl, der Boss, ihr alle. Ihr wartet doch nur darauf, dass ihr mich loswerdet. Sag nicht nein."

„Nein."

„Was nein?", fragte er unsicher.

„Ich sage nicht nein."

Mike ließ sich auf einen Stuhl sinken und schüttelte den Kopf. „Weißt du was, ich könnte mich selbst ankotzen. Hättet ihr mich doch nicht wieder hochgepäppelt, hättet ihr mich doch abkratzen lassen."

„Möchtest du gern?"

„Ja", sagte er und warf den Kopf dramatisch zurück.

„Dann häng dich doch auf."

Mike, der diese Antwort nicht erwartet hatte, zuckte gekränkt die Schultern. „Du wolltest doch vorhin weggehen."

„Ja, aber jetzt gehe ich nicht weg, jetzt bleibe ich bei dir, und wenn du dich auf den Kopf stellst. Komm mit in mein Zimmer, ich möchte herausfinden, warum du so einen Rappel bekommen hast."

Er folgte ihr willig und blieb abwartend stehen.

Karoline warf die Arme um ihn, und Mike hielt sie fest. „Nein, lass du deine Hände von mir", sagte sie lachend. „Steh du ganz still wie ein Baum. Ich möchte sehen, wie kräftig du bist und ob du mich tragen kannst." Sie hing ein paar Sekunden an seinem Hals, dann stellte sie die Füße wieder auf den Boden, nahm ihre Arme von

Mike weg und trat einen Schritt zurück. Sie lachte ihn anerkennend an. „Junge, Junge, du hast eine Menge Kraft. Dann kannst du auch einen gehörigen Knuff vertragen.“ Sie zog ihn auf die Couch und hakte sich bei ihm ein. „Wir alle zerbrechen uns den Kopf, was wir mit dir anfangen, was wohl am besten für dich ist und was nun zu tun ist, um dich aus deiner Lethargie herauszureißen. Glaubst du nicht, dass jetzt endlich mal du dran bist, dir den Kopf über dich zu zerbrechen?“

„Tue ich doch. Ich weiß, dass es gar nicht sehr komisch ist, als fauler Stinker bei euch herumzuhängen. Aber mir ist noch nichts eingefallen. Ich könnte natürlich irgendwo irgendwas arbeiten, am Bau oder in einem Warenhaus oder so ähnlich wie Rudolf. Ja, das muss ich dir erzählen. Weißt du, wer der Pleschke ist?“

„Ja, weiß ich. Ich mag ihn, er arbeitet bei uns. Erzähl mal. Kennst du ihn denn?“

„Klar.“ Mike berichtete von seiner Begegnung in der Werkstatt.

„Ist das nicht eine blöde, ungerechte Welt? Du sollst auf die höhere Schule und magst nicht, und er möchte so gern und kann nicht. Mensch, ich habe einen Einfall, du!“

„Ich weiß schon. Der Pleschke soll für mich auf die Schule gehen und studieren, und ich mache eure kaputten Autos wieder heil.“

„Haarscharf vorbeigeraten. Dein Vater ist doch scharf darauf, dass du in der Oberschule weitermachst. Bring ihm bei, er soll dich und Rudolf Pleschke zusammen in ein Internat schicken, dann ist doch alles in Butter, für dich, für deinen Vater und für den Pleschke.“

„Und für dich. Und für den Boss und für Salli und für Karl“, sagte er grollend. „Dann seid ihr mich auf elegante Weise losgeworden, nicht wahr?“

„Ja."

Er rückte von ihr ab. „Du kannst ganz schön gemein sein, du kannst einen wirklich fertig machen mit dieser Tour. Du hast dich unheimlich verändert seit dem Sommer."

„Ich weiß." Karoline zog an ihren länger gewordenen Haaren und blitzte Mike herausfordernd an. Hatte er nicht gesagt, dass sie ein Zwischending zwischen Jungen und Mädchen gewesen war?

Jetzt bin ich ein Mädchen, hundertprozentig, dachte sie. Und es macht verdammt viel Spaß, mit einem Jungen richtiggehend zu flirten. „Schreibst du mir?"

„Wann?"

„Wenn du mit dem Pleschke in einem Schulheim gelandet bist."

„Erwarte ja keine Liebesbriefe von mir."

„Was?!" Karoline bearbeitete ihn mit den Fäusten. „Ich habe dich halb verhungert aus der Gosse gezogen, und du schreibst mir keine Liebesbriefe?"

„Ich werde dir Kriegserklärungen schreiben, eine nach der anderen."

Rudolf Pleschke arbeitete noch weit in den Sommer hinein bei Bodemer. Im September würde er mit Mike wieder die Schulbank drücken. Und ich will verdammt sein, wenn ich diesen Bummler nicht auf Vordermann bringe, schwor er sich mehrmals am Tag. Das war er Mikes Vater, der das Geld herausrückte, schließlich schuldig. Außerdem wäre es auch für Mike schade, wenn er ganz vergammeln würde. Pleschke sah Mike nur selten, seit er nicht mehr bei den Bodemers wohnte.

Er wischte sich die Hände am Hosenboden ab. Dann ging er ins Büro und gab seine Karte mit den Arbeitsstunden ab. Es war nach fünf Uhr.

„Was macht dein Fuß?", fragte Salli.

„Es geht." Pleschke hatte sich tags zuvor beim Ausheben eines Motorblocks am Fuß verletzt, aber heute war er wieder in der Werkstatt erschienen.

„Du hättest dich krankschreiben lassen und dir ein paar freie Tage machen können", sagte Salli.

„Ja, hätte ich. Aber ich bin nicht der Typ dazu."

„Werd nur kein Ehrgeizler, lass dich von der Arbeit nicht auffressen", sagte Salli und lachte ihn an.

„Ich passe schon auf."

„Du solltest noch etwas Ferien machen, bevor du zur Schule gehst."

„Ja. Mache ich."

Salli zögerte einen Augenblick. „Möchtest du mit mir, Karl und Karoline nach Kärnten fahren? Camping."

„Danke. Aber ich bin mit Mike verabredet."

„Ja? Das ist gut. Wie geht's bei dir zu Hause?"

„So einigermaßen. Nur meinem Vater geht es nicht besonders gut. Sein Magen ist nicht ganz in Ordnung, und die Gefängniskost bekommt ihm nicht." Rudolf Pleschke sprach immer ganz offen über seinen Vater, und das gefiel Salli. Er hätte ihn ja auch totschweigen können. „Am Sonntag ist Besuchstag, da sehe ich ihn."

„Was hat er denn gesagt, dass du nun deine Schule fertig machst?"

„Ach, das kann ich eigentlich nicht genau erklären. Er hat sich mächtig gefreut, klar. Und dann ..." Pleschke sah auf seine Fußspitzen und schluckte, „... hat er mir in die Hand versprochen, dass es mit ihm keinen Ärger mehr geben wird, wenn er mal raus ist. Es klingt vielleicht ziemlich doof, aber ich glaube, er meint es ernst."

Salli legte Rudolfs Stundenkarte zu den übrigen. Die anderen Arbeiter waren schon gegangen. Rudolf war der Letzte. „Bis morgen", sagte sie. „Und pass auf, dass dir nicht auch auf deinen anderen Fuß was fällt."

„Ich passe schon auf." Er humpelte auf den Hof und kettete sein Fahrrad vom Ständer. Herr Büsing kam gerade mit seinem Vorführwagen an. Er war den ganzen Tag auf Kundenfahrt gewesen und sah abgekämpft aus. Er verdiente sein Geld nicht im Schlaf. Die wenigsten taten es. „Guten Abend, Herr Büsing."

„Abend, Rudolf. Feierabend?"

„Ja."

„Ich muss noch mal los. Ich möchte nur die Zündung anders einstellen. Der Wagen klingelt plötzlich."

„Soll ich Ihnen helfen?"

„Nein, nicht nötig."

Pleschke schwang sich auf sein Fahrrad. Ich möchte nicht Autoverkäufer werden, dachte er. Dazu muss man verbindlich sein und vor allem auch ein gewinnendes Äußeres haben. Rudolf wusste, dass er mit seinem vorgeschobenen Unterkiefer und den etwas übereinander geschobenen Zähnen nicht gerade eine männliche Schönheit war. Meine Mutter hat es versäumt, mir die Zähne regulieren zu lassen. Das ist aber auch alles.

Mike und Karoline sahen sich fast jeden Tag, und heute hatten sie sich zu einem Stadtbummel verabredet. Genau in dem Augenblick, als sie sich trafen, fing es an zu tröpfeln.

„In fünf Minuten wird es pladdern", sagte Karoline. „Möchtest du dich mit mir in den Rinnstein setzen und Papierschiffchen schwimmen lassen?"

„Ich möchte dir was kaufen, irgendwas Nettes, was dir Spaß macht. Lass uns in eine Boutique gehen."

„Du bist mir eine Type! Kaum bist du zu Hause, hast du wieder eine volle Brieftasche."

„Quatsch", sagte er zornig. „Ich habe meine beiden goldenen Uhren verhökert. Hier." Er streifte den Ärmel seines blauen Hemdes hoch und zeigte Karoline eine solide Stahluhr. „Darf ich dir jetzt gnädigst was kaufen?"

„Ja."

„Und was darf's sein?"

„Ich habe was auf dem Kieker, aber da müssen wir zehn Minuten latschen bis zum Secondhandshop."

Es regnete stärker, aber das störte sie nicht. Mike machte ein paar Bemerkungen über seine Eltern, aber er konnte jetzt mit weniger Bitterkeit über sie sprechen. „Weißt du, manchmal kommt es mir vor, als hätte ich sie immer durch eine starke Lupe betrachtet, und jetzt sehe ich sie durch ein verkehrt gehaltenes Fernglas, ganz, ganz weit weg und klein. Ich bin nicht mehr so allergisch gegen sie."

„Ich habe also krampflösend gewirkt." Sie nahm ihn bei der Hand, und sie liefen über die Fahrbahn. „Hoffentlich regnet es nicht jeden Tag, wenn ihr eure Radtour macht." Mike und Rudolf Pleschke wollten mit dem Fahrrad vierzehn Tage quer durch den Schwarzwald fahren.

„Es wird schon mal die Sonne scheinen. Aber ob es regnet oder nicht, ich werde den Rudolf gnadenlos antreiben. Als Vorausrache für die Schule. Da wird er mich nämlich ganz schön schinden."

„Armes Schwein", spottete Karoline.

„Bin ich auch." Er hielt sie am Arm fest. „Warum rennst du denn so?"

„Ich habe Angst, dass mir jemand meinen Hosenanzug wegschnappt. Ich habe ihn schon probiert. Er kostet an die hundert Mark. Willst du so viel spendieren?"

„Für dich spendiere ich mein Leben, Mädchen. Wann geht's bei euch eigentlich los mit eurer Campingfahrt?"

„Am fünfzehnten."

„Salli muss mir unbedingt vorher noch mal die Haare schneiden."

„Das kann ich auch.“

„Nein, das kannst du eben nicht, das kann nur Salli. Du säbelst mir sicher Stufen rein.“

„Eitler Affe.“

„Stimmt.“

Der Secondhandshop lag in einer stillen Wohnstraße mit alten Kastanienbäumen und Häusern mit Vorgärten.

„Wie hast du denn diesen Laden entdeckt?“, wollte Mike erstaunt wissen.

„Den kennt man eben, wenn man was kaufen will, was man sich brandneu nicht leisten kann. Außerdem bin ich öfter hier, weil ein Mädchen aus meiner Schule hier an ein paar Nachmittagen jobbt.“

Im Laden stürzte Karoline auf eine grazile rothaarige Verkäuferin zu. „Ist er noch da?“, fragte sie aufgeregt.

„Ja. Ich habe ihn ganz hinten in einen Winkel gehängt, damit ihn kein anderer bekommt.“

Mike war noch nie mit einem Mädchen einkaufen gegangen. Er kam sich kolossal männlich vor, noch dazu, da er den Anzug aus eigener Tasche bezahlen durfte.

„Das ist Mike, das ist Berti“, machte Karoline die beiden miteinander bekannt. „Mike bezahlt“, sagte sie stolz.

„Und wenn er mir nicht gefällt?“

„Er wird dir gefallen. Und er passt Karoline wie angegossen“, sagte das rothaarige Mädchen.

Karoline drängte Mike in eine Ecke. „Wart hier auf mich. Ich ziehe mich in der Kabine um und führe dir das Ding vor. Große Modenschau.“

Mike nickte. Es war direkt aufregend, einem Mädchen was zu kaufen.

Er nahm in einem Sessel Platz und schlug die Beine übereinander. Er musste ziemlich lange warten. Er hörte Karoline und Berti in der Kabine kichern und hätte viel darum gegeben zu erfahren, worüber sie sprachen.

Endlich tauchte Karoline auf und kam rasch auf ihn zu. Mike starrte sie wie eine überirdische Erscheinung an. „Das darf doch nicht wahr sein."

„Gefällt er dir?" Karoline stemmte die Hände in die Hüften und machte eine Umdrehung. Der in drei verschiedenen Rottönen und einem kräftigen Orange gehaltene Hosenanzug saß wirklich wie angegossen. Berti hatte nicht zu viel versprochen.

„Nun?", sagte sie mit einem auffordernden Lächeln. „Toll, was?"

„Hm." Eine weitere Äußerung war vorläufig aus Mike nicht herauszubekommen.

„Ich finde mich unheimlich schön darin", sagte Karoline mit einem Schatten von Verlegenheit. „Warum machst du so ein Gesicht?"

„Ich mache keines, ich habe eben so ein Gesicht. Du musst dich daran gewöhnen." Mike musterte sie scharf. „Moment mal, darf ich mal sehen?" Er deutete auf einen winzigen Fleck über der linken Brust. „Was ist denn das da?"

„Das da? Das sieht doch kein Mensch."

„Ich sehe es."

„Du bist ekelhaft. Du hast nach was gesucht, um mir den Anzug zu vermiesen", sagte Karoline.

„Wirklich, Mike, den sieht man nur, wenn man einen Röntgenblick hat", sagte Berti. „Ich habe es selbst bisher nicht gesehen, und ich untersuche jedes Stück immer sehr genau."

„Ich finde, du solltest ihn nicht nehmen", erklärte Mike.

„Wegen diesem kleinen Pips da. Sei nicht so versnobt", sagte Karoline verärgert.

„Weißt du was, ich werde mal nachfragen. Ich kann dir wegen des kleinen Fleckes vielleicht fünfzehn Prozent nachlassen", meinte Berti.

Mike kaute an seinen Lippen. „Ich mag diesen Anzug nicht", stieß er hervor und betrachtete Karoline nahezu feindselig. „Zieh ihn aus."

Karoline gab Mikes Blick böse zurück. „Spielverderber, Ekel, Snob", zischte sie.

Oje, es würde Streit geben, und da wollte Berti sich lieber verdrücken. „Ich gehe mal schnell zur Chefin und erkundige mich wegen des eventuellen Preisnachlasses", sagte sie und ließ die beiden allein.

„Bitte zieh den Anzug aus", drängte Mike.

„Mike! Wenn du so bist ... so kleinlich, dann ..."

Sie wusste nicht weiter. Sie hatte die großen Worte „Wir trennen uns" im Sinn, aber der Anlass schien ihr doch zu lächerlich zu sein. „Bitte sag was, und hör auf, mich so anzustarren. Ich glaube wirklich, du tickst nicht ganz richtig."

„O doch, ich ticke sogar ganz vorzüglich. Das ist nämlich der Hosenanzug, mit dem meine Mutter damals mit ihrem Freund aus dem Flugzeug stieg. Du weißt schon, nach der Safari. Und sie hat ihn wegen des winzigen Flecks, der bei der Reinigung nicht rausging, weggegeben. Kannst du dir jetzt vielleicht vorstellen, warum ich nicht hell begeistert darüber bin? Vielleicht ist das kleinkariert von mir. Aber wenn der Anzug dir Spaß macht, dann behalte ihn."

„Nein, jetzt macht er mir keinen Spaß mehr." Sie ging in die Kabine und kam in ihren Jeans zurück. „In Ordnung?", fragte sie ihn.

Mike sprang auf. „In Ordnung. Du bist Klasse, Mädchen."

„Wem sagst du das. Das weiß doch die ganze Welt."

Dann liefen sie wie zwei Kinder, die an einer fremden Tür geklingelt hatten, Hand in Hand aus der Boutique, ohne auf Bertis Bescheid zu warten.

„Sie wird denken, wir haben einen Hammer“, lachte Karoline.

„Haben wir doch auch.“ Sie rannten die Straße entlang und blieben dann atemlos stehen.

„Jetzt musst du dir was anderes ausdenken. Ich muss doch mein vieles Geld loswerden“, sagte Mike.

„Kauf mir ein Paar Sandaletten und für den Rest einen Haufen Briefmarken, und dann schreibst du mir jeden Tag. Versprichst du es?“

„Nein.“

„Warum nicht?“

„Weil ich Versprechen so ungern breche.“

„Okay, schreib mir jede Woche einmal.“

„Vielleicht. Sonst noch Wünsche?“

„Ja, küss mich jetzt mitten auf der Straße. Tust du es?“

Er tat so, als dächte er scharf nach. „Ja, das ließe sich einrichten.“

Nachdem sie sich geküsst hatten, fragte Karoline noch einmal. „Wirst du mir schreiben? Und wie oft?“

„Vielleicht einmal in der Woche, vielleicht einmal im Monat, vielleicht jeden Tag. Mal sehen.“

Sie streckte die Hand aus. „Es regnet schon wieder.“

„Was soll ich dagegen tun?“

„Kauf mir einen Rolls-Royce.“

„Da muss ich erst Papi fragen.“

Sie lachte. Er würde seinen Vater nie um große Geldsummen angehen. Sie hoffte es wenigstens. Ich mag diesen Burschen. Vielleicht liebe ich ihn später mal richtig. „Mal sehen“, sagte sie.

„Wie bitte?“

„Ich habe gesagt: ‚Mal sehen‘.“

„Was mal sehen?“

„‚Mal sehen, ob es weiter so regnet.“

„Du lügst. Du hast an was anderes gedacht."
„Ja."
„An was?"
„An deine zukünftigen Zeugnisse."
„Du lügst schon wieder."
„Ja."
„Und so was läuft frei herum", sagte er und nahm ihren Arm fester in den seinen.

Ferien bringen neue Freunde

Der 13. Geburtstag

Der Omnibus fuhr gerade an, als Nicole die Haltestelle erreichte. Sie schrie und winkte, verlor im Laufen ihre Schulmappe, setzte sich an den Bordstein und fing an zu heulen. Vor Wut. Da hielt ein feuerrotes Auto dicht bei ihr, und ein freundlicher Herr beugte sich aus dem Fenster. „Wo willst du denn hin, Kleine?"

Dreimal darfst du raten, dachte Nicole mit einem Blick auf ihre Schulmappe. Und abgesehen davon, dass ich in kein fremdes Auto steige, bin ich auch keine Kleine mehr. Ich bin ... ich bin ... wie alt bin ich denn ...?

Bei dieser Überlegung wurde sie aus dem Schlaf gerissen, denn das Ganze war nur ein Traum gewesen. In der offenen Tür standen Vater und Mutter und sangen: „Happy birthday to you ..." Und da erinnerte sie sich, dass sie heute dreizehn Jahre alt wurde. Ziemlich blödes Alter, nicht Fisch und nicht Vogel und kaum ein richtiger Teenager.

„Guten Morgen!“ Die Eltern küssten sie und hielten Päckchen in der Hand. Der Vater hatte bereits seine erste Zigarette geraucht. Nicole roch es. Zigaretten waren lebensgefährlich, hatte sie gelesen. Aber junge Väter starben ja nicht so ohne weiteres. Väter waren haltbar. Anders war es einfach gar nicht denkbar.

„Schnell, steh auf und schlüpf in deinen Bademantel. Die Geburtstagstorte steht auf dem Tisch, und die Kerzen brennen schon“, sagte die Mutter.

Nicole trabte ins Bad und putzte sich die Zähne. Während die Eltern über den Korridor gingen, sprachen sie halblaut miteinander. Nicole hörte gerade noch, wie die Mutter sagte: „Warum ausgerechnet an ihrem Geburtstag. Ich finde das zu viel für das Kind.“

Wie? Was zu viel? Das Kind, das Kind – immer das Kind, trotz der beiden allerdings erst angedeuteten kleinen Hügel auf der mageren Brust. Aber wer besprach mit ihr diese enorm wichtige Erscheinung? Man sollte sich wirklich etwas mehr mit meinem Busen beschäftigen, dachte sie.

Die Eltern hatten anderes im Kopf. Es gab Gespräche, die plötzlich abrissen, wenn Nicole ins Zimmer kam, und viel sagende Blicke flogen hin und her, wenn von der Zukunft die Rede war. Irgendwas war da im Gange. Gelegentlich hatte Nicole ein ungutes Gefühl gehabt, so ein gewisses, unbehagliches Kribbeln in der Herzgegend. Aber heute, an ihrem Geburtstag, hatte sie beschlossen, dass es sich unbedingt um eine erfreuliche Überraschung handeln müsse. Der Vater arbeitete im Auswärtigen Amt. Dort wurde man in der ganzen Welt herumgeschickt, und es war sehr leicht möglich, dass ein märchenhaftes fernes Land in der Zukunft winkte. Nicole würde vielleicht auf einem Elefanten zur Schule reiten, mit kleinen schwarzen Kindern Hausaufgaben machen und mit jungen Löwen spielen. Das Leben zwischen den hohen Häusern und lauten Straßen war sowieso nicht gerade sehr unterhaltend.

Sie fühlte sich nicht besonders gut an diesem Morgen, aber es war immerhin ihr Geburtstag, deshalb wollte sie sich nichts anmerken lassen.

„Du bist blass. Hoffentlich brütest du nichts aus“, meinte der Vater. „Oder ist irgendwas anderes los? Woran denkst du?“

Immer diese Fragerei. Als ob man Gedanken, die über den ganzen Erdball kreisten und oft vom Himmel bis zur Hölle reichten, in einem einzigen Satz zusammenfassen könnte, noch dazu in einem Satz, den die Eltern verstanden. Daher kam auch prompt immer dieselbe Antwort: „An nichts Besonderes.“

„Dann iss doch noch ein zweites Stück von deiner Geburtstagstorte.“

„O ja.“ Nicole hielt ihren Teller hin. Sie verspürte keine besondere Lust auf ein zweites Stück Torte, aber sie war ein braves Kind, nahezu brav, jedenfalls keines von den Kindern, die ihren Eltern große Schwierigkeiten bereiteten. Sie rannte nicht aus dem Haus, ohne vorher um Erlaubnis zu bitten, und sie kehrte zur vereinbarten Stunde wieder heim. In der Schule war sie guter Durchschnitt. Sie saß neben Konstanze. Sie hatten denselben Schulweg und ungefähr denselben Geschmack in punkto der Bücher, die sie lasen, und der Lehrer, die sie mochten. Viel mehr war da nicht drin in dieser Freundschaft. Abends im Bett legte Nicole manchmal ihre Hände über die beiden Hügelchen auf ihrer Brust und dachte, ich mag Konstanze ganz gern, aber meine Busenfreundin ist sie nicht. Eine Schwester oder ein Bruder oder beides zusammen wäre besser. Dann wären wir eine glückliche Familie.

„Du musst deine Kerzen ausblasen. Es ist Zeit für die Schule“, sagte der Vater. Sie saßen noch am Frühstückstisch, und Nicole wartete immer noch auf ein festliches Geburtstagsgefühl, aber es wollte trotz der Päckchen, die eine niedliche Bluse und viele CDs und Bücher und einen todschicken Füller enthielten, nicht kommen. Und wie stand es mit der Überraschung, von der die Eltern vorhin gesprochen hatten?

Nicole blies die Kerzen aus und aß ihr zweites Stück Torte zu Ende. „Schmeckt es dir?“

„Oh, prima.“ Um andere nicht zu kränken, durfte man getrost lügen. Aber wenn man sich selbst aus einer unangenehmen Situation herausschwindelte, so war das hässlich. Verrückt. Irgendwo steckte da ein Denkfehler.

Die Mutter nahm ein zweites Stück Torte, ein ganz ungewöhnlicher Tatbestand, denn sie bangte um jedes Gramm, das sie zunahm.

„Du bist bei gutem Appetit“, sagte der Vater. Er rauchte seine dritte Zigarette, und da waren wieder diese rätselhaften Blicke, die zwischen den Eltern hin und her gingen. Verschwörerblicke.

„Zucker ist gut für die Nerven“, entgegnete die Mutter.

Und plötzlich fiel es Nicole wie Schuppen von den Augen. Sie würde ein Geschwisterchen bekommen, ganz klar. Jahrelang hatte sie es sich so sehnlichst gewünscht. Aber nun mit dreizehn war sie sich nicht ganz sicher, ob sie mit einem zum Spielen völlig unbrauchbaren kleinen Schreihals noch irgendwas anfangen könnte.

Später, in der Schule, teilte sie die Neuigkeit ihrer Freundin Konstanze mit. „Ich verstehe nicht, warum die Eltern so geheimnisvoll tun. Sie können doch einfach sagen, du wirst einen Bruder oder eine Schwester bekommen, fertig, aus.“

„Weißt du es denn ganz sicher?“

„Ziemlich sicher. Es könnte natürlich auch sein, dass mein Vater nach Indien versetzt wird oder nach Afrika oder Japan. Irgendwas in dieser Art." Konstanze machte große Augen, und das feuerte Nicoles Fantasie an. „Ich nehme an, dass es Afrika ist", faselte sie munter drauflos. „Vielleicht beides, ein Baby und Afrika."

Aber es kam ganz anders. Die Appetitlosigkeit am Morgen war der Schatten gewesen, den große Ereignisse vorauswerfen. Das Ereignis selbst stellte sich vierundzwanzig Stunden später ein: Nicole erbrach, bekam Fieber, verbunden mit schrecklichem Bauchweh und Durchfall, und der Arzt stellte eine infektiöse Darmerkrankung fest. Er kam zweimal am Tag, gab Injektionen und verordnete Medikamente. Stundenlang lag Nicole in Fieberträumen. Die Stimmen kamen nur ganz von fern zu ihr, sie kamen in an- und abschwellenden Wellen und klangen so, als habe sie Watte in den Ohren. Ihr Durst war quälend, aber sie erbrach jeden Löffel Tee, den sie zu sich nahm. Sie hatte das Gefühl, dass sie allmählich verhungerte und verdorrte wie ein welkes Blatt im Herbst. Die Eltern standen mit besorgten Gesichtern an ihrem Bett, redeten ihr gut zu und versuchten ihr ein paar Löffel Kalbsbrühe aufzuschwatzen, die Nicole dann auch schluckte. Aber sie konnte nichts bei sich behalten. Schließlich drang der Arzt darauf, sie in ein Krankenhaus zu bringen.

Nicole hätte gern lauthals protestiert, geschimpft und getobt, aber dummerweise war sie viel zu schwach dazu. Ihre „wutentbrannte" Stimme war nicht viel mehr als ein lächerliches Gepiepse. Jedes Wort und jede Bewegung strengten sie an, und so konnte sie nichts weiter tun, als etliche eindrucksvolle Tränen aus ihren Augen rollen zu lassen. Aber die Eltern und der Arzt ließen sich dadurch keineswegs erweichen. Sie machten ihr klar, dass sie zu

Hause nicht gesund werden würde, und versuchten ihr einzureden, dass ein Aufenthalt in einem Krankenhaus eine ganz unterhaltsame Angelegenheit wäre.

„Und kurzum, du bist doch ein vernünftiges Mädchen", schloss die Mutter diese Unterredung ab.

Nicole schüttelte energisch den Kopf. Solche Behauptungen kamen einer Erpressung gleich. Du bist doch ein vernünftiges Mädchen – du weinst doch nicht wegen jedem Pieps – du lügst doch nicht – du willst doch deinen Eltern Freude machen – du teilst doch deine Schokolade gern mit anderen. Lauter in Zuckerwatte verpackte Befehle. Nicole verzog den Mund. Ich pfeife darauf, ein vernünftiges Mädchen zu sein. Ich habe Durst, und mir ist mies, ich möchte in kein Krankenhaus, ich möchte gesund sein und zu Hause bleiben.

Nicole musste zehn Tage im Krankenhaus bleiben. Ehrlich gesagt, es gab schlimmere Aufenthalte. Mit den beiden anderen Kindern, die in ihrem Zimmer lagen, war allerdings nicht viel anzufangen, denn sie waren erst sechs und sieben Jahre alt und vertrieben sich die meiste Zeit mit Steckspielen. Aber Nicole bekam eine Menge Bücher zu lesen, und die Mutter besuchte sie jeden Tag, und zweimal kam auch ihr Vater, und das waren für sie ganz große Feststunden.

In den ersten Tagen hatte sie Infusionen bekommen, einen so genannten Tropf. Eine Schwester hatte Nicoles Arm angepikst. „Wegen so einem kleinen Stich schreit man doch nicht gleich, du bist doch ein tapferes Mädchen." Na ja, warum soll man sich mit der Schwester anlegen und ihr klarmachen, dass man durchaus nicht einsieht, warum man sich ohne einen Muckser in den Arm stechen lassen soll. Da hing jetzt dieses Gefäß, dieser Tropf, über Nicoles Bett, und ihr Arm war durch einen Gummischlauch mit demselben verbunden, und trip,

trip, trip, träufelte nun also auf geheimnisvolle Weise neues Leben und neue Kraft in Nicoles Adern. Allmählich meldete sich bei ihr auch wieder der Appetit, und sie bekam Lust, aufzustehen. Nach einer Woche durfte sie vormittags und nachmittags eine Stunde im Garten herumspazieren. Sie tat es auf wackeligen Beinen und hatte das Gefühl, als hätte sie Knie aus Gummi. Es war ein ganz angenehmes, etwas schwindeliges Gefühl, wie nach einer Fahrt im Kettenkarussell. Ihr Körper, der zwei Kilo seines Gewichtes verloren hatte, war so schwebend und federleicht, dass Nicole die Arme ausbreitete und dachte, sie müsste eigentlich fliegen können. Aber sie flog nicht in die Luft, sie flog, weil sie über einen Stein gestolpert war, auf die Nase, stand wieder auf, schüttelte sich wie ein Hund und sagte sich, jetzt bin ich gesund.

Tatsächlich durfte sie tags darauf die Klinik verlassen, aber von In-die-Schule-Gehen war noch keine Rede, und außerdem standen die Sommerferien vor der Tür. Das Geheimnisvolle, die große Überraschung lag immer noch in der Luft. Die Art, wie die Eltern miteinander sprachen, hatte etwas Gezwungenes. Worauf warteten sie eigentlich, um endlich mit der großen Sensation herauszurücken. Indien? Afrika? Oder doch das Baby? Nicole betrachtete mit aufmerksamen Augen ihre Mutter, aber sie konnte keine Veränderung an ihrem Aussehen feststellen. Dann eines Tages fing sie ein paar hingeworfene Worte des Vaters auf. „Der Termin steht jetzt fest."

Termin, Termin? Sie spitzte die Ohren. Also handelte sich das Ganze doch nicht um ein Baby, denn so ein Ding ließ sich doch nicht auf einen genauen Termin festlegen.

An diesem Abend erwarteten die Eltern Gäste, Nach-Tisch-Gäste. Ein Dutzend oder so. Nicole schätzte das nicht sehr, denn sie wurde zwar gerade noch zum Händchengeben und anderen kleinen Dienstleistungen zugelassen, aber kurz darauf ins Bett geschickt. Sie fand das eine so verdrießlich wie das andere. Man vertrödelte nur seine Zeit mit diesen Leuten, und da war auch immer einer dabei, der die Augen aufriss, als begegne er einem Nashorn, und dann ausrief: „Mein Gott, Nicole, bist du groß geworden, du bist ja schon eine richtige junge Dame. Ich habe dich auf dem Arm gehalten, da warst du noch ein Baby." Nicole trat dann von einem Fuß auf den anderen und wusste nicht, was sie darauf antworten sollte. Sie half, die Platten mit den belegten Brötchen herumzureichen, bot Zigaretten an und wurde nach Aschenbechern geschickt. Das Ganze war eine höchst überflüssige Unternehmung, und sie hätte viel darum gegeben, sich mit einem Buch auf die Couch zu lümmeln. Aber das ging natürlich nicht, abgesehen davon, dass die Couch mit quakenden Herren und Damen voll besetzt war.

Heute, an diesem Abend, schienen die Eltern ihre nächsten Bekannten aus einem besonderen Grund zusammengetrommelt zu haben. Nicole lag bereits im Bett und war nahe am Einduseln, als unten im Erdgeschoss plötzlich Schreie der Verwunderung laut wurden und eine Frauenstimme – es war die von Miss Pludar, die mit ihren überlangen Beinen immer wie auf Stelzen ging – ausrief: „Das darf doch nicht wahr sein." Andere Gesprächsfetzen: „Das ist doch nicht euer Ernst" und „Nein, nicht möglich!" drangen bis in ihr Zimmer.

Nicole war mit einem Satz aus dem Bett und dann draußen auf dem Korridor und die Treppe runter. Die Bombe war also geplatzt, die Eltern hatten ihr Geheimnis gelüftet.

Die Tür zur Diele stand offen, und so konnte Nicole ganz deutlich den Vater mit seiner wohlklingenden Stimme sagen hören: „Schließlich ist es ja eine Art Familienereignis, und da dachten wir, ihr erfahrt es lieber durch uns selbst als durch andere."

Ein neues Stimmengewirr war die Antwort. Alles redete durcheinander, und Nicole konnte kaum ein Wort vom anderen unterscheiden. Dann legte sich die Aufregung etwas, aber jetzt trat ausgerechnet ein Gast in den Vorraum, steuerte auf die Garderobe zu und suchte irgendwas in seiner Manteltasche. Nicole hatte nur knapp Zeit gehabt, sich hinter die hohe Eichentruhe zu ducken und dort zu warten, bis der Mann wieder verschwand. Dummerweise schloss er jetzt die Tür hinter sich, und Nicole musste sich für ihr Bett oder fürs Ohr am Schlüsselloch entscheiden. Sie entschied sich für ihr Bett, wo sie sich ein kleines Lager mit Salzmandeln und Pralinen angelegt hatte. Sie tat das immer, wenn Gäste im Haus waren, quasi als Ausgleich für einen verpfuschten Abend. Sie hatte auch genug gehört, um zu wissen, um was es jetzt ging. Also Indien oder Afrika war es nicht. Adieu, ihr Tiger, Affen, Löwen, Krokodile und Kokospalmen. Es handelte sich also um ein Baby, und daran war nichts zu ändern, und bei längerem Nachdenken war es vielleicht sogar ganz nett. Schäm dich, Nicole, sei nicht so egoistisch, sondern mach mal Platz für einen anderen. Während sie ihre Salzmandeln knabberte, versuchte sie sich an den Gedanken eines kleinen Schreihalses, der die Hausordnung weitgehend bestimmen würde, zu gewöhnen. Sie würde den Kinderwagen durch den Park schieben, und das war ein nahezu erhebender Gedanke. Selbstverständlich würde das Baby hinter geblümten Gardinen liegen, damit es nicht von jedem angestarrt würde. Vielleicht konnte man fürs Reingucken sogar eine kleine Gebühr verlangen und somit sein Taschengeld aufbessern. Zehn Pfennig? Lächerlich für so ein prachtvolles Baby, denn dass es sich um ein außergewöhnliches Prachtstück handeln würde, davon war Nicole überzeugt. Also fünfzig Pfennig? Nein, sie wollte keinen Wucherpreis fordern, und womöglich würde das auch die Kundschaft vertreiben. Also zwanzig Pfennig, basta! Damit schlief sie ein.

Am Morgen wachte sie früher auf als gewöhnlich, und ihr erster Gedanke galt wieder dem bevorstehenden Familienereignis. Sie kleidete sich an und stürmte in die Küche, wo die Mutter die Spülmaschine ausräumte.

„Hallo, Nicole, warum bleibst du nicht länger liegen?"

„Ich habe ausgeschlafen. Sag mal, warum erfahren es eigentlich eure Bekannten vor mir?", sagte sie angriffslustig.

„Was?" Die Mutter behielt einen Stapel Teller in der Hand, ohne ihn wegzustellen. Sie sah so verwirrt aus, als habe Nicole ihr eine unlösbare Aufgabe gestellt. „Was denn?", fragte sie noch einmal.

„Komm, du weißt es ganz genau."

Natürlich wusste sie es. Sie holte tief Atem und stellte nun endlich die Teller beiseite. „Wieder mal gelauscht?"

„Die Türen standen ja alle auf, und ich habe die Jubelschreie gehört. Aber ich sehe nicht ein, warum ich es nicht zuerst erfahre, wenn du ein Kind bekommst", sagte Nicole verschnupft.

Die Wirkung dieser Worte war überraschend. Die Mutter wurde plötzlich rot, dann wich die Farbe aus ihrem Gesicht, sie wollte etwas sagen, aber sie hatte offenbar die Sprache verloren. Schließlich nahm sie Nicole schweigend bei der Hand, ging mit ihr ins Wohnzimmer und zog sie neben sich auf die Couch. „Du irrst dich. Vater und ich werden nicht mehr zusammenleben."

„Wie bitte?" Sie hatte sich verhört. Da war irgendwas los mit ihrem Trommelfell, denn in ihren Ohren begann es zu summen, als sei ein ganzer Bienenschwarm unterwegs. „Was heißt das, nicht mehr zusammenleben?"

Die Mutter legte den Arm um sie. „Wir trennen uns", sagte sie, und nun gab es keinen Zweifel mehr. Nicole hatte richtig gehört.

„Nein", schrie sie. „Das dürft ihr nicht!"

„Es gibt einige Gründe, aber die verstehst du nicht."

„Verstehst du nicht", schrie Nicole zornig. Ein billiger Trick der Erwachsenen. Wenn sie sich um eine einleuchtende Erklärung herumdrücken wollen, verkriechen sie sich einfach hinter diesem „das verstehst du nicht". Tränen schossen in Nicoles Augen. „Das ist so gemein, so gemein", wimmerte sie, und in ihrer Hilflosigkeit hatte sie plötzlich den Wunsch, die Mutter zu schlagen und wild zu beschimpfen. Aber dann warf sie einen Blick in ihr Gesicht und schämte sich, denn die Mutter sah nicht weniger hilflos aus als sie selbst. Nicoles Zorn wich, wie er gekommen war, und übrig blieb nur eine große Verzweiflung und Wirrnis. Sie machte sich von dem Arm ihrer Mutter los, rückte ganz von ihr ab bis in die hinterste Ecke der Couch und weinte sich den allerersten Schmerz von der Seele.

Die Mutter redete in einem fort auf sie ein, aber es dauerte lange, ehe sie überhaupt hinhörte. Sie begriff, dass die Eltern nicht im Hass auseinander gingen, dass beide in derselben Stadt blieben und dass man sich in Freundschaft verbunden bleiben würde. Worte, Worte. Nicole suchte vergeblich nach einem Sinn darin. Die Mutter versuchte ihr klarzumachen, dass sich diese Trennung schon Jahre vorbereitet hätte, dass die Eltern einfach zu jung und zu unreif gewesen seien, um eine Ehe zu führen, dass ... dass ... Nicole war nah daran, sich die Ohren zuzuhalten, weil ihr all diese Gründe nicht ausreichend schienen für eine Trennung. Sie fing wieder an zu weinen, versuchte tapfer zu sein, wurde immer noch von Schluchzen gestoßen. Aber die Pausen wurden allmählich größer, sie schluckte und trocknete sich die Augen mit dem Handrücken. Die Mutter reichte ihr ein Taschentuch. „Wein ruhig weiter, wenn es dir gut tut“, sagte sie.

„Und du?“ Nicole schob die Lippen böse vor. „Du bist kein bisschen traurig.“

„O doch.“

Warum weinte sie dann nicht, diese junge, zierliche Mutter mit dem dunklen Pagenkopf, die so jung aussah, dass manche Menschen sie für Nicoles Schwester hielten. „Was willst du denn machen, wenn du ganz allein bist?“

„Ich bin nicht ganz allein.“

Nicole stockte der Atem. Das war es also. Ein anderer Mann würde ins Haus kommen, irgend so eine fremde Type, die sich anmaßte, ihr Befehle zu erteilen, zu dem sie womöglich Onkel sagen sollte und der bei Tisch den Platz ihres Vaters einnehmen würde. Sie war plötzlich nicht mehr unglücklich, sie spürte einen Zorn aufwallen, der sich gegen die Mutter richtete. „Wieso bist du nicht allein?“, sagte sie anklagend.

Die hübschen dunklen Augen der Mutter zogen sich ganz eng zusammen. Sie hatte dann ihr Katz-und-Maus-Gesicht, das Nicole so gut kannte. „Ich habe ja dich“, sagte sie.

Nicole schüttelte unwillig den Kopf. Denk du nur nicht, ich sei die Maus. Diesmal bin ich die Katze. „Und wen noch?“, fragte sie streng. „Wen denn dann noch?“

„Das genügt“, sagte die Mutter. „Willst du nicht ein bisschen näher rücken?“

„Nein.“ Sie wollte ihre Schmollecke nicht aufgeben. „Ausgerechnet jetzt kommen die Ferien. Ich bin froh, wenn ich wieder in der Schule bin.“

„Ich werde auch bald in der Schule sein."
„Wieso?"
„Ich nehme mein unterbrochenes Studium wieder auf und mache mein Lehrerinnenexamen."
„Studium", sagte Nicole verächtlich. „Findest du das besser, als verheiratet zu sein?"
„Es ist immerhin eine Möglichkeit."
„Aber die andere Möglichkeit wäre besser", sagte Nicole unnachgiebig. „Wieso bleibt ihr nicht beisammen, du und Vater? Ihr seid doch immer gut miteinander ausgekommen, ihr habt euch nie gestritten."
„Nein."
„Mögt ihr euch denn plötzlich nicht mehr?"
„Doch, doch", bejahte sie eifrig.
„Also, was dann?" Nicoles Mutter antwortete nicht sofort, und ihre Augenlider begannen zu flattern. Jetzt habe ich sie in die Enge getrieben, dachte Nicole. Sie muss jetzt Farbe bekennen. Ich habe ein Recht zu erfahren, was mit meinen Eltern los ist. „Nun?"
„Dein Vater möchte lieber mit einer anderen Frau zusammenleben." Sie holte tief Atem. „So was kommt eben vor", sagte sie dann.
So was kommt vor? Aber nicht in meiner Familie, bei meinen Eltern! Nicole wusste im ersten Moment nicht, was sie sagen sollte. Sie las und hörte zwar genügend von Scheidungen, Männer verließen ihre Frauen für eine andere Frau, Frauen rannten von ihren Männern weg, um einen anderen Mann zu heiraten, in Künstlerkreisen wechselten sie ihre Partner oft drei- oder viermal. Die Illustrierten waren voll von solchen Geschichten. Auch in Nicoles Klasse gab es zwei oder drei Kinder von geschiedenen Eltern. Aber dass bei ihren eigenen Eltern so etwas vorkommen sollte, wollte nicht in Nicoles Kopf. Sie machte eine heftige Gebärde gegen die Mutter. „Das

sagst du so ganz vergnügt, als ob das nichts Besonderes wäre."

„Kommt dir das wirklich so vor? Ich bin aber nicht sehr vergnügt, das kannst du mir glauben. Ich hatte harte Zeiten, ehe ich mich damit abgefunden habe. Du kannst das ruhig wissen. Aber dein Vater hatte es auch nicht leicht. Er hat sich jahrelang mit diesem Problem herumgeschlagen."

„Was? Das geht schon Jahre?", empörte sich Nicole. Jahre, und sie hatte nichts davon gemerkt. Nach außen hin hat es so ausgesehen, als seien wir eine ganz heile, glückliche Familie. „Kenne ich dieses ... dieses ...", sie würgte das Wort „Miststück" hinunter und sagte stattdessen, „... diese Dame?"

„Ja. Du hast sie wohl zwei- oder dreimal gesehen." Die Mutter nannte den Namen, aber er sagte Nicole nichts.

„Trude Anselm? Nie gehört. Wo habe ich sie gesehen?"

„Das letzte Mal sind wir ihr in einem Jazz-Konzert begegnet. Da war sie mit ihrem Bruder. Ihr Bruder ist ein früherer Studienfreund von Vater. Erinnerst du dich jetzt?"

„O ja, ganz genau. Das blonde Gift. Sie ist groß und fett", stieß Nicole grollend hervor.

„Sie ist groß, aber nicht fett."

„Klar ist sie fett", knirschte Nicole mit einem mitfühlenden Blick auf ihre Mutter, die klein und zierlich und dunkelhaarig war und wirklich nicht vergnügt, sondern nur bekümmert aussah. „Fett und weißlich wie eine große Raupe", sagte sie hasserfüllt. „Eine abscheuliche Type."

„Du sollst nicht so von ihr sprechen, das ist nicht richtig."

„Ach wirklich? Soll ich Purzelbäume schlagen, dass sie

sich meinen Vater unter den Nagel gerissen hat, dieses Miststück?" Ah, nun war es raus, und nun wurde ihr wohler, als hätte sie sich von einem Brocken befreit, an dem sie sonst erstickt wäre.

„Nicole!"

Sie rückte jetzt plötzlich ganz dicht an die Mutter heran und lehnte den Kopf an ihre Schulter. „Eine fette weißliche Raupe mit dämlichen Glupschaugen", sagte sie in vertraulichem Ton. „Habe ich nicht Recht?"

„Steigere dich in keine Hassgefühle hinein. Du wirst mit ihr zu tun haben. Du wirst sie sehen und einige Zeit in ihrem Haus verbringen und ..."

„In ihrem Haus!", unterbrach Nicole sie wütend. „Hier womöglich? Ekelt sie dich raus?"

„Nein, niemand ekelt mich raus. Es ist meine eigene Entscheidung. Mir wächst das Haus über den Kopf, wenn ich jetzt studiere und später meinen Beruf ausübe. Wir werden uns eine hübsche Wohnung suchen."

„Wer wir?"

„Du und ich."

Nicole begann erneut zu weinen. Wut und Traurigkeit lösten einander ab. „Wäre ich nur gestorben."

„An mich denkst du gar nicht."

Das stimmte. Sie dachte nur an ihren eigenen Schmerz, nur an die Verwirrung, in die ihre Eltern sie gestürzt hatten. „Wenn ich sie sehe, spucke ich ihr ins Gesicht."

„Das wirst du nicht tun."

„Und ich stelle ihr ein Bein, damit sie hinschlägt, dieses lange Tier."

„Jetzt redest du Blödsinn. Du sprichst wie eine Sechsjährige."

„Und sie soll nur nicht versuchen, mir die Hand zu geben", schluchzte Nicole. Sie schlug die Hände vors Gesicht. „Ich hasse sie. Und du hasst sie auch!“ Es klang wie ein Befehl. „Du hasst sie!“

„Nein, ich hasse sie nicht. Nicht mehr. Das ist wie eine Krankheit, weißt du, oder sagen wir mal, so, als ob man sich ein Bein gebrochen hat. Aber es geht vorüber. Erst ist da der Schmerz, und man kann nicht mehr laufen, aber mit der Zeit wächst der Bruch zusammen, und die Wunde heilt. Natürlich hinkt man dann noch eine Weile, aber der große Schmerz ist nicht mehr da.“

Nicole kuschelte sich noch enger an den Hals der Mutter und schnuffelte den wohl bekannten Geruch ihrer Haut und ihrer Kleidung auf. Sie mochte dieses herbe, etwas nach frisch gemähtem Gras und nach Wald riechende Parfüm. „Wir beide lassen uns nie scheiden, du und ich, gelt? Ich gehe nie von dir weg, nie, nie!“

Die Mutter nahm Nicole das zusammengeknüllte Taschentuch aus der Hand und trocknete ihr die Tränen ab. „Keine Schwüre, Coco.“

„Früher hast du mich oft Coco genannt.“

„Möchtest du gern, dass ich dich wieder so nenne?“

„Ja, bitte.“

Plötzlich stand da der Vater in der Tür. Er war zu einer ganz ungewöhnlichen Stunde nach Hause gekommen, weil er eine wichtige Akte in seinem Arbeitszimmer vergessen hatte.

„Was sitzt denn da für ein Liebespaar“, sagte er fröhlich. Dann kam er rasch näher mit diesem leichten, elastischen Schritt, den Nicole mit zugebundenen Augen als den Schritt ihres Vaters erkannt hätte. „Oh, hier gibt’s Tränen? Ist was passiert?“, fragte er.

Nicole sah ihn böse an. „Ich weiß Bescheid. Das ist passiert“, knirschte sie und stürzte an ihm vorbei aus dem Zimmer. Sie warf die Tür heftig hinter sich zu. Was für eine Wohltat. Einen Moment verharrte sie mit einem erleichterten Aufatmen an der verschlossenen Tür und war versucht, sie noch einmal zu öffnen, um sie dann ein zweites Mal zuzuschlagen. Aber dann verwarf sie diesen Gedanken. Wie hatte die Mutter vorhin gesagt? Du sprichst wie eine Sechsjährige. Gut, sie war dreizehn und kein unwissendes Kind mehr. Mit dreizehn erspürte man vieles. Es war, als hätte man ein Radargerät eingebaut, das ununterbrochen in Betrieb war. Man ahnte schon, was Liebe sein konnte, etwas das nicht zu steuern war, das mit den Menschen einfach geschah und ihnen mit dem Glück auch den Kummer brachte.

Nicole lief ins Bad und kühlte sich das Gesicht mit kaltem Wasser. Dort hingen die Handtücher an ihren Haken mit den Bezeichnungen Vater – Mutter – Kind. Während sie sich das Gesicht trocknete, warf sie einen schrägen Blick auf die friedlich nebeneinander stehenden Zahnbecher. Der rote enthielt Vaters Zahnbürste, der weiße die der Mutter und der grüne Nicoles. Sie knüllte das Frottiertuch ihres Vaters zusammen und feuerte es hinter die Wäschetruhe, dann zerbrach sie seine Zahnbürste in zwei Teile. Aber ihr Zerstörungstrieb war erst dann befriedigt, als sie seinen geheiligten Rasierapparat in den Papierkorb geworfen hatte. Nach dieser Protestaktion fühlte sie sich wohlig entspannt. Sie ging in ihr Zimmer, warf sich aufs Bett und hoffte, dass sie wieder krank werden würde. So ein toller Fieberstoß oder gar der Tod wäre wohl die gerechte Strafe für ihren Vater gewesen. Aber weder das Fieber noch der Tod wollten sich einstellen. Sie starrte an die Decke und beobachtete eine Fliege, die dort saß und sich eifrig putzte. Allmählich ordneten sich Nicoles Gedanken, sie sah ein, dass die Auflehnung ihr nichts einbrachte. Man musste sich in der neuen Situation zurechtfinden, aber man durfte doch wohl, auch wenn man erst dreizehn war, eine eigene Meinung haben. Man hatte ein Recht auf Gefühle, und diese Gefühle hatte der Vater verletzt. Er würde ihre Zeichen im Bad schon richtig deuten. Er nahm es sehr genau mit den Dingen, die ihm gehörten, und seine tägliche Rasur am Morgen war eine Art heilige Handlung. Die Weichen waren also gestellt.

Aber der große Zusammenprall blieb aus. Sie wartete an diesem Tag vergeblich darauf, dass ihr Vater irgendeine Bemerkung machen würde. Er war aber wie immer, redete in seiner lebhaften Art und zeigte nicht das leiseste Zeichen von Verstimmung. Vielleicht hatte er Nicoles Tat noch gar nicht bemerkt.

Am nächsten Morgen steckte eine neue Zahnbürste in seinem Glas, ein frisches Frottiertuch hing an seinem Haken, und der Rasierapparat lag an seinem alten Platz. Der Vater rief laut nach Nicole. „Trödle nicht so lang im Bad, ich möchte mit dir frühstücken."

„Ich habe keinen Hunger", rief Nicole trotzig zurück.

„Gut, dann leiste uns wenigstens Gesellschaft."

Nicole nahm sich doppelt so lange Zeit wie sonst, aber schießlich erschien sie am Frühstückstisch. Das Gespräch zwischen den Eltern riss ab. Oder bildete sie sich das nur ein? Der Vater brach den Toast, den er sich eben gebuttert hatte, auseinander und legte eine Hälfte auf Nicoles Teller. „Einen kleinen Happen kannst du doch sicher essen."

„Nein."

Er sah sie an, schien etwas sagen zu wollen, aber schwieg. Er will über das, was er angerichtet hat, nicht sprechen, er hat alles der Mutter überlassen, dachte Nicole, und ihr Groll gegen den Vater nahm zu.

Er nahm den Toast, den er ihr angeboten hatte, von ihrem Teller, biss hinein und zerkaute ihn nachdenklich.

Das Knacken hörte sich wunderbar an. Nicole liebte

frisch gebutterten Toast, und ihr Magen knurrte. Sie stützte den Kopf auf die Ellenbogen und wartete in verbissener Schweigsamkeit darauf, dass man sie zu einer manierlichen Haltung ermahnte. Auf dem Gesicht der Mutter erschien die Spur eines verlegenen Lächelns. Sie nahm Nicoles Tasse. „Was möchtest du? Tee? Milch? Kakao?"

„Danke, gar nichts."

Sie würde in den Hungerstreik treten. Das wäre gar keine so schlechte Idee. Nur der Anfang war schwer. Später legte sich der Hunger. Schlimmer war der Durst, aber da konnte man ja mit Wasser nachhelfen.

Der Vater legte ihr die Hand auf die Stirn. „Fieber hast du nicht. Ich nehme an, du hast dir mit irgendwas den Magen verkorkst. Bist du vielleicht heimlich an unser Schokoladendepot gegangen?"

Sie warf ihm einen bösen Blick zu. Er wusste doch ganz genau, was mit ihr los war. Warum spielte er den Ahnungslosen und ignorierte ihren Kummer?

„Ich gehe nicht heimlich Schokolade stibitzen, ich bin doch kein kleines Kind mehr", sagte sie patzig.

„Ich weiß, ich weiß, du bist ein sehr vernünftiges, sehr verständiges, sehr einsichtiges Mädchen." Er klopfte Nicole auf die Schulter.

„Du weißt ... du weißt ... du denkst immer, wunder was du alles von mir weißt. Nichts weißt du von mir", schrie sie ihn an. „Du hast uns verschaukelt, Mutter und mich."

„Coco!", mahnte die Mutter und zuckte in Richtung des Vaters entschuldigend die Achseln.

Nicole starrte den Vater an, um die Wirkung ihres Ausbruchs zu loten. Sie sah seine Verwirrung, sah mit Genugtuung, wie ihm das Blut ins Gesicht schoss und seine Hand die Serviette zerknüllte. Sie stand rasch auf, nahm ihr Geschirr und das Besteck, das sie unberührt gelassen hatte, und trug es in die Küche. Sie hörte gerade noch, wie der Vater halblaut sagte: „Sie braucht Zeit, Loni.“

Eine unverhoffte Ferienreise

Zeit, was war Zeit in diesem Fall. Zeit war etwas, das entweder zu kühlerem Nachdenken führte oder aber die unguten Gedanken verhärtete. Nicole konnte kein unbekümmertes Wort mehr mit ihrem Vater sprechen, ihm kein Lächeln mehr schenken, seit sie von der Trennung wusste. Aber wieso war die Mutter nicht entzweit mit ihm? Sie sprach mit ihm wie sonst, sie lachte sogar manchmal mit ihm, trug seine Anzüge zum Reinigen und brachte seine Lieblingsspeisen auf den Tisch. Warum machte sie das? Die Tage gingen weiter wie gewöhnlich. Und doch würde die kleine Familie auseinander brechen.

Heute war ein Abend, wo der Vater nicht nach Hause kam, und Nicole schien es so, als sei die Mutter bedrückt, ja, sie wünschte es sich direkt. Sie fand, das gehörte dazu, es wäre ihr menschlicher vorgekommen, und sie hätte es auch besser verstanden als diese gleich bleibende, freundliche Art, mit der die Mutter die Dinge hinnahm. Nicole sprach mit ihr darüber. Sie wollte keine Heilige zur Mutter haben, keine stille Dulderin, sondern eine, die um ihr Recht kämpfte, die den Platz an der Seite ihres Mannes verteidigte.

„Du nimmst das einfach so hin. Du tobst nicht und weinst nicht und verlierst die Nerven nicht“, sagte sie tadelnd.

„Das habe ich alles hinter mir. Ich habe es dir schon mal gesagt."

„Und jetzt ist dir wohler?"

„Ja."

„Bist du denn überhaupt nicht eifersüchtig auf deine Nachfolgerin?"

„O doch. Aber es wäre natürlich viel bitterer, wenn ich schon eine alte Frau wäre. Ich bin noch jung. Ich schaffe das schon irgendwie."

„Ich finde es schäbig, dass er dich sitzen lässt. Ich sehe da keinen Unterschied, ob du nun jung oder alt bist."

„O doch, Coco, da ist ein gewaltiger Unterschied. Schau, ich kann mir mit meinem Beruf ein eigenes Leben aufbauen, ich habe noch die Kräfte, die ich mit fünfzig nicht mehr hätte. Verstehst du, was ich meine?"

„Ja, das verstehe ich." Nicole war stolz, dass die Mutter mit ihr sprach wie mit einer gleichaltrigen Freundin. Sie hätte sie ja auch mit nichts sagenden Redensarten abspeisen können. „Seid ihr wirklich nicht zerstritten, oder sprecht ihr nur so vor mir?", fragte sie.

„Nein, wir spielen nicht, wir bemühen uns um ein gutes Einvernehmen. Wir haben uns trotz aller Schwierigkeiten, die wir miteinander auszufechten hatten, für eine Freundschaft entschieden."

„Und die wirst du auch auf die fette Raupe übertragen?"

„Coco!"

„Freundschaft mit diesem blonden Riesentier", rief Nicole verächtlich.

„Wir werden uns gegenseitig wohl nicht vor Liebe auffressen, aber wir werden uns arrangieren. Vielleicht werden wir sogar mal Freundinnen, viel später."

„Warum hat eigentlich mein Vater nie mit mir über diese Sache gesprochen?"

„Weil er dir noch Zeit lassen will, bis sich alles etwas beruhigt hat."

„Er hat Schiss vor mir", erklärte sie trocken.

Die Mutter verdrehte verzweifelt die Augen. „Das ist der falsche Ausdruck."

„Das ist genau der richtige, und sei ehrlich, du weißt es."

„Du solltest nicht so gehässig sein. Du solltest dich auch nicht so patzig deinem Vater gegenüber benehmen. Du liebst ihn doch."

„Klar liebe ich ihn", murmelte Nicole. „Und du liebst ihn auch, und er haut einfach ab, weil er anderweitig liebt. Wie soll sich denn das nun überhaupt abspielen? Wir packen unsere Koffer, du und ich, und sagen Tschau, Wiedersehen, und steigen in ein Taxi und landen irgendwo in einem muffigen Haus, vierte Etage links."

„Nicht ganz so", sagte Loni. „Erstens werde ich den Wagen behalten, zweitens kann ich mir in aller Ruhe was Passendes suchen, und ganz bestimmt nichts Muffiges, vielleicht vierte Etage links, ja, aber mit Sonne und Blick über Bäume. Zufrieden?"

„Nein, natürlich nicht. Was ist mit meinen Ferien?" Vergangenes Jahr hatten sich die Eltern einen Wohnwagen gemietet und waren mit Nicole kreuz und quer durch Griechenland gefahren, und es waren traumhafte Ferien gewesen, die sie zwischen Resten von alten Tempeln und dem Herumlungern an weißen, sonnenüberfluteten Küsten verbracht hatten. „Ein gemeinsamer Urlaub ist wohl in diesem Jahr nicht mehr drin?"

„Nein", sagte die Mutter nach kurzem Zögern.

„Weil er mit der Neuen loszieht?"

„Herrgott im Himmel, wirf es mir doch nicht ständig an den Kopf, Coco." Die Mutter hielt sich die Hände an die Schläfen, sie sah plötzlich abgespannt und verzweifelt aus, und Nicole wusste, dass sie jetzt zu weit gegangen war. Ihre Angriffslust richtete sich gegen die falsche Person. Statt zu helfen, schlug sie zu.

Sie legte den Arm um die Mutter. „Verzeih, ich bin gemein, ich weiß. Ich denke nur an mich. Es ist mir wirklich schnurzegal, wie und wo ich meine Sommerferien verbringe." Eine fromme Lüge. Es war ihr ganz und gar nicht egal, aber wer gab ihr das Recht, dieser Mutter, die jetzt selbst wie ein geknicktes Schulkind aussah, noch eine zusätzliche Bürde aufzuladen. „Ich werde meine Ferien schon irgendwie rumbringen."

„Vater denkt an ein Ferienheim in der Schweiz."

„Kommt nicht in Frage", sagte sie wie aus der Pistole geschossen.

„Warum?"

Weil diese Idee von ihm kommt, weil er es sich zu leicht macht, einfach glaubt, die Brieftasche zücken und mich abschieben zu können, hätte sie jetzt eingestehen müssen. Aber sie hatte sich ja vorgenommen, sachlich zu bleiben. „Ein Ferienheim riecht immer so nach ‚In-die-Hände-Klatschen, los, Kinder, aufstehen, fröhlich sein, den Tag bejubeln, die Kameradinnen umarmen'. Aber ich umarme nicht gern auf Befehl, und ich will auch nicht fröhlich sein auf Kommando, und vielleicht möchte ich nicht aufstehen und die Sonne bejubeln, vielleicht kann mir gerade an diesem Tag die Sonne gestohlen bleiben und ich möchte im abgedunkelten Zimmer liegen und lesen."

„Aber du bist immer noch schrecklich durchsichtig und isst zu wenig und bewegst dich zu wenig. Irgendwas muss da geschehen, Coco."

Und merkwürdigerweise geschah etwas, und zwar genau in diesem Augenblick. Ein vierschrötiger, rotgesichtiger und rothaariger Mann klingelte an der Tür und kam dann polternd ins Haus. Es war Bert Rassin, ein riesiges Mannsbild, dessen Arme zu lang und dessen Füße zu groß waren, um sie richtig zu beherrschen. Mit seinen Armen wischte er gelegentlich Vasen oder Aschenbecher vom Tisch, und mit den Füßen verhaspelte er sich in elektrische Schnüre und riss Lampen um oder stolperte über Türschwellen oder trat, wie er es jetzt bei seiner ungestümen Umarmung mit Loni tat, jemand auf die Zehen. Aber alles, was mit und um ihn geschah, war von einer hinreißenden Lebendigkeit und stets begleitet von seinem fröhlichen Lachen und seiner lauten, wohlklingenden Stimme, die aus einem tiefen Brunnen zu kommen schien. Der Blick seiner strahlenden braunen Augen war so ehrlich wie der eines treuen, zuverlässigen Hundes. Und wenn Bert Rassin einst zur vierjährigen Nicole, die voll Staunen zu einem samtenen Himmel voller Sterne aufblickte, gesagt hatte: „Ich will mal versuchen, ob ich dir einen von diesen Burschen herunterholen kann“, so hatte er tatsächlich eine hohe Leiter in den Garten geschleppt, war mit einem Schmetterlingsnetz hochgeklettert und hatte versucht, für Coco einen Stern einzufangen. „Hätte nicht geglaubt, dass sie so hoch oben sind“, hatte er kopfschüttelnd gemurmelt. Und Nicole hatte eingesehen, dass sie ihren Stern nicht bekommen konnte. Aber Bert hatte es immerhin versucht, und das zählte. Sie vertraute ihm. Alles, was er tat und sagte, war glaubhaft.

Nachdem er Loni stürmisch umarmt und ihr schier die Rippen gebrochen hatte, kam Nicole an die Reihe. „Mädel, an dir ist ja wirklich nichts mehr dran wie Haut und Knochen“, sagte er mit zusammengezogenen Brauen. „Klapperdürr.“ Er legte seine Pranken auf Nicoles Schultern.

„Pass auf, dass du mich nicht zerquetschst.“ Für Nicole

war er von Anfang an Bert gewesen. Sie hatte ihn nie Onkel genannt, obwohl er um verschiedene Ecken irgendwie verschwägert mit den Eltern war. Wenn sie sich große Mühe gab, konnte sie diese verschlingerte Verwandtschaft mit Bert, den ihr Vater einen Schwippschwager nannte, zurückverfolgen. Bert hatte eine Schwester des Mannes der Schwester von Nicoles Vater zur Frau. Sie hieß Maria und krallte sich leidenschaftlich an dem Restbestand des ehemaligen großen väterlichen Hofes fest. Sie wollte das letzte Stück Ackerland, die letzten paar Kühe und Schweine und Hühner, die geblieben waren, um keinen Preis der Welt aufgeben. „Ich lasse mir mein Bauernblut nicht abzapfen“, pflegte sie zu sagen. Keines ihrer drei Geschwister hatte den Hof übernehmen wollen, und so war er aufgeteilt und die Grundstücke verkauft worden, bis auf das alte Haus, die Stallungen und die paar Hektar Ackerland und Weide, die Maria mit verbissener Zähigkeit hielt. Bert half ihr bei den gröbsten Arbeiten, aber seine Zeit, seine ganze Kraft und seine Gedanken gehörten seinem eigenen Beruf. Er war Bildhauer.

„Was für eine Überraschung, Bert. Ich dachte, du seist bei einer Ausstellung in Brüssel. Werden dort nicht auch Arbeiten von dir gezeigt?“, rief Loni und zog den Bärenkerl, der unter jeder Tür automatisch den Kopf einzog, ins Zimmer.

„Da komme ich eben her. Ich wollte mal eben kontrollieren, ob ihr auch ein ordentliches Leben führt.“ Er rieb sich die Hände, und da seine Handflächen von seiner Arbeit mit Stein und Meißel rau waren, hörte es sich an, als ob er Wellpappe gegeneinander rieb. „Wo ist Fredo? Aushäusig?“

„Ja, wie du siehst“, sagte die Mutter nach kurzem Zögern.

„Aha." Er steuerte auf einen Sessel zu, blieb aber dann mit einem Ruck stehen und musterte die Mutter scharf. „Und wie schaffst du es?"

Er wusste also Bescheid. Alle wussten Bescheid. Nicole hätte zu gern erfahren, wie Bert über den Fall dachte, aber er ließ sich nicht weiter darüber aus.

Er erwartete von Loni auch keine Antwort auf seine Frage, sondern sagte mit einem zufriedenen Kopfnicken: „Du lässt dich nicht unterkriegen. Ich sehe es dir an. Diese kleinen, zerbrechlichen Weiberchen sind zäh wie Katzen. Ich weiß es von meiner eigenen." Dann warf er von seiner Zwei-Meter-Höhe einen schrägen Blick auf Nicole. „Du warst krank, nicht wahr? Du hattest was mit deinem Bauch zu tun und warst im Krankenhaus. Du siehst mickrig aus."

Das kommt nicht vom Bauch, das kommt von meinem wunderbaren Vater, hätte Nicole am liebsten erwidert, aber die Mutter kam ihr zuvor. „Der Appetit lässt noch zu wünschen übrig, aber das wird sich schon geben. Der Arzt wollte sie noch nicht in die Schule gehen lassen, und die Ferien stehen ja auch vor der Tür."

„Ich weiß. Meine zwei Lauser bibbern auch schon vor Ungeduld. Aber bei uns beginnen die Ferien ja erst im Juli." Er lebte im Süden Deutschlands, in den Vorbergen, weit weg von diesem Küstenstrich. „Kann ich bei euch übernachten?"

„Nein, das kannst du nicht. Du musst vor der Tür stehen bleiben, und ich werde dir dein Süppchen dorthin stellen", sagte Loni lachend.

Er ließ sich nun endlich in den Sessel, den er zuvor angesteuert hatte, plumpsen. Der Sessel krachte unter seinem massiven Körper, und Bert machte ein erschrockenes Gesicht. „Wo ich hintrete oder mich hinsetze, wächst eben kein Gras mehr", sagte er grämlich. „Ich muss fünfundzwanzig Kilo abnehmen. Warum habt ihr auch dieses wurmstichige antike Zeug? Bei mir gibt es nur Sessel aus Stahl."

„Ja, in deinem Atelier. Aber in eurem Haus steht auch dieses alte, wurmstichige Zeug von Marias Familie."

„Da habe ich auch jedes Mal Angst, mich hinzusetzen", brummte er. „Habt ihr schon gegessen?"

„Vor zwei Stunden. Es ist fast zehn Uhr."

„Das stört mich nicht", sagte er mit einem vergnügten Händereiben. „Los, Coco, lauf mal in die Küche und sieh zu, ob es für einen müden Reisenden noch einen Happen zu essen gibt. Muss nicht viel sein, ein Häschen, ein Fasan oder ein niedliches Spanferkelchen würde genügen."

Die Mutter stand auf, aber Bert streckte seinen langen Arm nach ihr aus und hielt sie fest. „Du bleibst hier. Lass das Kücken springen."

Nicole lief in die Küche und plünderte den Kühlschrank. Es gab genügend Butter und Wurst und Käse. Aber sie fand, Bert könnte sicher auch noch ein paar Spiegeleier verdrücken. Und sie fing an, Eier in die Pfanne zu schlagen, eines nach dem anderen. Sie hörte erst auf damit, bis es kein freies Fleckchen auf der riesigen Pfanne mehr gab. Dann zählte sie und kam auf die befriedigende Zahl neun.

„Gibt's bald was?", rief Bert dröhnend vom Zimmer her.

„Alles fertig. Ich bringe es gleich."

„Lass das. Ich komme zu dir." Er ließ sich am Küchentisch nieder und brach keineswegs in Erstaunen aus, als Nicole die Pfanne mit den neun Eiern vor ihn hinstellte. Er bat lediglich um etwas Paprika, um die Eierchen farblich etwas aufzumöbeln. Und dann fragte er, ob vielleicht ein Fläschchen Bier im Haus wäre, und die Mutter brachte das Bier. Dann saßen alle um den Tisch herum, und plötzlich meldete sich auch bei Nicole ein Bärenhunger, wie sie ihn schon seit langem nicht mehr gespürt hatte. Als sie sich das erste Brot strich, erklärte Loni, sie würde ebenfalls eine Kleinigkeit essen, nur so zur Gesellschaft. Aber aus der Kleinigkeit wurde dann eine halbe Dose Krabben, und dann schnitt sie noch Schinken auf und holte aus dem Keller den Rumtopf, und jetzt wurde es ein richtiges Fest. Niemand dachte daran, Nicole ins Bett zu schicken, auch nahm niemand Anstoß daran, dass sie von Zeit zu Zeit einen Schluck aus Lonis Glas mit Portwein nahm. Sie vergaß ihren Kummer, lachte wie früher und strich sich eben ihre dritte Buttersemmel, als Bert sagte: „Ich finde ihre Appetitlosigkeit nicht gerade Besorgnis erregend, trotzdem gehört sie mal aufs Land. War sie eigentlich schon mal bei uns?"

„Nein."

„Na, dann ist's ja höchste Zeit. Ich denke, ich nehme sie morgen mit."

Nicole vergaß weiterzukauen. Sie starrte ihn mit offenem Mund an und wusste nicht, ob sie sich eigentlich toll freuen oder so tun sollte, als sei ihr das ziemlich egal.

Ganz im Gegensatz zu Berts äußerer Erscheinung, die eher an Gemächlichkeit denken ließ, musste bei ihm immer alles ruck, zuck gehen. Er war ein Mann von schnellen Entschlüssen und besaß auch das Zeug dazu, seine Umwelt fast immer von der Richtigkeit dieser Entschlüsse zu überzeugen. Und so saß nun Nicole am nächsten Tag neben ihm in dem riesigen, ziemlich bejahrten Auto, das immer voll Kalkstaub und Holzwolle und irgendwelchen Gesteinsproben war, und fand jetzt erst Zeit, sich mit ihren bevorstehenden Sommerferien zu befreunden.

„Bilde dir nur ja nicht ein, dass bei uns viel los ist“, erklärte Bert, als habe er ihre Gedanken gelesen. „Natürlich gibt es zwei Wirtshäuser im Dorf, wo Hochzeiten und ganz vergnügliche Leichenfeiern abgehalten werden. Wir haben eine sehr hübsche alte Kirche, einen Pfarrer, der hervorragend kocht, natürlich gibt es auch einen Dorfweiher mit jeder Menge Kröten und einen kleinen Fluss, der eine Holzsäge betreibt und im Übrigen den Ort Reikartshofen in zwei Teile teilt – in das Oberdorf und das Unterdorf. Die Oberdörfler und die Unterdörfler befehden sich, hauptsächlich die Kinder. Das ist Überlieferung und gehört sich so. Wir wohnen im Oberdorf, Marias Großmutter, die aus dem Unterdorf stammte, erzählte noch, dass die jungen Burschen vor ihr ausgespuckt haben, als sie erfuhren, dass sie einen aus dem Oberdorf heiraten würde.“

Die Fahrt schien kein Ende zu nehmen, aber mit jeder Stunde, die Nicole sich von zu Hause entfernte, fühlte sie sich freier. Sie konnte nun schon etwas ruhiger an ihren Vater denken. Er hatte sie zum Auto begleitet, und sie hatte sich von ihm umarmen und küssen lassen. „Ich werde dich mal besuchen“, hatte er gesagt, und „O ja, fein“, hatte sie geantwortet, und es war viel weniger spitz herausgekommen, als sie beabsichtigt hatte, und sicher war das gut so. Er hatte ihr heimlich einen Fünfzigmarkschein in die Hand gedrückt. „Es muss aber unter uns bleiben, sonst schimpft deine Mutter. Du weißt ja, sie hat Pädagogik studiert und ich nicht“, hatte er ihr zugeflüstert, und sie hatte das Geld in die Tasche gesteckt. „Weißt du, was Pädagogik ist?“

„Klar. Wie man Kinder erzieht, ohne sie zu schinden.“ Sie warf einen bösen Blick auf ihren Vater, den sie liebte, obwohl er ihr den ersten großen Schmerz ihrer Kindheit zufügte.

Die Mutter hatte die Autotür noch einmal geöffnet. „Verlier deinen Fotoapparat nicht."

„Nein, nein, ich passe schon auf."

Dann hatte der Vater den Sicherheitsgurt kontrolliert und ihr auf die Seele gebunden, sich ja immer anzuschnallen.

„Ja, ich tue es schon. Das hast du jetzt schon dreimal gesagt." Fast wäre sie wieder in ihre alte Patzigkeit zurückgefallen, aber sie konnte die ehrliche Fürsorge aus seinen Augen lesen, und das war etwas, was man nicht einfach achtlos beiseite schieben durfte. Tschau, Mama! Tschau, Paps!", rief sie.

Die Sonne flutete durchs Autofenster und fing sich in Berts rotem Bart. Sein ganzes Gesicht schien in Flammen zu stehen.

„Bist du immer so schweigsam?", fragte er Nicole nach einer Weile.

„Nein."

Er wandte ihr den Kopf zu, dann blickte er wieder geradeaus auf die Autobahn. Er nickte vor sich hin. „Ich weiß, du hast Probleme", sagte er. „Aber denk daran, es gibt ein paar Milliarden Menschen, und jeder Einzelne hat seine Probleme. So gesehen sind die deinigen nur ein Staubkörnchen."

„Die Probleme der anderen gehen mich aber nichts an."

„Möchtest du, dass ich von deinem Problem mit dir spreche?" Nicole zuckte nur die Achseln. „Hast du etwas Fantasie?", fragte Bert.

„Doch ja, ich glaube schon."

„Gut, dann stell dir vor, wir wären auf dem Weg zu einem Schwerkranken und würden hier auf der Straße einen Verletzten finden, der am Verbluten ist. Wir müssten uns wohl für den einen oder den anderen entscheiden. Was meinst du?"

„Ich würde diesem hier helfen und versuchen, noch rechtzeitig zu dem anderen zu kommen. Das ist doch klar."

„Ja? Du würdest dich also für beide entscheiden?"

„In diesem Fall", sagte Nicole gereizt. Sie wusste ganz genau, worauf Bert mit seinem Beispiel hinauswollte. „Wie lang müssen wir noch fahren?"

„Vier, fünf Stunden, je nach dem Verkehr, den wir um München herum antreffen. Langweilst du dich?"

„Nein."

„Soll ich dir ein Gstanzl vorsingen?"

„Ein was?"

„Ein Volkslied. Bei uns sagt man Gstanzl."

Nicole versuchte das Wort nachzusagen, und obwohl sie sich schier die Zunge dabei brach, wurde daraus doch kein echtes Gstanzl, sondern ein Gestanzel, ein höchst seltsames Wortgebilde, das aus ihrem Mund eher arabisch als deutsch klang.

Dies war ihre erste Begegnung mit der bayerischen Mundart. Und während Bert mit seiner mächtigen Stimme das bewegende Lied eines Wilderers sang, dem der Förster, nachdem er ihn erschossen hatte, gerührt die Augen zudrückte, machte sie sich mit dem Gedanken vertraut, ein fremdsprachiges Land zu bereisen. Als Bert mit seinem strophenreichen Lied zu Ende war, sprach er nun auch nicht mehr Hochdeutsch mit Nicole, sondern ließ sich behaglich in seine Landessprache mit den vielen oa und den o anstatt a hineinsinken. Auch das n am Ende der Wörter ersparte er sich. Er sagte: „Woaßt scho", anstatt „Du weißt schon", und an seinem wohl gemeinten Rat: „Kost-fei-scho-schlaffa-boist-miad-bist", knobelte Nicole mindestens fünf Kilometer Autobahn herum, ehe sie zu dem Ergebnis kam: „Du kannst getrost schlafen, wenn du müde bist."

„Ich bin nicht müde", sagte sie. „Ich habe Hunger."

„Gut, an der nächsten Ausfahrt halten wir und machen Brotzeit. Loni hat uns ja ziemlich viel eingepackt."

Sie fanden einen Rastplatz am Wald und ließen es sich schmecken. Dann warf Bert die Papiere und Eierschalen in den Abfallkorb. Er deutete auf das Fichtendickicht mit einer großen Gebärde, als wolle er Nicole den ganzen deutschen Wald schenken. „Geh da mal rein", sagte er.

„Warum?"

„Weil wir jetzt losfahren und ich dann nicht mehr halten möchte."

Sie begriff. „Ich muss aber nicht", sagte sie.

„Ich habe mir sagen lassen, dass kleine Mädchen immer müssen."

„Gut, wenn du drauf bestehst", sagte Nicole und tauchte in dem Dickicht unter.

„Bei dir gibt es zwei Jungen. Wie heißen sie eigentlich?", erkundigte sie sich, als sie mit Bert zum Wagen ging.

„Nicht nur zwei, sondern drei", berichtigte Bert. „Da ist der Ludwig, der Wiggi, der ist fünfzehn und meint schon wunder was für ein Kerl er ist, dann kommt der Felix, der ist ungefähr so alt wie du, und dann haben wir noch eine Spätlese, noch nicht ganz zwei Jahre alt, der heißt Martin, aber genannt wird er Murks. Kommst du mit Jungen zurecht?"

„Ich weiß nicht, ich habe mit Jungen eigentlich nie viel zu tun gehabt."

„Sehr zart besaitet sind meine Burschen nicht. Das kann ich dir jetzt schon verraten."

Nicole wurde nachdenklich. Berts Andeutung klang verdächtig nach Flegeln. Nun ja, sie würde sich um sie nicht viel kümmern. Sie würde viel lesen, sie hatte sich auch eine Häkelarbeit mitgenommen, kleine Quadrate aus bunter Wolle, die in hundert Jahren mal eine Bettdecke für ihre Mutter geben sollten. Sie stellte sich vor, dass sich ihr Tagesablauf nicht viel anders abspielen würde als zu Hause, nur auf einem etwas südlicheren Breitengrad.

Im blauen Dunst der Ferne tauchten endlich die Berge auf, und eingestreut zwischen leuchtend grünen Weiden und Kornfeldern lagen breite Bauernhöfe und kleine Dörfer mit spitzen Kirchtürmen. Nicole kam es vor, als öffne sich vor ihren Augen ein riesiges Bilderbuch mit lustigen Baukastendörfern und ganz unwirklichen Farben. War das Grün der Wiesen nicht zu grün und das Blau des Himmels nicht zu blau? Ein Stück Welt zum Umarmen, dachte sie. Aber so etwas Überschwängliches sprach man natürlich nicht aus.

Bert bog jetzt von der Autobahn ab und folgte einer Straße, die sich von den Bergen zu entfernen schien. „Ich dachte, wir fahren mitten hinein ins Gebirge“, sagte sie leicht enttäuscht.

„Nein, nicht direkt. Aber bei Föhn hast du die Berge ja vor der Nase.“ Sie fuhren jetzt durch einen Birkenwald, und durch die geöffneten Autofenster drang der würzige Duft von feuchtem Moos und Waldboden. „Du weißt schon, was Föhn ist?“, erkundigte er sich.

„Nicht so genau.“

„Föhn ist ein Fallwind, und da bekommen manche Leute Kopfweh, andere fangen an zu spinnen oder werden kribbelig, und wieder andere fühlen sich sauwohl bei Föhn. Zu denen gehöre ich.“

„Haben wir heute Föhn?“

„Ja.“

Nicole prüfte sich, ob sie Kopfschmerzen hatte, sich kribbelig fühlte oder spann, aber sie fühlte sich ganz normal und beschloss daher, sich mit dem Föhn, der die

Luft so klar und durchsichtig machte, anzufreunden. „Wann kommt denn nun endlich Reikartshofen?"

„Hier vorn, das ist es." Er deutete mit dem Finger auf ein Dorf, das sich eigentlich durch nichts von den anderen Dörfern, durch die sie gefahren waren, unterschied. Und doch sollte es für Nicole ein ganz besonderes Dorf und der Sommer in Reikartshofen ein ganz besonderer Sommer werden. „Dies Haus da ganz am Ende ist unseres", erklärte Bert und wies auf ein Gehöft. Auch dieses sah genauso aus wie die hundert anderen, die Nicole gesehen hatte. Sie überquerten jetzt eine Brücke, und Bert erklärte, dass dieser kleine Fluss, oder eigentlich war es nur ein breiter Bach, Reikartshofen in eben jenes Ober- und Unterdorf teilte, von dem er schon erzählt hatte. „Rutsch mal unter den Sitz", sagte er. „Oder mach dich mal so klein, dass man dich von außen nicht gleich sieht."

„Warum?", wunderte sich Nicole.

„Nur meine Frau, die Maria, weiß, dass du kommst. Den Jungen haben wir nichts gesagt. Es soll eine Überraschung sein."

Nicole rutschte gehorsam von ihrem Sitz, und dann hielt der Wagen, und Bert gab dröhnende Hupsignale. Zwei Hunde bellten, als wollten sie alles, was sich ihnen näherte, in der Luft zerreißen. Nach ihren Stimmen zu urteilen, mussten es große Hunde sein. Bert öffnete die Autotür und stieg aus. Die Hunde sprangen an ihm hoch, ein Dalmatiner und einer, der zusammengesetzt schien aus Wolf-Pudel-Dachs. „Ria, Witz, benehmt euch nicht wie die Irren", schimpfte Bert gut gelaunt und versuchte zu einer weiblichen Person zu gelangen, von der Nicole von ihrem Schlupfwinkel aus nur ein Paar stramme Beine in roten Wollstrümpfen erblicken konnte, die offenbar zu Berts Frau gehörten. Diese Beine wurden jetzt plötzlich hochgezogen und schwebten über dem Boden. Nicole kombinierte, dass Maria am Hals ihres riesigen Mannes hing, und augenblicklich musste sie wieder an ihre eigenen Eltern denken, bei denen es solche Umarmungen nun wohl nicht mehr gab. Sie wäre am liebsten in ihrem Versteck sitzen geblieben und hätte rasch mal eine Runde geweint. Aber dazu blieb ihr keine Zeit, denn jetzt kamen die beiden Jungen mit Indianergebrüll angewetzt, und es gab ein lautstarkes Hinundhergerede und Gefrage, und dann sagte Bert dröhnend: „Ich habe euch auch was mitgebracht."

„O klasse", schrie der eine.

Und der andere: „Was denn?"

„Guckt doch mal unten ins Auto neben meinen Sitz!"

Nicole kam sich plötzlich wahnsinnig blöd vor. Sie rappelte sich hoch und war geneigt, ganz einfach die Zunge herauszustrecken, als die zwei Paar Jungenaugen sie anstarrten, als sei sie ein Kaninchen, das sich versehentlich in Berts Wagen verirrt hatte. Der Ältere, also Wiggi, war ein Rundschädel und Rotschopf wie sein Vater, während Felix ein schmales, von dunklen Locken umrahmtes Gesicht hatte. Er war der Erste, der Worte, wenn auch nicht gerade sehr schmeichelhafte, fand.

„Och – ein Mädchen", sagte er gedehnt und in einem Tonfall, der alles andere als Begeisterung verriet. „Sonst nichts?", fügte er hoffnungsvoll hinzu, als verberge sich hinter Nicole vielleicht doch noch etwas Akzeptables, etwa eine elektrische Lokomotive oder ein Luftgewehr, irgendetwas, mit dem man was anfangen konnte.

Wiggi räusperte sich ein paar Mal verlegen, und dabei blieb es. Nicole legte auch keinen Wert auf weitere Äußerungen. Wenn sie auch nicht gerade Luftsprünge erwartet hatte, so schien ihr die Begrüßung doch reichlich bescheiden.

Bert lachte. „Da siehst du mal, was für gastfreundliche Söhne ich habe.“ Nicole, die aus Verlegenheit rote Ohren bekommen hatte, stieg aus und fiel direkt in die Arme einer etwas drallen, nicht sehr großen Frau, die zwei dicke Flechten ihres dunklen Haares wie eine Krone um ihren Kopf geschlungen hatte.

„Ich bin Maria“, sagte sie und küsste Nicole auf beide Wangen. „Ich bin die Mutter dieser beiden Jungen, und du wirst sehen, wie prachtvoll sie sind.“

Nicole zweifelte stark daran. Sie sah die beiden Exemplare jetzt auch nur von hinten, denn sie hatten ihrem herzlichen Empfang nichts mehr hinzuzufügen und vertrollten sich in eine Scheune, deren Tor sie hinter sich knallend zuwarfen, als könne Nicole auf den Gedanken kommen, sie zu verfolgen.

„Komm ins Haus“, sagte Maria und fasste Nicole um die Taille. „Mädel, bist du knochig. Das muss anders werden.“

Nicole fand sich in einer behaglichen großen Bauernstube. Hier roch es nach Äpfeln und nach Hefegebäck und wohl auch leicht nach Kühen, denn der Stall war ans Wohnhaus angebaut. Die beiden Hunde, die außer ihrer Stimme nichts Furchteinflößendes besaßen, waren ihnen ins Haus gefolgt und sahen Nicole schweifwedelnd an. Wenigstens die Hunde waren entgegenkommend. „Darf ich sie streicheln?“, fragte sie.

„Ja. Sie tun dir nichts. Sie wissen, dass die Menschen, die wir ins Haus bringen, unsere Freunde und uns deshalb herzlich willkommen sind.“

Dann wissen sie mehr als eure prächtigen Söhne, fuhr es Nicole durch den Kopf.

„Komm nach oben. Ich zeige dir dein Zimmer, du kannst dir die Hände waschen, und dann essen wir gleich.“

Nicole liebte ihre helle Stube mit dem bunt bemalten Bauernschrank und der farbenfrohen Truhe, in der sich, wie sie später feststellte, alle möglichen alten Kleider befanden, auf den ersten Blick. Sie trat auf die Holzveranda, die rings ums ganze Haus lief und an deren Geländer Blumenkästen voll knallig roter Geranien hingen. Die Abendsonne hatte den ganzen Himmel in ein rötliches Licht getaucht, und die Glocken der Kirche, die Nicole von hier aus nicht sehen konnte, begannen friedlich zu läuten. Alles wäre so himmlisch, und ich könnte so glücklich hier sein, wenn zu Hause alles in Ordnung wäre und ich außerdem mit diesen beiden Knallköpfen von Söhnen nichts zu tun hätte, überlegte sie. Von unten her drang das Gebrüll eines Kindes, das das ganze Haus erfüllte und Nicole daran erinnerte, dass außer Wiggi und Felix ja noch ein weiterer männlicher Bewohner zur Familie gehörte. Sie ging zurück in ihr Zimmer, wusch sich die Hände und begann langsam ihre Siebensachen auszupacken. Als sie damit fertig war, unternahm sie einen Erkundungsgang über die Veranda, auf die alle Schlafzimmer mündeten. Sic stellte fest, als sie durchs Fenster sah, dass sie Wand an Wand mit den Jungen wohnte. Dies war leicht an dem ungeheuren Durcheinander an Kisten und Schachteln und auf dem Boden herumliegenden Jeans und Büchern zu erkennen.

Sie ging zurück in ihr Zimmer und fand, dass sie nach der langen Autofahrt eigentlich die Kleider wechseln könnte. Aber als sie gerade die letzte Hülle fallen ließ, wurde die Tür aufgerissen und Felix streckte den Kopf herein. „Essen, schnell“, schrie er und war schon wieder weg, ohne die Tür hinter sich zu schließen. Leichte Umgangsformen, dachte Nicole achselzuckend.

Als sie ins Wohnzimmer kam, saß die ganze Familie bereits am Tisch und war tüchtig am Futtern. Es gab gebackenen Leberkäse mit Spiegelei und Kartoffelbrei und dazu knackigen grünen Salat. Murks saß auf einem hohen Kinderstuhl, trommelte mit der Gabel auf seinen Teller und schrie: „Haben, haben, haben ..."

„Los, Mädel, halt dich ran", sagte Bert. „Wo hast du dich denn so lang herumgetrieben?"

„Ich habe mich umgezogen."

Die Jungen, die sich beide in einem Zustand befanden, der weit entfernt von Wasser und Seife war, warfen argwöhnische Blicke auf das adrette helle Baumwollkleid, das sie trug. Felix aß mit aufgestütztem Ellenbogen, schaufelte das Essen in großen Portionen in den Mund und zermahlte es hörbar zwischen seinen großen Zähnen. Als er von seiner Mutter gebeten wurde, die Ellenbogen vom Tisch zu nehmen und möglicherweise nicht zu schmatzen, wurde er rot bis hinter die Ohren. Aber nicht aus Scham, sondern wahrscheinlich aus Wut, vor einem Mädchen gemaßregelt zu werden. Er schob den Teller weg und behauptete, nun sei ihm der Appetit vergangen.

„Klasse", schrie Wiggi und riss sich Felix' übrig gebliebenes Stück Leberkäse auf den eigenen Teller. Murks, angeregt durch diesen Vorgang, griff nun mit beiden Händen in den Kartoffelbrei, den Maria noch auf ihrem Teller hatte.

„Wo soll denn der Kleine Tischmanieren hernehmen, wenn ihr Großen euch wie die Wilden benehmt", donnerte Bert seine beiden Söhne an.

Nicole, die bisher ihre Mahlzeiten zwischen Vater und Mutter manierlich eingenommen hatte und hier unter Wölfe geraten zu sein schien, warf Bert einen anerkennenden Blick zu. Sie war eine langsame und bedächtige Esserin. Als sie mit ihrem Teller fertig war, fand sie die Platte auf dem Tisch bereits geleert. Sie war noch hungrig, sah sich nach was Essbarem um und knabberte schließlich an einem Stück Brot.

„Kann ich vielleicht etwas Salz haben“, sagte sie, um die Aufmerksamkeit auf ihr kärgliches Mahl zu lenken.

Bert blickte sie entsetzt an. „Du hast dir nur einmal genommen, Mädl? Du lieber Himmel, was sind wir für Gastgeber. Das sieht ja aus, als wollten wir dich aushungern.“ Er deutete mit Feldherrngeste auf seine Frau. „Maria, bring was, damit das Kind überlebt.“

Wenige Minuten später stand ein riesiger Schinken vor Nicole, und Bert wetzte ein Messer von der Länge eines Schwertes und begann, Scheiben davon abzuschneiden und sie Nicole auf den Teller zu legen, eine, zwei, drei, vier, bis sie bei der fünften schrie: „Halt, mehr kann ich nicht essen.“ Aber nun hielten auch alle anderen, auch Felix, der sich inzwischen auf seinen Ellenbogen gut ausgeruht hatte, ihre Teller hin, und Bert säbelte unverdrossen weiter, Scheibe für Scheibe von dem zartrosa Fleisch. Maria fuhr neues Brot und Butter auf, und die Mahlzeit begann von neuem. Man aß hier viel und mit Lust, und niemand schien sich um Kalorien zu kümmern.

Als endlich alle genug hatten, rumpelten die beiden Jungen wie auf ein geheimes Zeichen von ihren Stühlen auf und wollten aus der Stube rennen, aber Bert rief ihnen zu: „Untersteht euch!“, und da machten sie kehrt, kniffen die Lippen zusammen und begannen mit Sträflingsmanieren das Geschirr abzutragen. Nicole half ihnen dabei, während Maria aufstand und sich nicht weiter um sie kümmerte. Später, als Nicole sich schon etwas eingelebt hatte, begriff sie, dass Maria, die von früh bis spät auf den Beinen war und für Haus und Hof sorgte, sich diese freie Stunde vorsätzlich abgetrotzt hatte.

Wiggi und Felix ordneten das Geschirr lärmend in die

Spülmaschine, brachten den Schinken in die Vorratskammer, wischten den großen Eichentisch in der Stube ab und fegten sogar mit dem Besen die Brösel zusammen. Murks, den sie aus seinem hohen Stühlchen befreit hatten, rannte jedem zwischen die Beine, erwischte schließlich Ria beim Schwanz und ließ sich von ihr vor die Tür ziehen. Nicole folgte ihm ins Freie. Bert und Maria saßen auf einer Holzbank an der Westseite des Hauses. Von hier aus konnte man den Obstgarten überblicken, die Apfel- und Birnbäume, die sich unter der Last der Früchte bogen und mit gegabelten Stangen gestützt wurden, dahinter die Hecke aus Johannisbeersträuchern, Stachelbeerbäumchen und die Beete mit den weißen, roten und lachsfarbenen Schnittrosen.

Die Jungen waren nach Erfüllung ihrer abendlichen Pflicht spurlos verschwunden, und Nicole hatte keinen Grund, ihre Gegenwart zu vermissen. Sie hatten kaum ein Wort mit ihr gewechselt, und die Blicke, die sie gelegentlich von ihnen auffing, hätten ebenso gut einem störenden Insekt gelten können als einem Mädchen. Und ich hatte mir mal einen Bruder gewünscht, fiel ihr ein. Der Himmel hat mich davor bewahrt.

Maria lachte über irgendwas, das ihr Bert soeben erzählt hatte. Sie hatte ihren Arm unter den ihres Mannes geschoben und ihren Kopf an seine breite Schulter gelehnt. Beide sahen sehr glücklich und zufrieden aus und beobachteten Murks, der sich eine Hand voll Kieselsteine als Nachtisch in den Mund stopfte.

„O Gott, soll ich ihm die Steine aus dem Mund nehmen?“, rief Nicole besorgt.

„Versuch es lieber nicht. Er wird dich beißen“, lachte Bert.

„Aber wenn er sie verschluckt?“

„Er spuckt sie wieder aus. Und wenn er wirklich einen

verschluckt, findet der Stein schon ein Schlupfloch, um wieder rauszukommen."

Diese Sorglosigkeit verwirrte Nicole. So kleine Kinder waren doch schrecklich gefährdet. Die fielen von Stühlen, schlugen sich die Nase blutig und sättigten sich mit schmutzigen Steinen. Und sollten sie nicht um sieben Uhr längst im Bett liegen? Jetzt war es acht.

„Sollte er nicht schlafen?", erkundigte sie sich.

„In zehn Minuten, wenn die Sonne hinter diese Eiche gerutscht ist. Das ist unsere Uhr", erklärte Maria. „Weißt du, die warmen Sommerabende sind so selten, da lassen wir ihn länger aufbleiben. Er holt es dann mit seinem Nachmittagsschlaf wieder ein."

Aus dem Dorf drangen Laute hierher, das Muhen der Kühe, das Rattern eines Traktors und dazwischen wilde Stimmen, Jungenstimmen. Nicole hob den Kopf. Ich werde nicht dabei sein, nie, dachte sie betrübt. Sie war nicht der Typ, der sich leicht anschloss. Und weil sie das wusste, würde sie von vornherein schon gar nicht den Versuch dazu machen und sich womöglich eine Abfuhr holen.

„Setz dich doch zu uns hierher", forderte Maria sie auf. Sie löste ihren Arm von Bert. „Komm, hier zwischen uns."

Nicole gehorchte zögernd. Es wäre ihr lieber gewesen, sich unbeobachtet davonzumachen, als zwischen diesem friedlichen Elternpaar zu sitzen und an zu Hause zu denken. Aber lange musste sie es nicht aushalten, denn Murks, der auf allen vieren herumkroch, wollte soeben einen kräftigen Schluck aus dem Wassernapf der Hunde tun, und Maria sprang auf und nahm ihn hoch. „Den armen Hunden das Wasser wegtrinken! Marsch, ins Bett mit dir", erklärte sie.

„Darf ich mitkommen?"

„Freilich, komm nur.“

Nicole folgte ihr ins Haus. Sie sah zu, wie der Kleine gebadet und für die Nacht zurechtgemacht wurde. Vom Kinderzimmer aus überblickte sie eine Wiese, die zur Hälfte als Trockenplatz eingerichtet war. An der Leine hingen rot und weiß karierte Bettüberzüge, alle möglichen Wäschestücke von den Jungen, Kinderhemdchen, Jeans und verblichene Leinenjoppen. Am anderen Ende der Wiese war ein brauner zotteliger Ziegenbock angepflockt. Er meckerte, drehte den Kopf mit dem eindrucksvollen Gehörn ungeduldig hin und her und schien sich von dem Strick mit aller Gewalt befreien zu wollen.

„Oh, ich habe den General vergessen. Er will in den Stall und seinen Abendschoppen nehmen“, sagte Maria, die Murks die Fingernägel schnitt. „Bist du so lieb und bringst ihn in seinen Stall? Gleich in die erste Box links von der Tür.“

„Ja“, quetschte Nicole nach der ersten Schrecksekunde heraus. Es lief ihr kalt über den Rücken. Sie hatte wenig Erfahrung mit Tieren, und mit einem so teuflisch gehörnten Ziegenbock schon gar nicht. Sie nahm sich unendlich viel Zeit, ins Erdgeschoss zu gelangen, und erwog den Gedanken, sich einfach mitten auf der Treppe fallen zu lassen. Sich ein Bein zu brechen dünkte ihr wünschenswerter, als von einem Ziegenbock aufgespießt zu werden. Aber schließlich langte sie doch mit heilen Knochen unten an und stieß fast mit Bert zusammen, der einen Korb mit klein gemachtem Holz ins Haus brachte.

„Abendspaziergang?“, fragte er.

„Nein, ich bringe den Ziegenbock in den Stall.“

„Aha“, sagte er nur zu Nicoles Enttäuschung. Aber was hatte sie eigentlich von ihm erwartet? Dass er die Hände über dem Kopf zusammenschlug vor Bewunderung über ihren Mut? Sie blieb stehen und hörte, wie er drinnen in der Wohnstube den Korb absetzte. Vielleicht würde er zu ihr kommen und ihr seine Hilfe anbieten. Aber nichts dergleichen geschah. Die Jungen aßen ihren Gästen unbekümmert das Essen weg, Murks nährte sich von Sand und Kieselsteinen, und mich schickt man zu wilden Tieren, dachte Nicole.

Sie ging um das Haus herum bis zu der Wiese, wo der General angepflockt war. Die Schnur hatte sich ein paar Mal um den Pfahl gewickelt, und Nicole schätzte, dass die Gefahrenzone bei etwa fünf Metern begann. Das Tier hob den Kopf und blickte sie mit seinen bernsteinfarbenen Augen an. Sein Blick schien zu sagen: Was willst du denn hier? Dich kenne ich ja gar nicht. Wag dich ja nicht einen Zoll näher! Nicole gab seinen Unheil verkündenden Blick finster zurück und blieb stehen. Sekundenlang standen sie sich Auge in Auge gegenüber, dann fing der General plötzlich an, mit dem Vorderlauf aufgebracht auf den Boden zu stampfen. Ich werde dasselbe tun, schließlich kann es ja die Sache nicht schlimmer machen, überlegte Nicole. Sie stampfte also ebenfalls auf den Boden. So etwas hatte der General noch nie erlebt. Er blieb jetzt stocksteif stehen und wartete weitere Eigenarten dieses fremden Wesens ab. Nicole näherte sich ihm einen Schritt, blieb stehen und stampfte wieder auf den Boden, aber diesmal schien der General das als Aufforderung aufzufassen, denn er trommelte nun wieder mit seinem Vorderlauf ein erregtes Stakkato auf die Erde. Nicole dachte an Menschen, die mit erhobenem Kopf eine Stierkampfarena betraten, auch an solche, die in stolzer Haltung ihrem Galgen entgegenschritten, aber sie wurde durch solche Vorstellungen nicht mutiger, sondern fand es nach wie vor unglaublich, sie mir nichts, dir nichts zu einer Bestie zu schicken, die ihr den Bauch aufschlitzen würde. Sie war nahe daran, einfach wieder umzukehren, als sie in den nahen Holderbüschen sich etwas bewegen sah, und dann entdeckte sie vier Jungenbeine, die ohne Zweifel zu Wiggi und Felix gehörten. Da standen also diese beiden Typen auf Posten und weideten sich an ihrer Angst. Ein ziemlich schäbiges Vergnügen.

Nicole presste die Lippen aufeinander und ging entschlossen auf den Ziegenbock los. Ganze Völkerscharen von Soldaten taten seit Jahrtausenden nichts anderes, als dem Feind entgegenzuziehen, und sicher hatten die meisten von ihnen schreckliche Angst und liefen nur deshalb nicht davon, weil sie durch ihre Hintermänner oder durch ihren Stolz daran gehindert wurden. Sie heftete den Blick fest auf den General, der nun plötzlich aufhörte, mit dem Vorderlauf die Erde zu schlagen. Jetzt war sie ihm schon so nahe, dass sie jede Schattierung seines zottigen Felles erkennen und seinen penetranten, scharfen Geruch spüren konnte. Ein Schritt und noch ein Schritt, Zähne zusammenbeißen, los, Nicole, vorwärts, kommandierte sie sich selbst. Sie war am Ziel. Der Strick war steif und sperrig, und Nicole hatte Mühe, den Knoten zu lösen. Nun kam plötzlich eine erstaunliche Ruhe über sie, und sie ließ sich auch dann nicht irremachen, als der Ziegenbock den Kopf zurückwarf und sie unverwandt musterte. „Mach keine Witze, General, du kommst jetzt in deinen Stall. Sicher hast du Durst, und ich werde dir zu trinken geben. Aber du stinkst entsetzlich, ist dir das klar? Stinken alle deine Artgenossen so? Kannst du mir das vielleicht verraten?“

Der sanfte Klang der fremden Stimme schien den General zu besänftigen, denn er legte jetzt den Kopf schräg und äugte Nicole interessiert an. Er sah jetzt gar nicht mehr kampflustig, sondern nur neugierig aus.

Nicole hatte den Strick gelöst. „Komm, mein Alter!“ Sie führte ihn zum Stall und öffnete die Box, die Maria beschrieben hatte. „Wart einen Moment, die Bedienung geht weiter." Sie fand einen Eimer, füllte ihn zur Hälfte mit Wasser und stellte ihn in die Box. Während der General trank, löste sie den Strick von seinem Hals und kraulte ihm das Fell, was ihm offensichtlich sehr behagte, denn jedes Mal, wenn sie aufhörte, machte er mit seinem Kopf eine ärgerliche Bewegung, die so viel wie „Weitermachen" bedeutete. „Und vor dir hatte ich Angst! Du bist ja ein ganz Zärtlicher", flüsterte Nicole.

Sie verabschiedete sich mit einem Klaps von ihm und inspizierte den Stall. Es gab da noch ein Mutterschwein mit sieben rosa Ferkeln, die aufgeregt hin und her schossen und sich gegenseitig den Platz am Gesäuge ihrer Mutter streitig machten. In der Box daneben befanden sich vier halbhohe schwarzweiße Schweine, die Nicole mit ihren arglistigen kleinen, von den Schlappohren halb verdeckten Augen musterten. Durch die offenen Fenster schossen Schwalben aus und ein, und auf einer Futterkiste ruhte eine Katze und hielt es nicht für nötig, Nicole auch nur eines Blickes zu würdigen. Einstmals war dieser Stall mit seinem schönen Gewölbe wohl von Kühen, Kälbern und Pferden belebt gewesen, und vielleicht genau an dieser Stelle, an der Nicole jetzt stand, hatte Maria als kleines Mädchen gestanden und sich die Hand von einem frisch geborenen Kälbchen lecken lassen. Wie bitter musste es für sie gewesen sein, als der große Bauernhof sich auflöste und außer diesen wenigen Tieren nur mehr die Erinnerung übrig blieb.

Plötzlich standen Wiggi und Felix in der offenen Stalltür. Da sie das Abendlicht im Rücken hatten, konnte Nicole ihre Gesichter nicht sehen, aber sie konnte sich ihren abwartend grinsenden Ausdruck ungefähr vorstellen. Sie gingen mit lässigen Schritten, die sie sich bei amerikanischen Gangsterfilmen abgeguckt hatten, auf sie zu und pflanzten sich vor ihr auf. „Ganz schön Schiss gehabt, was?“, sagte Felix herausfordernd.

„Und wie!“, gab Nicole unumwunden zu und brachte mit diesem Eingeständnis die Jungen etwas aus der Fassung.

„Na ja, kein Wunder, ein Mädel“, murmelte Wiggi. „Im Übrigen ist der General ganz gutmütig. Er sieht nur so gefährlich aus.“

„Das habe ich gemerkt.“

„Er ist ein Zuchtbock. Er hat schon viele Preise bekommen. Bis vor kurzem hatten wir auch zwei Geißen, aber das wurde unserer Mutter dann zu viel mit dem Melken und so.“

„Kühe habt ihr auch nicht mehr?“

„Doch, vier. Aber da haben wir ein Abkommen mit dem Mann, der unsere Weiden gepachtet hat. Er lässt sie mit seinem Vieh mitlaufen und übernimmt auch das Melken. Für uns würde sich eine Melkmaschine nicht lohnen. Irgendwie verrechnet unsere Mutter das mit ihm.“

Nicole hätte sich gern noch weiter mit den Jungen unterhalten, aber wie auf ein geheimes Zeichen machten plötzlich beide kehrt und ließen sie einfach stehen, so, als hätten sie sich schon zu lang mit ihr eingelassen. Sie setzte sich auf einen Ballen Heu und grübelte darüber nach, wie ihre Zukunft in einer Stadtwohnung und mit einer Mutter, die studierte und später berufstätig war, aussehen würde. Sie kam sich plötzlich entsetzlich unglücklich und verloren vor. Die Stille machte ihr Einsamkeitsgefühl noch größer, und schon füllten sich ihre Augen mit Tränen. Weinen, rückhaltlos weinen, ohne Zeugen und ohne mit dummen Trostworten belästigt zu werden – wie wohl das tat! Sie merkte gar nicht, wie lang sie hier saß und dass es draußen schon dunkel geworden war. Manchmal hörte sie ein leises, verschlafenes Quieken der Ferkel oder das Rascheln von Stroh, wenn der General sich bewegte. Dann wurde plötzlich nach ihr gerufen, zuerst nur von Maria, dann auch von Bert, und schließlich kamen noch die eher ärgerlichen Stimmen der Jungen dazu. Aber Nicole wollte jetzt mit ihrem verheulten Gesicht keine Menschen sehen, sie wollte ganz allein hier bleiben mit ihrem Elend und ihren erlösenden Tränen.

Später würde sie sich dann heimlich ins Haus schleichen und einfach behaupten, sie sei spazieren gegangen. Aber dann traf sie plötzlich der Schein einer Blendlaterne, und gleich darauf rannte Felix, der diese Laterne in der Hand hielt, auf sie zu und packte sie an der Schulter wie eine Beute, die man nicht mehr loslassen durfte.

„Mensch, was hockst du denn hier herum und antwortest nicht“, fuhr er sie an, aber dann änderte sich sein Ton. „Du heulst ja. Was ist denn los mit dir?“, sagte er erschrocken.

Nicole schluckte die Tränen hinunter. „Blödsinn. Ich weine doch nicht.“

„Klar heulst du. Ich sehe es doch.“ Er zog aus der Tasche seiner Jeans ein Sacktuch, das so groß wie eine Serviette und so schmutzig wie ein alter Putzlappen war, und hielt es Nicole hin. „Hier, wisch dir den Rotz ab.“

„Rotz.“

„Na ja, der ist doch immer dabei, wenn man heult“, erklärte er fachmännisch. „Heimweh, was?“

„Lass mich in Frieden.“

„Tue ich schon, sei ganz beruhigt.“

Wieder wurde draußen nach Nicole gerufen, und Felix antwortete mit seiner hellen Stimme: „Ich habe sie.“ Und dann zog er Nicole an der Hand hoch und schleppte sie ins Freie.

Nicole ließ sich ziehen. „Ich mag niemand sehen", sagte sie trotzig.

„Hab dich nicht so, komm! Es braucht ja niemand zu wissen, dass du geflennt hast. Ich verrate dich schon nicht."

Sie trocknete sich den Rest der Tränen ab und putzte sich die Nase mit dem zerknüllten Taschentuch, das nach Wagenschmiere und Motoröl roch. Die anderen waren ins Haus gegangen, als sie gehört hatten, dass Nicole gefunden worden war. Aber sie starrten sie alle an, als sie von dem dunklen Hof in die Helligkeit der großen Stube trat. Sie hätten ja blind sein müssen, um nicht zu begreifen, dass irgendetwas mit ihr vorgefallen war. Doch sie rätselten in der verkehrten Richtung. Sie hatten nicht die leiseste Ahnung, dass Nicole geweint hatte, denn ihr Anblick löste höchste Heiterkeit bei ihnen aus.

„Wie siehst du denn aus? Bist du durch den Kamin gekrochen?", fragte Bert, und jetzt begriff sie, dass Felix' Sacktuch ihr eine prachtvolle Maske verschafft hatte. Ihr Gesicht war verschmiert und schwarz gefleckt, als hätte sie sich wirklich weiß Gott wo herumgetrieben. „Ich war eingeschlafen im Stall", sagte sie.

„Mit dem Gesicht auf der Erde?", fragte Maria kopfschüttelnd und wandte sich dann an Felix. „Du hattest in dieser Woche Stalldienst. Da sieht man mal, wie sauber du den Boden gekehrt hast."

Felix erwiderte nur mit einem Achselzucken und warf einen düsteren Blick auf Nicole. Das hatte man nun davon, wenn man sich mit einem heulenden Mädchen einließ.

Eine traurige Geschichte

Als Nicole nach einer halben Stunde ihr Zimmer aufsuchte, regte sich bei den Jungen nichts mehr. Sie hatten ja noch Schule und mussten morgens früh aufstehen. Nicole trat barfuß auf die Holzveranda. Das Mondlicht lag glasig blau auf den Bäumen und auf der kleinen Wiese mit dem Pfahl, an dem der General angebunden war. Irgendwo in der Nähe musste ein Tümpel sein. Das Gequake zahlloser Frösche füllte die Stille. Die Tür von Wiggis und Felix' Zimmer zur Veranda stand offen. Einer von den beiden Jungen prustete wie eine Lokomotive. Ein Jammer, dass es kein Mädchen hier im Haus gab. Mit wem sollte sie sich unterhalten? Sie sah eine lange Reihe öder Tage auf sich zukommen. Ob Eltern eigentlich ahnten, wie einsam ihre Kinder sich oft fühlten?

Als sie ins Bett ging, entdeckte sie auf ihrem Kopfkissen ein riesiges blaues Taschentuch, das dort säuberlich ausgebreitet lag. Daneben steckte ein Zettel: „Wenn wieder mal gehäult wird." Das musste sich Felix ausgedacht haben. Sie schwankte zwischen Ärger und Rührung. Schließlich nahm sie einen Rotstift und schrieb an den Rand des Zettels: „Heulen schreibt man nicht mit ä, und sei versichert, dass du von mir keine Träne mehr sehen wirst." Dann schlich sie auf Zehenspitzen über die Veranda in das Schlafzimmer der Jungen, um den Schrieb irgendwo sichtbar hinzulegen. Aber die alten Holzdielen des Fußbodens knarzten entsetzlich. Sie hatte noch kaum drei Schritte in die Stube getan, als Wiggi hochfuhr.

„He, wer geistert denn hier rum?", rief er, und Nicole in ihrem langen weißen Nachthemd blieb vom Mondlicht umflutet stehen wie erstarrt. Ihr Hirn arbeitete fieberhaft, und plötzlich kam ihr ein rettender Einfall. Sie war mondsüchtig.

Sie stieß einen spitzen Schrei aus und blickte sich wie suchend um. „Wo bin ich?", fragte sie verwirrt.

„Wo denn wohl? Im Hemd. Suchst du was?"

„Ich? Nein. Aber der Mond, der Mond ..."

„Du nachtwandelst? Tust du das öfters?"

Sie legte die Hand an die Stirn und tat so, als denke sie angestrengt nach.

„Manchmal", sagte sie schließlich.

„Mann!", rief Wiggi voll Bewunderung aus. Er hatte natürlich von Mondsüchtigen gehört, aber er hatte eigentlich nie so recht daran geglaubt. Und hier kam ihm jetzt so ein Exemplar direkt hereingeschneit. „Manche klettern aufs Dach, und wenn man sie anruft, dann fallen sie runter und sind tot", sagte er.

„Ja, ich weiß."

„Hast du nicht Angst?"

„Ich? Ich habe nie Angst", sagte sie mit fester Stimme und dachte an ihre Mutprobe mit dem General.

Das Geschnarche im anderen Bett ging unvermindert weiter.

Felix schlief wie ein Sack, ohne das Geringste von diesem nächtlichen Zwischenfall zu hören.

„Hör doch mal, wenn du wirklich mondsüchtig bist, solltest du was dagegen tun", brummte Wiggi.

„Was denn? Den Mond abschaffen?"

„Du könntest dich an deinem Bett festbinden lassen."

„Von wem? Von dir vielleicht? Blöd würde ich sein", antwortete Nicole unmutig.

„Noch blöder wäre es, wenn du von der Veranda fallen und unten mit dem Kopf auf dem Ziegelboden aufplumpsen würdest."

„Würde dir das was ausmachen?"

„Mir nicht. Aber deinem Kopf vielleicht."

„Ich habe einen dicken Schädel, da kannst du dich drauf verlassen."

Wiggi drehte sich auf die andere Seite. „Okay, du musst wissen, was du tust. Aber wenn du mich fragst ..."

„Ich frage dich nicht", unterbrach ihn Nicole und tappte aus dem Zimmer.

Das erste Tageslicht begann eben erst seinen Kampf mit der Nacht, als unten ein Hahn bereits mit kräftiger Stimme zu krähen begann. Dann ratterte ein Traktor vorbei, und kurz darauf ein zweiter. Auf einer nahen Weide muhten Kühe, die gemolken werden wollten, unten im Stall schrien die Schweine, und irgendwo begann eine Kreissäge zu kreischen. Nicole war noch müde, aber an Schlafen war nicht mehr zu denken. Sie lag mit geschlossenen Augen und wartete darauf, dass sich im Haus etwas rührte. Schließlich hörte sie, wie nebenan die Jungen aufstanden, das Radio andrehten, über den Korridor zum Bad schlurften und die Türen hinter sich zuknallten. Auch Murks war schon auf den Beinen und protestierte lauthals gegen irgendetwas, das ihm gegen den Strich ging. Dazwischen hörte man Marias begütigende Stimme, sehr bald übertönt durch das Bellen der Hunde. Das Haus war wach.

Nicole zog die Decke über den Kopf und beschloss, den ersten Rummel abklingen zu lassen, ehe sie aufstand. Sie hatte sich einen ländlichen Morgen stiller vorgestellt. Dann wurde es ihr zu langweilig. Sie warf die Decke zurück, stand auf, trat auf die Terrasse, blickte in das verlassene Zimmer der Brüder, in dem es aussah, als hätten sich dort Kämpfe abgespielt. Bücher, Schuhe, Kleidungsstücke, ein Fahrradschlauch, Teile eines auseinander genommenen alten Radios und einer zerbeulten Trompete lagen auf dem Boden, die Schranktüren standen offen, und die Betten waren zerknüllt. Nicole wollte sich eben wieder zurückziehen, als Bert ins Zimmer trat und sich mit einem gewissen Ausdruck von Stolz umblickte. „Diese Jungen“, sagte er. „Richtige Saukerle.“

„Soll ich vielleicht etwas aufräumen?“, schlug Nicole vor.

„Um Gottes willen, nein! Tu das ja nicht, du bekommst nur Ärger. Maria hat sich da schon ein paar Mal bös die Finger verbrannt. Jetzt hat sie ein neues System entwickelt. Sie lässt alles liegen und stehen, und am Samstag müssen die Lümmel dann Ordnung machen.“

„Da haben sie dann aber zu tun. Wie lange brauchen sie? Zwei Stunden?“

„O nein, das geht ziemlich schnell, so mit ein paar Handgriffen und ein paar Fußtritten alles in die Schränke und Schubfächer bugsieren. Wie sie dann damit zurechtkommen, wenn sie irgendwas suchen, ist dann ihre eigene Sache.“

Nicole fand diese Methode verwirrend. Sie selbst war von ihren Eltern konsequent zu Ordnung und Sauberkeit angehalten worden. Hier schien wirklich alles etwas drunter und drüber zu gehen. Sie befand sich eben im Haus eines Künstlers.

„Hast du schon gefrühstückt?“, fragte Bert.

„Nein.“

„Dann geh mal in die Küche und such dir was zusammen. Maria ist mit Murks im Dorf, und ich bin in meinem Atelier. Da kannst du mich später besuchen, dann zeige ich dir meine Arbeiten. Natürlich nur, wenn du Lust hast.“

Die Küche war so groß wie ein Schulzimmer. Alt und Neu waren bunt zusammengewürfelt. Die Spülmaschine stand neben einem riesigen, aus einem Block geschlagenen Spülstein, der sicher schon drei Generationen erlebt hatte. Auf der etwas wackeligen, blau gestrichenen Anrichte war eine moderne Brotschneidemaschine montiert, und zwischen geräumigen, weiß lackierten Hängeschränken behauptete sich ein schmaler Bauernschrank, der mit bunten Blumen bemalt war. Moderne Töpfe aus Edelmetall mischten sich mit altem Kupfergeschirr und zerbeulten Eisenpfannen. Trotz dieses Durcheinanders wirkte die Küche sauber und einladend. Die Fenster standen weit auf und gaben über die Kästen mit den feuerrot blühenden Geranien den Blick auf den Gemüsegarten mit seinen Stangenbohnen, dem saftig grünen Salat, den Karotten, Küchenkräutern und Erdbeeren frei.

Nicole fand Brot, Butter, schwarz geräucherten Speck, Honig, selbst gemachte Marmelade und einen Steinkrug mit frischer, dick mit Rahm beschichteter Milch und baute alles auf dem groben Holztisch auf. Dann aß sie mit einem Heißhunger, als hätte sie seit Tagen keine Brotkrume mehr gesehen. Sie war gerade bei ihrer dritten Schnitte angelangt, als Maria mit Tragtüten beladen in die Küche trat.

„Guten Morgen! Hast du was zu essen gefunden? Gut", sagte sie und begann ihre Einkäufe auszupacken. „Wenn du fertig mit dem Frühstück bist, könntest du vielleicht Murks auf den Topf setzen, ja? Er spielt draußen mit den Hunden."

Nicole nickte. Ein Kind auf den Topf setzen konnte schließlich keine schwarze Kunst sein. Aber sie sollte sich geirrt haben. Denn als sie später den Kleinen ins Haus holte und der Topf sichtbar wurde, brüllte er wie am Spieß und hielt seine Höschen so krampfhaft fest, als sollte ihm die Haut vom Leib gezogen werden. Immer wieder entglitt er Nicoles Händen, rannte davon und wurde unter Gequietsche von ihr wieder eingefangen. Schließlich gelang es ihr dann doch, ihn auf sein Thrönchen zu setzen und dort festzuhalten. Aber nun verdoppelte er sein Protestgeschrei, sein Gesicht lief blau an vor Zorn, und Nicole bekam es mit der Angst zu tun. Würde er vielleicht aus Trotz unter ihren Händen ersticken? Sie nahm ihn lieber wieder hoch, zog ihn an, putzte ihm die Nase und ging mit ihm ins Freie.

„Hattest du Erfolg?“, fragte Maria durchs Küchenfenster.

„Nein.“

„Macht nichts, dann geht’s eben in die Hose.“

Warum auch nicht? Wieder war das ein Beispiel dafür, dass sich viele Dinge, über die andere Menschen sich nutzlos aufregten, auf eine höchst reibungslose Art abwickelten. Hauptsache, man ließ sich die Laune nicht verderben.

Auf dem Weg zu Berts Werkstatt begrüßte sie den General, der wieder an seinem alten Platz angepflockt war. Sie ging zu ihm hin, übersah seine Hörner und kraulte ihm den Rücken. Sein Fell fühlte sich rau und fettig an und stank erheblich, aber es machte ihr nichts aus. Ich bin schon einen großen Schritt weitergekommen, dachte sie. Sie hob einen grasgrünen Apfel von der Erde auf, wischte ihn am Gras ab und biss hinein. Unter einer Art Scheunentor stand Bert und winkte sie heran.

„Mein Atelier“, sagte er.

In dem großen Gewölbe lagen mächtige Brocken unbehauener Steine zwischen halb fertigen Arbeiten. In einer Ecke entdeckte Nicole zwei ineinander verschlungene nackte Knabenfiguren, in denen sie Wiggi und Felix zu erkennen glaubte. Sie blieb davor stehen und betrachtete die sehnigen, mageren Körper.

„Sind das deine Jungen?“, fragte sie.

Bert nickte. „Gefallen sie dir?“

„Ja. Sie raufen.“

„Nicht direkt raufen. Sie balgen sich nur wie junge Hunde.“ Es war wie ein Wunder, dass man mit dem Meißel den toten Stein zum Leben erwecken konnte. Man sah jeden Muskel, man glaubte, die Körper bewegten sich.

„Schön“, murmelte Nicole. Man hätte wirklich andere Worte finden können als dieses armselige „schön“. Aber ihr fiel beim besten Willen nichts Besseres ein, und Bert schien auch nichts Besseres zu erwarten.

„Es kommt auf einen Kinderspielplatz im Ruhrgebiet“, erklärte er. „Aber es soll noch ein Gegenstück bekommen, ein Mädchen. Du könntest mir Modell stehen, ja?“

„Nackt?“, fragte Nicole erschrocken und trat unwillkürlich einen Schritt zurück, als könne Bert ihr die Jeans ausziehen.

„Nein, nicht nackt“, lachte er. „Im Gegenteil, ich möchte ein Mädel im Kleid haben, eines, das ganz in sich versunken irgendwo hockt und liest, so ein richtiges Gegenstück zu den raufenden Kerlen.“

„Darf ich denn dann auch wirklich lesen? Ich meine, wenn ich schon stillsitzen muss?“

„Klar kannst du lesen. Hast du denn Bücher mit?“

„Nein.“

„Die Jungen werden dir welche leihen.“

Nicole wies auf eine geheimnisvolle Figur, die mit Sackleinwand bedeckt war. „Was ist darunter? Darf ich das sehen?“

Bert zögerte eine Sekunde. Dann ging er hin und nahm die Leinwand weg. Das Gesicht einer Frau, deren sanfte Schönheit von einer unendlichen Trauer umflort war, blickte Nicole an. Der fein geschwungene Mund schien lächeln zu wollen, aber die unendlich schwermütigen Augen schienen dieses Lächeln Lügen zu strafen.

„Mein Gott – sie muss schrecklich unglücklich sein“, sagte Nicole verwirrt.

Bert legte die Leinwand wieder über das Gesicht. Er tat das so vorsichtig, als hätte er Angst, eine Schlafende zu wecken.

„Sie ist nicht unglücklich, nicht mehr“, sagte er. „Soll ich dir ihre Geschichte erzählen?“

„Ja, bitte.“ Nicole wollte sich auf einen der nur grob behauenen Steinblöcke setzen, aber Bert hielt sie am Arm fest.

„Halt, wart einen Moment.“ Er brachte einen Rupfen und breitete ihn auf dem Stein aus. „So, jetzt. Du sollst keinen kalten Hintern bekommen, und ich auch nicht. Könnte einen Hexenschuss geben.“

Nun saßen sie dicht nebeneinander, und Bert begann seine Pfeife zu stopfen. „Zuerst möchte ich wissen, was du heute Nacht geträumt hast. Träume von der ersten Nacht, die man in einem fremden Haus verbringt, sollen ja in Erfüllung gehen.“

„Ich habe geträumt, dass meine Eltern sich wieder versöhnt haben“, log sie, aber sie erriet aus Berts misstrauischem Blick, dass er es ihr nicht glaubte.

„Erst müssten sie sich entzweien, bevor sie sich versöhnen können.“

„Wenn man auseinander geht, ist man automatisch entzweit, oder?“, sagte Nicole. „Könntest du dir vorstellen, dass ihr euch je trennt, du und Maria?“

„Ich kann es mir schwer vorstellen, aber ich bin immer äußerst vorsichtig mit meinem Urteil über das Verhalten anderer Menschen. Man weiß ja nie, wie man sich selbst in einer bestimmten Situation verhalten würde.“

„Ich weiß es. Ich würde mein Kind nie allein lassen", rief Nicole leidenschaftlich. „Nie, nie!"

„Nun, so allein wirst du ja nicht gelassen. Fang nur nicht an, dein Unglück zu hätscheln, Mädchen. Bleib mit den Füßen auf der Erde und sei froh, dass deine Mutter noch so jung ist und ihre Zukunft tapfer in die Hand nimmt."

Nicole zuckte die Achseln. Was sollte sie mit diesen schönen Redensarten anfangen. Ihr Herz war angefüllt mit Groll gegen ihren Vater und diese andere Frau, die ihn verhext hatte, jawohl, verhext mit weiß Gott was für Tricks.

„Die Jungen behaupten, du seist mondsüchtig. Stimmt das?"

„Pah", machte Nicole wegwerfend, um nicht direkt lügen zu müssen. „Du wolltest mir doch eine Geschichte erzählen."

„Ja, Melanies Geschichte, die Geschichte dieser Frau." Er wies mit dem Kinn nach der verdeckten Skulptur. „Drüben am Ende vom Oberdorf steht auf einem Hügel das so genannte Rambergschlösschen."

„Mit den vier runden Türmen an den Ecken? Ich habe es von meinem Balkon aus gesehen."

„Ja, ganz richtig. Es stand lange Zeit leer. Die Familie, die es ursprünglich besessen hat, ist in alle Winde zerstreut, das Schloss verfiel mehr und mehr, und niemand hatte die Mittel, es wieder instand zu setzen. Einmal war der Staat nahe daran, es zu erwerben und ein Kinderheim daraus zu machen. Aber dann stellte sich heraus, dass der Umbau und die Instandsetzung weit mehr, gekostet hätten als ein Neubau. Dann entstand eines Tages das Gerücht, dass ein steinreicher Mann, dessen Name schwer auszusprechen war ..."

„Wie hieß er denn?", wollte Nicole wissen.

„Grigorjewsky, aber die Leute nannten ihn einfach Grieskopf, weil sie sich die Zunge nicht brechen wollten. Kurzum, die Großeltern dieses Mannes waren vor sechzig Jahren aus Russland nach Amerika ausgewandert und hatten dort ein enormes Vermögen gemacht. Die Frau, von der ich sprechen will, heiratete einen Grigorjewsky. Er hieß Misha und sah blendend aus, fast zu schön für einen Mann. Er handelte mit Edelsteinen, reiste in der ganzen Welt herum, und natürlich hatte er wegen seines guten Aussehens und seines Geldes an jedem Finger zehn Frauen, wie du dir denken kannst. Er stand immer im Mittelpunkt der so genannten High Society, und du konntest ihn in allen Illustrierten sehen."

„Einer von diesen blöden Playboys", warf Nicole verächtlich ein. „Ich mag solche Typen nicht."

„Sag das nicht. Er war nicht einer von diesen oberflächlichen Burschen, er war ein prima Kerl, gutmütig und hilfsbereit und in jeder Weise gewinnend. Er lernte Melanie auf einem Überseeflug kennen. Sie war Stewardess und half ihm, seine Aerophobie, die er immer zu verbergen trachtete, zu überwinden."

„Aerophobie? Was ist denn das?"

„Das feinere Wort für Luftangst, ganz einfach Schiss vor dem Fliegen", erklärte Bert. „Er kam nie ganz darüber hinweg. Und wenn es sich irgendwie einrichten ließ, machte er seine Reisen mit dem Auto oder mit der Bahn. Er lebte damals in Amsterdam, aber Melanie, in die er sich unsterblich verliebt hatte, wollte in Deutschland bleiben."

„Hat er sie geheiratet?"

„Ja. Vier Wochen, nachdem er ihr begegnet ist. Sie waren beide schrecklich verliebt ineinander. Misha hat sie auf Händen getragen und ihr jeden Wunsch von den Augen abgelesen. Und Melanie, die zu Beginn ihrer Ehe eine miserable Hausfrau war und ein Hühnerbein kaum von einer Kalbshaxe unterscheiden konnte, wurde eine hervorragende Köchin und obendrein eine ganz reizende Gastgeberin. Ich habe ganz vergessen: Misha hat das Rambergschlösschen gekauft und es wunderbar herrichten lassen, ganz im alten Stil. Die beiden zusammen haben es sich dann mit ungeheurem Geschmack und natürlich auch ebenso ungeheuren Summen eingerichtet. Aber weißt du, so, dass man sich vom ersten Moment darin wohl fühlte. Alles sah so aus, als sei es schon immer da gewesen und durch die beiden nur aus einem Dornröschenschlaf erweckt worden.“ Bert dachte nach. „Alles war plötzlich lebendig. Es gab Tiere, Katzen und Hunde, die durch alle Räume fegten, und immer waren eine Menge Kinder vom Dorf da, und Melanie bewirtete sie alle, und abends spielte sie mit dem Pfarrer Schach. Sie war rundum fröhlich und für ihre Tochter Svenja eine äußerst zärtliche Mutter.“

„Svenja. Was für ein seltsamer Name.“

„Ich glaube, Mishas Großmutter hieß Svenja. Die kleine Svenja muss ihr sehr ähnlich gesehen haben. Misha schleppte aus weiß Gott welchen Winkeln der Welt altmodische russische Kinderkleider an, und Svenja musste sie dann anziehen, und er fotografierte sie darin in allen möglichen Posen und machte dazu Kinderverse in russischer Sprache, die natürlich hier kein Mensch verstand, nicht einmal die kleine Svenja, obwohl er viel Zeit darauf verwandte, ihr ein bisschen Russisch beizubringen. Sie waren eine sehr glückliche Familie, diese drei. Mein Freund Benni, ein alter Holzfäller, hat es einmal treffend beschrieben. Weißt, hat er zu mir gesagt, es gibt einen Wolkenbruch, den kennen wir alle und rennen davon und flüchten uns in unsere Häuser. Aber bei den Grigorjewskys war das anders, da ist auch ein Loch in den

Wolken gewesen, und es hat platsch gemacht, und alles hat sich vom Himmel aufs Rambergschlössel ergossen. Aber es war kein Regen, sondern nur Glück und was halt so dazugehört, Geld natürlich und Gesundheit und Freude."

Nicole warf einen Blick durch das offene Tor. Hier drinnen war es kühl, und das Sonnenlicht, das draußen die Erde belebte, fand keinen rechten Zutritt zu Berts Werkstatt. Sie ahnte bereits, dass dieses Glück einen Riss bekommen würde.

„Langweile ich dich mit meiner Geschichte?", unterbrach Bert seine Erzählung.

„O nein, nein, mich langweilen Geschichten nie, besonders, wenn sie wahr sind, nur – bis jetzt klang alles so schön. Ich habe Angst, es nimmt ein böses Ende."

„Es gibt kein Ende. Bei keiner Geschichte gibt es ein Ende. Es sind nur immer Abschnitte. Die Zeit geht weiter. Nur in unserer Vorstellung haben die Dinge ein Ende, durch einen Krieg beispielsweise, durch den Tod. In Wirklichkeit ist nichts vergänglich, auch nichts endgültig. Verstehst du, was ich meine?"

„Nicht ganz", gab Nicole zu. „Aber ich werde darüber nachdenken." Sie warf einen scheuen Blick auf die verdeckte Skulptur und wartete, bis Bert den Faden seiner Erzählung wieder aufnahm.

„Wenn du von einem bösen Ende sprichst, muss ich dir also zunächst von einem bösen Anfang erzählen. Melanie war maßlos eifersüchtig, denn ihr Mann Misha verbrachte einen großen Teil seiner Zeit auf Reisen. Am Anfang ihrer Ehe begleitete sie ihn, aber dann, als Svenja geboren wurde, blieb sie fast immer zu Hause, weil sie sich von dem Kind nicht trennen wollte. Misha rief sie an aus Amsterdam, aus New York, aus Paris, aus Japan, aus Persien. Sein Beruf brachte es mit sich, dass er sich in prominenten Kreisen bewegte, internationale Partys besuchte, sich mit Finanzgrößen traf, und natürlich waren es nicht nur Männer, sondern auch Frauen, und zwar schöne Frauen in allen Hautschattierungen."

„Oh, ich kann mir schon denken, er hat sich in eine Farbige verliebt oder in eine Japanerin."

„Nicht ganz. Aber man sah ihn natürlich in der Gesellschaft von hübschen Frauen. Das war unvermeidlich, und es schürte Melanies geradezu krankhafte Eifersucht immer mehr. Sie durchforschte die Illustrierten aller Länder nach Fotos. Und wenn sie dann Misha bei irgendeinem Dinner entdeckte und er sich lachend mit einer Frau unterhielt, anstatt muffig seinen Kaviar zu löffeln, geriet sie ganz außer sich. Und natürlich gab es auch genügend Neider, denen ihr Glück in die Nase stieg und die ihr irgendwelche unwahren Gerüchte von Liebschaften ihres Mannes zutrugen. Aber in Wirklichkeit dachte Misha nur immer an Melanie und an seine heiß geliebte kleine Tochter Svenja, und er fing erst dann an, richtig aufzuleben, wenn er von seinen Reisen nach Hause zurückkehrte. Dann war da eines Tages diese verhängnisvolle Geschäftsreise nach Brüssel. Misha hatte zwei Tage dort zu tun. Er traf sich mit einem Geschäftsfreund, den Melanie gut kannte. Dieser Mann hatte seine Frau mitgebracht, und man munkelte, dass die Ehe am Auseinanderbrechen war. Misha rief Melanie an und erzählte ihr, dass Juliette sich in einer sehr schlechten Verfassung befände, und ob es Melanie recht sei, wenn er sie für eine Woche mitbrächte."

„War sie jung? Schön?"

„Sehr jung, eine sehr anziehende Südfranzösin."

„Dann kann ich mir schon denken, wie Melanie darauf reagiert hat, nämlich sauer."

„So ist es. Dazu schien es so, als ob Juliettes Mann sehr

interessiert daran wäre, seine Frau mit Misha wegfahren zu lassen. Er bot den beiden sogar an, sie mit seinem Privatflugzeug nach Deutschland zu schicken. Aber davon wollte Misha mit seiner Flugscheu nichts wissen. Er zog es vor, mit dem Schlafwagen zu fahren und sagte das auch Melanie, aber ihre Fantasie trieb da wohl wilde Blüten. Misha als Seelentröster mit einer unglücklichen jungen Frau im Schlafwagen! Nie und nimmer. Wenn er Juliette schon mitbringe, dann solle er sich zusammenreißen und mit dem Flugzeug kommen. Misha erklärte, er habe eine böse Vorahnung und ..."

„Das ist doch Quatsch. Ich glaube nicht an Vorahnungen", unterbrach ihn Nicole.

„Genau das hat ihm Melanie gesagt. Sie hat ihn ausgelacht mit seinen Vorahnungen und ihn einen Märchenerzähler genannt. Sie hat mir das alles später erzählt, fast wörtlich und ohne etwas zu beschönigen. Und Misha wollte keinen Streit mit ihr. Er flog. Die Maschine stürzte in den Alpen ab. Nach Tagen hat man die Trümmer und zwei Tote entdeckt: den Pilot und Juliette. Misha fand man erst im Frühjahr nach der Schneeschmelze."

„Arme Melanie. Sie muss doch halb verrückt geworden sein vor Selbstvorwürfen."

„Sie hat nahezu den Verstand verloren. Als ich diese Skulptur begonnen hatte, war sie ein blühendes, lebenstrotzendes Geschöpf. Was dann daraus wurde, hast du ja vorhin gesehen. Sie fand aus ihrer Schwermut nicht mehr heraus. Sie wollte niemanden sehen, und das Rambergschlösschen, das zuvor ein Treffpunkt vergnügter Leute gewesen war, wurde zu einem freudlosen Kerker, in dem Melanie sich selbst gefangen hielt. Ihre Freunde und Verwandten, auch Mishas Brüder und seine Eltern versuchten alles, um sie dem Leben wieder zurückzugewinnen, vor allem auch wegen der kleinen Svenja. Das arme Ding wuchs in einer unendlich trüben Atmosphäre auf. Sie durfte keine Kinder vom Dorf mit ins Haus bringen, und das Unglück ihrer Mutter lastete schwer auf ihr. Sie lachte nicht mehr und tollte nicht mehr, und die anderen Kinder fingen an, ihr aus dem Weg zu gehen. Sie war eine Gezeichnete, jemand, dem Unheil anhaftete. Melanie litt unter dem Unglück, in das sie ihr Kind mit hineingezogen hatte, aber sie konnte sich von ihrer Schwermut nicht befreien. Schließlich nach einem Selbstmordversuch verschwand Melanie ein ganzes Jahr in einer Nervenheilanstalt, und eine unverheiratete Schwester von Misha, ein warmherziges, unkompliziertes Mädchen, vertrat bei Svenja die Mutterstelle. Als Melanie dann aus der Klinik entlassen wurde, war eine große Veränderung mit ihr vorgegangen. Sie trug ihr Unglück nicht mehr sichtbar für alle Menschen. Sie lehnte sich auch nicht mehr gegen ihr Schicksal so auf. Sie schien ausgeglichen und gefasst und auch guten Willens, sich dem Leben und vor allem ihrer Tochter wieder zuzuwenden. Niemand ahnte, dass ihre zur Schau getragene Ruhe nur eine ganz dünne Schicht an der Oberfläche ihrer Seele war und dass darunter nach wie vor die Verzweiflung ihr Inneres ausbrannte. Manchmal kam sie zu uns herüber, bewunderte Marias kleinen Gemüsegarten oder sah sich an, was ich inzwischen gearbeitet hatte. Sie konnte jetzt auch ganz ruhig über Misha und das, was sie ihre untilgbare Schuld nannte, sprechen. Sie sagte, sie wolle dort, wo man ihn gefunden hatte, einen Stein zu seinem Andenken setzen lassen. Aber das redete ich ihr aus. Was für einen Stein sollte man in einem zerklüfteten Felsgebirge setzen? Wer sollte ihn sehen? Wer ihn besuchen? Misha liegt hier in unserem kleinen Friedhof begraben. Aber Melanie ließ sich von ihrem Vorhaben nicht abbringen. Sie sagte, dieser Stein für Misha sei symbolisch, denn damit wälze sie sich jenen Stein, der sie jahrelang bedrückt hatte, vom Herzen. Manchmal redete sie ziemlich wirr, aber niemand außer Maria fand das beängstigend. Maria war auch die Einzige, die immer wieder betonte, Melanie sei nicht geheilt, ihre Schwermut sei nur übertüncht. Ein Täuschungsmanöver für ihre Freunde, für Svenja, die sie nicht im Schatten einer schwermütigen Mutter aufwachsen lassen wolle." Bert schüttelte den Kopf. „Vielleicht waren wir alle blind, vielleicht war es auch wirklich nur ein Unfall. Es wird sich nie aufklären lassen."

„Was geschah?", fragte Nicole ahnungsvoll.

„Sie fuhr an die Unfallstelle. Es war nicht ungewöhnlich. Sie fuhr oft dorthin. Die Berge ließen sie nicht los. Sie hatte mit Misha oft Gratwanderungen gemacht, und sie selbst war eine ausgezeichnete Kletterin. Aber eines Tages kam sie von so einem Ausflug nicht mehr zurück, und alle ahnten, wo man sie zu suchen hatte. Die Bergwacht fand sie in derselben Schlucht, in der Misha sein Ende gefunden hatte."

Nicole fröstelte. Die Werkstatt mit den verdeckten Figuren erschien ihr nun wie ein finsterer Kerker, der die Erinnerung an eine Frau, die sie nicht gekannt hatte, gefangen hielt. Draußen schien die Sonne, dort war alles klar und licht und übersehbar. Das Meckern des Generals drang fröhlich zu ihr herein, Murks kreischte, und die Hunde bellten. „Ich möchte hinaus", sagte sie. „Sei mir nicht bös."

Er hatte eine merkwürdige Art, den bärtigen Kopf zu schütteln. Er sah dann aus wie ein gutmütiger Bär. „Ich bin dir nicht bös."

„Weißt du – der viele tote Stein ..."

Er nickte bedächtig, während er sie an der Hand nahm und mit ihr ins Licht des sonnigen Tages trat. „Steine sind nicht tot. Sie haben ihr eigenes Leben, aber das entdeckt vielleicht nur der Bildhauer, der mit ihnen zu tun hat. Auch das Bild von Melanie ist nicht tot. Ich muss noch daran arbeiten. Ich hätte von ihrem Schicksal vielleicht nicht sprechen sollen, ich habe dich damit erschreckt. Aber du hättest es im Dorf ja doch erfahren, wahrscheinlich verzerrt." Seine Hand, mit der er Nicole hielt, fühlte sich warm und kräftig an. Er war ein richtiger Beschützer, so ganz anders als Nicoles lebhafter, immer etwas rastloser Vater, der sich in seiner Betriebsamkeit nie allzu viel Zeit für Nicole genommen hatte.

„Kannst du kochen?", fragte er unvermittelt.

„Außer einem harten oder einem weichen Ei eigentlich nicht viel mehr."

„Dann ist es höchste Zeit, dass du was dazulernst. Du kannst bei Maria ein paar bayerische Spezialitäten lernen. Heute wird es bei uns Dampfnudeln mit Vanillesoße geben."

„Dampfnudeln? Habe ich nie gehört. Findest du, dass jedes Mädchen kochen können muss?"

„Ich finde, dass jeder vernünftige Mensch, ob Mann oder Frau, sich in der Küche zu helfen wissen muss."

„Ja. Das stimmt schon." Wenn die Mutter später einen Beruf ausübte, würde Nicole wohl oder übel einen Teil der häuslichen Pflichten übernehmen müssen. „Ich werde kochen lernen."

Die Kavaliere vom Teufelssumpf

Der Vormittag verging wie im Flug. Maria weihte Nicole in die Geheimnisse eines lockeren, luftdurchdrängten Hefeteiges ein. „Zunächst müssen wir mal ein Dämpferl machen. Das muss dann gehen, und später kommt dann der eigentliche Teig dran."

Nicole musste über das Wort „Dämpferl" lachen. Wenn das Dämpferl gehen lernt ... Sie versuchte es nachzusprechen und brach sich fast die Zunge dabei. Aber was herauskam, war nie und nimmer ein ordentliches „Dämpferl". Überhaupt diese vielen komischen „rln", mit denen sie hier bekannt gemacht wurde. „Schwammerln" und „Wimmerln" und die kleinen „Ferkerln". Sie sah ein richtiges Sprachstudium auf sich zukommen.

Die Dampfnudeln, die sich später in dem Sichttopf aufplusterten wie ein Federkissen, bekamen an den Rändern jene köstliche goldgelbe Kruste, die von Maria mit „Rammerl" bezeichnet wurde. „Du musst dich nachher beim Essen beeilen, dass du ein paar krustige Nudeln erwischst, sonst futtern sie dir meine herrlichen Söhne vor der Nase weg."

„Ich kann nicht schnell essen."

„Das wirst du noch lernen in unserer gefräßigen Familie."

Als die herrlichen Söhne, begleitet vom Freudengebell der Hunde, mittags erschienen, war das Haus plötzlich mit so viel Lärm und Gepolter angefüllt, als sei ein ganzes Rudel wilder Kerle hier eingedrungen. Ihre Holzsandalen klapperten die Stiegen herauf und herunter, und ihre Stimmen hallten durchs ganze Haus. Sie schrien, als ob sie es mit lauter Schwerhörigen zu tun hätten. Ich freue mich, dass die beiden Lümmel wieder da sind, gestand sich Nicole. Sie sollen sich ruhig groß aufspielen. Sie müssen das wohl, damit man weiß, dass sie Jungen sind, aber ich lasse mich von ihnen nicht kleinkriegen.

„Mann, Dampfnudeln", rief Wiggi, als er sich an den Tisch setzte. Nachdem Maria und Bert sich bedient hatten, griffen er und Felix zugleich mit beiden Händen nach der Platte, um sich die knusprigsten der goldgelb geränderten Dampfnudeln, die Randnudeln, unter den Nagel zu reißen. Maria warf einen raschen, ermunternden Blick auf Nicole, der wohl besagen sollte: Los, Mädel, zeig es ihnen, halt dich ran. Nicole fasste Mut: „Darf ich mir erst nehmen?", sagte sie, wenn auch nicht mit ganz fester Stimme.

Ein verdutzter Blick unter den gekräuselten Stirnen der Jungen traf sie.

Sie nickte ihnen freundlich zu und wählte für sich die verlockendsten Nudeln. Die erste Runde hatte sie gewonnen. Ihr war, als schmunzelte Bert in seinen roten Bart hinein. Das stärkte ihr das Rückgrat.

„Wie war die Schule?", fragte sie mehr höflich als interessiert.

„Wie wird sie schon gewesen sein. Doof natürlich", brummte Felix.

„Vor den Ferien sitzt man ja doch nur mehr seine Stunden ab", sagte Wiggi. „Die reinste Schikane."

„Zeigt ihr mir nachher das Dorf? Ich möchte es gern kennen lernen", sagte Nicole, und wieder glaubte sie dieses versteckte Schmunzeln in Berts Gesicht zu sehen, und auch Maria hatte diesen belustigten, abwartenden Gesichtsausdruck.

Wiggi und Felix warfen sich gegenseitig schmerzliche Blicke zu. Dieses Mädel fing an zu stören, aber das durfte man gar nicht erst einreißen lassen.

„Wir wollten mit dem Rad wegfahren", sagte Wiggi schließlich nach einer unangenehm langen Pause.

Nicole gab sich einen Ruck. „Ihr könnt mich doch mitnehmen."

„Mutters Rad ist kaputt", warf Felix ein und schielte nach dem großen Bruder. Es war leicht zu sehen, dass dieser der Anführer war und Felix alles versuchte, um es ihm recht zu machen.

„Du kannst mein Rad haben. Kannst du auf einem Herrenrad fahren?“, mischte Bert sich jetzt ein.

„Klar kann ich.“

Wiggi musterte Nicole mit einem abschätzenden Blick. „So klar ist das nicht. Du siehst nämlich gar nicht so aus.“

„Wie aus?“

„Als ob du sportlich wärst.“

„Bin ich auch nicht. Aber das bedeutet noch lang nicht, dass ich nicht auf einem Herrenrad fahren kann.“

„Wir radeln querfeldein“, bemerkte Felix. Er aß seine fünfte Dampfnudel. Nicole hatte mitgezählt und wunderte sich, wie das alles in seinem dünnen Körper Platz fand. Sein Bruder hatte die stämmige, etwas gedrungene Figur seines Vaters geerbt. Aber Felix war eher zart. Und wenn man ihm ein Kleid anziehen würde, könnte man ihn mit den leicht gelockten langen Haaren, dem sanften Blick der dunklen Augen und dem zart geschwungenen Mund für ein Mädchen halten. Ganz klar, dass er sich bei diesem Aussehen aufspielen musste. Wetten, dass ich ihn um den Finger wickeln kann, schoss es Nicole durch den Kopf. Sie dachte an seinen gestrigen scheuen Versuch, sie in ihrer Verlassenheit zu trösten.

„Wann fahrt ihr los?“, fragte sie ihn. „Oder wollt ihr zuerst eure Aufgaben machen?“

Wiggi tat ihre Frage mit einer unwilligen Kopfbewegung ab. „In zehn Minuten“, sagte er.

Nicole ging in ihr Zimmer, um ihren Fotoapparat zu holen. Von der Terrasse aus sah sie, wie die Jungen ein blechern klingendes altes Rad – es musste wohl das von Bert sein – über den Hof schoben. Sie lehnten es an die Wand. Wiggi befühlte die Reifen, und Felix schraubte mit einem Schlüssel am Sattel herum, um ihn tiefer zu stellen. Bert trat zu ihnen und sah ihnen zu.

„Ihr seid nicht gerade sehr freundlich zu unserem Gast“, sagte er.

„Wieso? Haben wir ihr was getan?“

Nicole blieb in der offenen Tür stehen. Sie konnte der Versuchung zu lauschen einfach nicht widerstehen.

„Getan! Das wäre auch noch schöner. Ich möchte, dass ihr euch um sie kümmert, solange sie bei uns ist.“

„Babysitter spielen. Das können ja lustige Ferien werden“, murrte Wiggi.

Bert überhörte das. „Ich schlage vor, du nimmst mein Rad und überlässt ihr deines“, sagte er.

Der Sattel von Wiggis Rad war hart und sehr schmal und keineswegs sehr einladend für eine lange Radtour. Der Weg führte über eine heiße, von vielen Autos befahrene Teerstraße, und die Jungen legten ein Tempo vor, als handle es sich um die Tour de France. Nicole lief der Schweiß von der Stirn, aber sie strampelte und strampelte mit zusammengebissenen Zähnen, um sich nicht abhängen zu lassen. Endlich bogen die Jungen in einen Wald ab. Die Ziehstraße war von Traktoren und Holzfuhrwerken ausgefahren. Und wenn es zuvor die Gluthitze gewesen war, die Nicole den Schweiß auf die Stirn getrieben hatte, so waren es jetzt die tiefen Furchen in dem harten, zerklüfteten Lehmboden. Sie konnte nur mit allergrößter Anstrengung die Balance halten und fragte sich, warum sie eigentlich schwitzend und mit einem schmerzenden Hinterteil hinter diesen beiden Jungen herkeuchte, anstatt gemütlich unter einem Apfelbaum zu sitzen und zu lesen. Einmal drehte sich Felix halb nach ihr um und fragte über die Schulter: „Kommst du noch mit?“

„Mit Leichtigkeit“, schnaubte Nicole.

„Jetzt geht die Straße ja noch. Aber später wird sie ziemlich mies“, verkündete er.

Die Köpfe der Jungen wandten sich einander zu. Sicher tauschen sie jetzt Verschwörerblicke, dachte Nicole. Der Weg führte bergauf, und sie musste so kräftig in die Pedale steigen, dass ihre Wadenmuskeln zu schmerzen begannen. „Wo fahren wir eigentlich hin?“, erkundigte sie sich.

„Zum Teufelssumpf.“

Es klang nicht gerade verlockend. Ganz gewiss war der Teufelssumpf kein paradiesisches Fleckchen. Nachdem sie sich mit Aufbietung aller Kräfte hochgearbeitet hatte, führte der Weg jetzt wieder steil bergab, und plötzlich verfing sich ihr Rad in einer schmalen Rinne, und Nicole, die mit den Tücken eines Herrenrades nicht vertraut war, stürzte kopfüber auf die Straße, rutschte noch ein Stück über den harten Boden und kam schließlich an einem großen Stein zum Halten. Für Sekunden schwanden ihr die Sinne, dann stellte sie fest, dass sie erstaunlicherweise noch am Leben war und dass wohl irgendwas geschehen müsse, um nicht ewig hier liegen zu bleiben. Schmerz und Zorn mischten sich, als sie sich mühsam aufrappelte und ihre Gliedmaßen zählte. Sie bemerkte, dass noch alle vorhanden waren, dass der Kopf, mit dem sie gegen den großen Feldstein geknallt war, noch dort saß, wo er hingehörte, und die Beine sich bewegen ließen. Ihre Jeans zeigten am rechten Knie einen langen Riss, und durch diesen Riss quoll das Blut in dicken Strömen. Sie betrachtete es mit ehrfürchtigem Schaudern, wischte sich mit dem Handrücken über den Mund und fand, dass auch ihre Lippen bluteten. Sie befühlte ihre Zähne und stellte erleichtert fest, dass alle noch fest im Kiefer saßen. Dann sickerte plötzlich Blut in ihr linkes Auge, und sie presste die Hand gegen die Stirn, von der dieses neue Rinnsal herkam. Sie holte ein paar Mal tief Atem und überlegte, was nun zu tun sei.

Ihre Kavaliere hatten nichts von ihrem Sturz bemerkt, und da die Straße an ihrem tiefsten Punkt eine starke Kurve beschrieb, waren sie längst außer Sichtweite. Wahrscheinlich würde sie hier verbluten. Sie fühlte sich plötzlich schrecklich matt, setzte sich an den Straßenrand und döste. Der Schmerz in ihrem Knie nahm zu, und das Blut wollte kein Ende nehmen. Da sie kein Taschentuch bei sich hatte, zog sie ihr T-Shirt aus und band es sich recht und schlecht ums Knie. Erst drang nur ein kleines Fleckchen Rot durch, aber dann weitete sich dieser Fleck rasch zu einem eindrucksvollen Kreis auf dem weißen T-Shirt aus. Nicole dachte an ihre Radausflüge auf den asphaltierten Wegen des Stadtparks, wo sich sicher hilfsbereite Menschen um sie gekümmert hätten. Hier hingegen fühlte sie sich wie in der Wildnis ausgesetzt und einem langsamen und qualvollen Tod ausgeliefert. Eine Weile genoss sie ihr Leid und ihre Verlassenheit, dann stand sie stöhnend auf. Ihr Fotoapparat hatte sich bei dem Sturz selbstständig gemacht und war auf einem moosbewachsenen Baumstumpf gelandet. Nicole hob ihn auf und drückte ihn liebevoll an sich. Gut, dass wenigstens einer von uns beiden heil geblieben ist. Schwer auf das Fahrrad gestützt, versuchte sie die Straße hinunterzuhumpeln, aber nach ein paar Schritten wurde ihr schwarz vor den Augen, und sie musste stehen bleiben. Unten an der Kurve tauchten zwei Jungen auf. Nicole kam es vage zu Bewusstsein, dass sie ihnen mit entblößtem Oberkörper entgegenwanderte, weil sie ja das T-Shirt um ihr Knie gewickelt hatte.

„Hoppla, wie siehst du denn aus?“, schrie ihr Wiggi entgegen, und es klang ehrlich besorgt. Er kam rasch näher. „Was ist denn passiert?“

„Was wird schon passiert sein? Glaubst du vielleicht, ein Wolf hat mich angefallen? Ich bin mit dem Rad gestürzt."

„Mensch, du bist aber ganz schön hingehauen", sagte Felix und starrte sie an. „Du hast ein Riesenloch im Kopf."

„Danke für die Mitteilung." Sie versuchte ein tapferes Lächeln, aber es gelang ihr nicht ganz.

Die Jungen sahen plötzlich schrecklich verlegen aus. „Warum hast du denn nicht geschrien?", meinte Wiggi schließlich.

„Weil ich kein Baby bin und keinen Babysitter brauche, wie du behauptet hast."

Wiggi lief rot an wie ein gesottener Krebs. Er holte ein frisches Taschentuch aus seinen Jeans und entfaltete es. „Halt mal still, ich mache dir einen Verband ums Hirn", sagte er. „Damit dein Verstand nicht ausläuft." Als er fertig war, trat er einen Schritt zurück und besah sich sein Werk. „Sickert durch", stellte er fest. „Aber toll siehst du aus. Gib mal her." Er streckte die Hand nach Nicoles Fotoapparat aus. „Hast du einen Farbfilm in deinem Apparat?" Nicole nickte. „Dann mache ich mal eine Aufnahme von dir. Zur freundlichen Erinnerung."

„Halb nackt – ich denke gar nicht daran", zischte Nicole.

„Was sollen wir denn jetzt tun? Wir müssen Bescheid sagen, dass wir nicht mehr zurückkommen", meinte Felix.

Aber das war gar nicht nötig, denn nun tauchten ihre Freunde auf, fünf oder sechs Figuren. Sie blieben in respektvoller Entfernung stehen und starrten Nicole an, als hätten sie noch nie ein Mädchen gesehen. Nicole warf ihnen einen verächtlichen Blick zu, aber dann musste sie sich ehrlicherweise eingestehen, dass ein halb nacktes, lehm- und blutverschmiertes Geschöpf vielleicht doch etwas ungewöhnlich war. Sie legte ihre beiden Hände auf ihre zaghaft angedeutete Brust und versuchte zu lächeln. Aber diese heldenhafte Haltung war nur von kurzer Dauer.

„Mir ist schlecht“, sagte sie plötzlich, tat ein paar Schritte nach rückwärts und übergab sich. Gleichzeitig verschwamm vor ihren Augen alles zu großen roten Kreisen, ihre Knie gaben nach, und als ob sie sich zum Gebet niederlassen wollte, sackte sie langsam auf die harte Erde nieder. Felix und Wiggi sprangen herbei und zerrten gleichzeitig an ihr, wie junge Hunde, die sich gegenseitig einen Knochen streitig machen wollen. Auch die anderen Jungen rückten nun schrittweise näher. Einer wies mit dem Finger auf einen kantigen Stein am Wegrand.

„Da ist ein Blutfleck, da ist sie bestimmt mit dem Kopf draufgefallen“, meinte er. „Sie hat vielleicht eine Gehirnerschütterung. Wenn man speit, hat man meistens eine Gehirnerschütterung.“ Sepp musste es wissen. Sein Vater war Arzt. Er wischte Nicole mit einem Grasbüschel das Gesicht ab und betrachtete sie fachmännisch.

Das Wort Gehirnerschütterung alarmierte Wiggis Gewissen. „Wir hätten sie nicht allein diesen Scheißweg hinuntersausen lassen dürfen“, sagte er zerknirscht. Er hockte am Boden und hatte Nicoles Kopf auf seine Knie gebettet. „Gib dein Hemd her“, befahl er seinem Bruder. „Wir müssen ihr was anziehen und sie dann möglichst schnell ins Dorf bringen.“

Felix tat, wie Wiggi ihm befohlen hatte, und gemeinsam fädelten sie Nicoles Arme in das gelb und grau karierte Baumwollhemd.

Aus dem Kreis der Umstehenden wurden Stimmen laut. „Macht schnell, sonst verblutet sie“, sagte einer. Ein anderer vertrat die Meinung, dass man an Stelle des

T-Shirts eine festere Bandage um die tiefe Kniewunde wickeln müsse, und stellte großzügig seine Jeans zur Verfügung. Er zog sie aus und begann mit dem Taschenmesser ein Bein abzutrennen. „Steril ist sie nicht gerade“, sagte er bedauernd und nahm zwischen Daumen und Zeigefinger vorsichtig ein Klümpchen blutverkrusteten Schmutz von Nicoles Bein. „Ein Stück von einem Rossbollen“, stellte er fest.

„Ein Kuhfladen wäre schlimmer gewesen.“

„Im Pferdemist sitzen aber Starrkrampfbazillen“, meinte der andere. „Wenn sie Starrkrampf bekommt, ist sie hin.“

„Das wird mein Vater entscheiden. Der weiß schon, was er zu tun hat“, erklärte Sepp. „Los, schnell, wir machen eine Bahre, und die legen wir zwischen zwei Fahrräder und bringen sie heim.“

Nicole wachte aus ihrer kurzen Ohnmacht auf. Die Worte, die wie träge Wellen an ihr Ohr schlugen, schienen von weither zu kommen. Die Erinnerung an ihren Sturz kam in kleinen Schüben zu ihr zurück. Sie begriff, dass sie auf der Erde lag und Mittelpunkt einer Horde erregt diskutierender Jungen war, die sich um sie bemühten. Die Wunden schmerzten im Augenblick nicht. Sie befand sich in einem wohligen Dämmerzustand, öffnete die Augen einen Spalt und blickte in das Gewölbe von Blättern, durch die das gefilterte Sonnenlicht wie ein grünlicher Hauch sickerte.

Ihre Retter, die mit ihren Fahrtenmessern am Werk waren und nach geeignetem Stangenholz fahndeten, rannten hin und her und redeten durcheinander. Gelegentlich fiel das Wort „Idiot“, dann wieder ertönten laute Befehle und Anweisungen, unterbrochen von dem Knacken von Holz. Eine Bahre für einen Verletzten zusammenzuzimmern war wirklich eine prima Aufgabe.

Was sie soundso oft in ihren verschiedenen Kriegen und Indianerspielen gespielt hatten, konnten sie endlich einmal in die Tat umsetzen. Nicole kam sich vor wie Schneewittchen unter den sieben Zwergen, die sich eifrig um ihr Wohl bemühten. Und wie zahm diese Burschen einschließlich Felix und Wiggi plötzlich waren. Ich werde die Augen wieder schließen und noch ein Weilchen besinnungslos bleiben, beschloss sie. Ein besinnungsloses Mädchen erweckt jede Menge ritterlicher Instinkte. Die Wunde an ihrem Kopf begann zu schmerzen, und jetzt spürte sie auch in ihrem verletzten Knie ein brennendes Reißen. Aber gestöhnt wird nicht. Sie presste die Lippen fest aufeinander und lag bewegungslos. Ganz in ihrer Nähe hatten ihre Helfer sich jetzt niedergelassen und bastelten an ihrer Bahre herum.

„Wir müssen irgendwas drunterlegen, sonst schürft sie sich den Rücken auf", meinte Wiggi.

„Quatsch. Das hält sie schon aus. Hauptsache, wir schaffen sie noch vor der Sprechstunde zu meinem Vater, damit er sich Zeit nehmen kann, sie ordentlich zusammenzuflicken."

„Meinst du, er näht sie?"

„Klar näht er sie."

Zusammenflicken? Nähen? Nicole schauderte. Das klang gar nicht nach zartfühlendem Arzt, das klang eher nach einem groben Flickschuster.

„Was tun wir jetzt mit unserem Hasen?", fragte Felix mit seiner hohen Stimme und löste mit dieser Frage einen lebhaften Meinungsaustausch aus.

Nicole hörte aus dem Gespräch heraus, dass einer der Jungen wohl der Sohn eines Försters war, der einen Hasen in einer von Wilddieben gelegten Schlinge gefunden und ihm den Garaus gemacht hatte. Dann hatte er ihn den Oberdörflern zum Geschenk gemacht, und das ganze Treffen am Teufelsmoor hatte sich wohl darum gedreht, den Hasen am offenen Feuer zu braten.

„Das hat die uns gründlich versaut“, meinte einer. Sie war überzeugt, dass sich nun alle Blicke mit mehr oder weniger Unwillen auf sie richteten, und kniff die Augen noch fester zusammen. Wie gut, dass ich noch besinnungslos bin, dachte sie, sonst müsste ich ihnen jetzt sagen, was ich von einer Hand voll Kerlen halte, die so ein Getue um einen Hasenbraten machen, während neben ihnen ein Mensch mit dem Tod kämpft. Mit dem Tod kämpft? Sie lächelte über diesen feierlichen Ausdruck heimlich in sich hinein.

„Kommt die jetzt öfters mit, oder wie denkt ihr euch das eigentlich?“ Diese Frage klang herausfordernd und war ganz sicher an Wiggi und Felix gerichtet. Die Antwort ließ auf sich warten und kam auch dann nur zögernd über Wiggis Lippen.

„Öfters bestimmt nicht. Nur jetzt so zum Eingewöhnen. Unser Alter meint, wir müssten uns um sie kümmern, weil sie zu Hause Kummer hat. Ihre Eltern lassen sich scheiden.“

„Sache. Als ob das was wäre“, sagte eine wegwerfende Stimme.

Nicole schoss aus einem Spalt ihrer Augen einen wütenden Blick auf den blöden Kerl, der das gesagt hatte. Es war ein magerer Junge mit Pickeln auf der Stirn und einem dreieckigen, unten spitz zulaufenden Gesicht. Er war der Größte von allen, er rauchte eine Zigarette und kam sich wohl maßlos schlau vor. Am liebsten hätte sie ihn gefragt, was für ein mieses Zuhause er wohl habe, um so eine Bemerkung zu machen. Viele Tage später erfuhr sie, dass sein Elternhaus alles andere als erfreulich war. Karl war der Sohn eines Hilfsarbeiters und seiner ewig missgelaunten, mit dem Verdienst ihres Mannes unzufriedenen Frau. Bei Karl zu Hause gab es ständig Krach und Nörgeleien. Einmal versuchte der Vater, ihn auf seine Seite zu ziehen, einmal versuchte es die Mutter. Und so stand Karl, dessen Körper rascher gewachsen war als sein Verstand, verdrossen und verwirrt zwischen den sich bekämpfenden Eltern. Ob und wie sehr er darunter litt, wurde ihm selbst gar nicht klar, da er sich hinter eine großmäulige Überheblichkeit verschanzte und allmählich selbst daran glaubte, was für ein hart gesottener Prachtkerl er war.

Nicole spürte durch ihre geschlossenen Augenlider, wie ein Schatten über sie fiel, und dann verkündete Felix, der sich über ihr Gesicht beugte, mit Grabesstimme: „Sie ist immer noch weg. Wir sollten es mal mit Mund-zu-Mund-Beatmung versuchen.“ Aber bevor es dazu kam, öffnete Nicole die Augen. Sie begegnete Felix’ Blick, der sie besorgt und aufmerksam betrachtete. „Jetzt ist sie wach“, verkündete er, und nun kamen sie alle an und umstanden sie, und da war es wieder, dieses prickelnde Schneewittchengefühl.

Nicole lächelte in die Runde. Jeder bekam seinen Teil davon ab, sogar der düster dreinblickende Karl. Ihr Blick blieb bei einem Jungen mit seidigen braunen Locken und dunklen, nachdenklichen Augen hängen.

„Helft ihr mir auf?“, fragte sie.

„Spinnst du? Du bleibst liegen“, befahl Wiggi. „Wir hieven dich jetzt auf eine Bahre und karren dich ins Dorf zum Verarzten.“

Nicole ließ ihre Augen ein zweites Mal die Runde über die acht Jungengesichter machen. „Tut mir Leid, dass ich euch euren Ausflug so verpatzt habe“, meinte sie schließlich.

Ein verlegenes Gemurmel, aus dem sie „Macht doch nichts“, und „Kein Problem“ und „Kannst du nichts dafür“ heraushörte, war die Antwort. Noble Jungen. Man musste nur ganz arm und hilflos sein, dann spurten sie.

Sie versuchte sich aufzurichten, gab aber diesen Versuch mit einem Schmerzenslaut auf. Das Knie, das kurz nach dem Sturz noch beweglich gewesen war, schien jetzt wie gelähmt und schmerzte ganz scheußlich.

Plötzlich dachte sie daran, dass sie ja ihr T-Shirt ausgezogen hatte und wohl halb nackt hier herumlag. „Ich muss oben was anziehen“, sagte sie.

„Haben wir doch längst erledigt.“

Sie betastete sich und hob einen Zipfel des gelb und grau karierten Hemdes in Augenhöhe. „Felix’ Hemd“, sagte sie gerührt.

„Die Reise kann losgehen“, kommandierte Wiggi.

Nun packte einer der Jungen sie an den Beinen, ein anderer an den Schultern, und Wiggi schob ihr seine Hände unter den Rücken, damit sie nicht durchknickte und schön flach auf die Bahre gebracht werden konnte. „Countdown“, kommandierte Roland. Sie zählten „Fünf, vier, drei, zwei, eins“, und bei eins begann Nicole zu schweben und wurde kurz darauf vorsichtig auf die Bahre, die man inzwischen mit Moos gepolstert hatte, niedergelassen. Dann wuchtete man das Holzgestell auf die beiden Fahrräder, die in einem entsprechenden Abstand vorwärts geschoben wurden. Felix schritt mit wichtiger Miene zwischen den beiden Rädern einher und hielt die Bahre fest, damit sie sich nicht etwa verschob. „Der Kopf liegt zu tief. Wir brauchen eine Jacke zum Unterlegen“, erklärte er. „Los, rückt mal einer was raus.“

Karl, der vorhin so großmäulig dahergeredet hatte, rollte seine Jacke zusammen und schob sie vorsichtig unter Nicoles Kopf. „Geht’s so?“, sagte er in einem nahezu zärtlichen Tonfall.

„Wunderbar.“

Der holprige Ziehweg, der Nicole zum Verhängnis geworden war, führte steil bergan, und die Burschen, die die Fahrräder schoben, keuchten wie Zugtiere.

„Wie schwer bist du eigentlich?", wollte einer wissen.

„Fünfunddreißig Kilo bergab. Bergauf das Doppelte." Sie erhielt keine Antwort und erwartete auch keine. Die Bäume lichteten sich, und die Hitze wurde jetzt unerträglich. Der Geleitzug bewegte sich stetig, aber langsam vorwärts. Ihren beiden Zugtieren und auch den anderen Jungen, die ihre Räder schweigend nebenher schoben, lief der Schweiß von der Stirn, und Nicole konnte sich so ungefähr an ihren zehn Fingern abzählen, wie es hinter diesen Schädeln aussah. Anstatt im Schatten des tiefen Waldes ihren Hasenbraten zu verzehren und große Sprünge zu machen, mussten sie jetzt mit knurrendem Magen ein Mädchen durch die Gegend schieben.

Wiggi löste jetzt einen der beiden Kulis ab. „Ist dir noch schlecht?", erkundigte er sich zu Nicole gewandt. Sie schüttelte den Kopf. „Wir sind gleich da", sagte er in tröstendem Ton.

„So gleich auch wieder nicht", murrte einer aus der Begleitmannschaft. „Wir müssen über den Weidhammer Hof. Wir können doch nicht durchs Unterdorf gehen mit ... mit ... mit ihr", sagte er und machte eine Kopfbewegung zu Nicole hin.

„Wieso können wir nicht?", fragte Wiggi scharf zurück.

„Wieso, wieso? Meinst du, ich lasse mich anpflaumen von diesen Deppen."

„Mensch, dann hau doch bloß ab, wenn es dir nicht passt."

„Der Uli hat schon Recht. Ich lasse mich auch nicht gern schwach anreden", mischte sich jetzt ein Dritter ein, und plötzlich kam der gesamte Geleitzug zum Stillstand, und ein hitziger Wortwechsel, ob man sich zum Gespött der Unterdörfler machen solle, fand statt.

Nicole hörte sich das eine Weile an, dann hielt sie es nicht länger aus. „Buddelt mich meinetwegen hier ein, wenn ihr euch geniert, aber lasst mich nicht hier in der Sonne rösten", sagte sie ärgerlich.

„Sie hat Recht, sie bekommt noch einen Hitzschlag", sagte Sepp, der mit dem geschulterten Hasen den Nachschub bildete. „Überhaupt, was seid ihr denn für Flaschen, dass ihr euch um die Unterdörfler schert."

Ein betretenes Schweigen folgte, und die Fuhre setzte sich wieder in Bewegung. Der Weg durchs Unterdorf erwies sich als längst nicht so kritisch, wie die Bande es erwartet hatte. Denn kaum einer der „Unterdörfler Deppen" war bei dieser Knallhitze unterwegs. Lediglich ein schiefmäuliges, mageres Bürschchen, den sie den Schniffer nannten, weil er ständig hochzog, anstatt jemals ein Sacktuch zu benützen, lief ihnen über den Weg. Zunächst brachte er sich hinter einer Scheunentür in Sicherheit, dann betrachtete er neugierig den merkwürdigen Zug der Oberdörfler, und schließlich schrie er ihnen nach: „Wo schießt man denn so was?" Und er deutete nicht etwa auf den Hasen, sondern auf Nicole.

„Gar nicht antworten, wir sind schließlich eine Sanitätstruppe", raunte Wiggi seinen Kumpels zu. Wortlos ging es weiter, vorbei am Adlerwirt und an der Tankstelle und dann endlich über die Brücke ins Oberdorf. Vor einem flach gestreckten weißen Bau, der von dunkelrot blühenden Rosen umrankt war, kam der Zug zum Halten.

„Da sind wir", erklärte Sepp und stürmte voraus durch die unversperrte Haustür.

Nicole warf einen Blick auf das weiße Emailleschild: Dr. Josef Klotz, prakt. Arzt. Die schwarzen Buchstaben kamen ihr unverhältnismäßig groß und düster vor. Sie erwog, sich abermals in eine kleine Ohnmacht zurückzuziehen, denn in Gedanken sah sie Sepps Vater mit einer riesigen Nadel und Zwirn und entsprechend großen Stichen ihr Knie und ihr Hirn zusammenflicken. Und er würde nicht gerade sehr zart mit ihr umgehen. Wenn man schon Klotz hieß. Sie erwartete einen Bullenkerl, der den Umgang mit Holzknechten und Bauern, aber nicht mit bangen Mädchen gewöhnt war.

Aber zu ihrer Überraschung erwies sich Dr. Klotz als ein sehr jugendlich aussehender, schmaler blonder Mann mit hellblauen vergnügten Augen, hinter denen der Schalk saß. Er befahl, die Bahre im Behandlungszimmer abzustellen, und während er sich endlos lang und gründlich die Hände wusch, ließ er sich die Geschichte von Nicoles Sturz erzählen.

„Beim nächsten Radausflug nehmt ihr einen Verbandskasten mit. Ich werde euch einen spendieren", sagte er, während er Nicole hochhob und sanft auf den Untersuchungstisch legte. Vorsichtig begann er den durchgebluteten Kopfverband zu lösen. Die Jungen umstanden Nicole und reckten neugierig die Hälse. Dann brachen sie in ein beifälliges „Uh" aus, als die tiefe klaffende Wunde zum Vorschein kam.

„So, jetzt verzieht euch", entschied Dr. Klotz. „Auch du, Sepp", wandte er sich an seinen Sohn. „Wir brauchen euch hier nicht mehr."

„Wir wollen ja nur zuschauen", murrte Sepp, und auch die übrigen Jungen blieben dickfellig stehen und warteten, was nun weiter geschehen würde.

„Raus, habe ich gesagt", brüllte Dr. Klotz nun plötzlich mit einer Bärenstimme, die ihre Wirkung nicht verfehlte.

Als er mit Nicole allein war, beugte er sich über sie und

begann die Stirnwunde vorsichtig auszuwaschen. „Das Knie sehe ich mir später an. Du kannst das Bein biegen, ja?“

„Ja, ich glaube schon.“

„Versuch es mal.“

Sie konnte das Bein tatsächlich bewegen, aber es schmerzte. „Das ist ganz natürlich. Vielleicht sind die Bänder gezerrt, aber gerissen ist nichts“, erklärte Dr. Klotz. Er ging zu seinem Instrumentenschrank. „Deine Stirnwunde muss genäht werden“, sagte er.

„Ich habe eine gute Heilhaut, die wächst sicher von selbst zu“, sagte Nicole und begann alle ihre bisherigen Verletzungen aufzuzählen, die ohne Nadel und Faden geheilt waren.

Aber Dr. Klotz hörte gar nicht hin. „Ich denke, ich werde mit fünf bis sechs Stichen auskommen“, warf er gelassen hin, als handle es sich um einen kleinen Abnäher an einer Bluse.

„Wird es weh tun?“, erkundigte sich Nicole zaghaft.

„Es pikt natürlich ein bisschen, aber das wird ein Mädel wie dich nicht umwerfen.“

Was heißt „ein Mädel wie dich“? Alles in Nicole lehnte sich gegen diese Festlegung auf. Wie konnte Dr. Klotz beurteilen, was für ein Mädchen sie war. Gestern war sie vor Angst vor einem Ziegenbock zehn Tode gestorben, und heute verlangte man von ihr, dass sie sich ohne einen Muckser die Haut durchstechen lassen sollte. Dr. Klotz schien eine bejahende Antwort von ihr zu erwarten. „Nun?“ Er sah sie mit einem aufmunternden Lächeln an, während er mit einem hauchdünnen Metalldraht hantierte.

Nicole blickte weg. „Mir macht das alles nichts aus“, murmelte sie. „Werde ich eine Narbe behalten?“

„Ja. Aber eine ganze feine, und sie verläuft direkt an

deinem Haaransatz. Sie wird deine Schönheit nicht beeinträchtigen", sagte er vergnügt. Dann begann er mit den Einstichen, ohne dass Nicole auch nur ein einziges Mal gezuckt oder einen Ton von sich gegeben hätte. Als der Kopf dann seinen dicken weißen Mullverband bekommen hatte, kam das Knie dran.

„Und nun fahre ich dich heim, und da wirst du mal ein paar Tage ganz still im Bett liegen." Irgendetwas – war es seine Stimme oder die Farbe seiner Augen – erinnerte Nicole an ihren Vater, und als er sie hochnahm, um sie in seinen Wagen zu tragen, schlang sie spontan die Arme um ihn und begann bitterlich zu weinen. „Nun, nun ...", sagte er tröstend. „Alles wird wieder gut, Mädel. Du hast einen kleinen Schock erlitten, das ist alles."

Wie verdammt schlau sich diese Erwachsenen vorkommen und wie wenig sie von uns wissen! Alles, was sie bei uns sehen, legen sie sich nach ihrem eigenen Ermessen aus. Sie haben keine Ahnung, wie es in Wirklichkeit in uns aussieht. Und wenn sie es wirklich wüssten, würden sie uns dann helfen können?, überlegte Nicole.

Bevor er mit Nicole auf dem Arm das Behandlungszimmer verließ, drückte er ihr ein Päckchen Tempo-Taschentücher in die Hand und wartete ab, bis sie sich die Tränen getrocknet hatte. Ein höchst taktvoller Zug von ihm, denn als er mit ihr das Wartezimmer durchschritt, stand dort die ganze Bande, verbrüdert durch Neugier und wohl auch durch männliches Verantwortungsgefühl, und wartete auf Nicole. Die Jungen teilten sich in zwei Hälften, und durch dieses Spalier schritt Dr. Klotz mit seiner mullvermummten Patientin. „Sepp, sperr die Garagentür auf und kipp den Vordersitz zurück." Sepp und die ganze übrige Bande stürzten zur Garage, und im Weglaufen konnte Nicole einige lobende Meinungsäußerungen aufschnappen. Man rechnete es ihr hoch an, dass sie während der Näherei nicht lauthals geschrien hatte. Sie ahnte, dass sie sich vielleicht einen Platz bei den Oberdörflern würde erobern können.

Sie suchte nach dem Jungen mit den langen braunen Locken und nahm sich vor, Wiggi nach dessen Namen zu fragen. Warum? Er gefällt mir einfach, gestand sie sich ein. Es gab ja auch andere Dinge in der Welt, die einem gefielen, ohne dass man sich groß Rechenschaft darüber gab.

Ein sonderbares Geschenk

Sie hielt es nur einen Tag im Bett aus. Der Kopf schmerzte nicht mehr, aber das dick angeschwollene Knie ließ sich kaum bewegen. Dennoch humpelte sie umher, half Maria in der Küche, streunte mit den Hunden ums Haus und besuchte den General. Sie dachte viel an ihre Eltern, aber sie sehnte sich nicht nach zu Hause, denn sie wollte das, was sich dort abspielte, den Prozess der Auflösung, nicht miterleben.

Am fünften Tag ihres Aufenthaltes kam ein Päckchen ihres Vaters an. Es enthielt eine goldene Kette mit einem kleinen Herz aus Rosenquarz. „Trag es immer und denk an mich“, schrieb er. Aber bei Nicole wollte keine rechte Freude über dieses Geschenk aufkommen. Sie würde mit und ohne dieses Herz an ihren Vater denken. Was war überhaupt ein Herz? Sitz aller guten Eigenschaften wie Liebe, Zärtlichkeit, Ehrlichkeit, Zuverlässigkeit. Unsinn! Das Herz war einfach ein Organ, ein großer Muskel, eine Pumpe, die das Blut durch die Adern jagte, weiter nichts. Sie hielt die goldene Kette in der Höhlung ihrer Hand und betrachtete sie mit kühler Aufmerksamkeit. Fing ihr Vater jetzt an, sie zu verwöhnen, ihr Dinge zu schenken, an die er früher nicht gedacht hatte? Aber ich lasse mich nicht kaufen, dachte sie, ich bin auf der Seite meiner Mutter, ich glaube sogar, ich kann aufhören, dich zu lieben.

Ein lautes Freudengebell im Hof verkündete, dass Wiggi und Felix von der Schule nach Hause gekommen waren. Seit ihrem Sturz vom Rad hatten sie sich nicht mehr viel um Nicole gekümmert.

Nicole hörte drunten ihre lauten Stimmen, die immer etwas ärgerlich klangen, auch wenn sie sich etwas ganz Alltägliches zuriefen. Die Sonne fiel voll in ihr Zimmer und ließ die Goldkette, die sich wie ein Häufchen Sand in ihrer Hand anfühlte, funkeln. Nicole saß auf dem Boden. Diese Haltung hatte sich als die bequemste herausgestellt, denn so konnte sie ihr krankes Knie ausgestreckt lassen. Die Jungen polterten die Stiegen herauf. Gleich würden sie in ihrem Zimmer nebenan ihre Schulmappen mit einem hörbaren Plumps auf den Boden feuern und dann sofort das Radio oder den Plattenspieler anstellen und irgendwelche Schubfächer aufreißen und wieder zuknallen, all diese Geräusche, die Nicole nun schon so gut kannte und auf die sie wartete.

Aber heute gab es eine Variante in diesem täglichen Rhythmus, denn plötzlich stürmte Wiggi in ihr Zimmer und blieb mit einem Ruck vor ihr stehen.

„Ich will nur mal sehen, wie es dir jetzt eigentlich geht“, raunzte er sie an, und es klang wirklich nicht gerade sehr zartfühlend.

„Na ja. Das Knie tut gemein weh.“

„Du musst es bewegen, sonst versteift es sich immer mehr.“

Nicole, die bei Wiggis Erscheinen rasch die Hand über die Kette geschlossen hatte, blickte augenzwinkernd zu ihm auf. „Danke für den werten Ratschlag.“

„Bist du immer so grantig?"
„Nein. Nur donnerstags", lachte sie ihn an. „Und du?"
Er lachte. „Was hast du denn da in der Hand?"
„Nichts."
„Dann mach auf."
„Nein." Wiggi hielt ihr mit einer blitzschnellen Bewegung die Faust unter die Nase. „Spinnst du?", sagte Nicole wütend und warf den Kopf zurück.
Er grinste. „Ich habe nämlich auch was in der Hand. Ich habe dir was mitgebracht."
„Ehrlich?"
„Ehrlich."
„Lass sehen."
„Rate mal."
„Ich weiß es nicht. Mach's doch nicht so spannend."
„Tauschen wir. Du gibst mir deines, dann gebe ich dir meines."
„Nein, das kann ich nicht." Nicole öffnete ihre Faust und ließ Wiggi die Goldkette mit dem kleinen Herzen sehen. „Von meinem Vater."
„Ach so", meinte Wiggi verlegen. Da hatte er also an heißes Eisen gerührt. „Guck", sagte er und öffnete die Finger seiner Faust, einen nach dem anderen. Und da saß auf seiner Handfläche eine winzige grüne Eidechse, ein Eidechsenbaby, so zart und zerbrechlich wie eine Filigranarbeit, den spitz auslaufenden Schwanz elegant gebogen und die Füßchen weit von dem grünlich schimmernden Körper abgespreizt.
„O wie süß!", rief Nicole. „Aber du hättest es nicht von der Mutter wegnehmen dürfen."
„Glaubst du vielleicht, das braucht eine Mutter, die es stillt? Sobald Eidechsen aus dem Ei geschlüpft sind, müssen sie selbst sehen, wie sie zurechtkommen." Plötzlich machte das Tierchen einen Ruck nach vorwärts und wäre

fast von Wiggis Hand gefallen, wenn er nicht rasch wieder die Finger über ihm geschlossen hätte.

„Gib mir keinen Biologieunterricht, gib mir das Ding lieber in die Hand", bat Nicole.

„Aber sei vorsichtig, es ist zerbrechlich wie Glas."

Als die kleine Eidechse von einer Hand in die andere wanderte, entkam sie. Sie fiel auf den Boden, ohne sich zu verletzen, und Wiggi fing sie wieder ein. Es war erstaunlich, wie geschickt und vorsichtig er mit seinen derben Jungenhänden umgehen konnte. „Ich bringe sie lieber runter und lasse sie laufen", sagte er.

„Ich komme mit."

„Aber ich gehe ziemlich weit weg vom Haus, damit keiner von den Hunden sie erwischt. Du mit deinem kaputten Knie ..."

Nicole ließ ihm keine Zeit, seinen Satz zu vollenden. „Ich komme trotzdem mit", sagte sie rasch. Sie war so glücklich, dass Wiggi sie besucht hatte. Nun wollte sie sich nicht einfach abwimmeln lassen.

Er stolzierte aus dem Zimmer, ohne sich nach ihr umzusehen, und Nicole humpelte hinter ihm her und dachte in einem fort: Warum ist er überhaupt gekommen, wenn er mir nun davonläuft? Jungen waren ihr ein Rätsel.

Er eilte wie zu einer wichtigen Verabredung aus dem Haus, überquerte den Hof und den Gemüsegarten, machte ein paar unerwartete Wendungen, so als wolle er Nicole abschütteln, und verschwand schließlich hinter dem hohen, kunstvoll aufgeschichteten Turm aus Wurzelholz. Als Nicole dort anlangte, kniete Wiggi am Boden und betrachtete die kleine Eidechse, die er auf die Erde gesetzt hatte und die jetzt das Köpfchen suchend hin und her drehte, um sich über ihre Situation klar zu werden.

„Warum bist du denn bis hierher gelaufen“, sagte er fast unwirsch.

„Du hast doch gesagt, ich soll mein Knie bewegen, und außerdem wollte ich dabei sein, wenn du sie laufen lässt“, sagte Nicole wie zu ihrer Entschuldigung. Wiggi zuckte nur die Schultern. Es sah so aus, als wolle er ihr mit dieser Geste zu verstehen geben, dass ihm Nicoles Gegenwart im Grunde gleichgültig sei. Sie betrachtete ihn eine Weile und wusste nicht, was sie sagen sollte und warum sie nun eigentlich hier stand. Wiggi war trotz seiner unentwickelten Gestalt schon ein kräftiger Brocken. Mit seinen hellen graugrünen Augen und der feinen Haut der Rothaarigen sah er seinem Vater lächerlich ähnlich.

„Ich mag deinen Vater. Du bist die kleinere Auflage von ihm“, sagte sie, aber im selben Moment wurde sie rot, denn diese Worte, bei denen sie sich gar nichts gedacht hatte, kamen Wiggi vielleicht wie eine heimliche Liebeserklärung vor. Deshalb fügte sie rasch hinzu: „Aber ich glaube, du wirst nie so nett wie Bert.“

„„Nett“, sagte er verächtlich, als spucke er einen Kirschkern aus. „Mein Vater ist nicht nett.“

„Was ist er dann?“

„Der ist in Ordnung, der ist eben so, wie er ist. Ich kenne sonst keinen, der so ist wie er.“ Er stupste mit dem Finger die Eidechse leicht an, und diese lief nun mit ruckartigen Bewegungen vorwärts und verschwand unter dem Holzstoß. „Weg ist sie.“ Er blickte zu Nicole auf, und endlich entschloss er sich, eine Art Lächeln auf seinem Gesicht erscheinen zu lassen. „Warum stehst du denn hier? Setz dich doch“, forderte er sie großzügig auf.

Nicole setzte sich neben ihn und lehnte den Rücken gegen den Holzstoß. Obwohl dieser kantig und knorrig und die Erde hart und bröckelig war, fühlte sie sich wohl. „Wann gehen deine Schulferien an?", fragte sie ihn.

„In drei Wochen." Er warf mit kleinen Steinen nach einer Blechdose und erzielte erstaunlich viele Treffer. „Bist du dann noch da?", erkundigte er sich scheinbar mehr höflich als wirklich interessiert.

„Es kommt darauf an."

„Worauf?"

„Ich weiß nicht, was meine Mutter mit Bert besprochen hat. Ich weiß auch nicht, wie lange ihr mich behalten wollt."

„Das stimmt schon", sagte er lässig, ohne seine Schießübungen zu unterbrechen. „Probier mal, ob du die Blechbüchse triffst."

Nicole nahm einen Stein, zielte kurz, warf und traf. „Das war ein Zufallstreffer. Probier es noch mal."

Während Nicole sich nach einem passenden Stein umsah, setzte Wiggi die Blechbüchse rasch ein Stück zurück, dann warf er einen schrägen Blick auf Nicole, um sich darüber klar zu werden, ob sie es wohl gesehen hätte. Aber sie sagte nichts. Lieber Gott, lass mich diese blöde Büchse treffen, betete sie heimlich. Und dann warf sie ihren Stein, und sie hätte am liebsten einen Luftsprung gemacht, als das blecherne Klicken ertönte und die Blechdose von dem Aufprall umfiel.

Wiggi sagte kein Wort, sondern schleuderte jetzt rasch nacheinander fünf oder sechs Geschosse ab, von denen aber nur ein einziges sein Ziel erreichte. Nicole lehnte an einem Baum und sah ihm zu. Jetzt ist er wütend auf mich, weil ich mit zwei Würfen zwei Treffer erzielt habe. Natürlich war es purer Zufall, aber es tut diesem Burschen ganz gut, wenn er mal einen Dämpfer bekommt.

Wiggi hatte sich inzwischen auf sein Ziel einigermaßen eingeschossen. Er blies sich das Haar aus der erhitzten Stirn. „Jetzt von weiter weg.“ Er trat einen Schritt zurück und sah Nicole herausfordernd an. „Jeder hat drei Schuss. Wer gewinnt, darf sich vom anderen was wünschen.“

„Was denn?“

„Irgendwas eben. Aber natürlich nichts, was der andere nicht erfüllen kann, und auch nichts Gemeines.“ Er suchte sechs gleich große Steine zusammen und legte sie in eine Reihe. „Du fängst an.“

Nicoles erster Wurf traf die Blechbüchse nicht, und auch der zweite und dritte Wurf verfehlten ihr Ziel.

Wiggi erzielte zwei Volltreffer. „Klasse“, lobte Nicole und setzte sich auf einen Hackstock. Sie streckte das kranke Bein aus und sah Wiggi abwartend an. „Na los, raus mit dem Wunsch.“

„Ich habe zwei Treffer, also zwei Wünsche“, sagte er.

„Das war nicht ausgemacht. Wir haben gesagt, der Gewinner hat einen Wunsch frei. Also.“

„Ich weiß nichts. Ich muss mir erst was ausdenken. Wenn mir was einfällt, sage ich es dir schon.“ Er stand vor ihr und blickte auf ihr ausgestrecktes Bein. „Du bist eigentlich gar nicht so wehleidig, wie ich es mir vorgestellt habe.“

Junge, Junge, wenn du mich mal beim Zahnarzt gesehen hättest, dachte Nicole. Sie hoffte, die kleine Eidechse würde noch mal auftauchen, damit sie mit ihm darüber sprechen könnte, denn ihr schien, als seien sie beide nun am Ende und wüssten nicht mehr, was sie einander zu sagen hätten. „Wie hat euer Hasenbraten geschmeckt?“, fragte sie nach einer Weile.

„Prima.“

„Kocht ihr öfters im Freien? Ich meine, du und deine Freunde.“

„Manchmal.“

„Ich könnte euch mal was machen."

„Was denn? Kannst du Reiberdatschi machen?"

Aha, da war jetzt wieder so ein fremdsprachiges Wort. „Raubertatschi? Kenne ich nicht."

„Das sieht dir ähnlich", sagte Wiggi geringschätzig. „Du kannst es nicht einmal richtig aussprechen. Man macht es aus geriebenen Erdäpfeln oder Kartoffeln, wenn du das besser verstehst."

Nicole begriff, was er meinte. „Kartoffelpuffer. Ja, die werde ich hinkriegen. Wann? Sollen wir gleich was ausmachen?"

Wiggi runzelte die Stirn. „Es eilt ja nicht, und überhaupt weiß ich gar nicht, ob die anderen das mögen", sagte er, als ob er es schon wieder bereute, sich auf diese Kocherei eingelassen zu haben.

Sie mögen mich nicht dabeihaben, dachte Nicole trübsinnig. Ich werde grässlich öde Wochen vor mir haben. Bert hätte mich nicht hierher schleppen dürfen. Er hätte wissen müssen, was für Ekel Jungen sein können.

Wiggi hörte nicht auf, Steine auf die Blechdose zu pfeffern. Er kehrte Nicole den Rücken zu und schien ihr dadurch klarmachen zu wollen, dass das intime Plauderstündchen für heute beendet war. Eine Weile sah sie ihm zu, wie er sich nach den Steinen bückte, dann den rechten Arm und die Schulter weit nach hinten nahm, kurz zielte und dann mit einer Vierteldrehung seines Körpers sein Geschoss abfeuerte.

„Du kommst dir wohl vor wie ein Olympiakämpfer", stichelte sie und erwartete schon eine patzige Antwort, aber zu ihrem Erstaunen nahm Wiggi die Herausforderung nicht an.

Er drehte sich nach ihr um und sah ihr mit einem unschuldigen Lächeln ins Gesicht. „Bist du sauer auf mich?"

Nicole fiel so rasch keine passende Antwort ein. Sie nagte an ihren Lippen und war erlöst, als sie Bert in seinem mächtigen Bass sie zum Essen rufen hörte. Wiggi streckte beide Hände nach Nicole aus. „Komm, ich helfe dir auf."

„Ich kann schon allein." Aber als sie ihr Knie abbog, verzog sie ihr Gesicht zu einer Grimasse.

„Sei nicht so blöd, komm!"

Wiggis Hände fühlten sich rau wie Baumrinde an. Er zog sie kraftvoll hoch, und dann humpelte sie wortlos neben ihm dem Haus zu. Dort stand Felix und war damit beschäftigt, einem der Hunde eine Klette aus dem Schnauzbart zu nehmen.

„Wo kommt ihr zwei denn her?", fragte er erstaunt.

Wiggi grinste. „Das möchtest du gern wissen."

Erwachsensein ist kompliziert

„Du könntest mir eigentlich heute mal Modell sitzen", sagte Bert nach dem Mittagessen zu Nicole. „Später, wenn du wieder ganz beweglich bist, wird dir das Stillsitzen schwerer fallen." Nicole nickte. „Was muss ich dazu anziehen?"

Wenn Bert lachte, klang es, als ob ein Sack Steine ins Rollen käme. „Anziehen? Frag lieber, was du ausziehen musst."

Nicole gefiel es nicht, dass die beiden Jungen sie so erwartungsvoll anfeixten. Doofköpfe. Sie sagte: „Ich ziehe meinen Bikini an, ja?"

Oben in ihrem Zimmer trat sie nackt vor den Spiegel und betrachtete ihren Körper Stück für Stück. Da gab es wirklich noch nicht viel zu verbergen. Vielleicht diese lächerlichen kleinen Wölbungen über dem Brustbein? Sie ließ ihre Hände über ihre Rippen gleiten und versuchte den genauen Standort ihrer Taille festzustellen. Aber eigentlich war alles von der Achsel über die schmalen Hüften bis zu den Oberschenkeln eine gerade Linie. Wenn diese Kleinigkeit vorn nicht fehlen würde, könnte ich ein Junge sein, überlegte sie, während sie in ihre meergrüne Bikinihose schlüpfte. Und doch war sie lieber ein Mädchen. Mädchen hatten ein aufregenderes Leben vor sich. Sie konnte nicht sagen, wieso sich diese Idee bei ihr festgesetzt hatte. Vielleicht war es, weil Mädchen Kinder bekamen.

Die Tür zur Terrasse war geöffnet. Sie hörte die Stimmen der Brüder, und es war schließlich nicht ihre Schuld, wenn sie mitbekam, über was es bei dieser etwas lautstarken Unterhaltung ging.

„Am ersten Tag hast du behauptet, du würdest dich einen Dreck um sie kümmern", sagte Felix ärgerlich.

„Tue ich auch", schimpfte Wiggi zurück.

„Sich mit ihr hinterm Holzstoß herumzutreiben, das finde ich einfach blöd."

„Herumtreiben! Du bist ja plemplem! Überhaupt kann ich es nicht ausstehen, wenn man mir nachspioniert. Und wenn du es schon genau wissen willst, sie ist mir nachgelaufen."

„Glaubst du vielleicht, weil du so schön bist. Sie mopst sich. Nur deshalb wanzt sie sich bei dir an."

„Wer sagt denn, dass sie sich bei mir anwanzt?"

Nicole horchte auf. Würde Wiggi sie verteidigen?

„Du hast doch selbst gesagt, dass sie dir nachgelaufen ist", hörte sie Felix murren.

„Also nicht direkt nachgelaufen", schränkte Wiggi ein. „Ich habe ihr eine junge Eidechse gezeigt, und die wollte ich da hinten auf der Wiese auslassen, weit weg vom

Haus, verstehst du, wegen der Hunde. Und da ist sie halt mitgekommen. Hast du was dagegen?"

Sie ging aus dem Zimmer und schloss die Tür hinter sich geräuschvoll. Wiggi und Felix sollten ruhig merken, dass sie ihre Unterhaltung gehört hatte.

Als sie in ihrem Bikini den Hof überquerte, hörte sie Pfiffe, und dann sah sie die beiden sich weit über das Geländer der Veranda beugen, Felix schwenkte die Arme und rief: „Hu-uh!"

„Ist was?"

„Gehst du schwimmen mit deinem Bikini?"

„Nein, Schifahren." Sie gewann mehr und mehr an Sicherheit und wusste, dass die Zeit nicht mehr fern war, wo ihr die Jungen nichts mehr anhaben konnten.

„Direkt toll siehst du aus", schrie Wiggi ihr mit überschnappender Stimme nach.

Nicole blieb stehen und sah ihn spöttisch an. „Du solltest nicht so schreien, solange du im Stimmbruch bist. Da machst du deine schöne Stimme kaputt." Dann ging sie weiter, ohne sich noch einmal umzublicken. Auch um die kleinen Erdbrocken, die die Jungen aus den Geranienkästen nahmen und nach ihr warfen, kümmerte sie sich nicht. Diese Knallköpfe!

Das Tor zur Werkstatt stand weit auf, wie zu ihrem Empfang. Bert saß rittlings auf einer Holzbank. Vor ihm auf der Bank war eine lange Reihe von Tabakspfeifen ausgebreitet.

„Ich kann mich gar nicht recht entschließen, welche ich heute nehmen soll", sagte er aufblickend. „Komm, hilf mir eine auszuwählen."

Nicole trat zu ihm und betrachtete die Pfeifen. Einige waren rund wie Kastanien, andere hatten die Form von Pflaumen.

Das gemaserte Holz mit den vielfach verschlungenen

Linien hatte den wunderbaren Glanz von altem Bernstein.

„Ich weiß nicht recht, ich verstehe von Pfeifen nichts. Ist denn da ein Unterschied, welche man raucht?"

„O ja, es kommt ganz auf die Stimmung an, in der man ist oder in die man sich hineinrauchen möchte. Auch auf den Tabak natürlich. Ich spreche mit meinen Pfeifen. Schau sie dir an, sie sind kein totes Holz. Sie leben alle."

Nicole blickte zweifelnd auf Berts Pfeifen. Sie konnte sich nicht vorstellen, wie man mit ihnen sprach. Schließlich deutete sie auf eine kleine, tonnenförmige Pfeife, die letzte und auch die unscheinbarste in der Reihe. „Nimm diese da."

Bert sah sie überrascht an. Er entnahm einem abgegriffenen wildledernen Beutel mit Daumen und Zeigefinger Tabak und begann die Pfeife zu stopfen. „Warum hast du gerade auf diese gezeigt?", wollte er wissen.

Nicole konnte es sich selbst nicht recht erklären. „Sie hat mich so angeschaut", meinte sie. „Und sie ist die kleinste. Vielleicht ein Stiefkind."

„Nein, bestimmt nicht. Diese Pfeife habe ich geraucht, als Melanie mich zum letzten Mal hier besuchte", sagte er.

Nicole warf einen raschen Blick auf die verdeckte Steinbüste, und ihr kam es plötzlich vor, als ob es dunkler und kühler in der Werkstatt würde. Aber das währte nur einen Moment, dann riss Berts fröhliche Stimme sie aus dieser merkwürdigen Stimmung. „Du siehst aus wie ein Kälbchen, das zur Schlachtbank geführt wird. Hör mal zu, Mädel, wenn es dir lästig ist, musst du mir nicht Modell sitzen. Dann lauf raus in die Sonne und spiel mit den Jungen."

„Du weißt doch ganz genau, dass die nicht mit mir spielen", entgegnete sie gereizt.

„Na, na ..."

„Und überhaupt, ich spiele nicht mehr so gern wie früher, nicht mehr so wie als Kind."

Bert lachte schallend, und sie konnte nicht anders, als in sein Lachen mit einzustimmen. „Klar bin ich noch ein Kind, ich weiß das schon", sagte sie und klopfte ihren mageren Körper ab. „Wohin soll ich mich setzen? Muss ich ganz stillhalten?"

„Ach du lieber Himmel, nein. Ich will ja was Lebendiges vor mir haben."

Sie blickte sich um und maß die verschiedenen Blöcke. „Welchen Stein nimmst du?", fragte sie interessiert.

„Zunächst diesen da." Er hob die Hand mit dem Bleistift hoch. Er hatte seine Pfeife fertig gestopft, aber noch nicht angezündet. Vor ihm lag ein Zeichenblock. „Heute mache ich nur ein paar Skizzen von dir. Du kannst tun und lassen, was du willst. Du kannst dich ganz frei bewegen, du kannst dich aber auch hierher setzen und dich mit mir unterhalten." Er deutete auf einen Hocker, ein komisches Ding aus altem Rohholz. „Das ist ein Melkschemel, der wahrscheinlich schon über hundert Jahre auf dem Hof ist", erklärte er. „Da hat sicher schon Marias Urgroßmutter mit dem Hintern draufgesessen und gemolken."

Nicole fand ihn nicht gerade sehr einladend, um sich darauf für eine längere Unterhaltung niederzulassen. „Ich bewege mich lieber, ich schaue mir alles an." Sie kletterte über Kisten, blieb vor Gipsabgüssen antiker Figuren stehen, blätterte in Kunstzeitschriften, die überall herumlagen, besah sich die verschiedenartigen Werkzeuge und blieb schließlich vor einem bizarren Gebilde aus Bronze stehen, aus dem sie nicht klug wurde.

„Ist das auch von dir?", fragte sie. Bert nickte, ohne die Pfeife aus dem Mund zu nehmen. „Soll das was darstellen? Ich meine, etwas ... etwas, das es gibt?“, erkundigte sie sich vorsichtig.

Jetzt entschloss sich Bert, die Pfeife aus dem Mund zu nehmen. „Du meinst, etwas Gegenständliches? Nein, das nicht, also keinen Menschen, kein Tier, keinen Baum, keine Nähmaschine, wenn du willst. Es sind nur Formen und Linien, die sich begegnen und einander was zu sagen haben. Es kann das Leben bedeuten oder eine Geburt oder den Kosmos, den Schmerz oder die Freude. Ich nenne es Begegnungen. Du kannst nicht viel damit anfangen, was?“, meinte er gutmütig.

„Vielleicht. Ich weiß noch nicht recht. Ich muss abwarten. Im Augenblick sagt es mir nichts“, gab sie zu.

Bert lachte leise vor sich hin. „Du bist ehrlich. Bleib um Gottes willen so und werde du nur nicht einer von denen, die immer wahnsinnig gescheit daherschwätzen und zu schissrig sind, ein modernes Kunstwerk, das ihnen nicht gefällt, abzulehnen.“ Er nahm seine Pfeife wieder in den Mund und beugte sich über seinen Skizzenblock. Und damit schien die Sache für ihn wohl erledigt.

Die Sonne schickte eine breite Straße von Helligkeit durch das Tor, und von draußen drangen die Stimmen der Brüder, die sich irgendwas von Fußball zuschrien, in die Stille des Ateliers, das – wie Nicole wusste – Bert nicht Atelier genannt haben wollte, sondern Werkstatt.

Sie setzte ihren Rundgang fort und befühlte die kühlen Steinblöcke. Das verhängte Bildnis von Melanie zog sie magisch an, aber sie tat so, als ob sie nur zufällig in seine Nähe geraten sei. Bert blickte gar nicht zu ihr hin. Er kritzelte auf seinem Skizzenblock und schien sie völlig vergessen zu haben. Das konnte ihr nur recht sein.

Behutsam, als gälte es, eine Schlafende vorsichtig zu wecken, hob sie die Leinwand hoch. Hallo, Melanie, da bin ich, sagte sie in Gedanken, und es kam ihr so vor, als ob in dem tieftraurigen Gesicht plötzlich ein Funken von Leben erwache.

Nicole wusste nicht, wie lang sie so stand und mit der Frau, die sie nicht kannte und nie kennen würde, Zwiesprache hielt. Sie hörte nur plötzlich, wie Bert sein Zeug zusammenräumte, seine Pfeife geräuschvoll ausklopfte und von der Bank aufstand. „Schluss für heute“, rief er, und Nicole ließ die Leinwand rasch wieder über das marmorne Gesicht, das ihr nun schon so vertraut geworden war, gleiten. „Ich werde jetzt den Schweinestall misten. Maria hat keine Zeit. Sie ist beim Johannisbeerpflücken“, sagte er.

Nicole brauchte Sekunden, um sich zurechtzufinden. Der Traum war zerrissen. „Ich helfe“, sagte sie.

„Wem?“

„Maria. Bei den Johannisbeeren.“

„Dachte ich mir doch.“ Bert kratzte seinen roten Bart. „Johannisbeeren sind auch appetitlicher als Schweine.“

Das Wetter hatte sich geändert. Ein leichter Sprühregen zog seinen Schleier vor die Berge. Es war merklich kühler geworden, und Bert heizte am Abend den grünen Kachelofen an. Wiggi und Felix hatten sich in eine Ecke verzogen und spielten Karten, knallten die Trümpfe auf den Tisch und gerieten sich alle nasenlang in die Wolle. Maria brachte Murks zu Bett, und Bert las. Nicole saß an dem großen Tisch, von dem das Essen abgeräumt worden war, und brütete über einem Brief an ihren Vater. Zwei Entwürfe lagen zerknüllt neben ihr. Sie hatte sich für die Kette mit dem Herzchen bedankt, von ihrer Radtour und ihrem Sturz, von dem Haus, den Menschen und den Tieren erzählt. Dann hatte sie diesen Erguss durchgelesen und das Gesicht verzogen. Das war kein Brief an ihren Vater, den sie liebte, sondern ein verkrampfter, nichts sagender, öder Hausaufsatz. Sie war eben bei ihrem dritten Versuch angelangt, als Wiggi seine Karten auf den Tisch klatschte und erklärte, dass er nicht mehr weiterspielen wolle, weil Felix ständig zu schummeln versuche.

Er kam herüber zu Nicole und guckte ihr über die Schulter. „Was schreibst du da eigentlich? Einen Roman?"

Nicole deckte den Bogen rasch mit der Hand ab. „Einen Brief."

„Einen Liebesbrief? Darf man vielleicht wissen, an wen?"

„An meinen Vater."

„Ach so ...", sagte Wiggi enttäuscht. Aber plötzlich fiel ihm ein, was Bert über Nicoles häusliche Schwierigkeiten erzählt hatte, er sah auch die beiden zerknüllten Entwürfe und ahnte, dass Nicole allein gelassen werden wollte. „Übermorgen gehen wir fischen. Magst du mitkommen?", fragte er im Weggehen.

„O ja, gern", sagte Nicole, ohne ihre Freude über dieses überraschende Angebot zu verbergen. „Wer denn alles?"

„Ich und ein paar Freunde halt." Er kam wieder zurück zu ihr und bemühte sich, nicht auf den Brief zu schauen, den sie nun nicht mehr abdeckte.

„Die von neulich?"

„Ja."

„Glaubst du, es ist ihnen recht, wenn ich mitkomme?"

„Ph", machte Wiggi nachlässig. „Glaubst du vielleicht, ich werde sie um Erlaubnis fragen?"

„Bist du der Boss?"

„Quatsch. Bei uns gibt's keinen Boss."

„Wo fischt ihr?"

„Im Schlipsee. Das ist ein kleiner See, auf dem ein Onkel von Roland das Fischrecht hat. Er lässt uns zweimal im Jahr dort fischen."

„Wer ist Roland? Der Große mit den dunklen Locken?"

Wiggis Gesicht verdüsterte sich. „Auf den stehst du wohl?", meinte er gereizt.

„Ich stehe auf keinen von euch, wenn dich das beruhigt."

Inzwischen hatte Wiggi doch nicht widerstehen können und einen Blick auf den Brief geworden. Mein fast lieber Vater, ich wünschte, mein Herz wäre so leicht wie das kleine, das du mir geschickt hast und für das ich mich bedanke, las er. Aber dann nahm er den Blick rasch beiseite, als er merkte, dass Nicole ihn beobachtete. „Kannst du schwimmen?", fragte er.

„Schwimmen? Ja."

„Bist du ganz sicher?"

„Warum fragst du?"

„Weil du auch behauptet hast, du könntest Rad fahren, und dann hast du dir fast den Kragen gebrochen. Jetzt sagst du, du kannst schwimmen und wirst wahrscheinlich ertrinken."

„Da muss ich dich enttäuschen. Ich ertrinke bestimmt nicht."

„Der Kahn kann nämlich umkippen."

„Auf gut Deutsch, ihr wollt mich ins Wasser werfen", lachte Nicole. Sie vergaß ihren Kummer mit dem Vater. Sie war plötzlich bester Laune, weil sie merkte, dass sie mit Wiggi und seinen Kumpels gut zurechtkommen würde.

„Was macht ihr mit den Fischen, falls ihr überhaupt welche erwischt?"

„Was werden wir wohl machen? Essen natürlich. Wir braten sie am Strand."

„Das wird gemütlich“, sagte Nicole mit einer Kopfbewegung zum Fenster. Das Nieseln war inzwischen in einen richtigen Regen übergegangen.

„Morgen ist schönes Wetter.“

„Das weißt du?“

„Ja. Heute Nacht ist Mondwechsel. Ab morgen nimmt er wieder zu.“ Er stand noch eine Weile herum, ohne dass ihm etwas einfiel. „Ich störe dich beim Schreiben“, meinte er schließlich.

„Ja.“

„Okay. Dann gute Nacht. Du hast's schön, du kannst ausschlafen, aber ich muss noch in diese Scheißschule.“ Er pfiff kurz in Richtung seines Bruders. „Los, Felix, in die Falle.“

„Kommt der auf Pfiff?“, fragte Nicole.

Wiggi grinste und wies in die Ecke, wo Felix über eine Illustrierte gebeugt saß und sich nicht rührte. „Du siehst ja, wie er spurt.“ Dann ging er hinüber zu seinem Bruder und nahm ihm die Zeitschrift weg. Es gab ein lautes Hinundhergestreite, bis Bert mit der Hand auf den Tisch schlug.

„Rauft euch oben, aber nicht hier“, donnerte er seine Söhne an.

Nicole zerknüllte den angefangenen Brief, der vor ihr lag, und beschloss, für heute keinen weiteren Anlauf zu einem solchen mehr zu nehmen. Es ist auch noch nicht gesagt, ob mein Vater einen Brief von mir erwartet, überlegte sie. Ich werde ihm eine Postkarte schreiben. Aber was ist mit Mutter? Warum höre ich nichts von ihr?

Sie ging zu Bert, der in seinem geliebten, abgewetzten Ledersessel saß und von seinem Buch aufblickte. „Na?“

„Störe ich?“

Er schüttelte den Kopf. „Was hast du auf dem Herzen?“

„Ich habe von meiner Mutter seit ihrem ersten kurzen Brief nichts mehr gehört. Glaubst du, dass es ihr gut geht?“

„Das hoffe ich doch sehr. Möchtest du sie vielleicht anrufen?“

Nicole strahlte. „O ja. Jetzt gleich?“

„Warte mal.“ Er befragte seine Uhr. „Ja, es ist noch nicht zehn Uhr, da kann man sie schon noch anrufen.“ Er deutete auf das Telefon. „Geh, ruf an!“

Nicole wählte die Nummer, und schon nach dem zweiten Klingelzeichen meldete sich die Mutter. Ihre Stimme klang frisch. Nicole atmete auf. „Hallo, Mami, wie geht es dir?“, fragte sie.

„Gut. Und dir, Coco?“

„Auch ganz gut. Ich bin auf den Kopf gefallen.“

„Auf den Kopf?“

„Ja. Aufs Knie auch. Ich bin vom Rad gefallen. Und stell dir vor, ich bin genäht worden. An der Stirn.“

„Oh! War's schlimm?“

„Nicht sehr.“

„Tapferes Mädel.“

„Ein paar Jungen waren dabei. Vor denen konnte ich doch nicht anders.“

„Ja, verstehe.“

„Und du? Was machst du?“

„Im Augenblick kleben wir Fotos ein.“

„Wer wir?“

„Papa und ich.“

Nicoles Herz schlug hoffnungsvoll. „Dann ist also alles wieder in Butter.“

„Nun ja ...“ Die Antwort kam zögernd.

„Ihr trennt euch nicht?“

„Ja, doch. Wir sind dabei, alles friedlich zu ordnen.“

„Friedlich“, sagte Nicole zornig.

„Ich finde, es ist besser, zum Mindesten fühle ich mich wohler dabei."

„Sei doch nicht so sanft und duldsam", rief Nicole aufgebracht. „Er lässt dich sitzen. Und mich auch. Und du nimmst das einfach so hin."

„So einfach natürlich nicht."

„Ich glaube, ich würde ihn umbringen", sagte Nicole düster, aber im gleichen Augenblick durchzuckte sie die Erinnerung an Melanies Geschichte und an Berts Worte: Eifersucht kann schrecklich viel Unheil anrichten, sie ist das Ende der Vernunft. „Vater hat mir ein Kettchen geschickt mit einem Anhänger", sagte sie milder gestimmt.

„Ja, ich weiß."

Sie wissen alles voneinander, sie sprechen miteinander wie früher, sie kleben gemeinsam Fotos ein, und es ist gar nicht ausgeschlossen, dass sie wie früher auch Schallplatten miteinander hören. Sie tun so, als sei nichts geschehen. Und doch hat die Welt einen Riss bekommen, meine Welt, Mutters Welt und sicher auch Vaters Welt, dachte sie benommen.

„Ich wollte ihm schreiben und mich für die Kette bedanken, aber es wurde nichts Rechtes daraus", sagte Nicole.

„Willst du mit ihm sprechen? Wart, ich rufe ihn dir." Und ehe Nicole antworten konnte, war ihre Mutter weg.

Kurz darauf war ihr Vater am Apparat. „Hallo, Coco."

„Hallo, Vati." Sie spürte ein Würgen in der Kehle, und weil sie fürchtete, sie würde im nächsten Moment in Tränen ausbrechen, sagte sie angriffslustig: „Wie hochherzig, dass du einen Abend mit Mutti verbringst."

Die Pause, bevor er antwortete, dünkte ihr ewig. „Ich glaube, so kommen wir nicht weiter, Coco."

Nicole grub die Zähne in die Lippen und warf einen raschen Blick auf Bert und Maria, die so aussahen, als hörten sie nicht auf das Telefongespräch. Sie sprachen miteinander. Maria hatte sich auf die Seitenlehne des alten Lederstuhls gesetzt und sah ihrem Mann ins Gesicht. Er hatte irgendwas gesagt, worüber sie lächelte. Sie sahen so glücklich und zufrieden aus. Nicole schnürte es das Herz zusammen. Warum musste ausgerechnet mit meinen Eltern das passieren? Es war wie eine tückische Krankheit, die plötzlich über sie hereingebrochen war, einfach ein Unglücksfall, etwas, wogegen man machtlos war.

„Coco?"

Da war wieder dieses Würgen in der Kehle. Wie sie diese tiefe, warme Stimme liebte.

„Bist du noch da, Coco?"

„Danke für dein Geschenk. Ich habe mich darüber gefreut. Ich wollte dir schreiben, aber es klappt nicht", sagte sie leise.

„Das verstehe ich, Coco. Zwing dich nicht." Er räusperte sich. „Hast du's schön dort, wo du bist, bei Bert und Maria?"

„Ja, sehr."

„Isst du gut? Setz ein paar Pfunde an."

„Ja."

„Und, Coco – sei ein bisschen fröhlich."

„Ich werde es versuchen."

„Es wird dir schon gelingen."

„Ja, teilweise."

„Wie findest du das Landleben?"

„Schön. Mit all diesen Tieren. Hier gibt es Schweine und Katzen und Hühner und einen Ziegenbock und Hunde, mit denen ich mich angefreundet habe."

„Hättest du denn gern einen Hund?"

„Ja, schon. Aber wer soll sich um ihn kümmern? Es ist doch jetzt alles anders. Mutti wird sehr wenig zu Hause sein."

„Ach so, ja", kam es etwas zerstreut zurück. „Wir müssen jetzt aufhören, sonst wird das Gespräch zu teuer, und wir bringen Bert um Haus und Hof. Ich rufe dich bald wieder an. Ich bin so froh, dass es dir gut geht."

Gut geht! Du machst es dir leicht. „Ich schlage keine Purzelbäume, Vati, das kannst du dir wohl vorstellen", sagte sie schließlich.

„Wir alle nicht, glaub mir. Aber wir müssen da durch, Coco", sagte er mit veränderter Stimme.

„Ich weiß."

„Auf bald."

„Wiedersehen, Vati."

„Denk an mich so wie früher. Probier es wenigstens."

Er tat ihr plötzlich Leid. Sie legte auf und blieb beim Telefon stehen. Zwei Menschen, die sich liebten, trennten sich. Es war wohl ein Vorgang, der nicht aufzuhalten war. Welche Kräfte waren da am Werk, die sich stärker erwiesen als der Wille.

„Komm her, komm zu uns", sagte Maria, die Nicoles Verwirrung spürte. Sie stand auf und nahm Nicole bei der Hand. „Erwachsensein ist ziemlich kompliziert und schwierig, weißt du."

„Aber Kindsein ist ebenso kompliziert und schwierig."

Maria nickte. „Da hast du Recht, da hast du ganz Recht. Das vergessen wir Großen manchmal."

Die Skizzen, die Bert von Nicole gemacht hatte, kamen ihr vor wie wunderbare Momentaufnahmen. Sie schienen so schwerelos mit dem Bleistift hingewischt. Alles bewegte sich darin, alles lebte und konnte sich in der nächsten Sekunde verändern, die Haltung, das Gesicht und die zaghafte Bewegung der Hände, mit denen Nicole das verdeckende Leinentuch von Melanies Büste hob. Oder Nicole, wie sie über einen Steinblock kletterte, wie sie ihren

Kopf zurückwarf, um durch das geöffnete Tor in die Sonne zu blinzeln, Nicole, die einen Mückenstich am Knie kratzte.

Bert stand neben ihr, als sie die Blätter eines nach dem anderen betrachtete und dann beiseite legte.

„Hat doch gar nicht sehr wehgetan, das Modellstehen“, sagte er schmunzelnd.

„Weißt du, dass ich eigentlich überhaupt nicht gemerkt habe, dass du mich zeichnest“, sagte sie. „Ich hatte geglaubt, dass dich deine Tabakspfeife viel mehr interessiert.“

„Sie hat mich tatsächlich sehr interessiert. Es war eine neue Tabakmischung, die ich ausprobiert habe.“

„Warum hast du so viele Skizzen gemacht? Wenn du in Stein arbeitest, kannst du doch nur eine davon brauchen.“

Er lachte. „Im Gegenteil. Ich will ja schließlich keinen Grabstein mit einem unbeweglichen, Ehrfurcht gebietenden Engel machen, sondern ein lebendiges Geschöpf. Da brauche ich dich in möglichst vielen Bewegungen. Ich muss mich mit jedem Muskel von dir befreunden, mit jeder Drehung deines Halses. Glaub du nur nicht, dass ich mit meinen Skizzen schon fertig bin. Heute habe ich was anderes vor, aber morgen Nachmittag musst du mir wieder sitzen.“

„Morgen Nachmittag kann ich nicht, ich muss mit zum Fischen gehen.“

Er sah sie mit zusammengekniffenen Augen an. „Muss? Geh doch einfach nicht mit, wenn es dir keinen Spaß macht.“

„Ich habe aber schon zugesagt.“

„Das kann ich in Ordnung bringen. Ich sage einfach, ich lasse dich nicht weg.“ Ein gutmütiger Spott funkelte aus seinen hellen Augen. „Soll ich?“

Der alte Fuchs hat mich durchschaut. Nicole machte eine abwehrende Kopfbewegung. „Nein, lass nur. Vielleicht wird's auch ganz lustig."

Der Zauber um das Mädchen Svenja

Am Morgen regnete es immer noch, aber gegen Mittag klärte es auf. Eine unsichtbare Hand schien den Schleier von den Bergen wegzuziehen. Über den hell gewordenen Himmel jagten kleine weiße Wolken. Nicole konnte es kaum erwarten, bis die Jungen von der Schule nach Hause kamen. Sie hatte als Überraschung deren Zimmer tipptopp aufgeräumt. Wenn sie sich schon herbeiließen, sie zum Fischen mitzunehmen, musste man ihnen schließlich auch eine kleine Gefälligkeit erweisen. Sie hatte ihnen sogar Blumen ins Zimmer gestellt, einen großen Strauß weißer Margeriten.

Sie betrachtete ihre Kopfwunde im Vergrößerungsspiegel. Die Fäden waren noch nicht gezogen. Morgen oder übermorgen sollte das geschehen, und es würde nicht wehtun, hatte ihr Dr. Klotz versprochen. Sie hoffte, dass eine hübsche kleine Narbe zurückbleiben würde, „zur freundlichen Erinnerung" an ihren ersten Ausflug mit den Jungen.

Wiggi und Felix kamen von der Schule nach Hause und polterten die Treppen hinauf, als hätten sie eine Festung zu stürmen. Sie rissen die Tür zu ihrem Zimmer auf, aber das Freudengeschrei, das Nicole erwartet hatte, blieb aus. Eine Weile war es unheimlich still. Dann ging's los.

„Da hat unsere Mutter sich ausgetobt. Wenn sie nur die Finger von unseren Sachen lassen würde", rief Felix ärgerlich. Und dann gab Wiggi merkwürdige Töne von sich, die wie das Knurren eines Raubtieres klangen.

„Die ganzen Teile von meinem auseinander genommenen Plattenspieler hat sie einfach zusammengeschaufelt und irgendwohin verstaut. Ich habe sie mir genau in der richtigen Reihenfolge auf dem Boden zurechtgelegt", wetterte er.

„Mensch! Und mein Gürtel. Was denkt die sich überhaupt! Glaubt die vielleicht, der hat aus Zufall unter der Kommode gelegen? Der war doch geklebt", schimpfte Felix.

„Und das Glas mit der Beize. Einfach ausgeschüttet. Und jetzt stehen Blumen drin."

„Und Jeans auf dem Kleiderbügel. Hat man so was Hirnrissiges schon gesehen. Wo ist überhaupt mein zugeschnittener Pappdeckel hingekommen?"

Nicole fing an zu zittern. Sie wusste, wo er war. Aber auch Felix wusste es im nächsten Augenblick. „Im Papierkorb. Und zerknickt", rief er aufgebracht. „Unsere Mutter hat wohl einen Rappel bekommen. Die kann sich auf was gefasst machen."

„Sie hat uns doch versprochen, dass sie die Finger von unseren Sachen lässt, und jetzt fängt sie wieder mit dem Blödsinn an."

Nicoles Ratlosigkeit nahm zu. Sie dachte schon an Flucht, als Wiggi plötzlich ausrief: „Und in meinen Fotos hat sie auch herumgeschnüffelt." Da hielt sie es nicht länger aus. Ohne zu überlegen lief sie über die Veranda und blieb in der offenen Tür stehen. „Das ist nicht wahr. Ich habe nicht herumgeschnüffelt, bloß aufgeräumt", stieß sie zornentbrannt hervor.

„Du?"

Felix und Wiggi starrten sie an und sahen dabei nicht sehr intelligent aus.

„Ja, ich“, sagte Nicole und stampfte mit dem Fuß auf. Plötzlich spürte sie, dass das Blättchen sich gewendet hatte. Sie befand sich in der besseren Position. „Ich habe mir erlaubt, bei euch drüben etwas auszumisten. Wer ahnt denn, dass das euch so gegen den Strich geht. Ich wollte euch eine Freude machen“, sagte sie, und es gelang ihr sogar, ganz freundlich in die verwirrten Gesichter der beiden Jungen zu lächeln. „Aber wenn ihr den ursprünglichen Zustand wiederherstellen wollt, helfe ich euch gern dabei.“

„Was meinst du damit?“, sagte Wiggi, nachdem er seine Verlegenheit mehrfach weggeräuspert hatte.

„Das da.“ Nicole riss die Tür des Kleiderschrankes auf, raffte blindlings alles, was sie mit den Armen umfangen konnte, zusammen und warf es auf den Boden. Sie nahm den Papierkorb und stülpte ihn um und ging eben dazu über, den Strauß Margeriten aus dem Glas zu reißen, als Wiggi ihr in die Arme fiel.

„Spinnst du?“, sagte er.

„Ich nicht. Aber ihr vielleicht.“ Sie riss sich los und schmetterte die unschuldigen Margeriten, die sicher lieber auf ihrer Wiese stehen geblieben wären, auf den Boden mit dem wild verstreuten Inhalt des Papierkorbes.

Nicole holte tief Luft. Jetzt war ihr wohler.

Wiggi und Felix sahen sich unschlüssig an. Sie hatten noch nie ein übergeschnapptes Mädchen erlebt.

„Hakt es bei dir oft so aus?“, erkundigte sich Felix, während er seine Klamotten zurück in den Schrank hängte.

„Nie. Es war das erste Mal, und es war unheimlich schön“, erklärte Nicole, die immer noch nicht ganz bei Atem war. „Aber ihr seid es gar nicht wert.“

„Ich weiß gar nicht, was du gegen uns hast“, meinte Wiggi.

„Gegen euch? Dass ich nicht lache. Nichts natürlich."

„Wo bleibt ihr denn? Die Suppe wird kalt", rief Bert mit seiner dröhnenden Stimme.

Nicole sammelte die Margeriten ein, und plötzlich kniete Wiggi neben ihr und half ihr dabei. „Schließlich können die armen Luder ja nichts dafür", murmelte er.

„Nein."

„Du hast's ja ganz gut gemeint mit dem Aufräumen."

„Danke."

„Nur – wir hatten eben eine Stinkwut, das musst du halt verstehen."

„Verstehe ich. Übrigens – dein Gürtel liegt unter dem Weltatlas. Ich habe schon gemerkt, dass er geklebt ist und beschwert werden sollte."

„Danke. Gleich nach dem Essen fahren wir los."

Felix hatte seine Jeans vom Hosenbügel genommen und mit einem Tritt in den Kleiderschrank befördert. „Da werden sie sich von ihrem Schreck mit dem Kleiderbügel wieder erholen", sagte er. „Ich gehe schon runter, ich habe Kohldampf", rief er dann und lief aus dem Zimmer. Wiggi folgte ihm.

Nicole blickte ihnen nach. Händewaschen war da wohl nicht drin. Na ja, mir kann es egal sein, meine Söhne sind es ja nicht. Wenn ich mal Söhne habe ... Sie musste laut lachen bei dieser Vorstellung.

Sie fischten mit der Schleppangel. Zunächst schien es so, als würden sie keinen einzigen Schwanz aus dem Wasser ziehen, aber dann plötzlich zappelte es an der Angel, und sie zogen eine mittelgroße Forelle aus dem Wasser. „O Mann!", riefen sie wie aus einem Mund, und ein Dutzend Hände fielen über die Angel her, um die Forelle vom Haken zu lösen. Wer nun wirklich die Schuld daran trug, konnte niemand mit Bestimmtheit sagen. Aber die

Forelle glitschte einem der Jungen aus den Händen, schnellte über das Boot, und weg war sie, gefolgt von einem Riesengeschrei und Geschimpfe. Jeder beschuldigte jeden, und die Rindviecher, Idioten und Doofköpfe sausten nur so durch die Gegend.

„Fischt lieber weiter, anstatt euch die Köpfe einzuschlagen", sagte Nicole.

Die Angel wurde neu ausgeworfen, und schließlich fingen sie noch fünf mittelgroße Fische. Zusammen mit dem Brot und dem Käse, den sie sicherheitshalber mitgebracht hatten, würden sie schon einigermaßen satt werden.

„Mädchen essen ja sowieso nicht viel. Die haben doch immer Angst, sie werden fett", sagte Roland und nickte Nicole zu.

„Mach dir da gar keine Hoffnung. Ich kann essen, so viel ich will, ohne dass ich zunehme."

„Also los, dann werden wir ihr einen Haifisch aus dem Wasser ziehen."

Eine Weile bewegte der Kahn sich träge durchs Wasser, ohne dass etwas geschah. Aber plötzlich schrie Felix, der am Bug stand und seine Angel neu ausgeworfen hatte, als würde ihm die Kehle durchgeschnitten. Er hatte ein Prachtexemplar von Forelle gefangen. Er war der Jüngste und hatte den größten Fisch gefangen. Seine Augen leuchteten.

„Mann, das ist ein dicker Hund", sagte Roland anerkennend, als der Fisch in das Boot klatschte. „Mir läuft das Wasser im Mund zusammen."

„Spuck's aus. Du bekommst keinen Happen davon."

„Wieso?"

„Weil ich die Forelle Nicole schenke."

Alle starrten ihn sprachlos an. Schließlich sagte Wiggi: „Mach Witze! Seit wann teilen wir nicht?"

„Er hat ganz Recht. Was sind das für Unsitten? Wir haben doch immer geteilt", pflichtete ein anderer ihm bei.

„Mir scheißegal. Ich kann mit meinem Fisch machen, was ich will."

„Ja, das kann er." Sepp, dessen Vater Nicole verarztet hatte, schlug sich auf Felix' Seite.

„Klar kann er. Er kann den Fisch auch zurück ins Wasser werfen, wenn's ihm Spaß macht", murrte ein anderer.

„Und selber nachspringen, der Depp."

Plötzlich war die Horde untereinander zerstritten, jeder schrie jeden an, aber es ging gar nicht so sehr um die Forelle, als ums Prinzip. Warum sollte ein Mädchen Vorrechte genießen?

Sie saß inmitten der wild gestikulierenden Jungen und wartete nur darauf, dass der Kahn, der merklich ins Schwanken geriet, plötzlich umkippte und sie allesamt kopfüber ins Wasser fallen würden. Aber das breit gebaute Boot hatte schon ganz andere Stürme erlebt als das Geraufe von ein paar Oberdörflern. Es schwappte hin und her, nahm etwas Wasser auf, aber es kippte nicht. Schließlich hatten alle Jungen ihr Pulver verschossen, der Friede kehrte wieder ein, und der Magen meldete sich. Nicole deutete auf einen Fleck, wo der Wald fast bis ans Ufer reichte. „Das wäre ein schöner Platz für unser Fischessen", sagte sie. „Fahrt doch mal da ran."

„Da müssen wir aber durch das ganze Schilf rudern", gab einer zu bedenken.

„Na und? Schilf hat noch keinen umgebracht." Nicole hatte sich jetzt schon ihren Platz in der Bande erobert, sie getraute sich ein Wort mitzureden und kam sich nicht mehr nur geduldet vor.

Roland zog eine weiße Seerose mit ihrem langen, gummiartigen Stängel aus dem Wasser und warf sie Nicole zu. „Hier."

„Nein, das bringt Unglück, wirf sie weg“, sagte Wiggi, aber Nicole lachte ihn aus. Sie machte aus dem Stiel eine Kette und hängte sich die Seerose um. Nun baumelte sie neben dem kleinen Herz, das der Vater ihr geschenkt hatte.

Karl und ein anderer Junge, den sie wegen seiner zu kurzen Oberlippe, die die Zähne immer freiließ, den Blecker nannten, ruderten dem Ufer zu. Sie legten sich mächtig ins Zeug und schnauften und prusteten wie zwei Dampflokomotiven. Der Bug teilte das Schilf, das rauschend an dem Kahn vorbeiglitt, ein Wasservogel flog erschrocken auf, und in dem nahen Waldstück begann eine Amsel über den unwillkommenen Besuch zu zetern. Der Kahn legte an. Hier war das Ufer mit dickem Moos ausgepolstert, so, als habe die Natur diesen Platz eigens für die Oberdörfler und ihre sechs oder sieben Fische so ausgestattet. Die Jungen sprangen aus dem Boot, zerstreuten sich im Wald und suchten trockenes Brennholz und Steine, auf die sie das Grillgitter legen konnten.

„Soll ich helfen?“, rief Nicole ihnen nach.

„Nein, wir machen das schon.“

Gut, dann lege ich mich ins Moos und lasse mich bedienen, beschloss sie. Sie sah einer Waldameise zu, die sich mit einem Stückchen Rinde abmühte und große Schwierigkeiten mit ihrer Last hatte. So trägt jeder sein Kreuz, dachte Nicole. Sie war nah daran, sich wieder ganz in ihre trüben Gedanken fallen zu lassen, als der Blecker mit einem Bündel Kleider angerannt kam.

„Ich habe was Tolles gefunden“, keuchte er und schwenkte einen geblümten Mädchenrock wie eine Siegesfahne.

Nicole betrachtete fachmännisch die dünne weiße Baumwollbluse. „Handgewebt. So was macht man in Indien“, stellte sie fest. „Wo hast du das her?“

„Ein Stück weiter von hier. Am Ufer."
„Also geklaut."
„Gefunden."
Die anderen Jungen, die mit dem gesammelten Holz herankamen, ließen sich vom Blecker berichten. Sie umstanden die Kleider, die dort vor Nicole im Moos lagen. Wiggi hob einen weißen Slip zwischen Daumen und Zeigefinger hoch und ließ ihn wieder fallen. „Mädchenkleider", stellte er sachlich fest.
„Mann! Du merkst aber auch alles", lachte ihn Karl aus.
„Klar. Hier spricht der Fachmann."
„Bring die Kleider zurück, wo du sie weggenommen hast", sagte Nicole.
„Kommt gar nicht in Frage. Das ist Strandgut", entgegnete der Blecker bockig.
„Jawohl, Strandgut. Es gehört uns allen", rief die ganze Bande und begann einen Indianertanz, als sollte ein leckerer weißer Mann geschmort werden.
„Ich weiß was. Die Kleider bleiben hier, und wem sie gehören, der muss sie auslösen", schlug Felix vor.
„O ja, das gibt eine Riesengaudi."
„Eigentlich müsste man das Mädchen im See schwimmen sehen."
„Vielleicht ist es eine Nixe."
„Quatsch. Nixen tragen keine Röcke."
„Und keine Slips. Sie haben einen Fischleib."
„Womöglich ist sie ertrunken."
„Dann müsste man sie sehen. Ertrunkene kommen doch immer hoch."
„Los, lasst uns das Ufer absuchen", schlug Sepp vor.
„Erst wird Feuer gemacht."
Sepp und Max begannen das Holz kunstgerecht zu schichten. Wiggi schlitzte mit seinem Fahrtenmesser die

Fische auf und nahm sie aus. Felix beschäftigte sich mit der Forelle, die er Nicole zugedacht hatte.

Plötzlich drang aus dem Dickicht, das den Moosplatz einschloss, ein Ruf. „Hallo! Habt ihr meine Kleider gesehen?"

„Klar. Wir haben sie kassiert", schrie der Blecker vergnügt.

„Wirklich sehr witzig", rief es ärgerlich aus dem Dickicht zurück. „Ich muss sie haben. Legt sie zurück, wo ihr sie weggenommen habt."

Nun schrien alle Jungen durcheinander. „Hol sie dir doch. – Es ist Strandgut. – Du musst sie auslösen. – Wer bist du? – Die Marei? Die Lina? – Bist du überhaupt vom Oberdorf?"

„Legt meine Kleider zurück. Ich finde das nicht komisch." Die Mädchenstimme wurde härter.

„Wir schon", kam es zurück.

Nicole blies das Haar ärgerlich aus der Stirn. Eigentlich hatte sie sich nicht einmischen wollen, um nicht als Spielverderber dazustehen, doch nun schien ihr der Scherz wirklich zu weit getrieben.

„Macht keine Faxen. Ich bringe ihr jetzt die Sachen", sagte sie und bückte sich nach dem Kleiderbündel. Aber der Blecker riss es ihr aus der Hand. „Hände weg. Das ist nicht dein Bier", schrie er und erntete ein beifälliges Gemurmel seiner Kumpel.

Nicole blickte sich im Kreis um. Sie sah in die trotzigen, abwartenden Jungengesichter und merkte, dass ihre Macht keineswegs so groß war, wie sie angenommen hatte. Wiggi warf ihr einen verdrießlichen Blick zu und zuckte nur mit den Schultern, als wolle er sagen: Ich kann nichts machen. Felix blickte verlegen zur Seite und stocherte mit einem Stock in der Erde.

Die Mädchenstimme, jetzt schon etwas näher, bebte

vor Zorn. „Ihr kommt euch wohl großartig vor. Wisst ihr, was ich von euch halte? Ihr seid ein Haufen dummer Flegel, weiter nichts."

Die Jungen antworteten mit einem wilden Kriegsgeheul. „Sicher ist sie aus dem Unterdorf", rief einer.

„Los, wir fangen sie." Nun stoben sie alle in die Richtung, aus der die Stimme gekommen war. „Ich sehe sie, da hinten läuft sie, sie ist watschelnackt", schrie Max triumphierend. Die dürren Äste knackten unter einem Dutzend Jungenfüßen, ihre Rufe, mit denen sie sich gegenseitig anfeuerten, entfernten sich immer mehr.

Hoffentlich lässt sie sich von diesen Idioten nicht einfangen. Nicoles Herz war auf der Seite des Mädchens. Sie nahm rasch das Bündel Kleider und verschwand im Dickicht. Doch nach ein paar Schritten stieß sie auf Felix, der sich von seiner Bande getrennt hatte. „Dass du so was mitmachst", zischte sie ihn böse an.

„Ich habe mich ja verdrückt, wie du siehst", murmelte er bekümmert. „Wenn sie sich mal was in den Kopf gesetzt haben, lassen sie sich nicht davon abbringen. Lass dich nur nicht erwischen mit den Kleidern."

Nicole hörte die Stimmen der Jungen jetzt wieder näher. „Ich mache einen weiten Bogen und verstecke mich", sagte sie.

Felix nickte. „Aber eigentlich ist es doch ziemlich blöd, dass das Mädchen keinen Spaß versteht. Sie hätte sich ihre Kleider doch ruhig holen können. Glaubst du, wir haben noch nie ein nacktes Mädchen gesehen?"

„Darum geht's nicht. Aber ich würde auch nicht nackt vor euch herumspringen, schon gar nicht, wenn ihr mich erpresst."

„Da! Da schwimmt sie", hörte sie plötzlich einen der Jungen rufen, und sie ließ Felix stehen und schlug sich mit ihrem Kleiderbündel durch die Büsche. Die zurückschnellenden Zweige schlugen ihr ins Gesicht, und ihre Hände wurden von Himbeerranken zerkratzt. Da wo die Jungen in einem Haufen beisammenstanden und auf den See deuteten, verlief das Ufer flach und sandig. Hier wuchs kein Schilf, Max hielt die Hände wie ein Sprachrohr an den Mund. „Ergib dich! Wir warten auf dich“, schrie er, aber dann wandte er sich um. „Mann! Ich glaube, das ist die Svenja.“

„Scheiße“, murmelte Wiggi, und dann trat ein allgemeines verlegenes Schweigen ein.

In diesem Augenblick trat Nicole zu ihnen. Sie hatte den Namen Svenja nennen hören, und Svenja schien ein Zauberwort zu sein. Mit Svenja machte man so was nicht. Jetzt standen sie alle ganz bedrippt da und wussten nicht mehr weiter. Der Blecker mit seiner hochgezogenen Oberlippe sah noch törichter aus als zuvor. Er glotzte auf den dunklen Punkt, der da draußen auf dem Wasser schwamm, als gälte es, ein Seeungeheuer zu identifizieren. „Sie ist es tatsächlich. Ich bin platt.“

„Haut jetzt bloß ab und bratet eure Fische. Ich bleibe hier mit den Kleidern“, sagte Nicole entschlossen. Sie wusste, wer Svenja war. Sie hatte sich den Namen gut gemerkt und oft an Svenja gedacht, und nun begegnete sie diesem Mädchen, dessen Geschichte Bert ihr erzählt hatte, auf diese abenteuerliche Weise.

„Kommst du nicht mit zum Fischebraten? Du kannst doch ihre Kleider einfach hier hinlegen“, schlug Wiggi vor.

„Nein.“

„Was, nein! Willst du nicht mit uns Fische essen?“, fragte Roland enttäuscht.

„Mir ist der Appetit vergangen.“

„Sei doch kein Spielverderber.“ Er deutete mit dem Kinn auf den See. „Du kannst sie ja mitbringen.“

„Ich glaube, sie legt wenig Wert auf euch."

„Aber vielleicht auf unsere Fische."

„Los, verdrückt euch." Sie drehte den Jungen den Rücken zu und hörte, wie sie sich entfernten und im Weggehen plötzlich überlaut und mit möglichst männlichen Stimmen miteinander sprachen. Jetzt sind sie ganz schön verlegen, die Herren Maulaufreißer, dachte sie schadenfroh.

Sie wartete, bis sie nichts mehr hörte, dann rief sie über den See. „Hallo, Svenja, komm zurück, ich habe deine Sachen."

Der Punkt im Wasser kam näher und näher und wurde allmählich zu einem Mädchenkopf, gefolgt von einer Bahn prachtvoller schwarzer Haare, die Svenja hinter sich herzog. Nicole konnte das Gesicht nun schon deutlich erkennen. Svenja mit den hohen Backenknochen, den leicht schräg gestellten Augen und den vollen, breiten Lippen, hinter denen die großen, gleichmäßig geformten Zähne zu sehen waren, hatte nichts gemein mit den sanften, sinnenden Zügen ihrer Mutter, mit deren Bildnis Nicole eine stille Freundschaft verband. Offenbar war Svenja nach ihrem Vater geschlagen.

Sie erreichte das Ufer und stieg aus dem Wasser. „Wo hast du denn deine prachtvollen Kavaliere gelassen?"

„Es sind nicht meine prachtvollen Kavaliere", wehrte sich Nicole. „Hier sind deine Kleider, du kannst dich anziehen."

Das Wasser perlte von Svenjas gelblichbrauner Haut ihres schlanken, doch kräftig gebauten Körpers. „Ich mag mich noch nicht anziehen, ich will mich erst trocknen lassen", sagte sie und warf sich auf die Erde. „Setz dich zu mir. Wie heißt du? Ich muss doch den Namen meiner Retterin wissen."

„Nicole."

„Ich heiße Svenja."
„Ich weiß."
Ein fragender Blick aus den grünen Augen Svenjas traf sie.
„Die Jungen haben es mir gesagt. Sobald sie dich erkannt haben, waren sie ganz schön betreten."
„Nur weil ich Svenja bin. Ich finde das ungerecht. Mit jedem anderen Mädchen wären sie umgesprungen wie mit ihresgleichen." Eine tiefe Zornesfalte erschien über Svenjas Nasenwurzel. „Ich hätte eigentlich ans Land schwimmen und mich vor sie hinstellen sollen, und dann hätten sie mich anstarren können wie ein Rhinozeros mit Busen."
„Hättest du das wirklich getan?"
„Ich war nahe dran."
Nicole warf einen raschen Seitenblick auf Svenja. Sie war nicht so hager und jungenhaft wie sie selbst. Sie hatte schon richtige Formen und Rundungen. Svenja mochte fünfzehn oder sechzehn sein. „Frierst du nicht?", fragte sie, nur um etwas zu sagen. „Ist das Wasser warm?"
„Nein, ziemlich kalt. Der See hat irgendwelche kalten Quellen." Svenja lag mit geschlossenen Augen da. Die Sonne fiel voll auf ihr kraftvolles Gesicht und auf ihr schwarzes Haar, in dem die Wassertropfen funkelten. „Was hat dich eigentlich hierher verschlagen? Du bist doch nicht aus Süddeutschland."
„Nein. Ich bin hier nur bei den Rassins zu Besuch."
„Oh ..." Ein Schatten fiel über Svenjas Züge, so als habe der Name Rassin trübe Gedanken bei ihr ausgelöst. „Bert und Maria kannten meine Eltern gut."
„Ja, ich weiß."
„Woher?"
„Bert hat es mir erzählt."
Eine Pause entstand. Nicole riss ein Büschel Moos aus

und zerzupfte es. Hatte sie etwas Falsches gesagt? Svenja sah plötzlich so verschlossen aus und schien die Unterhaltung abbrechen zu wollen. Aber dann richtete sie sich auf und schüttelte den Kopf, als wolle sie sich von einer Last befreien. „Ich habe meine komischen Momente. Mach dir nichts daraus. Manche Menschen nehmen es krumm. Aber es ist nur – nun ja – da muss ich eben plötzlich über etwas nachdenken. Ich glaube, ich bin ziemlich unausstehlich dann."

„Nein, das glaube ich nicht."

„Wie kannst du das sagen? Du kennst mich ja gar nicht."

„Aber ich kenne deine Geschichte."

„Ach so, ja. Alle hier in der Gegend kennen sie wohl." Sie warf Nicole einen raschen Blick zu. „Ich bin so eine Art tragische Figur geworden, aber das passt mir gar nicht. Ich finde, man sollte Menschen nicht nach ihrem Schicksal beurteilen, sondern nach der Art, wie sie damit fertig werden."

Wie wurde man mit dem Tod von beiden Eltern fertig? Nicole hätte sie gern danach gefragt, aber sie wagte es nicht. „Deine Mutter war wunderschön", sagte sie scheu.

„Ja."

„Und jetzt lebst du mit einer Tante zusammen?"

„Ich würde nicht sagen, dass ich mit ihr zusammenlebe. Sie führt das Haus, sie sorgt dafür, dass ich rechtzeitig zum Zahnarzt gehe, sie bringt meine Kleider zur Reinigung, sie hat schrecklich Angst, ich könnte unter ein Auto kommen oder mir beim Schifahren den Fuß brechen oder mich mit einem miesen Typ einlassen oder sonst irgendwelche Dummheiten machen. Ich habe sie gern, und ich will auch nicht klagen. Ich bin in den besten Händen bei ihr, und sie ist schrecklich besorgt um mich und schreibt mir zahllose Briefe ins Internat, und ich schreibe ihr zurück, aber das bringt uns nicht viel weiter. Wir wissen nichts voneinander." Die Sonne hatte Svenjas Haut getrocknet. Sie fing an, sich anzuziehen. „Bist du auch in einem Internat?"

„Nein."

„Dann lebst du bei deinen Eltern?"

„Ja und nein. Meine Eltern lassen sich scheiden", sagte Nicole, und es klang so, als würde sie ein körperliches Gebrechen eingestehen. „Ich wäre am liebsten gestorben, als sie es mir sagten."

„Niemand stirbt gern. Du musst es nicht dramatisieren."

„Ich glaube, ich komme nie darüber weg."

„O doch, du wirst. Es wird dich stärker machen, und vielleicht kannst du daraus lernen."

„Wieso?"

„Für deine eigene Zukunft. Du siehst, dass in den Beziehungen zweier Menschen auch die Möglichkeit einer Trennung liegt. Das wird dich wachsamer machen, kritischer dir selbst und den Männern gegenüber."

„Männern", sagte Nicole wegwerfend.

„Na ja, Jungen."

„Ich mag keine Jungen."

Svenja lachte vergnügt. „Und wie du sie magst. Oder mögen wirst! Wollen wir wetten?"

Plötzlich teilten sich die Büsche, und Roland tauchte auf. Er räusperte sich, um nicht als heimlicher Lauscher dazustehen. „Die Fische sind gebraten. Kommst du, Nicole?" Er nickte Svenja zu. „Hallo, Svenja", sagte er.

Svenjas Gesicht leuchtete auf. Aber vielleicht bildete Nicole sich das nur ein. „Ich bringe Svenja mit. Hoffentlich habt ihr für sie auch eine Fischgräte übrig."

„Klar. Wir sind doch Kavaliere."

Svenja legte den Finger an ihre Stirn, als müsse sie über etwas scharf nachdenken. „Komisch, davon habe ich gar nichts gemerkt", sagte sie.

Roland wurde rot. „Wenn wir gewusst hätten, dass du es bist ..."

„Ihr habt wohl noch nie ein nacktes Mädchen gesehen. Muss wahnsinnig interessant sein." Sie lächelte ihn mit leicht zusammengekniffenen Augen an. „Ihr tut mir wirklich Leid."

„Es war doch nur ein Jux." Er hob einen dürren Zweig auf und zerknackte ihn. „Also, was ist jetzt? Kommt ihr?" Sein Blick lag auf Svenja.

Sie nahm Nicole bei der Hand. „Ich hoffe, du hast Hunger. Wir werden ihnen alle Fische wegessen, zur Strafe."

Eine Freundschaft entsteht

Es wurde ein vergnügter Abend. Die Fische waren zwar etwas versalzen, aber sie schmeckten gut. Svenja gab sich heiter und ungezwungen, und die Jungen benahmen sich zahm wie dressierte Hündchen. Sie breiteten ihre Jacken aus, damit die Mädchen keinen Ärger mit den Ameisen hatten, entschuldigten sich, dass sie keine Papierteller hatten, und überboten sich in Höflichkeiten.

„Wir essen unsere Fische aus der Hand", sagte Wiggi.

„Ich esse sie gewöhnlich von goldenen Tellern", gab Svenja zurück. Sie erbat sich vom Blecker eine zweite Papierserviette, machte Felix ein Kompliment über die große Forelle, die er gefangen hatte, ließ sich von Sepp eine besondere Schwimmtechnik erklären und empfahl Roland, sich die Haare einen Schatten kürzer schneiden zu lassen. „Höchstens einen Fingerbreit. Ich glaube, das würde dir besser stehen."

Nicole ließ das alles noch einmal an sich vorbeiziehen, als sie nach diesem langen Abend in ihrem Bett gelandet war. Sie lauschte dem an- und abschwellenden Chor der quakenden Frösche, und sie hörte, wie Wiggi und Felix sich nebenan in ihren Betten herumwarfen. Vielleicht hatten sie Scherereien mit den Mücken. Nicole dachte an ihre Begegnung mit Svenja und ahnte, dass sie für ihr Leben, zum Mindesten für diesen Abschnitt ihres Lebens, bedeutsam sein würde. Sie sah Svenjas schönes Gesicht deutlich vor sich, zuerst leicht verärgert und ungehalten über den „Jux" der Jungen, dann aber ganz ausbalanciert zwischen Ernst und Frohsinn. Sie hatte ihre Stimme, das tiefe, dunkle Lachen noch genau im Ohr, und sie erinnerte sich fast an jedes Wort, das Svenja mit den Jungen gewechselt hatte. Sie hat sie alle gut im Griff, dachte sie mit einem leisen Anflug von Neid. Sie ist eben ein außergewöhnliches Geschöpf, begnadet mit Schönheit und einem anziehenden Wesen. Sie schien ganz unbelastet von dem düsteren Schicksal. Es lag zwar nun viele Jahre zurück, aber dennoch kam es Nicole rätselhaft vor, wie Svenja damit fertig geworden war. War sie kalt und oberflächlich? Nein. Nicole erinnerte sich an den Ausdruck ihres Gesichtes, als sie ihr gesagt hatte: „Ich kenne deine Geschichte." Diese jähe Traurigkeit, die gekommen und gegangen war, als hätte man für Sekunden einen schützenden Verband hochgehoben und wieder fallen lassen, war nicht gespielt gewesen.

Beim Verabschieden hatte Svenja sie kurz umarmt und gesagt: „Wir sehen uns doch noch?" Sie hatte nicht erwähnt, wo und wann. Aber Nicole wünschte sich heiß, dass diese Worte nicht nur in den Wind gesprochen waren. Sie wollte mehr von Svenja wissen, sie wollte sie wieder sehen.

Der Morgen brachte frischen Bergwind. Es hatte in der Nacht kurz geregnet. Die Luft war würzig und roch nach frischem Gras und nach den grünen, unreifen Äpfeln, die von den Bäumen gefallen waren. Nicole hatte ihre zweistündige Sitzung in Berts Werkstatt hinter sich, sie hatte den Hunden Stöcke geworfen und dann eine kurze Unterhaltung mit dem General geführt. Jetzt half sie Maria die Wäsche aufzuhängen. „Die Buben haben mir erzählt, dass ihr gestern mit Svenja zusammen wart“, sagte Maria. „Wie findest du sie?“

„Ich hatte sie mir ganz anders vorgestellt, viel, viel stiller und bekümmerter. Irgendwie verschlossener“, gestand Nicole.

„Sie ist eine starke Natur. Sie wird ihren richtigen Weg finden. Und was das Verschlossensein betrifft, so darfst du dich von ihrer Art nicht irreführen lassen. Sie hat sehr trübe Stunden, aber sie hütet sich, sie zu zeigen.“

Ich hätte sie gern als Freundin, aber sie wird mit mir nichts anfangen können, dachte Nicole. Sie ist zwei Jahre älter als ich und in ganz anderen Verhältnissen aufgewachsen. Ich komme mir ihr gegenüber wie ein ungeschicktes Trampeltier vor.

„Du wirst dich sicher mit ihr anfreunden“, sagte Maria, als habe sie Nicoles Gedanken gelesen.

Die Hunde bellten und mussten zur Ordnung gerufen werden, weil sie – wie immer – sich unhöflich gegen den Postboten benahmen. Er brachte einen Brief von Nicoles Mutter.

Meine liebste, kleine, große Coco!

Ich weiß nicht, wann dieser Brief ankommt. Soll ich dir guten Morgen wünschen? Oder guten Abend. Oder einfach guten Tag oder grüß Gott, wie man in Bayern sagt. Papa und ich waren mit allen möglichen Maklern tagelang unterwegs, und nun haben wir gestern eine Wohnung für dich und mich gefunden, in der wir sicher sehr bald heimisch werden. Sie befindet sich in einer Gegend, die als schick gilt, aber sozusagen in einem Hinterhaus, was viele Vorteile hat. Erstens wird man durch den Straßenlärm nicht belästigt, und zweitens sieht man die Bäume, und es gibt dort sogar ein Stückchen Wiese. Und stell dir vor, wir haben sogar ein wildes Kaninchen gesehen, und auf unserem Balkon saß eine Amsel. Ich bin sicher, sie wird täglich für uns singen, wenn wir sie höflich darum bitten. Wir werden drei Zimmer und eine verhältnismäßig geräumige Diele haben, und unsere Küche hat eine hübsche Essnische. Obwohl wir beide sicher keine großen Gelage abhalten werden, hat Papa schon den Platz bestimmt, wo die Geschirrspülmaschine stehen soll, denn er findet, dass eine Studentin, die ich ja nun werde, sich besser mit ihren Büchern als mit fettigen Töpfen und Tellern beschäftigen soll.

Vor drei Tagen wurden wir geschieden. Ich muss es dir sagen, denn ich fände es unredlich, dir in dieser doch sehr einschneidenden Sache nicht klaren Wein einzuschenken. Sei nicht zu traurig, kleine Coco, und „make the best of it“, mach das Beste daraus, wie der Engländer sagt. Versuch dir vorzustellen, was daraus geworden wäre, wenn Papa und ich gezwungen beisammen geblieben wären, um dir die heile Welt vorzuspielen, wie wir uns innerlich immer mehr voneinander entfernt hätten und wahrscheinlich launisch und unduldsam gegeneinander geworden wären. Mit den Jahren wären sicher böse Worte zwischen uns gefallen, zuerst heimlich und später auch vor dir. Wir haben eine lange Krise durchgemacht, ehe wir uns zu diesem chirurgischen Eingriff, zur Scheidung, entschieden haben. Glaub mir, es ist besser so, Coco. Papa und ich werden bestimmt ein freundschaftliches Verhältnis zueinander finden, weil die wesentlichen Störungsmomente aus dem Weg geräumt sind. Versuch uns zu verstehen und sei dir bewusst, dass du uns beiden gehörst. Grüße Maria und Bert herzlich. Ich nehme dich jetzt schon in die Arme, wie ich es in ein paar Wochen tun und dann hoffentlich feststellen werde, dass du ein paar Pfund zugenommen hast.

Mutti

Nicole faltete den Brief zusammen und drehte ihn zu einer Rolle. Maria war mit dem Wäscheaufhängen fertig und ging mit dem leeren Korb ins Haus. Nicole stand da zwischen den flatternden weißen Betttüchern und wartete auf eine innere Bewegung, einen jähen Aufruhr der Gefühle. Aber der große Schmerz blieb aus. Hatte sie sich mit dem Gedanken, dass die Eltern sich trennen würden, schon vertraut gemacht, oder war es der Vergleich ihres Schicksals mit dem viel tragischeren Svenjas, der ihre Haltung bestimmte? Sie verlor ihr Elternhaus, aber sie behielt Vater und Mutter. Gab es nicht Millionen allein stehender Frauen, geschieden oder verwitwet oder unverheiratet, die das Leben mit ihren Kindern recht und schlecht und oft auch gut meisterten? Mutti und ich, wir wollen es nicht recht und schlecht, sondern wir wollen es gut meistern, nahm sie sich vor. Sie spürte eine neue Kraft in sich, den starken Willen, gegen die Widrigkeiten des veränderten Lebens anzukämpfen. Sie war tief verletzt worden, als sie zum ersten Mal mit der zerbröckelnden Ehe ihrer Eltern konfrontiert worden war, aber nun befand sie sich auf dem Weg der Genesung. Sie würde eine Narbe davontragen, wie sie auch von ihrem Unfall eine Narbe behielt. Aber diese innere Narbe würden die Menschen nicht sehen, und sie nahm sich fest vor, sie nicht als Freibrief für eigene Fehler zu missbrauchen. Jetzt hatte sie eine Aufgabe zu erfüllen. Sie würde versuchen, ihrer Mutter eine gute Kameradin zu sein.

Sie ging ins Haus und sah sich nach einer Beschäftigung um. Maria bereitete das Mittagessen, und Nicole fragte sie, ob sie ihr helfen könne. Kartoffeln schälen? Oder Zwiebeln schneiden? „Nein, du kannst mir Murks abnehmen. Er kriecht mir hier immer zwischen den Füßen herum."

Nicole trug den kleinen zappelnden Kerl ins Freie. Sie setzte ihn sich auf den Schoß und machte ihn auf das Schwalbennest unter dem Dachfirst aufmerksam. Die Alten waren ununterbrochen auf Nahrungsjagd, und wenn sie sich mit einer Mücke oder Fliege näherten, gab es in dem Nest ein aufgeregtes Gedränge und Gepiepse. „Guck mal, das sind Papa und Mama, die ihre Jungen füttern", erklärte Nicole.

Murks ruderte lebhaft mit den Ärmchen und wollte mit den Vögeln fliegen. Schließlich ließ er sich nicht mehr länger festhalten, er rutschte von Nicoles Schoß, lief ein paar Schritte weg und versuchte das Piepen der jungen Vögel nachzumachen.

Nicole war gerade dabei, den Brief ihrer Mutter ein zweites Mal zu lesen, als Bert nach ihr rief. „Telefon für dich!"

„Oh ..." Sie hatte plötzlich Angst, es könnten die Eltern sein, die sie vorzeitig zurück nach Hamburg riefen, gerade jetzt, wo sie anfing, Reikartshofen so gern zu haben. Sie mochte nicht an Asphaltstraßen und Autolärm denken. Hier begannen ihre Tage mit dem Meckern des Generals, und ihre Nächte wurden vom Quaken der Frösche und dem gelegentlichen Klagelaut eines Käuzchens begleitet. Die Stunden mit Bert und Maria und das Warten auf die Jungen, die nun bald Ferien haben würden, das alles brauchte sie jetzt so notwendig, um gekräftigt in das veränderte Zuhause zurückzukehren.

Zögernd nahm sie den Hörer auf. „Hallo!"

„Wie geht es dir, Nicole?" Es war Svenja. „Können wir uns sehen? Möchtest du zu mir kommen?"

„O ja, ja, gern", sagte sie atemlos.

„Möchtest du zum Mittagessen kommen?"

Nicole warf einen fragenden Blick auf Bert. „Kann ich zu Svenja zum Mittagessen gehen?"

„Klar kannst du."

Svenja hatte Berts Antwort gehört. „Was isst du gern?"

„Oh, nichts Besonderes. Ich esse alles."

„Tante Mali kocht vorzüglich. Ihre Krabbensoße ist weltberühmt. Magst du Reis mit Krabbensoße?"

„Ja, natürlich, gern."

„Und hinterher Erdbeeren mit Schlagrahm?"

Nicole lachte. „Ich komme doch nicht wegen des Essens zu dir. Ich möchte dich sehen."

„Das kann man doch gut miteinander verbinden, und außerdem kannst du Tante Mali keine größere Freude machen, als wenn du ihre Kochkunst anerkennst."

„Wann soll ich da sein?"

„Je eher, je lieber. Du kommst doch mit dem Rad?"

„Ja."

„Ich freue mich sehr auf dich, ich mag dich nämlich."

Wie ungezwungen sie das sagte. Nicole hätte diese kleine Liebeserklärung nie über die Lippen gebracht, aber nun schien es ihr ganz natürlich zu antworten: „Ich dich auch, Svenja."

Der Berg zum hoch gelegenen Rambergschlösschen brachte Nicole außer Atem. Schließlich stieg sie ab und schob ihr Rad. Der Weg führte durch einen parkähnlichen Wald mit uralten Eichen. Es roch nach feuchter Erde und nach Pilzen, und im Schatten der weit ausladenden Laubbäume war es kühl.

Schließlich lichtete sich der Wald, und nun führte eine Buchenallee zu dem kleinen Jagdschlösschen, das früher einmal zum Besitz der Ritter von Ramberg gehörte. Die vier Ecktürme und das Dach waren mit Holzschindeln gedeckt, und die Vorderfront mit den schmalen Fenstern wurde von Efeu überrankt. Das zweiflügelige rostrote Holzportal stand offen und gab den Blick in den Innenhof frei. Hier wanden sich tiefrot blühende Rosen um die kurzen, stämmigen Säulen einer Wandelhalle. In der Mitte des Hofes erhob sich ein Ziehbrunnen aus bemoosten Backsteinen. Auf einem Stapel Birkenholz döste mit geschlossenen Augen eine große graue Katze. Eine geziegelte Treppe führte im Halbrund zu einer groben, altersgeschwärzten Eichentür, über der ein geschnitzter Hirschkopf hing.

Nicole lehnte ihr Rad an den Brunnen und warf einen Blick auf die zum Hof führenden Fenster. Die meisten der rostroten hölzernen Fensterläden waren geschlossen. Hinter den anderen Fenstern waren die weißen Nesselvorhänge zugezogen. Die Sonne, die sich mit ihrer ganzen Kraft und Helligkeit im Hof ausbreitete, schien jegliches Leben aufgesogen zu haben. Alles schien in einem tiefen Dornröschenschlaf zu liegen. Nur die Schreie der nach Mücken jagenden Schwalben durchschnitten die Stille. Nicole ging auf Zehenspitzen, um diesen Zauber durch das Knirschen des Kieses unter ihren Sohlen nicht zu stören. Die Katze nahm keine Kenntnis von ihr, und selbst die Fliegen, die träge an der Wand saßen, flogen nicht weg. Sie sahen so aus, als würden sie für ewig hier kleben bleiben. Neben dem Portal gab es einen Glockenzug aus Eisen, dessen Griff einen Hundekopf darstellte. Nicole zögerte einen Augenblick, ehe sie an der Glocke zog. Die Führung und der Kipphebel waren offenbar hervorragend geölt, denn ein mächtiger, aufrüttelnder Glockenton füllte plötzlich den ganzen Hof, so als wolle man eine Feuerwehrmannschaft wachläuten. Nicole erschrak und umklammerte den eisernen Hundekopf mit beiden Händen, um die Glocke zum Schweigen zu bringen. Fast im gleichen Augenblick wurde die Tür geöffnet, und Svenja erschien. Sie schloss Nicole in die Arme.

„Warum hast du geläutet? Warum bist du nicht einfach hereingekommen?"

„Das geht doch nicht", stammelte Nicole mit einem bewundernden Blick auf Svenja, die in ihrem weißen, reich gerüschten Musselinkleid aussah wie eine Prinzessin.

„Bei mir geht alles", lachte Svenja. „Wir werden gleich zu Tante Mali in die Küche gehen und in ihren Kochtöpfen herumschnuppern. Das macht ihr Spaß."

In der riesigen, mit schwarzen Eichendielen ausgelegten Halle, die sie durchquerten, hingen expressionistische Bilder in lebhaften Farben, die die finstere Diele aufheiterten. Auf den breiten Fensterbrettern der tief eingeschnittenen Fenster standen Jugendstilvasen, gefüllt mit bunten Sommersträußen. In den Räumen mischten sich bequeme moderne Sessel mit Ledersofas, würdigen antiken Möbeln, verspieltem Krimskrams und prunkvollen russischen Ikonen. Nichts passte eigentlich zueinander, nirgendwo befand sich ein klassisch stilgerechtes Zimmer, und doch vertrug sich alles miteinander und war mit einem guten Blick für Farben und Formen aufeinander abgestimmt. Alle Fenster waren ausnahmslos mit jenen weißen, reich gefalteten Nesselgardinen ausgestattet, die Nicole schon vom Hof aus gesehen hatte.

Dieses gleichmäßige Weiß neutralisierte auf geschickte Weise das gewagte Durcheinander der Einrichtung, ein Durcheinander mit Stil.

Svenja blieb vor einem fein eingelegten altenglischen Nussbaumtisch, der sich einen Aschenbecher aus einem klobigen Pferdehuf gefallen lassen musste, stehen. „Du siehst ziemlich verschreckt aus", sagte sie belustigt.

„N-nein, es ist nur so, der irgendwie verzauberte, schläfrige Hof ... ich dachte, dass sich diese Art Verträumtheit hier drinnen fortsetzen würde."

„Nein. Und ich bin froh darüber, sonst wäre ich hier längst schwermütig geworden, bis ..." Sie brach mitten im Satz ab, wickelte eine ihrer dunklen Haarsträhnen um den Finger und ließ sie wieder fallen.

„Bis wann?"

„Ach weißt du, ich habe so meine Ideen. Ich will später aus Ramberg vielleicht einmal ein Heim für umweltgeschädigte Kinder machen. Aber natürlich muss ich erst mein Abi haben und mich dann mit diesem Problem sehr beschäftigen und sicher sein, dass ich es auch gut mache und es nicht nur eine Marotte von mir ist. Ich bin nämlich ziemlich skeptisch gegen mich selbst. Aber ich glaube, ich habe eine glückliche Hand mit Menschen, mit Kindern, meine ich, die mit sich selbst und ihren Problemen nicht ganz zurechtkommen." Sie stand in ihrem weißen Kleid im vollen Licht der hereinflutenden Sonne und nickte Nicole, die im Schatten stand, zu. „Klinge ich sehr überheblich? Du siehst mich so ungläubig an."

„Nein, ganz und gar nicht, im Gegenteil. Ich habe mir gerade überlegt, wie gut du mir in der kurzen Zeit, die wir uns kennen, schon getan hast. Ich bin zwar nicht umweltgeschädigt, nein, das wäre wirklich übertrieben, aber angeschlagen bin ich im Augenblick doch. Du weißt ja ..."

„Ja, ich weiß."

Svenja nahm sie bei der Hand und führte sie weiter durch die Räume. „Es muss bei uns wirklich ziemlich befremdlich aussehen. Ich merke es immer, wenn Menschen zum ersten Mal hierher kommen. Weißt du, es ist so, dass mein Vater und meine Mutter sich jeder nach Herzenslust und nach seinen momentanen Stimmungen hier austoben durften. Sie haben alles Mögliche von ihren Familien und von ihren verschiedenen Reisen hierher geschleppt. Ich erinnere mich noch genau, wie meine Mutter kurz vor ihrem Tod mir sagte: Svenja, bleib beweglich und halt die Augen offen. Schau dich um. Ich habe damals noch gar nicht recht gewusst, was sie eigentlich meint, ich habe es erst viel später begriffen. Aber gehen wir erst einmal das ganze Essen zu begreifen. Ich habe nämlich Hunger wie ein Wüstenwolf." Der schmale Korridor, den sie betraten, führte unweigerlich zum Trog. Hinter der angelehnten Glastür, durch die wunderbare Küchendüfte drangen, sah Nicole eine kleine rundliche Person, die wie auf Rädern hin und her zu gleiten schien. Sie trug ein rotes Leinenkleid, rot war auch ihre Gesichtsfarbe und rot das Haar. Die nahezu wimpernlosen, sehr hellen Augen blickten den Mädchen verschmitzt entgegen.

„Treibt euch nun endlich der Hunger zu mir", sagte sie. Sie streckte Nicole eine harte Hand mit kurzen Fingern entgegen und glitt dann in ihrem bis zum Boden reichenden roten Kleid wie auf unsichtbaren Rädern wieder zum Herd.

Das also war Tante Mali. Schön war sie gewiss nicht, aber sie sah so aus, als könne sie vorzüglich kochen und Wäsche bügeln und Schränke ordnen und ihren anvertrauten Schützling wie eine Glucke unermüdlich umhegen und pflegen. Svenja hatte sie ganz richtig beschrieben.

„Wir sterben vor Hunger, Mali“, sagte sie.

„Wartet noch mit dem Sterben. In zwölf Minuten bin ich fertig, genau um ein Uhr, wie ich gesagt habe.“

„Ja, ich weiß. Du bist die vollkommenste Tante, die es gibt.“

„Hast du den Tisch im Garten gedeckt?“

„Nein.“

„Was hast du denn dann den ganzen Vormittag getrieben?“

„Mich auf Nicole und aufs Essen gefreut.“

„Auch eine Beschäftigung“, murrte Mali. Sie passte vorzüglich in diese alte Küche mit ihren alten, blau gestrichenen Schränken, den alten Eisentöpfen und alten, grob gezimmerten Holzregalen an den Wänden. Nur der Elektroherd und der Kühlschrank hatten sich hier eingeschlichen.

Svenja stellte Geschirr in einen Korb und nahm das Besteck aus dem Schubfach. „Wo wollen wir essen?“

„In der Sonne ist es wohl zu heiß“, sagte Tante Mali.

„Ja. Ich decke unter der Lustweide.“

Lustweide? Von so einem Baum hatte Nicole noch nie gehört. Während sie mit Svenja in den Garten ging, fragte sie danach.

„Es ist eine Trauerweide, aber ich habe sie umgetauft, denn sie bringt so einen schönen Schatten und ein so wohltuendes Licht, dass es eine Lust ist, unter ihr zu sitzen“, erklärte Svenja. „Ich finde es ungerecht, sie Trauerweide zu nennen, nur weil ihre Zweige nach unten hängen.“

Die Mädchen gingen ein zweites Mal in die Küche und brachten Trinkwasser und kühlen Apfelmost nach unten. Und dann erschien Tante Mali mit zwei dampfenden Schüsseln und stellte sie auf den Tisch.

„Selbstbedienung gibt’s bei uns nicht. Tante Mali gibt aus“, erklärte Svenja und nahm Nicoles Teller. Der trockene körnige Reis und die geheimnisvoll gewürzte Krabbensoße Tante Malis grenzten an eine künstlerische Leistung.

Nicole aß mit großem Appetit und erkundigte sich nach dem Rezept, um allenfalls diese Krabbensoße zu Hause einzuführen. Aber Tante Mali warf ihr nur einen kurzen Blick aus ihren wimpernlosen Augen zu und schien die Frage zu überhören.

„Geheimnis", sagte Svenja. „Mali knausert mit ihren Rezepten wie ein anderer mit Goldstücken. Ich bekomme jedes Jahr zu Weihnachten nur ein einziges ihrer Rezepte auf den Weihnachtstisch gelegt."

„Ja. Und auf den Rest musst du warten bis zu meinem Tod", sagte Mali.

„Typische Erbtante", lachte Svenja. „Sie hält mit ihren Reichtümern zurück, damit man sie zu Lebzeiten gut behandelt." Sie füllte Nicoles Teller ein zweites Mal und lachte sie an. „Wie nett von den blöden Jungen, dass sie uns zusammengebracht haben."

Wer gewinnt die Wette?

Abends kehrte Nicole wie von einem Ausflug in ein unbekanntes, Glück bringendes Land zurück. Sie hatte neben Svenja im Gras gelegen und sich von ihr über das Leben im Internat erzählen lassen. Später hatte ihr Svenja Briefe von allen möglichen Menschen, die über die ganze Welt verstreut waren, vorgelesen. Nicole kam aus dem Wundern nicht heraus, dass sich erwachsene Menschen, darunter Wissenschaftler, Journalisten, junge Schauspielerinnen und Diplomaten die Zeit nahmen, an Svenja zu schreiben, teils lange, inhaltsreiche Briefe, teils ein paar flüchtige, doch liebevolle Zeilen. „Woher kennst du die denn alle?“, wollte Nicole wissen.

„Das sind Überreste aus dem großen Bekanntenkreis meiner Eltern, weißt du, und ich halte die Verbindung mit ihnen aufrecht, weil sie doch ein Stück Leben oder vielleicht auch nur ein paar Stunden mit meinem Vater und meiner Mutter geteilt haben.“ Svenjas Stimme war melodisch, aber doch kraftvoll.

„Ich bewundere dich“, hatte Nicole geantwortet. „Ich hätte viel zu viel Hemmungen, an Menschen zu schreiben, die ich nicht gut kenne. Besonders an Erwachsene.“ Svenja steckte die Briefe mit einem belustigten Blick auf Nicole zurück in die postgelbe Saffianmappe. „Jetzt lachst du mich aus“, sagte Nicole.

„Ich lache dich nicht aus, ich lache dich an.“ Sie sprang auf. „Komm!“

Minuten später saßen sie sich in der tiefen Fensternische in Svenjas Zimmer gegenüber. Sie spielte Gitarre und summte eine Melodie, von der sie behauptete, sie hätte sie vor ein paar Tagen geträumt, und seither gehe sie ihr nicht mehr aus dem Kopf.

„Seit wann kann man Melodien träumen?“

„Man kann doch auch Stimmen träumen.“

Sie spielte leidlich gut Gitarre. „Wollen wir beide uns einen Text dazu ausdenken?“

Sie zogen mit Papier und Bleistift in das mit Kiefernrinde verschalte Spielhäuschen aus Svenjas frühen Kindertagen und knobelten, da die Melodie ihnen unendlich traurig erschien, an einem wehmütigen Abschiedslied herum. Aber es kam nichts Rechtes und vor allen Dingen nichts Trauriges dabei heraus, denn sie lachten und kicherten in einem fort. Schließlich gaben sie es auf und beschlossen, in den Obstgarten zu gehen und Kirschen zu schütteln. Ein rosa Schimmer lag auf dem Gras, auf das die Kirschen fielen. Der Abend war da, und Nicole dachte ans Gehen.

„Komm öfter rüber", sagte Svenja zum Abschied und hielt Nicoles Hand.

„Kommst du nicht auch mal zu mir?"

„Zu dir, zu Maria und Bert, ja, gern." Aber es klang zerstreut. Svenja war mit ihren Gedanken schon wieder weit weg, wie das oft der Fall war. Eine tiefe Falte grub sich in ihre Nasenwurzel und ließ ihr Gesicht streng, fast abweisend erscheinen.

„Ich möchte dich was fragen", sagte Nicole.

„Frag." Jetzt war sie wieder ganz da und nickte Nicole aufmunternd zu.

„Ich bin doch so viel jünger als du und auch lange nicht so geschickt, ich meine, beim Sprechen und Denken."

Ein gutmütiger Spott funkelte in Svenjas Augen. „Ich dachte, du wolltest was fragen."

„Ja. Ob du dich nur aus Mitleid mit mir befasst."

„Mitleid, wieso aus Mitleid", entgegnete Svenja schroff. „Du brauchst kein Mitleid, du bist kein Krüppel. Du bist mit einem sehr gesunden Verstand und mit einer gesunden Kraft ausgerüstet." Sie gab Nicoles Hand, die sie immer noch hielt, frei und klopfte ihr auf die Schulter. „Tschau. Mach's gut."

„Ich möchte mich noch von Tante Mali verabschieden."

„O ja, das musst du tun. Damit sie nicht wieder behaupten kann, dass alle jungen Leute ungehobelt seien."

Sie sahen sich fast jeden Tag. Längst hatte Svenja aufgehört, ein Traumwesen für Nicole zu sein. Sie hatte begriffen, dass dieses Mädchen mit beiden Beinen auf der Erde stand. Zwar war sich Svenja der Einsamkeit, in die das Schicksal sie hineingestoßen hatte, bewusst, aber niemals spielte sie den frühen Verlust ihrer Eltern aus. Manchmal kam sie unerwartet in die Werkstatt und sah zu, wenn Nicole Bert Modell stand. Einmal traf sie Nicole allein dort an und ertappte sie dabei, wie sie das Leinentuch scheu von Melanies Gesicht wegzog.

„Schläft sie?“, hörte Nicole plötzlich eine Stimme hinter sich und erschrak. Svenja trat neben sie und lüftete das Tuch, das Nicole hatte fallen lassen. „Manchmal sieht sie aus, als ob sie schliefe, und manchmal ist sie ganz wach und sehr bereit, mit mir zu sprechen“, sagte Svenja. „Heute schläft sie.“

Wiggi und Felix stürmten in die Werkstatt. „Ferien“, brüllten sie aus Leibeskräften. „Heute war der letzte Schultag.“ Sie blieben mit einem Ruck stehen. Sie hatten nicht erwartet, Svenja hier anzutreffen, noch dazu beim Bildnis ihrer Mutter.

Svenja drehte sich zu ihnen um. „O fein, dann habt ihr ja Zeit. Mein Rad muss dringend geputzt werden. Könnte das vielleicht einer von euch übernehmen?“

Nicht nur die Jungen sahen sie verdutzt an, auch Nicole konnte sich kaum fassen, mit welch unschuldsvoller Selbstverständlichkeit Svenja eine Gefälligkeit erbat. „Nun?“, sagte sie und ging zu ihnen hin. Dann lachte sie gutmütig. „Es war ja nur eine Frage, und ihr könnt es ablehnen und ich wäre euch kein bisschen bös deshalb. Es gibt eben ein paar Dinge, die ich ausgesprochen ungern tue: zum Zahnarzt gehen, Rad putzen und – fliegen“, fügte sie dann mit einer etwas spröden Stimme hinzu. „Das habe ich wohl von meinem Vater.“

Eine kurze Pause entstand.

„Okay, ich putze dir dein Rad“, sagte Felix, nachdem er sich geräuspert hatte, und schielte zu seinem großen

Bruder hin, wie um Vergebung zu bitten, dass er sich von einem Mädchen so um den Finger wickeln ließ.

Wiggi hob die Schultern. „Wenn er dein Rad putzt, gehe ich dann das nächste Mal für dich zum Zahnarzt."

Die Mädchen liehen sich Wiggis Rekorder aus, brachten ihn in Nicoles Zimmer und spielten alle Kassetten durch, die er ihnen mitgegeben hatte. „Er hat sogar klassische Musik. Das hätte ich gar nicht von ihm gedacht", sagte Svenja. Sie lauschten einem Trompetenkonzert von Vivaldi. Von draußen herein drang das Meckern des Generals. Er schien Gefallen an der Musik zu finden. Svenja kauerte mit hochgezogenen Knien auf Nicoles Bett. Nicole lag bäuchlings auf dem Boden und blinzelte hinter halb geschlossenen Lidern auf die ziegelroten Geranien der Holzveranda. Sie war glücklich, sie fühlte, wie gut ihr Svenjas Gesellschaft tat und wie sehr sie sich in ihre Probleme verstrickt hätte, wenn sie Svenja nicht begegnet wäre.

Die Abendglocken läuteten. Ihr auf- und abschwingender Klang war sanft und doch eindringlich. Man konnte ihn nicht überhören wie in der Großstadt, wo die Stimme der Kirchenglocken vom Lärm der Autos verschluckt wurde.

Nicole nahm die abgespielte Kassette aus dem Rekorder. „Betest du eigentlich?", fragte sie.

„Wenn du vorfabrizierte Gebete meinst, solche, die man auswendig kennt und herunterleiert, nein. Aber ich richte Fragen an Gott und natürlich auch Bitten. Du nicht?"

„Ja, doch – das heißt, es sind eigentlich nur Bitten. Wie ist das mit den Fragen? Werden deine Fragen denn beantwortet?"

„In dem Sinn, dass plötzlich ein Engel angeschwebt kommt und mir Rede und Antwort steht, natürlich nicht. Der Himmel ist schließlich kein Auskunftsbüro. Aber oft ist es doch so, als ob ich plötzlich eine – bitte lach nicht – göttliche Erleuchtung hätte."

„Ich nie", sagte Nicole kläglich. „Meine Erleuchtungen kommen meist aus Büchern, wenn überhaupt." Sie stand auf und blickte über das Holzgeländer der Veranda. „Felix putzt dein Rad. Aber unter Ausschluss der Öffentlichkeit. Er hat sich damit hinter die Johannisbeerstauden verkrochen, damit ihm ja kein Stein aus der Krone fällt."

„Hoffentlich ist er bald fertig. Ich möchte nach Hause."

„Sehe ich dich morgen?"

„Nein, ich glaube nicht."

Obwohl es nicht schroff klang, empfand Nicole diese Absage wie einen Schlag ins Gesicht. Wieso? Langweilt sich Svenja mit mir? Vielleicht ist es ihr lästig, dass ich mich so sehr an sie klammere. Ich bin einfach zu jung für sie, zu kindisch, zu simpel. Während all diese Gedanken durch Nicoles Kopf wirbelten, legte Svenja den Arm um sie. „Nun siehst du aus wie ein verdutztes Kaninchen."

Nicole presste die Lippen aufeinander. „Warum sehen wir uns morgen nicht?", brachte sie schließlich hervor.

„Weil ich mal allein sein möchte. Es ist einfach ein Bedürfnis."

„Du hast doch einen Grund. Du willst ihn mir bloß nicht sagen", stieß Nicole hervor.

„Nein, bestimmt nicht."

„Schwör es mir." Nicole war nah am Weinen. Svenja nahm den Arm von ihr und sah sie kopfschüttelnd an. „Schwör es mir", wiederholte Nicole trotzig.

„Okay, ich schwöre es dir, du komisches Mädchen."

Felix tauchte hinter den Johannisbeerbüschen auf und schob das blitzblank geputzte Rad über den Hof. Er lehnte es gegen die Mauer und lief dann rasch weg, als hätte er mit dieser ganzen Sache nichts zu tun.

„Welchen von den Jungen magst du am liebsten? Ich meine, von allen Oberdörflern?“, fragte Svenja.

„Ich habe noch nicht darüber nachgedacht. Eigentlich keinen. Ich mache mir aus Jungen überhaupt nichts.“

„Ach?“ Svenja maß sie mit einem neugierigen Blick. „Du bist eben in diesem komischen Alter, wo man gegen Jungen misstrauisch ist wie ... wie gegen einen fremden Hund, von dem man nicht weiß, ob er sich streicheln lässt oder ob er beißt.“

„War es bei dir auch so?“

„Nein. Ich bin eigentlich mit Jungen immer besser zurechtgekommen als mit Mädchen. Sie sind überschaubarer, und ihre Ideen und Empfindungen sind nicht so verwaschen wie bei vielen Mädchen.“

Wieder fühlte Nicole sich angegriffen. Das geht auf mich, dachte sie, und ein leichter Schmerz durchzuckte sie. Sie hätte gern gewusst, ob Svenja überhaupt eine Freundin hatte und wie sie war und wie nah sie ihr stand. Aber sie wagte nicht zu fragen.

„Was wirst du denn morgen den ganzen Tag treiben?“, erkundigte sie sich schließlich und bereute im selben Moment ihre Frage, denn Svenja machte plötzlich ihr zerstreutes, etwas abweisendes Gesicht, das Nicole so gut bei ihr kannte. Es war wie ein Warnzeichen, das sagte: Bis hierher und nicht weiter.

„Das weiß ich noch nicht. Lesen, vielleicht schreiben oder auch zeichnen. Ich habe keinen festen Stundenplan.“ Sie schichtete die Kassetten zusammen, bis sie einen Turm bildeten, und fing ihn auf, ehe er umkippte. „Früher als Kind habe ich immer gern Kartenhäuser gebaut“, sagte sie.

Als Kind? Nicole wurde sich plötzlich klar darüber,

dass Svenja kein Kind mehr war, sondern ein selbstbewusstes, klar denkendes Geschöpf. Sie sagte mit einem Seufzer: „Es ist so traurig, dass man so schnell erwachsen wird. Es macht mich manchmal ganz krank."

„Zum Kranksein liegt bei dir kein Grund vor, denn so sehr erwachsen bist du ja noch nicht", sagte Svenja mit einem leichten Anflug von Ironie.

„Du aber auch nicht", entgegnete Nicole patzig. Sie wusste, dass sie sich töricht benahm, aber sie war verletzt und wollte verletzen, wollte Svenja hochbringen. Aber es gelang ihr nicht, denn sie schien den herausfordernden Ton einfach zu überhören.

„Am Freitag machen wir bei mir zu Hause einen Sommerzauber, magst du?"

„Was für einen Sommerzauber?"

„Im Garten. Mit Lampions und draußen Grillen und Musik und so. Ich werde sechzehn", fügte sie im Hinuntergehen hinzu, als sei dies eine ziemlich unbedeutende Mitteilung.

„Und ich bin erst dreizehn", rief Nicole klagend aus.

„Mein Gott, mein armes Kaninchen, du tust ja so, als sei dies ein heimliches Gebrechen", lachte Svenja.

„Warum sagst du Kaninchen zu mir?"

„Ich mag Kaninchen." Sie sah ihr Rad prüfend von allen Seiten an. „Das hat Felix aber wirklich prima geputzt." Sie rief nach ihm und klingelte mit der Fahrradglocke, und da tauchte Felix auch schon auf, als habe er nur auf diesen Moment gewartet.

„Ist was?", fragte er mit gespielter Gleichgültigkeit.

„Ja. Das hier." Svenja griff mit beiden Händen in seine Haare, bog seinen Kopf zurück und gab ihm einen kräftigen Kuss auf die Stirn. Sie war ein gutes Stück größer als Felix, der bis hinter die Ohren rot geworden war.

„He", sagte er wie in Abwehrhaltung und trat einen

Schritt zurück. Dann wischte er sich mit dem Handrücken über die Stirn. Seine Hand, noch schmutzig vom Radputzen, hinterließ eine dunkle Bahn. Er maß Svenja schräg von der Seite mit einem abwartenden Blick.

„Das ist alles. Es kommt nichts Schlimmeres mehr nach“, sagte sie vergnügt. „Ich wollte dich nicht erschrecken, ich wollte mich nur bedanken.“ Svenja mit ihrem gewinnenden Lächeln war nicht die Spur verlegen, ganz im Gegensatz zu Nicole, der dieser kleine Zwischenfall peinlich war. Gleichwohl bewunderte und beneidete sie Svenja um ihre natürliche Selbstsicherheit.

„An dir ist wohl nicht viel herumerzogen worden“, sagte sie später zu ihr. Svenja schob ihr Rad, und Nicole begleitete sie noch ein Stück.

„Wie meinst du das?“

„Ich meine, dass du kein bisschen verkrampft bist. Ich glaube, du überlegst dir nie: Was denken die Menschen von mir?“

Svenja schüttelte den Kopf. „Nein. Du kannst sie nicht hindern, falsch oder schlecht von dir zu denken. Ich meine, das Urteil, das du über dich selbst hast, zählt mehr, als was die anderen von dir halten. Wie kannst du denn eine Persönlichkeit werden, wenn du aus den Meinungen der Mitmenschen zusammengestückelt bist?“

„Du redest immer so gescheit, mein Gott“, sagte Nicole, und es klang recht trostlos, und sie fragte sich, warum sie eigentlich neben Svenja herlief.

„Willst du mich auf den Arm nehmen?“

„Nein, gar nicht. Aber ich glaube, ich werde nie eine Persönlichkeit.“

„Wart mal ab. Jetzt bist du in der Mauser.“

„Und deshalb mopst du dich mit mir. Ich verstehe ganz gut, warum du mal einen Tag pausieren möchtest. Vielleicht falle ich dir überhaupt auf den Wecker.“

„Du Doofi."

„Ja, Doofi. Ich bin dir zu doof", sagte Nicole eigensinnig.

Svenja lachte nur. Sie schwang sich auf ihr blitzblankes Rad und winkte einen Gruß zurück. Sie hatte ihr schwarzes Haar heute zu einem breiten Zopf geflochten, der schwer auf ihrem Rücken lag. Nicole blieb stehen und blickte ihr nach. Sie wünschte sich so sehr, Svenja möge sich noch einmal umblicken, aber sie tat es nicht. Warum sollte sie auch. Sie war mit ihren Gedanken sicher bereits weit weg. Es ist überhaupt ein Wunder, dass sie sich mit mir befasst, dachte Nicole. Ich bin ein Doofi, jawohl, sie hat ganz Recht. Ich bin kein Gesprächspartner für sie.

Sie ging langsam den Weg zurück. Eine große Trostlosigkeit war in ihr, sie fand sich das unglücklichste Geschöpf auf der ganzen Welt. Aber dann dachte sie daran, was Svenja von der Selbstbemitleidung hielt, und sie zwang ihre Gedanken in eine andere Richtung. Sie blieb stehen und sah einem Mähdrescher zu, der das in der Abendsonne golden funkelnde Getreide in breiten, wuchtigen Bahnen zur Seite warf. Der Mann, der auf der Zugmaschine saß, hatte seinen Hut tief in das rotbraune Gesicht gezogen. Als er an Nicole vorbeikam, nickte er ihr zu. „Griaß di", sagte er, und Nicole, für die inzwischen das Oberbayerische längst keine Fremdsprache mehr war, grüßte zurück. Sie wusste, dass der Mann Franz hieß und dass das Feld, das er bearbeitete, zu den Pachtgründen von Marias Hof gehörte. Sie wusste noch mehr von ihm. Sein einziger Sohn war Spastiker, ein geistig zurückgebliebener Junge, der im Rollstuhl lebte. Dennoch bestellten Franz und seine Frau ihre Felder, arbeiteten von Sonnenaufgang bis zum letzten Tageslicht und hatten für die Menschen stets einen freundlichen Gruß bereit. Sie waren nicht verbittert, oder zum Mindesten zeigten sie es nicht. Weiß Gott, wie sie es schafften.

Nicole warf den Kopf zurück und nahm mit offenen Augen das satte Gold der Felder und das verblassende Blaulila der fernen Berge, hinter denen noch der rötliche Feuerschein der untergegangenen Sonne stand, auf. Die Straße folgte jetzt den Windungen eines Baches. Seine Ufer waren mit Erlen und Weiden bewachsen. Plötzlich sprangen die beiden Hunde Ria und Witz wie Wegelagerer aus dem Gebüsch hervor und stürzten Nicole entgegen. Die große schwarze Ria warf sich mit einem freudigen Aufheulen auf sie und riss sie fast um, während Witz sich vor ihr auf den Rücken warf und ihr den Weg versperrte.

„Na hört mal, ihr beiden Rüpel ...", rief Nicole und setzte sich gegen die stürmischen Liebesbezeugungen energisch zur Wehr. „Ihr Streuner, was sucht ihr denn hier?"

Jetzt kam Wiggi lässig aus dem Buschwerk geschlendert und rief die Hunde zurück. „Hierher, los!"

Nicole hätte in diesem Moment die Hunde und Wiggi, sie hätte die ganze Welt umarmen mögen. Sie war nicht mehr allein.

„Ihr habt mir aufgelauert", sagte sie in gehobener Stimmung.

„Aufgelauert, was heißt aufgelauert", sagte er in diesem überschnappenden Ton, den Jungen im Stimmbruch haben. „Ich habe nach Fischen geguckt."

„Du darfst doch hier aber gar nicht fischen."

„Schaust du dir nie einen Hasen an, auch wenn du ihn nicht schießen darfst?" Sie gingen nebeneinander die Landstraße zurück, die Nicole mit Svenja gekommen war. Wiggi trieb einen faustgroßen bunten Stein mit der Spitze seiner abgewetzten Sandale vor sich her. „Du hast an Svenja einen Narren gefressen, gelt?"

„Ja, ich mag sie sehr gern."
„Hast du gesehen, was sie mit Felix angestellt hat?"
„Klar. Ich hab ja daneben gestanden. Sie hat ihm einen Kuss aufgepappt."
„Er ist mächtig stolz darauf. Als ob das was wäre!"
„Habt ihr denn darüber gesprochen?"
„Klar. Und ich habe ihm beigebracht, dass er sich darauf gar nichts einbilden soll und dass jeder Junge jederzeit von einem Mädchen einen Kuss kriegen kann."
„Mann, da hast du aber den Mund voll genommen."
„Ich habe zwei Mark mit ihm gewettet."
Nicole dachte an das Wettwerfen mit Kieselsteinen auf die alte Blechdose. „Du wettest wohl gern", sagte sie.
Er nickte. „Gegen dich habe ich mal eine Wette gewonnen. Weißt du es noch?"
„Genau. Aber deine zwei Mark sind wahrscheinlich im Eimer."
„Von meiner gewonnenen Wette mit dir habe ich einen Wunsch frei. Das weißt du doch noch."
„J-ja", sagte sie zögernd. Worauf wollte er hinaus?
„Du gibst mir einen Kuss, aber so, dass der Felix es sehen kann. Dann hast du deine Schuld eingelöst, und ich habe meine zwei Mark gewonnen."
Sie sah ihn von der Seite an. Und als er es merkte, fuhr er sich hastig mit der Hand ein paar Mal durch sein rotes, struppiges Haar. Bis zu diesem Augenblick war es ihr nie in den Sinn gekommen, dass Wiggi bereits einen festen Platz in ihrem Leben hatte. Hatte sie sich nicht immer einen Bruder gewünscht oder so was Ähnliches, einen Kumpel, einen ... einen ... brauchbaren Freund? Es war schwer zu umreißen, was ihr nun dieser rothaarige Bursche wirklich bedeutete. Sie hätte zu gern gewusst, ob es ihm bei seiner komischen Forderung wirklich nur um die zwei Mark ging, die er von Felix kassieren wollte.

„Wo soll denn das Schauspiel stattfinden?“, fragte sie ihn.

„Mir egal. Irgendwo, wo Felix es mitkriegt.“

Die Sache reizte sie. „Gut, mache ich.“

Diese rasche Antwort kam für ihn unerwartet. Er sah sie ungläubig an. „Du bist spitze“, sagte er schließlich.

„Weiß ich schon.“ Sie war jetzt ganz obenauf, und in ihrem Gehirn begann es zu arbeiten, wie sie es wohl anstellen könnte, mit dem angeforderten Kuss Wiggi gleichzeitig eins auszuwischen. „Wann?“, fragte sie.

„Wie wann?“

„Wann möchtest du dich vor Felix großtun?“

„Wenn du es so auffasst, kannst du es auch bleiben lassen“, entgegnete Wiggi gekränkt. „Ich finde jederzeit ein anderes Mädchen.“

„Sicher. Sie werden sich alle darum reißen“, sagte sie. „Wie oft bist du denn schon geküsst worden von einem Mädchen?“ Nicole fand Gefallen daran, den großtuerischen Wiggi hochzunehmen.

Er zuckte die Achseln. „Ich weiß nicht, ich habe es nicht gezählt.“

„Zehnmal? Fünfmal?“

„Ich weiß es nicht.“

„Also noch nie. Macht ja nichts. Du brauchst dich vor mir nicht zu genieren.“

„Ha, genieren!“, rief Wiggi verächtlich. Er nahm den Stein auf, den er mit dem Fuß vor sich hergetrieben hatte, und schleuderte ihn in weitem Bogen auf das Stoppelfeld. „Witz, Ria, such!“, kommandierte er ihnen und blieb stehen, während die Hunde hinter dem Stein herjapsten. Man merkte, dass er diese lästige Ausfragerei beenden wollte.

Nicole fühlte sich Wiggi überlegen. Wenn man es ein bisschen schlau anstellte, konnte man mit Jungen gut umspringen. Wenn ich Svenja gegenüber nur halb so sicher wäre, dachte sie. „Wann unternehmen wir mal wieder was? Ich meine, mit deiner Bande."

„Was zum Beispiel?"

„Irgendwas. Pilze suchen."

„Ich kann sie zusammentrommeln. Morgen, wenn du willst. Nach dem Regen vorgestern müsste es Schwammerln geben."

„Was?"

„Schwammerln." Er grinste. „Sag's nach."

„Schwammer-l-n." Nicole brach sich schier die Zunge. „Drei Konsonanten nacheinander, das ist wirklich niederträchtig. Also ausgemacht, wir suchen Schwammer-l-n. Und die braten wir am offenen Feuer. Glaubst du, deine Freunde machen da mit?"

„Klar. Wenn ich ihnen das sage, machen sie alle mit. Ich trommle sie morgen früh zusammen, und dann dampfen wir los."

Felix kam ihnen entgegengerannt. „Mensch, wir haben Hunger, wir haben mit dem Essen gewartet." Er äugte von einem zum anderen. „Wo wart ihr denn so lange?"

„Wir haben Svenja ein Stück begleitet", sagte Wiggi.

„Schmarren. Nicole ist mit Svenja allein weggegangen, und du bist erst viel später losgerannt", sagte er mit einem düsteren Blick auf seinen Bruder.

„Erstens bin ich nicht gerannt, und zweitens geht es dich einen Dreck an", erklärte Wiggi. „Was gibt's denn zu essen?"

„Zerhackte Mäuse mit Distelsalat", entgegnete Felix unwirsch.

Nicole boxte ihn leicht in die Seite. „Komm, hol tief Luft und schnapp wieder aus. Weißt du, was wir morgen machen? Pilze suchen. Die ganze Sippschaft."

Felix' Gesicht leuchtete auf, „Ui je, klasse!"

„Er ist nämlich ein Meister im Aufstöbern von Steinpilzen“, erklärte Wiggi. „Sicher war er in seinem Vorleben mal ein Trüffelschwein.“

Nicole ist kein Spielkind mehr

Niemand hatte so etwas erwartet, und am allerwenigsten Wiggi selbst. Als Nicole sich nach dem Essen verabschiedete, um im Bett noch ausgiebig zu schmökern, gab sie Maria und Bert die Hand, Felix einen freundschaftlichen Klaps auf die Schulter und Wiggi einen Kuss mitten auf die Stirn, die augenblicklich rot anlief wie eine glühende Heizplatte.

„Tschau, bis morgen“, sagte sie und ging aus dem Zimmer. Sie hatte es geschafft! Was für Gesichter würden wohl die vier Rassins jetzt machen. Und erst Wiggi!

Es war ihr erster Kuss, den sie einem Jungen gegeben hatte, und sie war sich darüber im Klaren, dass er sich in der Machart nicht mit den Küssen, die sie im Kino oder auf dem Fernsehschirm gesehen hatte, messen konnte. Er war nicht viel mehr wert als die zwei Mark, die Wiggi dafür von seinem Bruder kassieren würde. Dennoch war sie von Stolz über ihren Schneid erfüllt. Ihre Selbstachtung stieg. Sie kuschelte sich in ihr Bett und fühlte sich wie nach einem Kopfsprung vom Zehn-Meter-Brett, ein höchst angenehmes, prickelndes Gefühl. Sie knüllte ihr Kopfkissen zusammen, schob es hinter den Rücken und begann zu lesen, aber immer wieder ließ sie das Buch sinken und dachte erstaunt: Donnerwetter, dem habe ich’s gezeigt!

Nach einer Weile hörte sie die beiden Brüder die Treppe heraufpoltern und in ihr Zimmer gehen. Lärmen kam ihnen wohl kolossal männlich vor. Einer von ihnen knallte die Tür hinter sich zu, dass Nicoles Nachttischlampe zitterte. Irgendwas flog gegen die Wand. Es mochten Wiggis Holzsandalen sein, die er von den Füßen schleuderte. „Gib mir meine zwei Mark", sagte er.

„Erstens habe ich nur eine, und zweitens war das ein ganz gemeiner Beschiss." Felix' Stimme klang wie das ärgerliche Bellen eines gereizten Hundes.

„Es war kein Beschiss, es war ein Kuss. Ich habe meine Wette gewonnen."

„Ach wirklich? Ich lache mich tot. Es war ein abgekartetes Spiel. Du hast es mit ihr ausgemacht."

„Darum geht's nicht. Gib mir meine zwei Mark."

„Ich habe überhaupt nur eine", schrie Felix.

„Gut, gib mir die eine, und wenn du mal bei Kasse bist, die andere", sagte Wiggi im überlegenen Ton des Gewinners.

Dann war Ruhe. Felix hatte wohl seine Mark herausgerückt. Ein Schubfach wurde geöffnet und wieder zugestoßen, und ein Bett ächzte auf, weil einer der Jungen sich wie ein Plumpsack hineingeworfen hatte. Aber geredet wurde nichts mehr. Bis morgen früh, wenn sie ausgeschlafen hatten, standen sie nun nicht mehr auf Sprechfuß.

Wiggi und Felix kamen schon aus dem Dorf zurück, als Maria und Nicole erst den Frühstückstisch deckten.

„Alles organisiert", rief Wiggi.

„Die Schwammerlschlacht ist geritzt", fügte Felix hinzu. Die Freude auf das gemeinsame Unternehmen hatte sie wieder vereint.

Sie vertilgten jeder zwei weiche Eier und unzählige dick mit Butter und Honig bestrichene Brote und rieten Nicole, dasselbe zu tun, da Schwammerlsuchen anstrengend sei und man mindestens fünf bis sechs Stunden unterwegs wäre. „Die besten Plätze liegen nämlich ziemlich weit weg", erklärte Felix kauend.

„Wer kommt alles mit?", wollte Nicole wissen.

„So ziemlich alle, die du kennst."

„Roland auch?" Das rutschte ihr nur so heraus. Sie hatte kein spezielles Interesse an Roland, aber ohne Zweifel war er mit seinem hohen Wuchs, der sehnigen Gestalt und seinem hübschen Gesicht und den dunklen verträumten Augen das Glanzstück der ganzen Bande.

„Du stehst auf ihn", sagte Wiggi mürrisch. „Ich habe es dir schon mal gesagt."

„Ach was. Aber man darf doch noch fragen."

„Er kommt nicht mit."

„Weil du es ihm nicht gesagt hast."

Wiggi maß Nicole mit einem strafenden Blick. „Du denkst ziemlich schäbig von mir." Eigentlich war es unter seiner Würde, noch weitere Erklärungen abzugeben. Aber schließlich ließ er sich doch dazu herbei. „Er hat was anderes vor."

„So? Was denn?"

„Das hat er mir nicht gesagt, und ich habe ihn auch nicht gefragt."

„Soll ich noch mal zurückradeln und ihn fragen?", warf Felix ein.

„Komm, spinn doch nicht", sagte Nicole gereizt.

Felix feixte. „Ich wollte dir ja nur einen Gefallen tun. Ich wollte dich nicht auf die Palme treiben."

„Ich bin nicht auf der Palme."

„Klar bist du. Man sieht dich ja kaum mehr."

„Warum müsst ihr sie eigentlich fortgesetzt hänseln?", mischte sich Bert ein.

Weil wir mit Mädchen vorläufig nichts Besseres anfangen können, hätte die Antwort wohl lauten müssen.

„Auf geht's, sonst wird es zu heiß", kommandierte Wiggi und sprang vom Tisch auf. Nicole und Felix folgten ihm.

Murks rutschte von seinem Stühlchen und lief ihnen nach. „Mitgehen", kreischte er.

„Später, wenn du ein Mensch bist", erklärte Wiggi mit freundlicher Überlegenheit und schob den kleinen Bruder zurück.

Die hohen Tannen ließen nur spärliche schräge Lichtpfeile durch. Nicole ging fast lautlos auf dem weichen, federnden Waldboden. Mit ihrem roten Kopftuch, das sie zum Schutz gegen die dürren Tannennadeln trug, und dem Henkelkorb am Arm kam sie sich vor wie Rotkäppchen. Aber es gab keinen bösen Wolf, denn sie stand unter dem Schutz von einem halben Dutzend Jungen, die sich in alle vier Himmelsrichtungen zerstreut hatten und sich gegenseitig mit hellen Stimmen zuriefen.

Nicole, die bisher Pilze nur auf ihrem Teller und in Rahmsoße erlebt hatte, war vor dieser Expedition in aller Kürze in die Geheimnisse der essbaren, der ungenießbaren und der giftigen Pilze eingeweiht worden. Aber noch während sie belehrt wurde, war sie sich klar darüber, dass sie bestimmt alles durcheinander bringen würde. So sammelte sie sorglos, was ihr hübsch dünkte.

„Hallo, Sepp!"

„Wiggi, Felix!"

„Karl!"

„He, Blecker, Blecker!"

Von allen Seiten tönten die Rufe. „Nicole, halt dich südlich, dort vorn hört der Wald auf! Fresspause! Später geht's weiter."

„Südlich? Wie soll ich wissen, wo Westen ist", schrie Nicole zurück und wurde aus sechs Kehlen ausgebuht.

„Süden ist das Gegenteil von Norden, und Norden ist

da, wo du Eisbären begegnest. Aber wart, ich komme schon", rief Wiggi, und nach ein paar Minuten tauchte er auf mit seinem verstrubbelten roten Schopf, in dem sich Tannennadeln und kleine dürre Zweige verfangen hatten.

„Schüttle mal deine Mähne aus", rief Nicole.

„Ich bin durchs Unterholz gekrochen. Dafür habe ich auch pfundige Steinpilze."

Nicole begann ihm die Nadeln aus den Haaren zu ziehen. Aber Wiggi hatte was dagegen und trat einen Schritt zurück. „Lass das Zeug nur drin, mich stört es nicht", sagte er rau.

Sie wandte sich achselzuckend ab. Er hatte wohl Angst, sie würde ihren gestrigen Kuss wiederholen. „Okay, marschieren wir nach Süden, weg von den Eisbären."

Am Waldrand waren die anderen schon versammelt. Sie leerten ihre Körbe aus und begutachteten gegenseitig ihre Beute. Nicole fand den Ertrag ziemlich kläglich. Sie kippte ihren Korb um, der ein Vielfaches von dem enthielt, was die anderen Jungen gefunden hatten. Braune, gelbe, rote und weißlichgelbe Pilze kullerten durcheinander. „Na?", sagte sie und blickte stolz in die Runde. Aber der Applaus blieb aus.

Karl fuhr mit seinen Krallen auf das Häuflein Pilze los, pickte die weißlichgrünen heraus und warf sie in hohem Bogen über seine Schulter. „Willst du uns alle umbringen? Das ist ja der reinste Massenmord", sagte er, und Nicole las in seinem pickeligen Gesicht, dass er es ernst meinte.

„Sind die etwa giftig?", fragte sie enttäuscht.

„Etwa! Und wie giftig die sind!"

Nun redeten alle belehrend auf Nicole ein und setzten ihr auseinander, dass sie mit diesen fünf Knollenblätterpilzen eine ganze Fußballmannschaft hätte ausrotten können. Die Knollenblätterpilze waren aussortiert, aber dennoch wühlten immer noch ein Dutzend Hände in Nicoles Pilzen umher. Immer wieder wurde der eine oder andere Pilz weggeworfen. Das Häuflein schmolz mehr und mehr zusammen.

„Giftreizker, Speiteufel, Satanspilz ...“, begann Wiggi aufzuzählen. Aber Nicole hielt sich die Ohren zu.

„Du brauchst sie gar nicht alle beim Namen zu nennen. Sag mir lieber, welche echt sind.“

Zum Schluss blieb ein bescheidenes Häuflein essbarer Pilze übrig, nicht größer und nicht kleiner als die Ernte der anderen.

„Schau her, was du alles gefunden hast“, sagte Sepp tröstend und breitete die Pilze vor Nicole aus. „Das ist ein Semmelpilz, das sind drei prachtvolle kleine Steinpilze, das sind Reizker, das sind zwei Milchbrätlinge. Riech mal dran!“ Er hielt ihr die Brätlinge, aus denen der weiße Saft tropfte, unter die Nase.

Der Blecker mit seiner zu kurzen Oberlippe holte sogar einen Pilz, den ein anderer als Bitterling weggeworfen hatte, wieder her. „Den kann man essen, das ist ein Maronenpilz.“ Und Felix erklärte, dass Nicole die Einzige gewesen sei, die Milchbrätlinge gefunden hätte, und die brächten doch erst den richtigen Pfiff in ein Schwammerlessen. Auch Wiggi ließ durchblicken, dass Nicole kein hoffnungsloser Fall war.

Jeder wollte ihr plötzlich was Nettes sagen. Ihr Gesicht heiterte sich auf. „Ihr seid wirklich sehr großmütig.“

„Sind wir. Sind die Oberdörfler immer“, erklärte Martin, ein blasses, zum Umblasen schwaches Bürschchen, das wegen seiner Jiu-Jitsu-Griffe die allgemeine Achtung seiner Kameraden genoss.

„Los, Brotzeit machen“, rief Uli, und jeder packte das

aus, was er mitgebracht hatte. „Wir schmeißen alles zusammen.“

Nicole griff sich ein riesiges Butterbrot, ein hartes Ei und vorsorglich auch noch ein Stück Käse und einen Apfel heraus. Landluft und vor allem Pilzesammeln, auch wenn es Giftpilze waren, machte hungrig. „Du kannst aber ganz schön reinhauen“, sagte Karl, und sie wusste nicht recht, ob es Bewunderung war oder die Angst, zu kurz zu kommen.

Später lagen sie faul in der Sonne herum, entwarfen einen Schlachtplan für den Nachmittag und stellten Betrachtungen darüber an, ob man die Pilze braten oder schmoren sollte. Schließlich einigte man sich auf Schmoren, denn Schwammerln schrien ja direkt nach Semmelknödel, wie Uli das ausdrückte. Er schenkte sich das d und sagte „Semmiknöl“, und da es ein verhältnismäßig einfaches Wort war, konnte Nicole es nachsprechen wie eine alteingesessene Urbayerin. „Aus dir wird noch mal ein richtiger Mensch“, wurde sie gelobt. Sie lachte, sie war fröhlich, sie dachte nicht mehr an zu Hause, sie dachte schon seit Stunden nicht einmal mehr an Svenja.

Aber das sollte eine unvorhergesehene Wendung nehmen. Als sie sich ausgeruht hatten, begannen die Jungen den Schauplatz ihres Picknicks aufzuräumen. Sie sammelten Papier, Käserinden und Eierschalen in eine Tragtüte, die dann einer von ihnen zu Hause in den Müll werfen würde. „Seid ihr immer so ordentlich?“, rief Nicole bewundernd.

„Wir Oberdörfler schon. Aber frag nicht, was die vom Unterdorf für einen Saustall hinterlassen.“

Wozu zählte eigentlich Svenja? Nicole hatte sich darüber bisher noch nie Gedanken gemacht. Aber jetzt interessierte es sie, und sie erkundigte sich, ob das Rambergschlösschen zum Ober- oder Unterdorf gehörte. Mit dieser Frage löste sie eine gewisse Verwirrung aus, denn einige behaupteten, es gehöre zum Oberdorf, die anderen wiederum waren der Ansicht, dass der größere Teil, nämlich die Zufahrtsallee, der Park und der kleine Weiher am Fuß des Hügels ohne Zweifel dem Unterdorf zugeschrieben werden müsse. Svenja war also ein Grenzfall. „Aber ihr mögt sie doch?", fragte Nicole weiter. Da sie selbst Svenja liebte, hätte sie so gern gehört, dass die ganze Welt und natürlich auch die sechs Jungen sie liebten. Aber derartige Gefühlsäußerungen kamen natürlich nicht über ihre Lippen. Die etwas herablassend gemurmelten Antworten erstreckten sich von „Sie ist nicht so übel" bis zu der bereits als großes Kompliment geltenden Feststellung von Felix „Sie ist ganz in Ordnung".

Nicole lächelte in sich hinein. Was würden die Jungen wohl von ihr sagen, wenn sie nach den Sommerferien wieder abgereist war. War sie nicht so übel? Oder sogar ganz in Ordnung? Oder doof? Würden sie überhaupt noch von ihr sprechen?

Die Meinungen über den weiteren Verlauf der Pilzsuche gingen auseinander, aber schließlich hatte man sich doch wenigstens generell auf einen Weg in Richtung heimwärts geeinigt. „Aber wir schwärmen wieder aus", sagte Sepp.

„Klar. Glaubst du, einer trottelt hinter dem anderen her?"

Sie legten von jeder Sorte einen Pilz in Nicoles Korb, damit sie sie mit den zu findenden Pilzen vergleichen konnte. „Geh immer so, dass du die Sonne im Rücken hast", legte ihr Wiggi nah. „Reikartshofen liegt im Westen."

„Ich werde mich schon nicht verlaufen. Ich höre euch ja immer schreien."

Wieder ging sie fast lautlos. Das Moos federte unter ihren Füßen, und die hohen Farne streiften ihre nackten Arme. Sie fand ein paar Pilze, die sie nach längerem Vergleich mit ihren Musterpilzen für echt hielt, und legte sie in ihren Korb. Ein Reh kreuzte ihren Weg. Es blieb ein paar Sekunden wie angewurzelt stehen, um sie zu mustern, dann setzte es in weiten Sprüngen davon. Nach einer Weile merkte Nicole, dass sie die Stimmen der Jungen nicht mehr hörte. Auch stand die Sonne nicht mehr in ihrem Rücken, wie Wiggi es ihr nahe gelegt hatte, sondern sie ging direkt auf die Sonne zu. Ich muss im Kreis gelaufen sein, überlegte sie, und dabei fielen ihr die Berichte von Menschen ein, die in der Wüste verhungert und verdurstet waren. Es wäre eigentlich klasse, sich ein bisschen zu verlaufen, nicht bis zum Hungertod natürlich, sondern nur eben gerade lang genug, um eine Suchaktion auszulösen und dann im Triumphzug heimgebracht zu werden. Die hohen Bäume hörten jetzt auf, und Nicole musste sich durch Jungholz zwängen. Arme und Beine wurden ihr zerkratzt, und zurückschnellende Zweige peitschten ihr ins Gesicht. Es war ein richtiges Abenteuer. Plötzlich floss vor ihr hellgrünes Licht in das Dunkel des Dickichts. Hier musste eine Waldlichtung sein. Sie dachte an ihre alten Kindermärchen und hätte sich nicht gewundert, Feen oder Zwergen zu begegnen oder gar dem bocksfüßigen Pan, der auf der Flöte spielte. Und tatsächlich hörte sie Flötentöne, erst ganz zaghaft und eher unbeholfen nach einer Melodie tastend, dann aber wurde ein richtiges Lied daraus. Nicole kannte es nicht, und doch war ihr die süße, einschmeichelnde Weise nicht fremd. Ich träume, dachte sie. Es gibt hier keine Feen und Zwerge, und erst recht keinen Gott Pan, und niemand spielt Flöte. Ich bilde mir das alles nur ein. In Wirklichkeit laufe ich orientierungslos in einem Wald herum, sammle Pilze und bin heilfroh, wenn ich meine Jungs wieder getroffen habe.

Das Dickicht öffnete sich. Sie ging zögernd auf die Lichtung zu und lauschte mit angehaltenem Atem der einschmeichelnden Melodie. Dann biss sie sich auf die Lippen, bis sie den Schmerz spürte, um sicher zu sein, dass sie wach war. Das Flötenspiel riss ab, sie hörte nun undeutliche Stimmen und dann ein helles Lachen, das ihr Herz rascher schlagen ließ, denn es gab keinen Zweifel, dass es Svenjas Lachen war.

Nicole machte ein paar vorsichtige Schritte nach vorn und bog die Zweige auseinander, bis sie Sicht auf die kleine Waldlichtung hatte. Hier waren die Farne nicht so hoch, denn die Sonne hatte den Boden ausgetrocknet. Ein uralter morscher Baumstamm lag quer über dem mit Heidelbeerpflanzen überwucherten Moos, und auf diesem Baumstamm saßen sich rittlings Svenja und Roland gegenüber. Roland sagte etwas, das Nicole nicht verstehen konnte, und Svenja lachte von neuem. Sie schüttelte den Kopf und machte eine Bewegung mit der Hand, als schriebe sie ein Wort in die Luft. Roland beobachtete sie aufmerksam, und wieder sagte er etwas, das Nicole nicht verstand. „Ja, ja, ja", rief Svenja, und nun begann Roland Zeichen in die Luft zu malen. Nicole begriff, dass es ein Spiel war. Einer schrieb, der andere musste das Wort erraten.

Sie glaubte Svenja nie so fröhlich und ausgelassen erlebt zu haben. Sie hatte ihr dunkles Haar aufgesteckt, einige Strähnen fielen ihr über Stirn und Nacken. Sie trug zu dem blauen Wickelrock, den Nicole kannte, eine einfache, tief ausgeschnittene weiße Leinenbluse. Mit mir war sie nie so ausgelassen, mich hat sie auch nie so angesehen wie Roland. Ganz klar, sie ist in ihn verknallt und er in sie, dachte Nicole mit einer Mischung von Traurigkeit und Zorn. Sie hat mich hintergangen, sie hat mich gestern angelogen, als sie mir sagte, sie wolle mal einen Tag allein sein. Sie war mit Roland verabredet und wollte es mir nicht sagen. Am liebsten wäre sie aus ihrem Versteck herausgetreten und hätte den beiden eine flammende Rede gehalten. Aber dann sah sie sich in Gedanken bereits in Tränen ausbrechen und von Roland und Svenja wie ein heulendes Baby getröstet werden.

Svenja nahm jetzt die Flöte auf, die zwischen den beiden auf dem Baumstamm lag, und reichte sie Roland. „Spiel noch was", sagte sie, und es klang wie ein zärtlicher Befehl. Roland nahm die Flöte, und nach ein paar Kadenzen, die an Vogelstimmen erinnerten, formte sich glockenrein ein Lied, das Nicoles Mutter so gern sang: „Leise zieht durch mein Gemüt liebliches Geläute", und beinahe hätte Nicole mitgesungen: „Klinge, kleines Frühlingslied, kling hinaus ins Weite ..."

Aber jetzt hörte sie plötzlich in der Ferne die Jungen ihren Namen rufen, und sie ließ die Zweige zusammengleiten und zog sich zurück. Svenja und Roland waren ihr Geheimnis, das sie mit niemandem teilen wollte. Sie schlug sich durchs Unterholz, ohne darauf zu achten, wie sehr sie zerstochen und zerkratzt wurde. Sie fing an zu laufen, strauchelte und eilte weiter. Jetzt waren die Stimmen der Jungen schon ganz nah. Sie kamen von allen Seiten, und Nicole, die ihnen antwortete, wurde richtiggehend eingekreist von ihnen wie ein Stück Wild von Jagdhunden. Als sie sich endlich trafen, wurde sie kopfschüttelnd angestarrt.

„Wie siehst du denn aus? Bist du unter die Räuber gefallen?", sagte der Blecker.

„Und wo ist denn dein Kopftuch?", forschte Felix.

„Ich muss es verloren haben. Ich habe mich verlaufen."

Wiggi schnalzte über so viel Dummheit ärgerlich mit der Zunge. „Habe ich dir nicht gesagt, du sollst die Sonne immer im Rücken behalten."

„Habe ich ja", entgegnete Nicole bockig.

„Hast du eben nicht. Und wo sind deine Schwammerln?"

Nicole wies ihre bescheidene Ernte vor und ließ sich ohne Widerrede auslachen. Es war so gut, die Jungen mit ihren lauten Stimmen und ungeschickten Gebärden um sich zu haben. Einer erbot sich, Nicoles Kratzwunden mit Spucke zu reinigen, ein anderer zog einen nicht gerade ganz sauberen Kamm aus der Tasche und kämmte damit die Tannennadeln und kleinen dürren Zweige aus ihrem Haar. Felix hielt ihr einen Kaugummi hin. „Brich dir ein Stück ab, wir machen halbe-halbe." Nicole war gerührt. „Was hast du denn gesehen?", fragte er.

„Gesehen? Ich, nichts." Nicole erschrak. Um keinen Preis der Welt hätte sie Svenja und Roland verraten.

„Wir haben zwei Hasen, ein Reh und einen Fuchs gesehen", sagte Uli.

Die Jungen unterhielten sich über Mopeds, über die neuesten Hits, über ihre Lieblingsspeisen und über ihre Schwestern und deren Freundinnen. Sie konnten mit Mädchen noch nicht viel anfangen, oder wenigstens taten sie so. „Doof bleibt doof", erklärte der Blecker abschließend.

Nicoles Gedanken kehrten immer wieder zu Svenja und Roland zurück. Ob sie sich wohl küssten? Sie hielt es für wahrscheinlich, vielleicht gerade in dieser Sekunde. „Ich habe gar nicht gewusst, dass Roland Flöte spielt." Unversehens hatte sie laut gedacht.

„Wieso kommst du plötzlich darauf?", fragte Wiggi argwöhnisch.

„Nur so." Sie schob den Kaugummi von einer Seite ihrer Backe in die andere. „Ich glaube, Svenja hat es mir mal erzählt."

„Morgen Mittag machen wir unsere Schwammerln", sagte Wiggi. „Wir können Roland ruhig dazu einladen, wenn du Wert darauf legst."

„Und Svenja?"

„Ich weiß nicht recht. Ich glaube, die beiden mögen sich nicht besonders."

O du ahnungsloser Tor! Nicole lächelte in sich hinein.

Kurz bevor Nicole zu Bett ging, rief ihr Vater an. „Nun, Coco? Wie geht es dir?"

„Bestens. Wir waren heute den ganzen Tag im Wald. Pilze suchen, nein, wart mal, nicht Pilze, sondern Schwamme-r-l-n." Sie konnte dieses verflixte Wort nun schon aussprechen.

„Du bist ja schon weit fortgeschritten in deinen Sprachkenntnissen. Weißt du auch, dass bei dir heute Halbzeit ist?"

„Halbzeit?"

„Ja. Wir wollen dich noch ein paar Tage, bevor deine Schule angeht, hier bei uns haben. In vierzehn Tagen spätestens wollen wir dich abholen."

Wir, immer wieder wir, wie wunderbar das klang. „Dann seid ihr also wieder versöhnt?"

Aber die kurze Pause, die entstand, sagte ihr bereits alles, bevor der Vater geantwortet hatte. „Hör doch mal, Coco, wie kann ich dir nur klarmachen, dass Mutti und ich nicht zerstritten sind. Wir waren es nie. Insofern brauchen wir uns nicht zu versöhnen." Er sagte das mit einer spürbaren Ungeduld in der Stimme, und Nicole begriff, dass ihr dadurch Grenzen gesetzt wurden, die sie nicht überschreiten durfte.

„Du kommst aber doch mit Mutti?", fragte sie zaghaft.

„Mit wem denn sonst", sagte er lachend.

Nun ja, du hättest mir ja auch deine Neuerwerbung unterjubeln können, dachte sie. Aber das sprach sie natürlich nicht aus. „Kann ich Mutti mal sprechen?", fragte sie.

„Nein. Ich rufe nicht von zu Hause an."

„Wo bist du denn?", erkundigte sie sich beklommen.

„Du wirst lachen, ich bin in eurer zukünftigen Wohnung und bringe gerade die Vorhangstangen an."

Nicole vernahm es mit einem Seufzer der Erleichterung. „Wenn ihr kommt, könnt ihr mich in Stein bewundern. In Stein bin ich wirklich sehr schön, und ich habe dagegen schon protestiert. Aber Bert lacht mich jedes Mal aus und behauptet, er sähe mich eben mit den Augen eines Künstlers."

„Gut, gib mir den großen Künstler mal ans Telefon", sagte der Vater, und Nicole war froh, dass das Gespräch, das seine Klippen gehabt hatte, beendet war.

Wiggi und Felix wollten mit ihr noch Mensch-ärgere-dich-nicht spielen. Aber sie torkelte geradezu vor Müdigkeit, ihr Knie schmerzte, und ihre Kratzwunden brannten. Sie fiel ins Bett und schlief sofort ein, um erst wieder aufzuwachen, als die Sonne schon hoch am Himmel stand und im Stall die Schweine quiekten und das Krachen des Holzes, das Bert zur täglichen Frühgymnastik spaltete, zur ihr heraufdrang.

Aber irgendetwas war an diesem Morgen ungewöhnlich. Sie schlug die Augen auf und sah Svenja, die an ihrem Bett saß. „Guten Morgen, Kaninchen", sagte sie vergnügt.

„Guten Morgen", erwiderte Nicole ohne übertriebene Freude, denn sofort stand das gestrige Erlebnis wieder vor ihr. Svenja, die sich mit einer Ausrede einen freien Tag verschafft hatte, um ihn heimlich mit Roland zu verbringen.

Aber Svenja schien ihren zurückhaltenden Ton überhaupt nicht zu bemerken. Sie strich Nicole das wirre Haar aus der vom Schlaf geröteten Stirn und fragte harmlos: „Wie war's denn gestern? Habt ihr viel gefunden? Ladet ihr mich zu eurem Pilzessen ein?"

„Woher weißt du denn, dass wir Pilze gesucht haben?"

„Roland hat es mir gesagt. Sie wollten ihn doch dabeihaben, aber er hatte keine Lust."

„Keine Lust, wieso? Wann hat er dir denn das erzählt? Wann hast du ihn gesehen?" Sie sah Svenja gespannt an. Jetzt war der Moment gekommen, wo sie ihr die große Lüge auftischen würde.

An dem Abend, an dem Nicole sie noch ein Stück begleitet hatte, war sie Roland begegnet, erzählte Svenja. „Also, es war wohl keine ganz zufällige Begegnung", verbesserte sie sich. „Roland hat mir sozusagen bei der Einfahrt zum Park den Weg verstellt, und dann haben wir uns für den nächsten Tag, also für gestern, verabredet."

„Warum?", unterbrach sie Nicole.

„Warum?" Svenja schüttelte verständnislos den Kopf. „Weil ich wollte. Ich mag ihn halt gern, und ich fühle mich wohl in seiner Gesellschaft. Am Abend haben wir bei mir noch musiziert, ich auf der Gitarre, er auf der Flöte, und gestern sind wir stundenlang im Wald herumgestreunt, und dann haben wir einen märchenhaften kleinen Schlupfwinkel gefunden."

„O ja?" Nicole war nah daran zu gestehen, dass sie bei diesem Schlupfwinkel ganz schäbig auf Horchposten verharrt hatte. Aber dann fehlte ihr zu diesem Geständnis doch der Mut. Sie sprang aus dem Bett und machte sich mit den noch zugezogenen Vorhängen zu schaffen. „Ihr seid verknallt ineinander?", warf sie über die Schulter zurück, und dann hörte sie Svenja leise lachen, so wie sie sie gestern mit Roland lachen gehört hatte. „Ja oder nein?"

„Soll das ein Verhör sein?"

„Das wäre dir wohl unangenehm?"

„Ist es dir vielleicht unangenehm, mich auszuquetschen?" Das war wieder eine echte Svenja-Antwort, und Nicole wurde rot bis unter die Haarwurzeln.

Inzwischen begann Svenja völlig ungezwungen, von sich und Roland zu sprechen. Sie kannte ihn, wie eben alle im Dorf sich kannten. Aber sie fand, dass Roland von seinen Altersgenossen abstach. Er war reifer, man konnte sich besser mit ihm unterhalten, und außerdem spielte er eben so hinreißend Flöte. „Und dann sieht er gut aus, findest du nicht?"

„Ich weiß nicht, ich habe nicht so genau hingesehen", erwiderte Nicole trotzig.

„Das solltest du aber tun."

„Mir gefällt Wiggi besser."

„Dann hast du scheinbar doch hingeguckt, sonst könntest du das gar nicht feststellen."

Nicole schwieg. Hatte sie sich gestern nicht vorgenommen, Svenja fertig zu machen? Und nun wusste sie weder aus noch ein. Sie war so ratlos, dass sie mit einem Hilfe suchenden Blick auf Svenja sagte: „Ich glaube, ich hasse dich, ich weiß gar nicht, was mit mir los ist."

„Aber ich weiß es." Svenja nahm sie bei beiden Händen und zog sie aufs Bett. Dann setzte sie sich neben sie. „Du entwickelst dich, du bist kein Spielkind mehr. Weißt du, was Wachstumsschmerzen sind?"

„Ja, weiß ich. Wenn es in den Gliedern zieht, in den Beinen, in den Armen."

„Genau. Und so etwas gibt es auch innerlich. Aber du bist ein starkes Mädchen, und ich weiß das, auch wenn ich ‚armes Kaninchen‘ zu dir sage. Du wirst das, was mit deinen Eltern geschieht, verkraften, und du wirst es auch verkraften, wenn ich neben dir noch Platz für andere Freundschaften habe. Wenn du anfängst, klarer zu denken, wirst du weniger Kränkungen erfahren. Sei nicht so nachgiebig gegen dich selbst. Verstehst du, was ich meine?“

„Ja, so ungefähr“, sagte Nicole bekümmert. „Ich weiß nur noch nicht, ob ich es durchstehe.“

„Was durchstehe?“

„Ach, alles. Dieses ganze beschissene Kaulquappenalter. Ich möchte drei Jahre jünger sein oder drei Jahre älter.“

„Drei Jahre älter lässt sich einrichten“, sagte Svenja lachend. „Da musst du nur eine ganze Reihe von Tagen warten.“

Wiggi stürmte in Nicoles Zimmer, natürlich wieder ohne anzuklopfen. „Oh, ich störe?“

„Ja.“

„Gut, dann kann ich ja bleiben. Ihr klatscht?“

„Wir klatschen nicht, wir diskutieren“, sagte Nicole.

„Darf man vielleicht erfahren, worüber ihr so angeregt diskutiert?“

„Über Kaulquappen.“

„Über Kaulquappen?“

„Ja. Über solche wie du und ich“, sagte Nicole und weidete sich an seinem verständnislosen Gesicht. „Möchtest du Näheres wissen?“

„Nein, danke, kein Bedarf“, sagte er grollend. „Der Alte schickt mich, ob du ihm heute Vormittag Modell stehst.“

„Ja, sofort. Und ich möchte wissen, ob du es unrühmlich fändest, mit mir mal im Wald herumzuspazieren, um mir die vier Himmelsrichtungen einzubläuen.“

„Okay, kann ich machen“, sagte er gnädig, aber er grinste dabei so freudig überrascht, dass seine vielen Sommersprossen direkt zu leuchten begannen.

Eines Tages werde ich sie zählen, nahm Nicole sich vor.

„Darf ich Svenja und Roland zu unserem Pilzessen einladen?“

„Klar darfst du.“

Für immer – deine Freundin Ruth

Zwei ungleiche Freundinnen

Ruth wartete, bis das Flugzeug vorbeigedonnert war, dann wählte sie Jettes Nummer. Christian kam an den Apparat. Ruth mochte ihn nicht besonders, weil er irre angab und sich bei Schulschluss rücksichtslos seinen Weg freischubste, um als Erster draußen zu sein. Christian war acht Jahre alt.

„Gib mir Jette an den Apparat."

„Die kann jetzt nicht. Die bekommt gerade einen Rüffel von meiner Mutter", sagte Christian aufgekratzt.

„Freut dich das?"

„Klar. Sie hat meine Brille zertreten."

„Und wie kommt deine Brille auf den Boden?"

„Weil mein Vater mir eine gescheuert hat. Der ist heute mit einer Stinklaune heimgekommen, weil es an der Grenze Zoff gegeben hat wegen seiner Ladung."

Ruth fragte nicht weiter. Bei Fernlastfahrern war der Ärger im Gehalt mit inbegriffen, hatte Jette ihr gesagt.

Ruths Vater hatte einen Namen im Bankwesen. Seine Sorgen waren andere als die eines Fernlastfahrers.

Sie legte auf, und wenige Minuten später kamen die Eltern nach Hause. Sie waren beim Golfspielen gewesen, und sie wollten wissen, wie Ruth den Sonntagnachmittag verbracht hatte. Ruth sagte, sie habe eineinhalb Bücher ausgelesen und später Tiere gequält.

„Tiere gequält?“ Die Augenbrauen der Mutter rundeten sich zu erstaunten Bogen.

„Ich habe Vaters Zierfische der Nachbarkatze vorgeworfen.“

Die Mutter ging mit einer ärgerlichen Kopfbewegung an Ruth vorbei und legte ihre Golfhandschuhe ins Garderobenfach. Sie schätzte solche Scherze nicht.

Jette war da ein dankbareres Publikum, und Ruth legte es darauf an, die Freundin zum Lachen zu bringen.

„Hat irgendjemand angerufen?“, fragte Frau Kunziger.

„Ja. Frau Bennering.“

Frau Bennering war die Nachbarin und unterhielt sich mit Frau Kunziger über Kochrezepte, Rasenmäher, Reisen und Kosmetik.

„Was wollte sie?“

„Sich im Namen ihrer Katze beschweren, dass unsere Fische zu viele Gräten haben.“

„Du kannst es wohl nicht lassen“, meinte die Mutter leicht vorwurfsvoll. „Das nächste Mal kommst du wirklich mit zum Golfplatz. Und sag nicht wieder, du würdest dich langweilen. Das ist geradezu lächerlich. Da sind immer Kinder in deinem Alter.“

„Das heißt noch lange nicht, dass ich die mag.“

„Wenn du im Herbst aufs Gymnasium kommst, wirst du schon die richtigen Mädchen finden, die du magst.“

Das war ein Seitenhieb auf Jette. Wenigstens empfand

Ruth das so. Mutter bezeichnete die Schmitts als recht ordentliche Leute, gegen die im Grund nichts einzuwenden sei. „Nur sind die ganz und gar nicht meine Kragenweite“, fügte sie hinzu.

Mutters Kragenweite hatte mit Herkunft, Bildung und dem gesellschaftlichen Rang zu tun.

Ruth ging in ihr Zimmer und legte eine Kassette ein, aber die Kassette leierte, und sie stellte sie wieder ab. Dann betrachtete sie die Nägel ihrer beiden Zeigefinger, die sie mit Mutters Nagellack leuchtend rot lackiert hatte. In ein oder zwei Jahren würde sie alle ihre Nägel lackieren, wenn auch nicht gerade leuchtend rot.

Sie hatte wegen einer leichten Gelenkentzündung nicht Tennis spielen können. Jetzt zeigte ihre Armbanduhr zehn Uhr. Der Sonntag war gelaufen. Ruth freute sich auf den Montag. Sie überlegte, ob sie sich noch eine Weile zu den Eltern ins Wohnzimmer setzen sollte, aber sie hörte das Kaminfeuer knistern und hatte keine Lust, sich im Mai rösten zu lassen, nur weil es sich am Kamin so angenehm plaudern ließ, wie ihre Mutter immer behauptete. Die Tür zum Wohnzimmer stand offen, und Ruth konnte hören, wie ihre Eltern über den bevorstehenden Umzug in ein anderes Stadtviertel sprachen. Sie hatten dort eine große Eigentumswohnung gekauft, in der sie ihre antiken englischen Möbel gut unterbringen konnten. Die Dachterrasse, die leichter zu gestalten und zu pflegen war, sollte ihren jetzigen Garten ersetzen.

„Das war wirklich ein guter Griff“, hörte sie den Vater sagen. „Ich spare mindestens eine Viertelstunde Fahrzeit, um zu meiner Bank zu kommen.“

„Und Ruth kann mit dem Fahrrad in zehn Minuten ins Gymnasium fahren“, fügte die Mutter hinzu. „Natürlich wird ihr die Trennung von ihrer Freundin Jette nicht ganz leicht fallen, aber ich denke, sie wird bald darüber hinwegkommen. Sie bewegt sich doch dort dann in einem ganz anderen Rahmen. Das wird ihr gut tun."

Ruth knallte die Tür zu, aber sie wurde im nächsten Augenblick wieder aufgemacht, und der Vater erschien. „Ist was mit dir?"

„Nein, nichts."

„Warum hast du die Tür zugeschlagen?"

„Ich werde mich nicht von Jette trennen", stieß Ruth hervor. „Damit das klar ist."

Der Vater kam näher und strich ihr übers Haar. „Sollst du ja auch nicht."

„Ihr mögt sie nur nicht, weil ihre Mutter im Supermarkt arbeitet, anstatt Golf zu spielen."

„Wann wirst du dir abgewöhnen, Unsinn zu reden!"

Ruth schüttelte seine Hand ab, die immer noch auf ihrem Haar lag. „Dann mischt euch bitte nicht in meine Angelegenheiten."

Sie hoffte, den Vater damit zu erzürnen. Aber er lachte nur.

„Gute Nacht."

„Gute Nacht", knurrte Ruth.

Sie konnte lange nicht einschlafen. Was die Eltern da zusammengefaselt hatten, von wegen anderem Rahmen und schmerzloser Trennung von Jette, hinterließ einen bitteren Nachgeschmack bei Ruth, und sie musste ihn auf irgendeine Art loswerden. Sie stand noch einmal auf und tappte ins Wohnzimmer und erklärte mit Nachdruck, dass sie sich ihre Freundschaften nicht vorschreiben ließe. „Und überhaupt tut es mir Leid, dass ich gute Noten habe. Mit lauter Fünfen und Sechsern könntet ihr mich nicht aufs Gymnasium schicken. Dann könnte ich in meiner alten Schule bleiben."

Die Mutter lächelte nachsichtig. „Warum ziehst du

nicht deine Hausschuhe an, anstatt barfuß herumzulaufen?"

Der Vater stellte das Feuergitter vor die Glut. Die Mutter rückte die Silberschale mit den Salzmandeln in die Mitte des Tisches und legte die Packung Zigaretten daneben. Sie kippte den Aschenbecher auf die Glut und behielt ihn in der Hand. „Dein Nachthemd ist schon wieder zu kurz. Wann hörst du auf zu wachsen?", sagte sie.

„Frag Jette. Die wächst nicht." Ruth ging zurück in ihr Zimmer und musste sich Mühe geben, die Tür nicht wieder zuzuknallen. Wenn Jette jetzt da wäre, würden sie noch die halbe Nacht miteinander reden und die Eltern und die ganze Welt durchhecheln, und dann wäre alles gut und klar.

Jette hatte ein paar Mal bei Ruth übernachtet. Sie trug immer Schlafanzüge, in denen sie schier ertrank. Sie erbte sie von ihrem fünfzehnjährigen Bruder Jonas, ehe sie sie an Christian weitervererbte. Jette war auffallend klein für ihr Alter und sehr schmal, und man fragte sich, aus welcher Kraftreserve sie eigentlich ihre guten sportlichen Leistungen nahm. Sie war ein Ass in Bodengymnastik, im Schnelllauf und Volleyball.

Der Montag war föhnig. Jette trug einen kurzen, ganz engen grün und blau gestreiften Rock, den Ruth noch nie an ihr gesehen hatte. „Neu?"

„Ja. Den hat mir mein Vater aus Italien mitgebracht", erklärte Jette stolz. Sie legte ihr Deutschheft vor sich auf den Tisch und schlug es auf. „Mir ist nicht viel eingefallen zu dem Aufsatz. Dir?"

Ruth zuckte mit den Schultern. Sie starrte auf den blauen Fleck an Jettes Schläfe. „Was hast du denn da?"

Jette legte die Hand auf den blauen Fleck. „Ich wollte

mich ducken, als mein Vater sich Christian gegriffen hat, und habe mich an der Tischkante gestoßen. Gestern hat mein Vater seinen schlechten Tag gehabt, aber er meint es nie bös, und es geht bei ihm immer rasch wieder vorbei."

Ruth hatte immer etwas Angst vor dem großen vierschrötigen Mann, der mit einer Stimme sprach, als käme sie aus einem Kessel.

„Als er heute früh den blauen Fleck sah, hat er mir den Rock geschenkt, den ich eigentlich erst zum Geburtstag bekommen sollte. Typisch für ihn." Jette ließ nichts auf ihren Vater kommen, bei dem Jähzorn und Gutmütigkeit so dicht nebeneinander lagen.

„Der Rock ist toll, und der Fleck ist in der Farbe direkt passend", sagte Ruth. „Wann schläfst du mal wieder bei mir? Am Freitag? Freitag haben meine Eltern Theater-Abonnement. Da können wir auf den Putz hauen."

Frau Rennert betrat die Klasse, legte einen Stoß Hefte auf den Tisch und stemmte sich mit den Knöcheln ihrer rechten Hand darauf. Frau Rennert lehrte Biologie und Mathematik. Sie sah aus wie achtzehn. Ihre Armreifen klirrten, wenn sie an die Tafel schrieb. Die Kinder mochten sie, weil sie es verstand, einen gewissen Pfiff in den Umgang mit den öden Zahlen zu bringen.

„Die letzte Arbeit ist recht gut ausgefallen", verkündete sie. „Aber ein paar unter euch haben noch immer nicht kapiert, dass eine Textrechnung kein Glücksspiel, sondern eine Denkarbeit ist."

Jette nagte an ihren Lippen. Sie wusste, dass sie zu den Glücksspielern zählte. Die Hefte wurden ausgeteilt, und sie besah sich ihre Fünf mit so viel Widerwillen, als krabble ein Ekel erregender Käfer über das Blatt.

Im Schulhof während der Pause hielt sie unter einer

Horde von lärmenden Jungen Ausschau nach ihrem Bruder. Die Fünf hatte sich ihr auf den Magen gelegt.

„Du kannst mein Pausenbrot haben", sagte sie zu Christian.

„Gib her." Er nahm es ihr aus der Hand und biss sofort hinein. Er war gefräßig und ebenso begabt wie sein fünfzehnjähriger Bruder Jonas, der die Realschule besuchte und Klassenbester war. „Ist deine Mathearbeit schon raus?", fragte er. „Iiiih, da ist ja nur Margarine auf deinem Pausenbrot."

„Den Schinken habe ich selbst gegessen."

Christian wusste, dass kein Schinken auf dem Brot gewesen war. „Was hast'n bekommen in der Arbeit?"

„Eine Eins", sagte Jette und drehte ihm den Rücken zu, um zu Ruth zu gehen, die auf sie wartete.

„Also abgemacht, Freitag bei mir", erinnerte Ruth sie an ihre Verabredung.

„Hast du deine Eltern gefragt?"

„Muss ich nicht. Die sind froh, wenn jemand bei mir ist. Ich bin nicht gern allein im Haus."

„Hast du Angst?"

„Ja."

„Ich habe nie Angst."

„Das ist was anderes. Du wohnst in einem Mietshaus, und bei euch ist auch nicht so viel zu holen wie bei uns."

Jette nickte. Sie war nicht eingeschnappt. „Mein Vater sagt immer: ‚Kinder, ihr schwimmt nicht im Geld, aber wenigstens werdet ihr nicht entführt!'"

Jette und Ruth hatten sich vom ersten Schultag an zusammengefunden. Sie waren die Ältesten in ihrer Klasse, da sie beide erst mit sieben Jahren eingeschult worden waren.

Auf ewige Freundschaft

Seit Jette ihr eigenes Zimmer hatte, legte sie Wert darauf, dass die Brüder anklopften, wenn sie was von ihr haben wollten. Sie hielten sich nicht an diese Anordnung.

Heute stürmte Jonas gleich mit zwei seiner Freunde, die ihn zur Disko abholten, in Jettes Zimmer. Jette stand halb angezogen vor ihrem Kleiderschrank.

„Macht, dass ihr rauskommt!“, fauchte sie die Eindringlinge an.

„Nicht bevor du mir meinen Dreifarbenstift zurückgegeben hast“, sagte Jonas. Seine Stimme klang schon nahezu männlich.

„Den habe ich nicht. Raus mit euch.“

„Christian sagt, du hast ihn.“

„Christian lügt. Hau ab. Ich bin in Eile. Ich gehe zu Ruth übernachten.“

„Schickt sie dir wenigstens einen Mercedes mit ’m Fahrer?“

Jette drehte sich wütend um und blickte in drei grinsende Jungengesichter, eines davon mit Pickeln. „Blöd sein ist schön“, sagte sie grollend und legte ihre beiden Hände dort hin, wo bei manchen ihrer Altersgenossinnen bereits der Busen zu sprossen begann. „Ist was? Warum glotzt ihr mich so an?“

„Kommt, Jungs.“ Jonas schob seine Freunde zur Tür.

„Ist die immer so?“, fragte einer.

„Wenn sie zu Kunzigers geht, dreht sie durch.“

„Ist sie nicht überhaupt – wie soll ich sagen ...?“ Er hatte sagen wollen „unterbelichtet“, aber er sagte es lieber nicht, um Jonas nicht zu verärgern.

Jonas ließ über seine kleine Schwester nichts kommen, die sich in der Schule schwer tat, aber sich redlich von einer Klasse in die andere quälte. Er wusste, dass sie nicht dümmer als andere war. Sie war keine Leuchte, sie war einfach ein Spätzünder und brauchte ihre Zeit, um ihre Fähigkeiten zu entwickeln. Im Malen und Zeichnen war sie allen anderen haushoch überlegen. Ihr Stil war eigenwilliger, ihre Einfälle origineller, und ihr Strich und ihre Farbkombinationen waren sicherer. Ihre Zeichnungen wurden in der Schule ausgestellt und waren auch schon einmal in einem Magazin veröffentlicht worden.

„Klar hat Christian gelogen. Sie braucht meinen Dreifarbenstift nicht, sie könnte damit gar nichts anfangen“, sagte er zu seinen Freunden. „Ich zeige euch mal ihren Zeichenblock.“

„Sie ist irre dünn, ich glaube, die wirft überhaupt keinen Schatten“, sagte Jonas' Freund Manfred, genannt Manni.

„Wahrscheinlich ist sie so dünn, weil wir ihr alles wegessen, besonders Christian.“

Jette kam aus ihrem Zimmer und tippte Jonas auf die Schulter. „Also dann, bis morgen.“ Sie trug Jeans und ein blauweiß gestreiftes T-Shirt. Die Schultertasche war aus Jeansstoff. Jonas hatte sie ihr zu Weihnachten geschenkt.

Sie war schon an der Haustür, als die Mutter ihr nachrief: „Du hast die Seife und die Zahnpasta vergessen.“

„Brauche ich nicht.“

Die Mutter war nicht viel größer als Jette, aber nicht dünn, sondern pummelig. „Und wieso nicht?“

„Das bekomme ich doch alles von Ruth“, sagte Jette ungeduldig. „Bis morgen.“

„Hast du deine Hausschuhe dabei?“

Jette war schon im Treppenhaus und schloss die Tür

hinter sich. Die Mutter stellte sich heute wieder an, als würde sie eine Weltreise antreten. Jette hatte keine Lust, sich immer wieder dieselben Argumente anhören zu müssen. „Wenn man in ein fremdes Haus geht, bringt man sich seine Sachen mit. Das gehört sich so. Das hat mir schon mein Großvater eingebläut ..." Der Großvater war sicher ein netter Mann gewesen. Jette kannte ihn von Fotos her. Von ihm hatte die Mutter die blauen Augen und den vergnügten, gutmütigen Blick geerbt, vielleicht auch ihren gelegentlichen Predigerton, über den der Vater spöttelte. Der Großvater war Pastor im Böhmischen gewesen und hatte nach dem Krieg im Bayerischen Wald bei seinem ebenfalls dorthin geflüchteten Bruder gelebt. Er stammte aus einer alten Glasbläserfamilie.

Jette stellte ihr Fahrrad in die Garage, als Ruths Eltern eben ihr Auto bestiegen.

„Nett, dass du kommst", sagte Ruths Mutter und schenkte Jette ein flüchtiges Lächeln. „Ich habe Abendbrot für dich und Ruth vorbereitet."

„Dein Vater immer noch flott auf Achse?", wollte Herr Kunziger wissen. Die beiden Männer hatten sich vor einem Jahr auf einem Elternabend kennen gelernt, und seither versäumte es Herr Kunziger nie, sich nach Jettes Vater zu erkundigen. „Wie geht es ihm?"

„Danke, gut." Am liebsten hätte sie gesagt, er fährt und fährt und fährt. Was gab es von einem Fernlastfahrer anderes zu berichten? „Flott auf Achse" klang ziemlich blöd in ihren Ohren.

„Grüß ihn von mir. Er sieht aus wie Schimanski."

„Ja, ich weiß. Das sagt meine Mutter auch immer." Aber die Antwort, die ihr Vater jedes Mal darauf gab, behielt sie für sich. – Wenn ich Schimanski wäre, hätte ich nicht dich, sondern eine Puppe aus Hollywood geheiratet, und ich würde nicht wie ein Idiot auf ein Eigenheim sparen und mir die Schuhe vor der Tür ausziehen müssen. – Aber das sollte nur ein Scherz sein. Jette wusste das. Die Eltern kamen gut miteinander aus.

Jette wartete, bis die Kipptür der Garage sich hinter Kunzigers funkelndem Auto schloss. Im Vergleich zu dem schweren Laster, den ihr Vater fuhr, war es ein mickriges Ding. Sie stellte ihr Fahrrad an die Wand. Die Garage hatte einen Ausgang zum Garten mit einer schmalen eisernen Tür, die automatisch einschnappte, wenn man sie hinter sich schloss.

Ruth kam Jette über die kurze Rasenfläche entgegengelaufen. „Wo bleibst du denn so lang?“, fragte sie vorwurfsvoll. „Ich habe bei dir zu Hause angerufen. Ich dachte schon, du hättest unsere Verabredung vergessen.“

Sie liefen um die Wette zum Haus. Der Tisch war im Wintergarten gedeckt. Es roch nach Schinken und Käse und nach den beiden kleinen Zierorangenbäumchen, die hier blühten.

Jette zählte die Goldfische. „Wo ist denn der sechste?“ Sie kannte jeden Winkel in Ruths Haus.

Insgeheim fühlte sie sich fast zum Haus gehörend, aber das hätte sie natürlich nie ausgesprochen.

Ruth füllte Jettes Teller mit Schinken und Wurst und Delikatessegurken. Sie sagte, der sechste Goldfisch hätte heute Mittag tot im Aquarium gelegen. „Er hat saumäßig ausgesehen in letzter Zeit. Richtig blass.“

Jette belegte sich ein Brot. „Wollen wir ihn begraben?“

„Meine Mutter hat ihn ins Klo geworfen.“

„Wieso ins Klo?“

„Die ist eben so.“

„Wir haben doch immer tote Vögel begraben, wenn wir sie gefunden haben.“

Ruth meinte, mit Vögeln sei das was anderes. Vögel seien nett, Goldfische seien doof. „Warum nimmst du keine Butter, Jette? Meine Mutter isst auch keine. Aber die tut es wegen der Diät. Du musst doch wirklich nicht Angst haben, dass du ein Gramm zunimmst."

„Habe ich auch nicht."

„Also warum tust du es dann? Aus Sparsamkeit? Wegen eurem Eigenheim?"

Bei Schmitts sparte man aufs Eigenheim. Das war eines der Hauptthemen, und Ruth wusste davon. „Aber deshalb braucht ihr doch nicht mit jedem Gramm Butter zu geizen."

„Wir hungern nicht, wenn du das meinst." Jette war nah dran, ihren Teller wegzuschieben und auf und davon zu laufen. Ruth hatte ein Talent, ihren empfindlichsten Punkt zu treffen, aber wahrscheinlich war ihr das gar nicht bewusst. „Ich kann nichts dafür, dass ich so dürr bin", murmelte sie.

„Behauptet ja auch niemand."

„Bei mir schlägt einfach nichts an."

Ruth legte einen Schwung Perlzwiebeln auf Jettes Teller. Drei von den Zwiebeln kullerten vom Tisch und landeten auf dem Boden.

„Gut", schrie Ruth vergnügt.

Die gespannte Stimmung war verflogen, und die Mädchen jagten unterm Tisch den Zwiebeln nach und stießen mit den Köpfen zusammen und lachten. Dann aßen sie zu Ende, und als sie satt waren, gingen sie noch hinaus in den Garten.

Ruth meinte, dass es heute einen Krimi im Fernsehen gäbe, aber Jette hatte keine besondere Lust darauf. Sie sagte, vor der Glotze könne sie auch zu Hause sitzen.

Sie spielten im Keller Pingpong. Jette schlug Ruth sieben zu fünf. Es war ein hartes Spiel gewesen, und Ruth meinte, jetzt hätte sie wieder Hunger. Das bisschen Schinken und Käse halte nicht vor.

Draußen war es schon dunkel geworden. Eine Amsel sang ihr Abendlied. Jette dachte an das Vogelgrab, das sie im vergangenen Sommer mit Ruth gemacht und liebevoll mit Gänseblumen geschmückt hatte. Die Spiele hatten sich geändert, und wenn die Kunzigers im Herbst in ein anderes Stadtviertel zogen und Ruth eine andere Schule besuchte, würde es nie mehr so werden wie früher. Eine trübe Vorahnung legte sich ihr auf die Seele.

Ruth war schon an der Tür und knipste das Licht aus, und Jette musste durch den dunklen Keller tappen. „Sollen wir kochen?", fragte sie.

„O ja, prima."

Kochen war wunderbar. Es war aufregender, als Monopoly zu spielen oder fernzusehen. Sie kochten meistens Pfannkuchen, weil da am wenigsten schief gehen konnte, aber heute wollten sie mal was anderes ausprobieren. Die Küchenfenster standen weit auf. Die Amsel brach ihr Lied plötzlich ab und fing an, ärgerlich zu zetern, weil Frau Bennerings Katze durch den Garten schlich. Ruth band sich eine weiße Batistschürze mit Rüschen um. „Was wollen wir kochen?", fragte sie. „Ewig diese Pfannkuchen? Ich möchte mal was anderes ausprobieren. Kochen wir was aus dem Bocuse."

„Was ist das?"

„Bocuse hat das tollste Kochbuch der Welt geschrieben." Ruth holte einen dicken Wälzer aus dem Regal und schlug ihn auf.

„O Mann", rief Jette bewundernd und vertiefte sich in die bunten Abbildungen der Gerichte. „Da wird man ja schon vom Hinsehen satt."

„Ich nicht."

Sie studierten beide das Inhaltsverzeichnis, aber es war so reichhaltig und verwirrend, dass sie sich für keine Speise entscheiden konnten.

„Weißt du was, wir machen doch lieber unsere Pfannkuchen“, meinte Jette, nachdem sie mit gemischten Gefühlen festgestellt hatte, dass Bratkartoffeln „Pommes sautées a la Bordelaise“ hießen. „Das hört sich alles so schrecklich kompliziert an.“

„Meine Mutter kocht oft aus dem Bocuse“, sagte Ruth. „Aber gut, machen wir Pfannkuchen. Weißt du was, wir schnippeln Champignons rein. Das haben wir neulich gegessen. Das schmeckt prima.“ Sie nahm sechs Eier und Butter und Milch und die Pilze aus dem Kühlschrank.

Jette holte den Rührapparat aus dem Schrank. Sie wusste, wo alles stand. Sie hätte es blind finden können. „Wenn ihr wegzieht, werden wir nie mehr miteinander kochen“, sagte sie trübsinnig.

„Quatsch.“

„Doch. Jonas sagt das auch. Er sagt, seit er in der Realschule ist, hat er nicht mehr viel übrig für seine früheren Schulkameraden.“

„Ich bin aber nicht Jonas.“ Ruth schlug die Eier in die Schüssel. „Hast du eine Prise Salz drin?“

„Er sagt, man sei da einfach auf einer anderen Wellenlänge“, setzte Jette ihren Gedankengang fort.

„Jonas spinnt.“

„Nur mit ein paar von seinen früheren Fußballkumpels kommt er noch zusammen.“ Jette säuberte unterm fließenden Wasser die Champignons und legte sie auf ein Brett zum Trocknen.

„Bei uns gibt es das nicht, das schwöre ich dir“, meinte Ruth.

Jette begann die Pilze zu schnippeln.

„Du musst es mir auch schwören“, sagte Ruth.

„Klar schwöre ich es dir“, sagte Jette feierlich, und während sie Ruth ins Gesicht sah, schnitt sie sich in den Finger. „Autsch.“

„Au fein, wir schwören uns Blutsbrüderschaft", sagte Ruth lebhaft, nahm mit dem Zeigefinger einen Tropfen Blut von Jette und schmierte ihn sich auf den Handrücken. „Also jetzt schwören wir es uns gegenseitig, ja? Freundschaft bis zum Tod. Nichts darf dazwischenkommen."

„Eigentlich muss man es bei der Bibel schwören wie in amerikanischen Filmen", sagte Jette.

„Wo soll ich denn eine Bibel hernehmen?"

„Habt ihr keine Bibel im Haus?", wunderte sich Jette.

Ruth schüttelte den Kopf. „Ihr? Wahrscheinlich von deinem Großvater her."

Jette sagte, das wisse sie nicht, aber es sei eine sehr schöne Bibel und mindestens so dick wie dieses Kochbuch, dieser Bocuse. Sie sprach ihn Bokuhse aus.

„Man spricht es Boküs. Leg deine Hand auf den Bocuse und ich auch, und dann schwören wir uns ewige Freundschaft."

Während die Amsel wieder zu singen anfing, vollzogen sie den feierlichen Akt und blickten sich tief in die Augen, aber lange hielten sie es nicht aus, dann brachen sie in Gelächter aus.

„Ich schwöre dir ewige Freundschaft", sagte Jette unter Kichern.

„Ich dir auch."

Sie mischten die Champignonscheiben in den Teig und ließen die erste Portion auf die Pfanne fließen. Ruth hatte darauf bestanden, nicht Backfett, sondern Butter zu nehmen. „Wir brauchen Musik", sagte sie. „Leg eine Kassette ein."

„Was möchtest du hören?"

„Irgendwas."

Jette erwischte eine Oper, und der Tenor schmetterte seine Arie in den Raum, während die Mädchen Jettes

Bett in Ruths Zimmer herrichteten. Dann warfen sie sich beide auf die Schaumgummimatratze und überlegten, wie sie den Abend weiter gestalten würden. Ruth schlug Verkleiden vor. Verkleiden aus Frau Kunzigers reicher Garderobe hatte sich immer bestens bewährt. Ruth fand ein weißes, wallendes Kleid und ging als Fee, und Jette schlüpfte in einen schwarzen Seidenblazer, der um ihren dünnen Körper schlackerte und ihr bis an die Knöchel reichte. Sie beschlossen, dass sie ein Zauberer sei oder ein Minister oder so was Ähnliches.

Jette fand in der Tasche des Blazers ein Fünfmarkstück und gab es Ruth.

„Du kannst es behalten. Ich schenke es dir", erklärte Ruth.

„Das kannst du nicht machen", sagte Jette und wollte das Geld nicht annehmen.

Aber Ruth lachte sie aus und nannte sie kleinkariert. Sie wollte ihr das Geld aufdrängen, und die Mädchen rangelten miteinander und landeten schließlich wieder auf der Schaumgummimatratze. Dann rannten sie in die Küche, aus der ein ätzender Geruch kam. Der Pfannkuchen war total verkohlt. Jette reinigte eine halbe Stunde die Pfanne, in der das Fett eingebrannt war. Inzwischen legte Ruth Platten auf. Sie hatte die Lust auf Pfannkuchen verloren und holte für sich und Jette Himbeereis aus der Kühltruhe. Den restlichen Teig schüttete sie in den Abfalleimer.

Jette war entrüstet. Sie sagte, vielleicht verhungere in diesem Augenblick in Afrika ein Kind.

„Es würde aber auch verhungern, wenn ich den blöden Teig aufheben würde", meinte Ruth.

„Manchmal bist du echt hartherzig."

Ruth wischte sich das Himbeereis vom Mund. Sie war immer noch als Fee verkleidet, und das weiße Kleid hatte einen roten Fleck bekommen. Sie versuchte ihn auszuwaschen, aber der Fleck blieb sichtbar. „Meine Mutter wird toben, wenn sie das sieht“, sagte sie.

Um zehn Uhr beschlossen sie, allmählich ins Bett zu gehen. Ruth ließ ein Bad ein und gab reichlich Badesalz ins Wasser. Sie redeten über die Klasse und über die Lehrer.

„Wenn du bessere Noten hättest, würden deine Eltern dich dann aufs Gymnasium lassen?“, wollte Ruth wissen.

„Weiß ich nicht. Mein Vater sagt, es gibt kaum noch ein Mädchen, das einen Knopf annähen kann, weil sie alle so gebildet sind. Mein Vater wäre sicher gegen das Gymnasium.“

„Magst du ihn?“

„Wen?“

„Deinen Vater.“

„Klar mag ich ihn.“

„Ich habe Angst vor ihm.“

„Brauchst du nicht.“

„Der blaue Fleck an deiner Schläfe ... hattest du dich da wirklich nur an einer Kante gestoßen, oder hat er dir eine gescheuert?“

„Nein, ehrlich nicht.“

„Aber anlügen ist verboten. Das gehört mit zu unserem Eid von vorhin, okay?“

„Ja, okay.“

„Bis ans Lebensende.“

„Ja, bis ans Lebensende.“ Es läutete.

„Ich mache nicht auf. Ich denke gar nicht dran.“ Ruth klopfte mit der flachen Hand aufs Wasser, dass es nach allen Seiten spritzte.

Es klingelte ein zweites Mal, diesmal energischer und anhaltender.

„Vielleicht weiß einer, dass wir allein zu Hause sind.“

Ruth wagte nur mehr zu flüstern. „Da hat mal einer vor ein paar Jahren eine ganze Familie ermordet, Mutter, Vater und zwei Kinder."

„Du hast doch abgeschlossen? Und die Sperrkette vorgelegt?"

Ruth wagte jetzt überhaupt nicht mehr zu sprechen. Sie nickte nur und legte beschwörend den Finger auf den Mund.

Sie hörten Schritte draußen auf dem Kiesweg. Das Oberlicht des Badfensters stand auf.

„Er ist weg", flüsterte Ruth, nachdem sie noch eine Weile gelauscht hatte. „Wir sind gerettet." Sie umarmte Jette so stürmisch, dass diese mit dem Kopf ins Wasser tauchte. „Ich habe überhaupt keine Angst gehabt, ich habe nur so getan", brüstete sie sich. Aber dann klingelte das Telefon, und sie fuhr erschrocken zusammen. „Jetzt möchte er feststellen, ob jemand im Haus ist."

„Ach was. Du siehst Gespenster. Ich gehe hin." Jette stieg aus der Badewanne und wickelte sich in ein Frottiertuch.

„Aber sprich nicht wie ein Kind, verstell deine Stimme", rief Ruth ihr besorgt nach.

„Hallo, hier bei Direktor Kunziger", hörte sie Jette mit dumpfer Stimme sagen, aber gleich darauf lachte sie und sagte: „Okay, ich mach dir auf. Klingle dreimal, damit ich weiß, dass du es bist."

Es war Jonas, der dringend sein Physikbuch brauchte, das auf mysteriöse Weise in Jettes Schulmappe geraten war.

„Wir dachten schon, es wäre ein Einbrecher", sagte Ruth.

Jonas lachte, nahm sein Buch an sich und ging.

Die Mädchen aber gingen zu Bett und kicherten sich in den Schlaf.

Jettes Italienreise

Die Sommerferien waren zur Hälfte vorbei. Die zweite Julihälfte war regnerisch gewesen. Jette hatte ihre sommerliche Grippe hinter sich und ein Kilo abgenommen.

„Das muss wieder rauf", erklärte der Vater. „Habe ich eine Tochter, oder habe ich einen Salzhering, Käthe?" Er sah die Mutter strafend an.

Sie lachte. „Ich habe es ihr nicht runtergekratzt."

„So nehme ich sie nicht mit."

Jette legte wütend ihr Buch beiseite und sprang den Vater an wie eine Katze. „Du hast es mir versprochen", schrie sie empört.

„Was denken denn die Leute von mir, wenn ich mit so was ankomme", sagte er barsch, aber seine Lachfältchen vertieften sich. „Sie werden sagen, dass ich meine Familie nicht ernähren kann." Jette klammerte sich noch immer an ihn, und er hatte Mühe, sich von ihr zu befreien. „Du hast Kraft, das muss man dir lassen."

„Wann geht's los? Bleibt es bei nächstem Dienstag?"

Er nickte. Er würde seine Tochter in dem schweren LKW auf die Fahrt nach Italien mitnehmen. Zwei Tage würde sie mit ihm unterwegs sein.

Am Montag quälte sie abends auf Drängen des Vaters einen zweiten Teller mit Nudeln und Speck in sich hinein.

„So ist's recht", lobte sie der Vater. „Ich würde schon was aus dir machen, wenn ich nicht ständig auf Achse wäre."

Jettes Augen hingen an dem Gesicht dieses großen, starken Mannes, der ihr Vater war, den sie so selten sah und der von sich sagte, er habe einen Menschenfresserjob. „Diese Arbeit frisst dich auf mit Haut und Haar", sagte er. „Du musst auf Zeit fahren, sonst kannst du verhungern, oder du fliegst raus." Reinhard Schmitt wusste, wovon er sprach. Er fuhr schon das zehnte Jahr diesen Lastzug.

Er schnitt sich ein Stück Schweizer Käse ab, spießte es mit dem Messer auf und schob es in den Mund. Es schickte sich nicht, den Käse auf diese Weise zu essen, aber der Vater durfte das, und die Mutter hatte längst aufgehört, ihn wegen dieser Gewohnheit zu kritisieren. „Hab keine Angst, wenn ich in feiner Gesellschaft bin, tue ich das schon nicht", sagte er zu Jette, die ihn ansah. „Und untersteh du dich, so zu essen."

„Nein, tue ich schon nicht." Sie hatte die morgige Tour auf der Landkarte genau studiert und hätte gern mit dem Vater darüber gesprochen, aber ihr war plötzlich so schlecht von dem vielen Essen, zu dem sie sich gezwungen hatte, dass sie rasch aufstand und sich in der Toilette übergab. Danach war ihr wohler, und sie ging zu Bett, hielt sich die Ohren zu und schaukelte mit dem Kopf hin und her. Ruth hatte ihr gesagt, das täten Kinder, die später verrückt würden, aber Jette war ziemlich sicher, dass sie nicht verrückt werden würde. Es war einfach schön, sich in den Schlaf zu schaukeln. Sie schlief ein und träumte, sie ginge durch eine dunkle Straße, und plötzlich schoss jemand auf sie, und sie wachte erschrocken auf und sah, dass das Zimmer hell erleuchtet war vom Widerschein eines Blitzes. Draußen ging ein heftiges Gewitter hernieder. Jette tappte zum Zimmer der Brüder, weil sie wusste, dass Christian, das kleine Großmaul, schrecklich Angst vor Gewittern hatte, und Jonas war mit zwei Freunden auf einer Radtour durch Norwegen. Sie wollte Christian zu sich ins Zimmer holen.

Aber ihr Bruder schlief wie ein Murmeltier, und Jette ging zurück in ihr Bett und schaukelte sich wieder in den Schlaf. Ihr letzter Gedanke galt Ruth, die gerade mit ihren Eltern in Florida Ferien machte. Ferien in Florida waren sicher ein tolles Ding, aber Jette hätte um keinen Preis ihre morgige Fahrt gegen Florida eingetauscht. Sie sah den Vater so selten, und ganz für sich allein hatte sie ihn noch nie gehabt.

Es war noch dunkel, als sie aufbrachen. Es war halb vier Uhr morgens, Sommerzeit, in Wirklichkeit also erst halb drei. Jette war sofort wach, als die Mutter sie weckte. Sie hatte Frühstück gemacht. „Geht's dir besser?", fragte sie.

„Mir geht es prima. Wieso besser?"

„Besser als gestern Abend, als dir doch übel wurde."

Jette machte eine unwillige Bewegung mit dem Kopf. Sie fragte nicht, wie und woher die Mutter von ihrer gestrigen Übelkeit wusste. Sie sprang schwungvoll aus dem Bett. „Hast du Vater was gesagt?"

„Ich bin doch kein Spielverderber. Vater trinkt schon seinen Kaffee. Es regnet."

„Iiii", machte Jette enttäuscht.

„Er sagt, überm Brenner ist das Wetter sicher besser. Er sagt, du solltest auf jeden Fall deinen Zeichenblock und deine Stifte mitnehmen. Du weißt, wie stolz er auf deine Zeichenkünste ist."

„Kann er auch." Jette dehnte sich und machte ein paar Lockerungsübungen. Sie sagte, sie könne jetzt keinen Bissen hinunterbringen, es sei ja noch mitten in der Nacht. „Hoffentlich zwingt mich der Vater nicht wieder zum Essen."

„Ich werde mit ihm sprechen. Zieh dich an. Vaters Kollege hat angerufen, dass sein Wagen kaputt ist. Ihr müsst bei ihm vorbeifahren."

„Ist es der, der aussieht wie ein Ameisenbär?“

„Ja, der.“

Punkt vier Uhr holten sie ihn ab. Er hieß Fritz Frohsinn, aber er machte seinem Namen keine Ehre, denn alles an ihm schien trübsinnig – die überlange, nach unten hängende Nase, die milchiggrauen Augen mit den schweren, immer halb geschlossenen Lidern und die dünnen Haarsträhnen, die an Fahnen auf Halbmast erinnerten. Wenn man so aussah wie Fritz Frohsinn, würde man eher vermuten, er würde einen Leichenwagen fahren anstatt einen schweren Lastzug mit dem TIR am Heck. Aber der Vater schätzte ihn als einen zuverlässigen Kollegen, und Jette mochte ihn, weil der Vater ihn mochte, aber sie wäre lieber mit dem Vater allein gefahren.

Es erwies sich jedoch, dass Fritz Frohsinn nicht störte. Während der Stunden, in denen der Vater den Wagen steuerte, schlief er fest in seiner Ecke, und wenn die Reihe an ihn kam und er den Wagen fuhr, redete er nicht viel.

Der Regen war in ein sanftes Nieseln übergegangen, und am Brenner schien tatsächlich die Sonne, wie der Vater es vorausgesagt hatte. Sie mussten ziemlich lange auf die Zollabfertigung warten. In dem Führerhaus wurde es heiß, und die Männer öffneten die Fenster an beiden Seiten, um etwas Zugluft zu haben. Jette bestürmte den Vater mit Fragen. Warum sprach einer der Grenzbeamten Deutsch? Wie konnte man die Österreicher von den Italienern unterscheiden? Warum brauchte sie keinen Pass? Ruth hatte ihr voll Stolz erzählt, sie habe für Amerika einen eigenen Pass bekommen. Vielleicht stimmte das gar nicht. Ruth schnitt gern auf. Auf jeden Fall hätte Jette gern einen eigenen Pass mit Lichtbild gehabt. Wann würden sie in Verona sein? Warum musste der Mann mit dem roten Sportwagen den Grenzbeamten ins Büro folgen? Hatte er etwas auf dem Kerbholz?

„Frag mir keine Löcher in den Bauch", sagte der Vater. „Fehlt nur noch, dass du mich fragst, warum Hannibal nicht mit ein paar Lastzügen anstatt mit seinen schwerfälligen Elefanten die Alpen überquert hat."

„Wer ist denn Hannibal?"

„Das solltest du aber wissen, Jette."

„Weißt du es?"

„Klar. Er war ein karthagischer Feldherr."

„Ach so, der", tat Jette wegwerfend. „Der kam neulich im Kreuzworträtsel vor."

„Der kam auch sicher in deinem Geschichtsunterricht vor. Wozu gehst du eigentlich in die Schule?"

Jette war erleichtert, dass Fritz Frohsinn schlief und dieses peinliche Gespräch nicht mit anhörte. Sie rückte von dem Vater ab und drängte sich näher an Fritz Frohsinn, der den Kopf auf ihre Schulter fallen ließ. Er roch nach Zigaretten und nach dem Wurstbrot, das er kurz zuvor gegessen hatte. Sie strafte ihren Vater mit Stillschweigen, aber lange hielt sie es nicht aus, dann begann sie wieder mit ihrer Fragerei. „Verona, da sind doch die beiden Jungen her, die von einer Wölfin aufgezogen wurden."

„Romulus und Remus?"

„Ja, diese zwei."

„Die waren in Rom."

„Nicht in Verona? Aber in Verona war doch auch irgendwas."

„Überall in der Welt ist irgendwas. In Verona – meinst du vielleicht Romeo und Julia?"

Jette klatschte in die Hände. „Ja, genau die meine ich. Die sind doch vor lauter Liebe gestorben."

„Ja, ich glaube."

Jette starrte nachdenklich auf die Autobahn. Dann fragte sie den Vater mit einem bewundernden Blick: „Woher weißt du denn das alles?"

„Nicht alles. Nur manches. Das meiste weiß ich nicht“, schränkte er ein.

„Was zum Beispiel?“

„Wie man als Fernlastfahrer ein reicher Mann wird.“

Jette hatte einmal mit Ruth über ihren Vater gesprochen und wie hart er für sein Geld arbeiten müsse und dass Ruths Vater es da doch viel leichter habe, aber Ruth hatte das energisch bestritten. Ihr Vater arbeite genauso hart, nur dass er mehr mit dem Kopf arbeite als ein LKW-Fahrer, hatte sie gesagt.

„Willst du damit sagen, dass mein Vater weniger im Kopf hat“, war Jette aufgebraust, und das war das erste Mal, dass sie sich richtig in die Wolle geraten waren. Später hatten sie dieses heikle Thema auch nie mehr berührt. Jette wusste nicht, warum sie gerade jetzt daran dachte, wo sie so vergnügt auf großer Fahrt war, hoch oben in der Kabine, von wo aus sie auf die überholenden Autos mit einer gewissen Überlegenheit herabblicken konnte.

„In Padua laden wir ab“, sagte sie und war stolz, dass sie sich diesen Namen gemerkt hatte.

Sie streckte ihre Beine und spielte mit den Zehen in den neuen roten Sandaletten, die sie eigens für diese Fahrt bekommen hatte. Sie dachte immer noch an Ruth, aber nicht mehr an das unerfreuliche Gespräch von damals, sondern an die Blutsbrüderschaft, die sie mit ihr geschlossen hatte. „Mein rechtes Ohr klingt. Vielleicht denkt Ruth an mich“, sagte sie.

Jette stellte sich Ruth vor, wie sie in diesem Augenblick unter Palmen in einem bunten Liegestuhl lag. Wahrscheinlich las sie, oder sie hatte Freundschaft mit einem Mädchen geschlossen, das ebenfalls in einem Liegestuhl lag. Und zwischen ihnen stand ein niedriger Tisch mit eisgekühlter Limo und tollen Knabbereien. Sie wusste, wie reiche Leute lebten, das hatte sie im Fernsehen gesehen.

„Glaubst du, sie denkt an mich?"

„Wer?"

„Du hörst gar nicht hin, wenn ich mit dir rede", sagte Jette enttäuscht. „Ich habe dir doch gesagt, dass mein linkes Ohr klingt und dass Ruth vielleicht an mich denkt."

„Ja, ja, sicher", sagte er abwesend, weil er gerade dazu ansetzte, einen anderen, sehr langsamen LKW zu überholen.

Das Bild von der eisgekühlten Limo unter Palmen verließ Jette nicht. „Ich habe Durst", verkündete sie.

Der Vater griff seitlich in die schwarze Ledertasche. „Da ist noch Tee in der Thermos."

Heißer Tee, den die Mutter gekocht hatte, wo Jette an eisgekühlte Limo unter Palmen dachte! Sie schüttelte den Kopf. „Ich möchte was Kaltes."

„Sollst du haben, aber du musst dich noch etwas gedulden."

Sie hielten an der nächsten Tankstelle, und Fritz Frohsinn, der es sich endgültig auf Jettes Schulter bequem gemacht hatte, wachte mit einem Grunzton auf. „Ist was?"

„Mein Mädel will tanken", erklärte der Vater und kroch aus dem Führerhaus. „Komm." Er ging mit großen Schritten auf die Bar zu, und Jette kletterte ebenfalls aus dem Führerhaus und lief neben ihm her. „Du hättest wegen mir nicht halten müssen", sagte sie.

„Was möchtest du denn haben?" Er legte den Arm um sie und führte sie zur Theke, und Jette besah sich das Angebot von Getränken.

„Orangensaft, aber ganz, ganz kalt", entschied sie sich.

Er bestellte den Orangensaft und fügte hinzu: „Con ghiaccio."

Jette blickte zu ihm auf und war sich klar darüber, dass

sie einen imponierenden Vater besaß, auch wenn sie mit ihm nicht auf einem Liegestuhl unter Palmen herumlungern konnte. Er bestellte sich Kaffee, gab zwei Löffel Zucker hinein und trank ihn heiß und ganz schnell. „Musst du vielleicht einmal?", erkundigte er sich.

Jette schüttelte den Kopf.

„Doch, geh lieber." Er begleitete sie zu den Toiletten und wartete auf sie.

Sie kletterten wieder in das heiße Führerhaus. Fritz rauchte eine Zigarette und saß jetzt hinterm Steuer.

Jette nahm wieder ihren Platz zwischen den beiden Männern ein. Sie befürchtete, dass ihr Vater einnicken könnte, und um das zu vermeiden, löcherte sie ihn wieder mit tausend Fragen.

Es war noch drückend heiß, als sie in Padua ankamen und sich durch die hässlichen und lauten Straßen vorarbeiteten. „Du hast gesagt, Padua sei eine so schöne Stadt", sagte Jette enttäuscht.

„Keine Stadt ist schön, solange man sich in den Außenbezirken herumdrückt."

Sie hielten vor einem riesigen Lagerhaus. Der Vater und Fritz gingen in den Schuppen und kamen mit ein paar Männern zurück. Dann fuhren sie den Wagen mit dem Anhänger rückwärts in die Einfahrt und begannen die graue Plane zu öffnen, hinter der Kisten mit Metallbändern verschlossen aufgetürmt waren.

Der Vater schob Jette aus dem heißen Schuppen auf den ebenso heißen Hof. „Ich muss so lange bleiben, bis abgeladen ist. Später gehe ich mit dir ins centro, und dann zeige ich dir die Stadt. Was willst du inzwischen machen?"

„Ich gehe spazieren."

Er blickte die heiße, staubige Straße hinauf und hinunter. „Spazieren?"

„Mir fällt schon was ein“, entgegnete Jette unbekümmert. „Ich habe meinen Zeichenblock dabei.“

Er drückte ihr tausend Lire in die Hand. „Kauf dir irgendwo ein Eis. In jeder Bar bekommst du eins.“ Der Geldschein war zerknittert und schmutzig. Er sah aus wie eines von den vielen weggeworfenen Papieren, die auf der Straße herumlagen.

Jette drehte den Schein zögernd in der Hand hin und her. „Ich weiß nicht, ich habe eigentlich keine Lust auf ein Eis.“

Er stupste sie in die Seite. „Keine Lust?“

„Ich kann ja die Sprache nicht.“

„Stell dich nicht so an. Eis heißt gelato, und wenn du es dir nicht merken kannst, deutest du einfach auf die verschiedenen Eissorten in der Kühltruhe. Verlauf dich nicht, merk dir, wo wir sind. Soll ich dir den Namen des Lagerhauses aufschreiben?“

„Nein, ich bin doch nicht blöd“, sagte Jette und stapfte los.

Hier war alles lauter und lärmender als zu Hause: die Stimmen, die Motorräder, die Autos und selbst die Kirchenglocken, die jetzt zu läuten begannen.

Jette saß mit ihrem Eis auf einer niedrigen, abbröckelnden Mauer und sah einer Eidechse zu, die sie neugierig anblickte. Die Eistüte in ihrer Hand begann zu tropfen, und sie beleckte sie rasch von allen Seiten. Es war das tollste Eis, das sie je gegessen hatte. Ruth konnte es in Florida nicht schöner haben als sie hier in der schmuddeligen Vorstadt von Padua, dachte sie. Es war wie im Fernsehen. Sie beobachtete die Kinder, die sich gegenseitig etwas zuschrien, und die Frauen, die vor einem Gemüsestand miteinander so laut tratschten, als seien sie alle schwerhörig. Zwei Männer, von denen der eine eine Kiste mit leeren Flaschen auf der Schulter trug, schrien sich über die Fahrbahn hinweg etwas zu, und es klang so zornig, als beschimpften sie sich, aber am Ende lachten beide und hoben die Hand und gingen ihrer Wege. Aus einem geöffneten Fenster rief eine alte Frau mit einem ganz dünnen Vogelgesicht jemand auf der Straße etwas zu, und vier halbwüchsige Jungen kamen vorbei und redeten wild durcheinander. Ein struppiger kleiner Hund postierte sich vor ihr und beschnüffelte ihre Zehen in den roten Sandaletten, nachdem er einen Klacks des heruntergetropften gelato aufgeleckt hatte. Ich werde ihn zeichnen, beschloss Jette, aber als sie ihren Block auf die Knie legte, sah sie den Vater kommen und sprang ihm entgegen.

„Jetzt sind wir beide frei", sagte er lachend. Er hatte seine schwarze Ledertasche und Jettes kleinen Rucksack dabei. Bei einer Omnibushaltestelle blieb er stehen. „Erst bringen wir mal unsere Sachen ins Hotel."

Bei dem Wort Hotel horchte Jette auf. Die Hotels, die sie vom Film und Fernsehen her kannte, hatten riesige Empfangshallen, und uniformierte Jungen öffneten einem die Türen, und hinter der Rezeption thronte ein Mann, der aussah wie ein Fürst oder ein General. Auf dem teppichbelegten Boden standen Vasen mit mannshohen Blumen, und in tiefen Sesseln saßen grauhaarige Herren hinter Zeitungen, und elegante Frauen entstiegen dem Aufzug und ließen sich ihre Koffer nachtragen und führten weiße Zwergpudel an der Leine.

Jette hakte sich bei ihrem Vater ein. Es war ihr gar nicht recht, dass er in seiner verschwitzten Arbeitskluft das Hotel betreten würde, aber sie behielt ihre Bedenken für sich. Sie selbst konnte sich mit ihren neuen rotblau karierten Bermudas, dem blauen T-Shirt und den roten Sandaletten sehen lassen. Unwillkürlich dachte sie an das Eis, das einen glatten Tausender gekostet hatte. „So ein

Hotel ist doch sauteuer, wenn ein Eis schon tausend Lire kostet", sagte sie.

„Meines nicht", antwortete er und drückte bekräftigend ihren mageren Arm.

„Und Fritz? Wohnt der auch mit uns im Hotel?"

„Nein. Der schläft in der Kabine hinter dem Führerhaus. Dort schlafe auch ich immer, wenn ich nicht mit meiner hübschen Tochter in einem Hotel nächtige."

Jette bemerkte, dass der kleine senfgelbe Hund, der sich so intensiv mit ihren Zehen befasst hatte, ihr folgte. Sie blieb stehen und streichelte ihn.

„Tu das nicht", riet der Vater. „Du wirst ihn sonst nie mehr los."

Jette meinte, er hätte sich vielleicht verlaufen und man müsse ihn ins Tierheim bringen, aber der Vater lachte sie aus und meinte, sie müsse sich darüber keine Sorgen machen, es sei ein Straßenköter, der schon wisse, wo es etwas zu fressen gäbe. „Schau ihn dir an, er ist rund und wohlgenährt. Du könntest dir eine Scheibe von ihm abschneiden, dünn wie du bist."

Der Omnibus, auf den sie warteten, kam ewig nicht, und der Vater schlug vor, zu Fuß zu gehen. Die Unterkunft, die ihm ein Lagerarbeiter empfohlen hatte, konnte nicht allzu weit entfernt liegen. Sie gingen durch schmale Gassen, überquerten einen Platz mit Baugerüsten, und schließlich blieb der Vater vor einem Haus, von dem der Verputz abblätterte, stehen.

ALBERGO IVANO stand in großen Goldlettern auf einer schwarzen Glastafel. „Das ist es", sagte er und marschierte durch die offen stehende Tür in einen düsteren Raum. Eine schwabbelige Frau mit einem roten, freundlichen Gesicht tauchte hinter einem Tresen auf, und der Vater ging zu ihr hin und verhandelte mit ihr. Sie deutete auf den kleinen struppigen Hund, der ihnen gefolgt war, und der Vater schüttelte den Kopf, und dann machte die Frau „schschscht" und klatschte in die Hände, und der Hund rannte davon. Sie sagte etwas zu Jettes Vater, dann nahm sie von dem Schlüsselbord einen Schlüssel und reichte ihn ihm. Der Schlüssel hatte die Nummer achtunddreißig.

Der Vater und Jette ergriffen ihre Gepäckstücke, die sie abgestellt hatten, und stiegen über eine schmale, mit einem abgetretenen Läufer bedeckte Treppe die drei Stockwerke hoch.

In dem Zimmer mit dem riesigen Bett war es erdrückend heiß. Es war ordentlich und sauber, und in einer Glasvase standen drei leuchtend rote Nelken, die vielleicht ein Gast vergessen hatte.

Draußen war es noch hell, aber der Vater knipste die Nachttischlampe an und nickte zufrieden. „Ich wollte nur sehen, ob sie brennt." Er nahm Jette den Rucksack aus der Hand und fing an, darin herumzuwühlen. „Mal sehen, was für ein Hemd die Mutter mir eingepackt hat." Schließlich fand er, was er suchte, und verschwand damit im Duschraum. Das Wasser plätscherte.

Eine Viertelstunde später erschien ein ganz neuer Vater, frisch rasiert und nach Seife und Rasierwasser duftend. Sein Haar war noch nass. „Jetzt bist du dran", sagte er. Und Jette ging in den Duschraum, den ihr Vater reichlich unter Wasser gesetzt hatte, und machte sich frisch.

Als sie ins Zimmer zurückkam, lag der Vater quer über dem Bett und schlief. Er konnte auf Anhieb in einen Tiefschlaf verfallen und nach ein paar Minuten putzmunter aufwachen. Sie kannte das. Sie tippte ihn leicht auf die Schulter. „Ich bin fertig."

Er war sofort wach. „Fein. Jetzt gehen wir aber essen. Du hast hoffentlich ordentlich Hunger."

„Ja, wie ein Wolf." Jette nahm sich vor, riesige Portionen zu verschlingen, um ihm eine Freude zu machen, aber sie war auch wirklich hungrig.

„Es ist ein gutes Bett", sagte er. „Ich habe es ausprobiert."

„Schlafen wir beide in diesem Bett?"

„Klar. Oder willst du es dir auf dem Bettvorleger gemütlich machen? Das ist ein letto matrimoniale, ein Ehebett. Bei uns sagt man Doppelbett dazu."

Als kleines Kind war Jette oft zu den Eltern ins Bett gekrochen, und sie tat es auch heute noch gelegentlich, sonntags, wenn man ausschlafen konnte, oder an Tagen, an denen sie plötzlich ein Bedürfnis nach Zärtlichkeit überfiel. Gelegentlich traf sie Christian dort an, und dann war sie sauer und sagte ihm, dass sich ein Junge nicht ins Elternbett legt. Aber ihr dickfelliger kleiner Bruder blieb ausgestreckt zwischen Vater und Mutter liegen und gab ihr noch freche Antworten. Wenn sie ihn nicht so gern hätte, würde sie ihn glatt aus dem Fenster werfen.

Jette hatte sich die Haare rechts und links mit einem Kamm in Form einer glitzernden Schildkröte hochgesteckt und sich reichlich mit einem ihrer Musterfläschchen, die sie sich in Drogerien geben ließ, parfümiert. Auf jede große Zehe malte sie mit feuerrotem Nagellack einen dicken Punkt.

„Was ist?" Sie zog den Vater hoch. „Faulpelz! Gehen wir."

„Du hast dich aber fein gemacht." Er schmunzelte und dehnte sich. Als er die Beine ausstreckte, knackten seine Gelenke.

Jette entging es nicht, und sie runzelte die Stirn. „Du solltest viel mehr Kniebeugen machen, überhaupt Lockerungsübungen bei deiner vielen Sitzerei."

Er bedankte sich für den guten Rat und meinte lachend, er habe seinen Beruf verfehlt. Er hätte Freizeitgestalter werden sollen, anstatt Fernlastfahrer. „Du hast dir den verkehrten Vater ausgesucht."

„Quatsch." Jette hängte sich bei ihm ein, und sie traten aus dem finsteren Albergo auf die Straße, die in all ihrer Ärmlichkeit durch die Abendsonne einen Schimmer von Schönheit eingefangen hatte. Zwei Schritte vom Albergo entfernt saß der kleine senfgelbe Köter und wartete. Er freute sich riesig, als er Jette erblickte, sprang an ihr hoch und beklagte sich winselnd, dass sie ihn so lange allein gelassen hatte. Jette kraulte ihn, und der Hund schickte sich an, Vater und Tochter zu folgen.

Die wabbelige Signora war vor die Hoteltür getreten und schrie Jette etwas zu, das sie nicht verstand.

„Sie sagt genau dasselbe, was ich dir schon gesagt habe. Du wirst ihn nie mehr los, wenn du freundlich zu ihm bist", machte der Vater ihr klar.

Jette blieb unschlüssig stehen und blinzelte den Vater an. „Wer sagt denn, dass ich ihn loswerden will?"

„Ich." Jetzt hatte er seinen väterlichen Herrscherton.

Jette nagte an ihren Lippen und versuchte ein paar Tränen aus ihren Augen herauszupressen. Es gelang ihr nicht, aber ihr enttäuschter, flehentlicher Blick rührte den Vater. „Warum streunt dieser Köter so herum? Wem gehört er denn?", wandte er sich in seinem zusammengebastelten Italienisch an die Signora und erfuhr, dass der Hund keinen Besitzer habe. Er sei ein Niemandshund, aber er fände immer irgendwo einen gefüllten Futternapf und auch gelegentlich Leute, die ihm Wasser hinstellten. Er hätte sich eine offene Einfahrt als Unterschlupf ausgesucht. Dort schlafe er auf einem Rupfensack, den ihm niemand streitig mache.

„Was hat sie gesagt?", drängte Jette.

„Nichts Besonderes", brummte der Vater und jagte den

Hund mit einer drohenden Gebärde und seiner bärbeißigen Stimme weg. Dann ging er mit großen Schritten die Straße entlang, und Jette folgte ihm schweigend und voll Betrübnis darüber, dass sie einen Vater hatte, der mitunter so herzlos sein konnte.

Er spürte ihren Kummer. „Was hätte ich denn anderes machen sollen?", verteidigte er sich. „Wir wollen zum Essen gehen, und in Italien ist es nicht erlaubt, einen Hund in ein Restaurant mitzunehmen."

„Wegen mir brauchst du nicht zum Essen gehen. Ich habe jetzt keinen Hunger mehr", murrte Jette.

„Aber ich. Spiel jetzt nicht die Beleidigte. Du weißt, das kann ich nicht ausstehen. Wir haben morgen noch einen schönen Tag vor uns. Wir fahren ganz früh los in Richtung Pisa. Bei Cecina müssen wir aufladen."

Jette hätte gern gewusst, was sie aufladen würden. Die Frage brannte ihr auf der Zunge, aber sie überwand ihre Neugier und spielte weiterhin die Gekränkte. Von Zeit zu Zeit blickte sie sich um und sah, dass der Hund ihnen in einem respektvollen Abstand folgte. Auch der Vater sah sich nach ihm um. „Du hättest ihn nicht kraulen sollen", meinte er unwillig. „Vor dem Essen musst du dir jetzt erst mal ordentlich die Hände waschen, denn der Köter hat sicher jede Menge Flöhe."

„Er ist kein Köter", knirschte Jette.

Das Restaurant, in das der Vater sie führte, war ein großes Lokal mit weiß gedeckten Tischen und einem riesigen Büfett voll bunter, köstlich duftender Vorspeisen, an denen man vorbeigehen musste, um zu den Tischen zu gelangen. Jette war tief beeindruckt, und das Wasser lief ihr im Mund zusammen. Sie ging fast auf Zehenspitzen und fasste den Vater fester bei der Hand. Der kleine Hund war vergessen, und sie dachte jetzt nur noch an die tollen Sachen, die sie essen würde.

Sie fanden einen Platz für zwei Personen, genau gegenüber dem üppigen Büfett. Auf dem Tisch stand eine Vase mit roten Nelken. Jette lehnte sich in ihrem Stuhl zurück und versuchte eine lockere Haltung einzunehmen, so, als ob sie es gewohnt sei, in tollen Restaurants zu essen.

„Immer noch keinen Hunger?“ Der Vater legte seine große, muskulöse Hand auf Jettes Hand und nickte ihr zu. Dann übersetzte er ihr die Speisekarte. Endlich hatten beide ihre Wahl getroffen. Der Ober, der sie bediente, sah aus wie Belmondo. Jette besah sich die Gäste rundum, und manche sahen zu ihr hin. „So goldblonde Haare sieht man hier nicht sehr oft“, sagte der Vater stolz.

Jette war froh, dass sie sich mit den Haarspangen so elegant gemacht hatte, und sie wünschte, dass die Leute auch ihre neuen Sandaletten und ihre beiden gelackten großen Zehen sehen würden, aber sie konnte ja schlecht ihre Füße so weit hervorstrecken, dass Belmondo darüber stolperte. Sie verdrückte an diesem Abend zur Zufriedenheit des Vaters Portionen, die ihrem gefräßigen Bruder alle Ehre gemacht hätten. Dann wischte sie sich genüsslich den Mund an der riesigen weißen Serviette ab und bekam ein ganz merkwürdig schwebendes Gefühl, als sie ihre Zabaione gelöffelt hatte. „Ich glaube, da war Alkohol drin“, sagte sie.

„Genau. Zabaione macht man mit Marsalawein.“

Der Vater zahlte, und dann spazierten sie in die warme Sommernacht hinaus. Jette war schon lange nicht mehr so glücklich gewesen.

Im Albergo Ivano waren soeben neue Gäste angekommen, und anstelle der Signora stand nun ein bärtiger Mann mit einem gelben Gesicht und einem kahlen Schädel hinter dem Tresen. Er musterte den Vater kurz und gab ihm dann den Zimmerschlüssel.

Der Vater ging als Erster in den Duschraum.

Als er zurückkam, trug er die Reisehausschuhe aus dunkelgrünem Nappaleder, für die er bis zum heutigen Tag nicht viel Verwendung gehabt hatte. Sein dunkelgrüner Schlafanzug war farblich zu den Pantoffeln abgestimmt. Beides waren Weihnachtsgeschenke von der Mutter.

„Mama möchte um jeden Preis einen feinen Pinkel aus mir machen", sagte er und lachte verlegen, als er Jettes bewunderndem Blick begegnete. „Du bist dran, marsch ins Bad."

Sie wusch sich, putzte sich die Zähne und cremte ihr Gesicht mit einer Mustertube ein. Der Vater schlief schon fest, als sie ins Zimmer kam. Er hatte sich quer über das breite Bett gelegt und ihr nur einen sehr bescheidenen Platz übrig gelassen. Sie schob sich das Kopfkissen zurecht und holte Ruths Brief aus ihrer Umhängetasche, die neben dem Bett stand, und faltete ihn feierlich auseinander. Der Brief war einen Tag vor ihrer Fahrt angekommen, und sie hatte ihn in der Aufregung des Reisefiebers nur überflogen. Jetzt freute sie sich darauf, ihn Wort für Wort zu lesen. Der Vater drehte sich um, und sie dachte, er sei wach, und fragte ihn, ob ihn das Licht störe, aber er hörte sie gar nicht, denn er schlief nach wie vor. Jette faltete den Brief auseinander und las.

„Hallo, Darling,

hier ist es fantastisch. Ich liege am Swimmingpool und schlappere Ice-Cream Soda. Du kannst dir nicht vorstellen, was hier los ist. Die Frauen sind alle toll angezogen oder besser gesagt ausgezogen, und sie sehen alle aus wie Filmstars. Meine Mutter ist sauer, weil sie behauptet, sie hätte nicht die richtige Garderobe mitgenommen, aber du kennst ja ihren Kleiderschrank, der nicht gerade popelig zu nennen ist. Mein Vater hat zwei Banker kennen gelernt, von denen er sagt, sie seien sehr wichtig für ihn. Ich habe ein ganz tolles Zimmer mit Fernseher und einer Kühlschrankbar. Du kannst dir vorstellen, wie viel Cola ich im Laufe eines Tages vertilge. Später kommt das auf die Hotelrechnung. Ich habe natürlich auch ein eigenes Bad, und es ist fast so groß wie unser Klassenzimmer. Die Badewanne ist zweimal so breit wie unsere zu Hause. Wenn du hier wärst, könnten wir glatt ein Wettschwimmen darin veranstalten. Das Essen mit den tollen Vor- und Nachspeisen ist klasse, aber meine Mutter verdirbt mir jeden Tag den Spaß daran, weil sie sagt, ich soll nicht so viel in mich hineinmampfen. Wenn man als Kind schon zu dick ist, gehen die Fettpolster später nie mehr weg, sagt sie, und man bekommt Zellolütis. (Ich weiß nicht, wie man das schreibt, aber die Haut sieht dann aus wie eine Orangenschale!) Du weißt ja, wie sehr sie auf ihre Schönheit bedacht ist, und das ist ja auch gut so, sonst hätte sie vielleicht anstatt meines Vaters nur einen armen Schlucker erwischt.“

Der Vater drehte sich im Schlaf um und stöhnte leise. Jette sah zu ihm hin und überlegte, dass er in Ruths Vorstellung wahrscheinlich zu den armen Schluckern zählte. Sie las weiter.

„Ich langweile mich hier nicht, denn ich habe schon von Anfang an ein paar nette Bekanntschaften geschlossen, mit denen ich Tennis spiele oder schwimme. Manchmal hapert es mit der Verständigung, denn man spricht hier alles durcheinander: Amerikanisch, Deutsch, Französisch, Spanisch etc.

Ein Mädchen hat sich gestern auf dem Trampolin die Zehe gebrochen, aber sie hat es erst gemerkt, als jemand zu ihr gesagt hat, dass die kleine Zehe so komisch abstehe. Sie heißt Miriam und ist schon sehr weit herumgekommen. Sie ist sehr interessant, aber mich beachtet sie gar nicht, weil sie immer einen Schwarm Freunde um sich hat. Sie hat braune Augen und pechschwarze Haare. Sie kommt aus Spanien. Ihr Großvater züchtet Kampfstiere. Sie lebte bisher in Kanada, kommt aber vielleicht nach Deutschland. Hier ist alles international. Ich finde das aufregend.

Wie geht es dir? Ich habe viele Fotos gemacht. Die zeige ich dir, wenn wir heimkommen. Unser Hotel ist spitze. Der Liftboy sagt immer, ‚hallo Beauty', wenn ich in den Aufzug steige, aber nur, wenn ich allein bin. Ich glaube, er würde sonst eine auf den Deckel bekommen. Er ist schwarz wie die Nacht und trägt eine rote Uniform mit Goldlitzen. Immer wenn ich in meinem prunkvollen Badezimmer bin, denke ich an dich, denn unsere Wasserschlachten waren doch toll. Die Wasserhähne sehen aus wie goldene Delfinköpfe. Ich bring dir sicher was mit von hier, ich weiß nur noch nicht was. Ich habe schon zwei Briefe von dir bekommen. Schreib wieder und inzwischen herzliche Grüße von deiner Ruth."

Der Vater rückte etwas zur Seite, und Jette rückte so rasch wie möglich nach, um mehr Platz zu haben. Dann las sie den Brief noch zweimal durch, und mit jedem Mal fand sie ihn eindrucksvoller. Besonders die goldenen Wasserhähne in Form von Delfinen imponierten ihr, und weil sie an Wasser dachte, spürte sie, dass sie durstig war, denn die Paprikaschoten, die sie als Vorspeise gegessen hatte, waren ziemlich scharf gewesen. Sie schälte sich aus dem Bett, vorsichtig, um den Vater nicht zu stören, und ging in den Duschraum, der ihr jetzt nach Ruths Brief schrecklich ärmlich vorkam. Die Wasserhähne waren weit entfernt von goldenen Delfinen. Jette trank das lauwarme Wasser, das nur spärlich aus der Leitung floss, aus der hohlen Hand und dachte an den Kühlschrank mit den kalten Getränken in Ruths Zimmer. Ich darf nicht neidisch sein, denn sie ist meine beste Freundin, sagte sie sich, während sie ins Bett zurückschlich. Sie faltete Ruths Brief zusammen, legte ihn unter das pralle Kopfkissen und knipste die Nachttischlampe aus.

In der Nacht wachte sie ein paar Mal auf, weil sie von Mücken gestochen wurde, und am Morgen hatte sie ganz zerkratzte Beine. Der Vater lachte sie aus. „An mich sind sie nicht gegangen, ich war ihnen nicht süß genug", sagte er. „Ich habe prächtig geschlafen."

Im Laufe der Nacht hatte er im Schlaf mehrmals versucht, sie aus dem Bett zu drängen, aber Jette hatte erfolgreich dagegengehalten. Jetzt kam er, vor sich hin pfeifend, aus dem Duschraum. Heute trug er nicht mehr das neue Hemd, sondern wieder seine Arbeitskluft, aber er hatte sich frisch rasiert und roch nach Seife und Rasierwasser, und Jette hätte mit keinem anderen Vater der Welt getauscht.

„Pack gleich alles zusammen, meine Sachen auch."

Sie holte Ruths Brief unter dem Kopfkissen hervor und klopfte das Kopfkissen glatt.

„Das brauchst du nicht, Mädel. Das machen andere. Dafür sind wir in einem Hotel."

Hotel? Albergo? War das dasselbe? Sie wusste es nicht so genau. Sie schlüpfte in ihre roten Sandaletten. „Ich freue mich auf die Fahrt", sagte sie froh gestimmt und kratzte einen ihrer zahlreichen Mückenstiche.

„Mach Spucke drauf. Das hilft", rief der Vater ihr zu.

Als alles eingepackt war, gingen sie nebeneinander die schmale Treppe nach unten, und da war auch wieder die beleibte Frau hinter der Rezeption. „Buon giorno, Signora", begrüßte der Vater sie.

Jette blickte zu ihm auf. Wie sprachgewandt er war und wie toll er aussah, selbst in seiner Arbeitskluft.

Er bezahlte die Rechnung und erhielt seinen Pass zurück.

„Buon viaggio“, sagte die Signora, während er die Brieftasche in seine Joppe steckte.

„Sie wünscht uns eine gute Reise“, erklärte er Jette und ging mit ihr aus dem Hotel.

Vor der Tür wartete der kleine Hund und war außer sich vor Wiedersehensfreude. In dieser Sekunde hatte sich seine Zukunft entschieden. Von nun an gehörte er zur Familie Schmitt.

Kunzigers waren aus Florida zurück. In wenigen Tagen begann die Schule.

Jettes Fahrt mit dem Vater, so kurz sie auch gewesen war, hatte die Gestalt eines Traumes angenommen, dem sie für den Rest der Ferien nachhing. Wenn sie die Augen schloss, sah sie alles in lebhaften Farben wieder vor sich. Sie hatte bei Livorno zum ersten Mal in ihrem Leben das Meer in seiner glitzernden blauen Weite erblickt, und in Pisa war sie mit offenem Mund vor dem berühmten Turm gestanden, und er war tatsächlich schief. Bisher hatte sie gedacht, der schiefe Turm von Pisa sei nur so eine Redensart. Er gefiel ihr so gut, dass sie ihn zeichnete.

Wenn Wulli sie morgens mit seinen verrückten Freudensprüngen umtanzte, begrüßte sie ihn auch in Deutschland mit buon giorno. Wulli war der große Treffer ihrer Reise gewesen.

Wulli, der in Padua heftige Verhandlungen mit dem Vater ausgelöst hatte, war jetzt kein Niemandshund mehr. Er gehörte Jette. Sie hatte ihn sich vom Vater erkämpft, und sie hatte ihm beteuert, sie wolle in den nächsten zehn Jahren weder zum Geburtstag noch zu Weihnachten ein Geschenk bekommen, nur diesen Hund wolle sie behalten. Er war ihnen in Padua bis zum

Lagerhaus gefolgt, wo Fritz Frohsinn bereits startbereit auf sie wartete, und Jette hatte die Arme um den Hund gelegt und sich geweigert, ohne ihn in das Führerhaus zu klettern. Schließlich hatte der Vater widerwillig nachgegeben. „Wenn es an der Grenze Schwierigkeiten gibt, schmeiße ich euch alle beide aus dem Auto“, hatte er gebrummt. Warum solle es Schwierigkeiten geben? Ein Hund, der von einem Land ins andere fährt, müsse einen Impfpass haben, hatte der Vater geschimpft. Und das Ganze sei überhaupt eine Schnapsidee. Aber er war mit seiner Rede noch nicht ganz fertig, da saß der Hund schon neben dem Führersitz, stellte die Ohren auf und machte ein Gesicht, als wolle er sagen: Wann geht's los? Dadurch war die Sache geklärt, und Jette stieg in den Wagen und setzte sich neben Wulli, der höflich etwas zur Seite rutschte. Die ersten vier Stunden war Fritz gefahren, und der Hund hatte seinen Kopf gegen den Vater gelehnt. „Er heißt Wulli“, hatte Jette erklärt.

„In Livorno besorgen wir ein Insektenvertilgungsmittel und knöpfen ihm als Erstes die Flöhe ab“, hatte der Vater geknurrt.

Wiedersehen mit Ruth

Die zahllosen Fotos, die Ruth aus Amerika mitgebracht hatte, lagen über den ganzen Boden verstreut. „Das sind die, die ich selbst gemacht habe, aber mein Vater hat mindestens noch zweihundert andere gemacht“, erklärte sie Jette. Es war die erste Begegnung der Mädchen nach den großen Ferien.

Sie saßen in Ruths Zimmer auf dem Boden und tranken Schokolade. Ruth erzählte und schwärmte, sie nannte hundert Namen, die Jette sich nicht merken konnte, und sie streute englische Wörter ein, die Jette nicht verstand. Jette hätte so gern von ihrer Fahrt mit dem Vater erzählt, aber sie kam nicht zu Wort, und außerdem hatte sie Angst, dass sie mit ihrem Bericht Ruth nicht beeindrucken würde, denn mit dem Albergo Ivano war nicht zu prahlen, und sie war auch nicht sicher, ob Ruth die Sache mit Wulli so aufregend fand wie sie selbst. Sie hatte nicht gewagt, Wulli zu Kunzigers mitzunehmen.

Endlich, als Ruth sich den Mund schon fransig geredet hatte und aufstand, um eine neue Kassette einzulegen, bot sich Jette Gelegenheit, nun auch ihrerseits von ihrer Fahrt zu berichten, von Fritz Frohsinn, von Pisa, wo sie einen Kerzenhalter aus Alabaster gekauft hatte, der den schiefen Turm darstellte, von der Gaststätte zwischen Pisa und Cecina, wo alle Fernlastfahrer verkehrten und die Portionen so riesig waren, dass sie einen Löwen satt gemacht hätten, und von dem Wirt, der Jette eine bellezza, eine Schönheit genannt und ihr so kräftig auf die Schulter geklopft hatte, dass sie unter seinem Prankenhieb fast zusammengeknickt wäre. „Und mein Vater kannte viele von den Fahrern, aus Holland und aus Belgien und aus Frankreich. Fünf davon saßen an unserem Tisch, und mein Vater hat sich mit ihnen in allen möglichen Sprachen unterhalten."

Ruth setzte sich wieder neben Jette. „Ich habe gar nicht gewusst, dass dein Vater Fremdsprachen kann."

„Natürlich spricht er mehrere Sprachen, wenn auch nicht perfekt. Es sind immer nur ein paar Brocken, und die anderen sprechen auch ein paar Brocken Deutsch, und so verständigen sie sich miteinander. Sie unterhalten sich über die Benzinpreise, über die Wagen, die sie fahren, und über die lange Warterei an den Grenzen, kurz, über all das, was sie interessiert."

Ruth nickte zerstreut. Dann fing sie wieder an, von den Ausflügen zu schwärmen, die sie in kleinen gecharterten Flugzeugen gemacht hatten.

Jette wartete auf eine Atempause, dann brachte sie die Geschichte von dem jungen Paar an, das sich mit einem altersschwachen Wagen auf der Hochzeitsreise befunden hatte und wegen einer Panne auf der Autobahn stecken geblieben war, und wie ihr Vater und Fritz Frohsinn sich kurz besprochen und dann angehalten hatten. „Mein Vater hat den Wagen wieder hingekriegt. Der hat nämlich goldene Finger in dieser Beziehung", sagte sie und erzählte weiter. „Die waren vielleicht glücklich. Sie haben gesagt, dass sie schon über eine Stunde gewartet hätten, aber kein Mensch hätte angehalten ..." Plötzlich merkte sie, dass Ruth kaum hinhörte.

Jette schwieg bekümmert, weil sie Ruth mit ihren Ferienerlebnissen nicht beeindrucken konnte. „Also, ich muss jetzt gehen", sagte sie und fegte die Krümel der Salzmandeln, die sie gegessen hatte, zu einem Häufchen am Boden zusammen. Sie kam sich zum ersten Mal in ihrem Leben in Ruths Elternhaus fehl am Platz vor. Es war abwegig, dass sie hier saß und mit Ruth Dinge, die ihr wichtig waren, teilen wollte. Es war eine verlorene Stunde gewesen. Sie hätte lieber mit Wulli spazieren gehen sollen. Wullis Geschichte, dieses Abenteuer mit dem hergelaufenen Flohzirkus, wie der Vater Wulli nannte, hatte sie Ruth natürlich schon in ihrem ersten Telefongespräch berichtet. Wahrscheinlich war es unklug gewesen, ihr Pulver so rasch zu verschießen, aber wer denkt denn bei einer guten Freundin an solche Überlegungen?

Ruth blieb am Boden sitzen und nahm Jettes Hand. „Warum gehst du denn so plötzlich? Wir haben uns so lange nicht gesehen. Setz dich doch noch mal hin. Ach, sei doch keine Spielverderberin!"

Jette setzte sich wieder neben die Freundin, die sie sechs Wochen lang vermisst hatte. „Ich habe dich gelangweilt. Du hast gar nicht hingehört, was ich dir erzählt habe“, sagte sie bekümmert.

„Quatsch.“

„Gar nicht Quatsch. Ich habe das doch gemerkt.“

„Du bist echt komisch, Jette.“

„Du auch.“ Jette stand auf und blieb unschlüssig an der Tür stehen. Die beiden Mädchen blickten sich abwartend an. Wer würde als Erster ein versöhnliches Wort finden?

„Also dann, ciao“, sagte Jette und ging, ohne sich umzusehen, aus dem Zimmer über die breite, mit dem weißen Teppich belegte Diele.

Ruth kam ihr nicht nach.

Jette schloss die Haustür kaum hörbar hinter sich und lief über den Kiesweg zur Garage, wo sie ihr Fahrrad untergestellt hatte. Dann zögerte sie. Ruth hätte sie noch erreichen können, bevor sie ihr Rad auf die Straße schob. Aber Ruth kam nicht. Jette fuhr erst zwei Runden um den Block, ehe sie die Richtung nach Hause einschlug. Sie kämpfte mit den Tränen. Lächerlich. Was war eigentlich geschehen?, fragte sie sich. Ein Stimmungsknick, weiter nichts. Nur ein kleiner Bruch. Der ließ sich kitten. Wie hatte sie erwarten können, dass Ruth eine Fahrt in einem heißen, nach Benzin stinkenden Lastwagen aufregend genug fand, um sich diesen Bericht aufmerksam anzuhören?

Als sie nach Hause kam, stieß sie auf Christian, der eben aus ihrem Zimmer huschte und sich mit ihren Pingpongschlägern davonmachen wollte. Sie riss sie ihm wortlos aus der Hand und hob einen Schläger, als wolle sie ihn ihm um die Ohren schlagen.

„He du! Bist du bescheuert!“, schrie er zornig.

„Ich nicht, aber du vielleicht“, gab sie zur Antwort. „Ich mag nicht, dass du mir meine Sachen wegnimmst.“

Wulli, der auf der karierten Matte, die Jette von ihrem Taschengeld für ihn gekauft hatte, auf sie gewartet hatte, sprang freudig an ihr hoch. Sie nahm ihn mit in ihr Zimmer und vergrub ihr Gesicht in seinem Fell und heulte. Das Fell roch immer noch nach dem Insektenpulver, mit dem sie ihm die Flöhe vertrieben hatten.

Jettes Weinen war ihm unheimlich, und er fing an zu winseln.

„Komm, wir gehen Tauben ärgern“, sagte sie, nahm ihn an die Leine und verließ mit ihm das Haus.

Tauben ärgern bedeutete für Wulli ungefähr dasselbe wie für Menschen ins Kino gehen. Er schoss mit einem eindrucksvollen Bellen auf den Futterplatz zu und sah den Tauben nach, wenn sie auseinander stoben. Einzelne Tauben, an denen er auf seinen Spaziergängen vorbeikam, beachtete er nicht. Nur die Masse und ihr aufgeregtes Flattern reizten ihn.

Jette holte die Mutter vom Geschäft ab. Sie hatte sich wieder ganz in der Hand.

„Wie war's mit Ruth?“, fragte die Mutter. „Ihr hattet euch sicher ungeheuer viel zu erzählen.“

„Ja. Hatten wir.“

Die Mutter spürte das Unechte in Jettes Tonfall. Sie warf einen prüfenden Blick auf sie. „Warum hast du so rote Augen?“

„Ich? Mir ist vorhin was ins Auge gekommen.“

„In beide?“

„Ja, in beide.“

Die Mutter sah abgespannt aus und brachte den Kaufhausgeruch mit sich. „Mir tun die Füße weh, ich fahre mit der U-Bahn, ich kann nicht mit euch heimspazieren“, sagte sie. „Tut mir Leid.“

„Macht ja nichts."

Jette ging mit Wulli ein Stück durch die Anlagen. Sie fühlte sich von Ruth allein gelassen. Lächerlich.

Ruth konnte ja nicht wissen, dass sie hier herumrannte und düstere Gedanken wälzte, Gedanken, die sie nicht einmal in Worten hätte ausdrücken können. Sie spürte nur, dass sich heute etwas Entscheidendes zwischen ihr und Ruth abgespielt hatte.

Wulli rannte wie wild auf der Wiese umher und schnappte einem Pudel den Tennisball weg, den seine Besitzerin ihm zugeworfen hatte. Wulli rannte mit dem Ball drei Runden, ehe Jette ihn ihm wegnehmen konnte.

Der Spaziergang tat ihr gut, und sie war nicht mehr ganz so verstört, als sie nach Hause kam.

„Vor fünf Minuten hat Ruth angerufen", berichtete Christian, und Jette stürzte zum Telefon.

Ruth wollte wissen, ob Jette sauer auf sie sei.

„Ach, wo. Warum sollte ich sauer auf dich sein?"

„Du bist so Hals über Kopf weggelaufen."

„Ich wollte meine Mutter vom Geschäft abholen."

„Wir müssen bald mal Pfannkuchen machen."

„Ja."

„Erinnerst du dich noch an unseren verkohlten?"

„Klar."

Ruth kicherte. „Und wie wir dann Blutsbrüderschaft geschlossen haben."

„Ja. Gilt das noch?", fragte Jette atemlos.

„Ja, natürlich, fürs ganze Leben", sagte Ruth.

Jette fiel ein Stein vom Herzen. Alles war wieder so, wie es sein sollte zwischen ihr und Ruth, und nie würde ein Schatten auf ihre Freundschaft fallen.

„Jette. Bist du noch da?"

„Klar bin ich noch da."

„Warum sagst du dann nichts?"

„Weil mir nichts einfällt“, erwiderte Jette mit unsicherer Stimme.

„Manchmal bist du echt blöd.“

„Ja, ich weiß.“

„Tschüss. Ich muss dir noch viel erzählen von meinen Ferien.“

„Ich dir auch.“

„Ja?“ Es klang zweifelnd. „Von deiner Fahrt?“

„Nicht nur von meiner Fahrt. Überhaupt.“ Sie würde sich den Kopf zerbrechen müssen, um Erzählenswertes zu finden. Das wusste sie. Abgesehen von dem kurzen Ausflug mit dem Vater und von Wullis Umtrieben und gelegentlichen Streichen waren ihre Ferien ereignislos verlaufen. „Sehen wir uns am Donnerstag?“

„Nein. Am Donnerstag ziehen wir doch um. Da kommt der Möbelwagen.“

„So bald schon?“, sagte Jette leise.

„Das weißt du doch. Jette, also wirklich, manchmal bist du beknackt.“

Ruth trat einen Schritt zurück. Die Grafiken in den schmalen schwarzen Rahmen machten sich wundervoll. Sie wusste nicht, was sie darstellten und ob sie überhaupt etwas darstellen sollten, aber sie wusste genau, was sie gekostet hatten und dass sie als Kunstwerke anzusehen waren. Die Mutter hatte ihr klargemacht, dass es allmählich an der Zeit sei, von den kindischen Postern auf gediegenen Wandschmuck umzusteigen. Ruth war nicht glücklich über diese Änderung. Eine Vorahnung, dass sich mit dem Verlassen ihrer alten Schule und mit dem Umzug in ein neues Stadtviertel unerwartete Umstellungen anbahnten, beunruhigte sie. Sie saß auf der Kante des neuen großen Schreibtisches, an dem sie zukünftig die Schularbeiten erledigen würde.

Der Schreibtisch war ein Chippendale-Möbel, ein Erbstück von ihrer Großmutter. Die Schreibfläche war mit dunkelgrünem Leder neu bezogen worden.

Die Mutter kam ins Zimmer und lehnte sich neben Ruth an den Schreibtisch. „Nun? Wie fühlst du dich in deinem neuen Reich?"

„Ich muss mich erst dran gewöhnen."

„Du wirst dich an vieles Neue gewöhnen müssen. Es ist, wie wenn du dich häutest."

„Ich bin keine Schlange", entgegnete Ruth gereizt.

„Du bist schlechter Laune."

„Ich bin nicht schlechter Laune, ich langweile mich."

Die Mutter schnippte mit Daumen und Zeigefinger gegen Ruths Schulter. „Das wird sich geben, wenn übermorgen die Schule wieder losgeht. Warum liest du nichts?"

„Keine Lust", antwortete Ruth einsilbig.

„Nur Lust auf Unlust?" Frau Kunziger war immer rasch bei der Hand mit Wortspielen. „Okay, du möchtest also nichts lesen. Ich habe dir eine Menge neuer Bücher gekauft, die könntest du wenigstens einordnen, anstatt sie unausgepackt herumliegen zu lassen."

Ruth blickte ihre hübsche Mutter vorwurfsvoll an. Sie holte tief Atem und stöhnte laut.

Die Mutter blickte sie forschend an. „Fehlt dir was?"

„Ja, Jette", murmelte Ruth.

„Du lieber Himmel, dann ruf sie doch an und lass sie kommen."

„Lass sie kommen! Die kommt nicht."

„Kommt nicht? Warum denn nicht?"

„Weiß ich nicht. Die ist eben manchmal komisch."

„Aber ihr wart doch beide so vergnügt, als sie dir in deinem Zimmer einpacken half. Habt ihr euch gestritten?"

„Nein. Aber gestern am Telefon war sie so komisch, und ich weiß nicht, warum. Vielleicht hat sie irgendwas in die falsche Kehle bekommen. Jette ist schrecklich empfindlich."

„Du auch. Ich glaube, ihr klebt viel zu sehr aneinander."

„Was heißt, klebt aneinander", brauste Ruth auf. „Wir sind Freundinnen. Freundinnen kleben immer aneinander."

„Ja, ja, das weiß ich schon", meinte Frau Kunziger ungeduldig. „Du brauchst mich deshalb nicht gleich so anzuschreien."

„Ich schreie dich nicht an", murmelte Ruth. Sie wollte die Mutter nur loswerden.

„Ich hoffe, du hast deinen Muff hinter dir, wenn Vater nach Hause kommt", erklärte die Mutter mit einer Fröhlichkeit, die Ruth als höchst unpassend empfand. Sie streifte die Mutter mit einem strafenden Blick. „Dein Vater tut nämlich eine ganze Menge für dich. Ich glaube, da kannst du dich wirklich nicht beschweren."

Ruth rutschte von dem Chippendale-Schreibtisch herunter. „Ich beschwere mich nicht", sagte sie. Die Mutter hatte ein Talent, am Thema vorbeizureden. Es war zum Verzweifeln.

„Jeder Mensch macht mal eine Krise durch. Krisen sind Kreise ..."

„Bitte!", unterbrach Ruth die Mutter, weil sich da wieder ein neues Wortspiel anbahnte. „Lass mich in Frieden."

„Ich will ja nur alles ins rechte Geleis bringen, Ruthchen. Ich meine es doch nur gut mit dir."

„Weiß ich doch."

„Hör zu, ich möchte mir mal diese neue Galerie anschauen, die heute eröffnet wird. Kommst du mit?"

Ruth focht einen kurzen Kampf mit sich aus. Dann sagte sie: „Okay, ich komme mit."

„Das ist nett", sagte ihre Mutter erfreut. „Man muss was tun für seinen Geschmack."

Ruth fragte sich, ob Jettes Mutter wohl auch was tat für den guten Geschmack ihrer Tochter. Sicher konnte sie an einem normalen Arbeitstag keine Galerien besuchen.

Die Galerie zeigte eine Menge abstrakter Gegenstände aus Metall und aus Stein, die Ruth nichts sagten. Sie lief ratlos hinter ihrer Mutter her, dic sich mit drei auffallend und ziemlich verrückt gekleideten jungen Frauen unterhielt. Sie war in großer Fahrt und schien ganz vergessen zu haben, dass sie eine Tochter im Schlepptau hatte.

Ein Anruf von Ruth

Jonas war von seiner Nordlandtour mit zwei gebrochenen Fingern und hübschen Souvenirs für seine Familie zurückgekehrt. Er sah wind- und wettergebräunt aus, sprach augenzwinkernd von zwei Schwedinnen, die ihn und seinen Freund eingekreist hätten, und redete mit einer tiefen Stimme, als sei er in diesen vier Ferienwochen zum Mann herangereift.

Jette war glücklich, den großen Bruder wieder im Haus zu haben, weil es höchste Zeit war, gelegentlich in Vertretung des Vaters Christian die Hosen stramm zu ziehen. Christian, der sich während der Ferien einer Horde Rothäute angeschlossen hatte, spielte sich als Indianerhäuptling auf und hatte die Gewohnheit angenommen, Jette bei jeder Gelegenheit zu knuffen. Jette fand ihn unerträglich und verübelte es Wulli, dass dieser ihre Ansicht nicht teilte, sondern sich mit Christian auf dem Boden herumbalgte und sich von ihm an den Ohren ziehen ließ, ohne ihn jemals zu beißen.

Um vor ungebetenen Besuchen des kleinen Bruders sicher zu sein, hatte Jette sich angewöhnt, die Tür ihres Zimmers von innen zu verschließen.

Christian rüttelte an der Tür. „Mach mal auf, ich will dir was zeigen“, rief er. Aber Jette sagte, sie wolle nichts sehen, und die Tür blieb so lange verschlossen, bis Christian sich mit den Schultern dagegenwarf und behauptete, was er ihr zu zeigen habe, würde sie garantiert interessieren. Sie öffnete schließlich die Tür, und Christian stürmte ins Zimmer und hielt ihr in beiden Händen etwas entgegen, das wie Schreinerabfall aussah.

„Was soll denn das sein?“, fragte Jette.

„Das ist ein Elch.“

„Wie bitte?“ Jette blickte rasch zum Fensterbrett, wo sie den kleinen holzgeschnitzten Elch hingestellt hatte, den Jonas ihr mitgebracht hatte. Aber jetzt war er verschwunden, und sie blickte Christian ratlos an.

„Bedank dich bei deinem Hund“, meinte Christian grinsend und legte die zernagten Holzstücke auf den Tisch. „Du musst ihm mehr Knochen geben, dann frisst er keine Elche.“ Da Jette nichts sagte, sondern nur an ihren Lippen nagte, fuhr er fort: „Zum Mindesten musst du ihn jetzt ordentlich verdreschen.“

„Behalt deine Ratschläge für dich.“ Jette war dem Weinen nahe. Sie nahm die Holzteile vom Tisch und legte sie wieder zurück.

Zwischen den Geschwistern saß Wulli und blickte interessiert von einem zum anderen.

„Wenn du willst“, begann Christian, aber Jette schnitt ihm das Wort ab.

„Hau jetzt ab!“ Sie schob ihn zur Tür, knallte sie hinter ihm zu und drehte den Schlüssel herum.

„Ich wollte dir nur sagen, du kannst meinen Elch haben", schrie er wütend und stapfte davon.

Jette setzte sich zu Wulli auf den Boden, legte ein paar Teile des Elches vor ihn hin und hielt ihm eine Rede, aus der Wulli sich nichts machte. Er warf sich auf den Rücken und wollte am Bauch gekrault werden.

Jette stierte vor sich hin. Sie war traurig, aber es dauerte eine Weile, ehe sie den Grund dafür erkannte. Es war nicht wegen des kaputten Elches, sondern wegen des letzten Tages in Ruths alter Wohnung. Sie hatte Ruth einpacken geholfen und war mit allem möglichen Krimskrams, den Ruth nicht in ihr neues Zimmer mitnehmen wollte, bedacht worden. Ruth wollte eine ganz neue Note in ihr Zimmer bringen, hatte sie gesagt und Jette die Schnur mit den fünf Glöckchen zugeworfen, die ihr ein Freund ihrer Eltern einmal aus Indien mitgebracht hatte. Jette hatte das Gebimmel an Ruths Zimmertür immer ganz lustig gefunden und war erstaunt, mit welcher Gleichgültigkeit Ruth sich von den Glöckchen trennte.

„Das kannst du doch nicht einfach verschenken", hatte sie gemeint.

„Klar kann ich", hatte Ruth leichthin erwidert. Und Jette hatte sich die Schnur mit den Glöckchen um den Hals gehängt. Dann war die Sache mit dem Papierkorb gekommen. Sie hatte die drei Briefe entdeckt, die sie Ruth nach Florida geschrieben und die Ruth achtlos in den Papierkorb geworfen hatte. Auf einen Brief hatte sie den schiefen Turm von Pisa gemalt, an dem Wulli das Bein hob. Sie hatte den Einfall großartig und auch die Zeichnung gelungen gefunden. Sie hatte alle diese Briefe mit viel Liebe und Sorgfalt geschrieben, und jetzt lagen sie im Papierkorb. Sie sah rasch weg, weil der Anblick ihr einen schmerzhaften Stich gab, über dessen Heftigkeit sie erschrak. Sie hätte es nie über sich gebracht, einen von Ruths Briefen wegzuwerfen. Selbst die kleinen hingekritzelten Zettel, die Ruth ihr in der Schule zusteckte, hatte sie aufgehoben, aber sie wusste, dass sie mit niemand darüber sprechen konnte, am wenigsten mit Ruth selbst. Sie hätte verständnislos den Kopf geschüttelt. Wenn man Briefe gelesen hat, haben sie doch ihren Zweck erfüllt, hätte sie wahrscheinlich gesagt.

Sie hatten an diesem Nachmittag viel miteinander gelacht und geblödelt, aber nachdem Jette ihre achtlos weggeworfenen Briefe entdeckt hatte, war ihre Stimmung unter den Nullpunkt gesunken. „Ich gehe jetzt", sagte sie abrupt.

Ruth blickte sie kritisch an. „Ist dir was über die Leber gelaufen?"

„Nichts."

„Klar. Ich sehe es dir doch an."

Jette nahm die Tragetüte mit den Sachen, die nun ihr Zimmer bereichern würden. „Tschüss."

„Tschüss", sagte Ruth unbekümmert, ohne sich den Kopf weiter zu zerbrechen.

Ich bin empfindlich, und sie ist ein Dickhäuter, sie kränkt mich, ohne es zu wissen. Ich muss mich damit abfinden, dachte Jette, während sie sich auf ihr Fahrrad schwang. Bei der Mülltonne hielt sie an. Sie zögerte kurz, dann nahm sie die Glöckchenschnur vom Hals und warf sie in die Tonne. Das wimmernde Gebimmel lag ihr noch lang im Ohr, aber sie bereute ihre Tat nicht. Sie war sich das schuldig gewesen, und jetzt fühlte sie sich wohler.

Ruth fühlte sich in der neuen Schule fremd, und die einzige Freundin, die wirklich zählte, machte sich rar.

„Jette bockt", beklagte sie sich bei ihrer Mutter. „Und ich habe keine Ahnung, warum. Vielleicht weiß sie es selbst nicht. Ich glaube, sie ist einfach launisch." Sie saß in der Badewanne und ließ sich von ihrer Mutter den

Rücken rubbeln und dachte betrübt an die lärmenden, wasserverspritzenden Badefeste, die sie mit Jette gefeiert hatte. „Fünf Tage hat sie nicht angerufen."

„Mach dir nichts draus. Es wird sich schon wieder einrenken. Außerdem wirst du neue Freundschaften schließen", tröstete sie die Mutter.

„Eine solche wie mit Jette schließe ich nie mehr im Leben", widersprach Ruth. „Du kannst darüber nicht urteilen, du hast keine Ahnung von einer echten Freundschaft."

„Ja, ja, schon gut", sagte die Mutter und lächelte nachsichtig.

Nichts war gut. Ruth wollte nicht eingelullt werden. Sie hätte mit der Mutter viel lieber gestritten, aber Frau Kunziger warf den Waschhandschuh zurück in die Wanne und erklärte, sie müsse nun zu ihrem Bridgeclub gehen und Ruth solle bitte nach dem Zähneputzen nicht wieder an die Pralinen gehen. „Gute Nacht, Darling."

Seit Florida waren die „Darlings" in der Familie in Umlauf gesetzt worden. Auch Ruth, die sich fünf Wochen lang ausschließlich unter „Darlings" bewegt hatte, kam davon selten los.

Nachdem sie sich abgetrocknet hatte, schlüpfte sie in ihren Bademantel und rief Jette an. „Ich komme eben aus der Badewanne", sagte sie und wartete darauf, dass Jette von den vergangenen lustigen Badeunternehmungen sprechen würde. Aber Jette schwieg. „Was machst du denn? Zeichnest du?", erkundigte sich Ruth.

„Warum fragst du mich? Meine Zeichnungen sind dir doch ganz egal", entgegnete Jette und dachte an ihre Briefe, die im Papierkorb gelandet waren.

Ruth hatte keine Ahnung, warum Jette so patzig war. Sie spürte nur, dass sich in ihrer Freundschaft eine Entwicklung anbahnte, die man vielleicht aufhalten konnte.

„Wir haben hier um die Ecke einen prima Italiener. Ich möchte mit dir Eis essen gehen. Kommst du morgen Nachmittag?“

„Morgen ist Donnerstag, da sind wir doch beim Volleyball.“

„Wer wir?“

„Wir alle vom Sportverein. Du doch auch.“

„Ich gehe nicht mehr in unseren Sportverein.“

Jette schluckte. „Wieso?“

„Wie stellst du dir das vor? Ich müsste ja durch die halbe Stadt fahren. Das wäre doch Blödsinn. Ich gehe hier in meinem Bezirk in einen Sportverein, wenn überhaupt. Außerdem fange ich zu reiten an. In meiner Klasse reitet jede dritte.“

„Ach so“, sagte Jette lahm. „Also gut, dann komme ich eben übermorgen.“

„Übermorgen geht es bei mir nicht. Da kommt so ein komischer Onkel zu uns, das heißt, er ist kein Onkel von mir. Ich sage nur so. Er ist ein Botschaftsangehöriger oder so was Ähnliches, und mein Vater sagt, er sei wichtig für ihn.“

„Für deinen Vater? Aber für dich doch nicht.“

„Doch. Für mich auch. Er bringt seine Tochter mit, und die wird bei mir im Gymnasium eingeschult. Ich glaube, sie kommen aus Australien oder waren zuletzt in Australien. Meine Eltern meinen, wir Mädchen sollten uns mal beschnüffeln. Sie wird zwar eine Klasse über mir sein, aber da sie neu in die Schule kommt, wäre es ganz gut, wenn sie dann schon jemand kennt.“

Jette nagte an ihren Lippen und schwieg. Was hätte sie auch erwidern sollen? Alles schien ganz verständlich. Das einzige Unverständliche war, dass sie so heftig reagierte. „Dann rufe ich dich am Montag wieder an, und wir machen für nächste Woche was aus, ja?“

„Ja. Ciao."

Aber Jette konnte sich nicht entschließen einzuhängen. Ruth schien plötzlich so weit weg zu sein, als sei sie nicht bloß in einen anderen Stadtteil, sondern in ein fremdes Land gezogen. „Ist dein neues Bett schon gekommen?", fragte sie.

„Ja, ein Riesending. Da können fünf Leute drin liegen."

„Als ich mit meinem Vater in Padua war, hatten wir auch so ein Bett", erklärte Jette stolz. „Das nennt man letto matrimoniale."

„Ich weiß nicht, wie man meines nennt." Ruth fand es komisch, dass Jette sich mit ihrer Fahrt im LKW immer so in den Vordergrund spielte. „Jedenfalls können wir beide bequem in meinem Bett schlafen, wenn du mal kommst. Dann brauchst du nicht mehr auf der Matratze auf dem Boden liegen."

„Das hat mir überhaupt nichts ausgemacht." Jette zerbrach sich den Kopf, wie sie das Gespräch noch in die Länge ziehen könnte. „Soll ich die Mädchen aus dem Sportverein grüßen?"

„Ja, klar."

„Ich könnte am Donnerstagabend noch auf einen Sprung zu dir kommen", schlug sie zögernd vor. „Meine Mutter hat mir einen Korb fürs Rad gekauft, in den ich Wulli setzen kann. Ich wollte dir das mal vorführen."

„Also Donnerstagabend, nein, das geht nicht, weil wir da mit diesen Leuten zum Essen gehen."

„Mit welchen?"

„Habe ich dir doch gesagt, mit diesen Australiern und ihrer Tochter."

„Ach so!"

„Ich kann ja meine Eltern mal fragen, ob du mitkommen kannst."

„Nein, das möchte ich nicht", wehrte Jette heftig ab.
„Warum denn nicht?"
„Weil ich nicht mag."
„Also dann. Tschüss."
Ruth hatte eingehängt. Aber Jette hielt den Hörer immer noch in der Hand und starrte ihn an.
Jonas trat in die Diele und sagte, er wolle jetzt auch mal telefonieren. „Mach Schluss mit deinem Dauergespräch."
„Ist doch schon längst Schluss."
„Dann leg doch auf, oder ist dir der Hörer am Ohr angewachsen?"
Jette verzog unwillig die Lippen, und Jonas nahm ihr den Hörer aus der Hand. „Mit deiner Busenfreundin klappt's wohl nicht mehr so ganz."
„Misch du dich da nicht ein."

Geburtstagskind – Straßenkind

Seit Kunzigers Umzug war ein Jahr vergangen, und Jette sah Ruth immer seltener. Manchmal kam es ihr vor, als lebe Ruth in einem anderen Land mit anderen Gepflogenheiten und einer anderen Sprache. Sie versuchte verzweifelt, die alte Vertrautheit wieder herzustellen, aber sie fand keine Ansatzpunkte. Wenn sie sich gelegentlich am Telefon über eine Fernsehsendung unterhielten, die sie gesehen hatten, verstummte Jette nach wenigen Sätzen, weil sie sich längst nicht so differenziert ausdrücken konnte, wie Ruth das tat.
Jette war immer noch dünn und kaum gewachsen in diesem Jahr, während Ruth sich sichtbar entwickelt hatte. Sie hatte einen mächtigen Schub nach oben gemacht,

unter dem T-Shirt zeichnete sich der beginnende Busen ab, und sie hatte schon ihre Tage.

Ruth hing nicht mehr an Jette so wie früher, aber sie hätte es nie geduldet, dass jemand abfällig über sie sprach. Die enge Freundschaft mit Jette hatte sich durch die örtliche Trennung ganz von selbst gelockert, und Ruth war erstaunt, wenn Jette ihr mit einem leisen Vorwurf in der Stimme sagte: „Weißt du, wie lang wir uns nicht mehr gesehen haben? Vierzehn Tage."

Vierzehn Tage. Ihr war das gar nicht aufgefallen. Es hätten auch vier Wochen sein können. Ihre australische Freundin Cindy war längst die Nummer eins geworden. Cindy war hübsch, klug und von gewinnender Liebenswürdigkeit. Durch die Schule und durch die engen Beziehungen der Eltern gab es zwischen Cindy und Ruth viel Gemeinsames. Mit Cindy schmiedete Ruth Zukunftspläne. Jette hatte darin keinen Platz. Sie blieb die Freundin aus der Kinderzeit. Aber sie gehörte dennoch zu Ruths Leben, wie die Erinnerung an die ersten vier Schuljahre und an das frühere Haus und die Abende mit den verkohlten Pfannkuchen einen Teil ihres Lebens ausmachten.

Die jetzigen Gespräche mit Jette hatten an Vertrautheit verloren, und es gab nicht mehr viel gemeinsame Themen. Wenn Jette über Wullis Streiche oder seine Heldentaten berichtete, hörte Ruth nur mit halbem Ohr zu und erzählte dann mit Fachausdrücken, die Jette nichts sagten, vom Reitsport. Es hat keinen Bruch gegeben, aber wir entfernen uns voneinander, dachte sie manchmal. Aber sie nahm es hin, ohne bestürzt zu sein. Bei Jette saß die Wurzel der frühen Freundschaft tiefer. Ruth hatte eine Lücke hinterlassen, die niemand ausfüllte. Jette hatte keine neuen Freundschaften geschlossen. Sie galt als eigenbrötlerisch in ihrer Klasse. Man mochte sie, aber man kam nicht an sie heran.

Manchmal hatte Ruth Gewissensbisse Jette gegenüber, obwohl sie ganz sicher war, dass sie sich nichts hatte zu Schulden kommen lassen.

Kurz vor Beginn der Sommerferien rief sie Jette an und fragte sie, ob sie sich in den nächsten Tagen nicht mal sehen könnten. „Falls du Lust dazu hast“, fügte sie hinzu.

Jette war glückselig über diesen unerwarteten Anruf. „Soll ich zu dir kommen, oder kommst du zu mir?“, fragte sie.

„Weder – noch. Wir gehen Eis essen miteinander bei unserem alten Italiener, ja? Ich lade dich ein. Am Donnerstag?“

Ruth hatte tatsächlich an Jettes Geburtstag gedacht, die schon befürchtet hatte, sie würde ihn vergessen. „Um wie viel Uhr?“

„Um vier Uhr beim Italiener. Ich habe auch was für dich.“

„Oh!“

Als Jette eingehängt hatte, fiel sie über den erschrockenen Wulli her und knutschte ihn, dass er wimmerte. Sie war für den Rest des Tages so vergnügt, als hätte sie in der Lotterie gewonnen.

Heute Abend war der Vater zu Hause. Dann musste er auf eine zehntägige Auslandstour gehen. Es gab seine Lieblingsspeise, Kalbshaxe mit Kartoffelsalat. Die Mutter nahm die Zeugnisse vom Tisch, ehe sie aufdeckte. Jonas und Christian hatten sehr gut abgeschnitten, Jettes Zeugnis war wie immer recht mittelmäßig ausgefallen. Lediglich in Sport und in Kunsterziehung hatte sie wieder eine Eins.

„Was hat unser Vater zu deinen Noten gesagt?“, hatte Jonas sie gefragt, als er sie aus ihrem Zimmer, wohin sie sich verkrochen hatte, zum Essen holte.

„Er hat mich angeknurrt, aber er hat mich nicht gebissen“, entgegnete sie vergnügt. Nichts konnte heute ihre gute Laune verderben.

Zum Nachtisch gab es eine Quarkspeise mit frischen Erdbeeren und einem großen Klacks Schlagsahne. Christian schlabberte die Speise wieder so gierig in sich hinein, dass er mit seinem rot umränderten Mund aussah wie ein Clown. „Donnerstag großer Jette-Tag“, meinte er schmunzelnd. Er wischte sich mit dem Handrücken über den Mund und übersah die Papierserviette, die Jonas ihm hinhielt. „Hast du es ihr schon gesagt?“

Die Eltern schmunzelten. Sie hatten sich eine Überraschung für den Donnerstag ausgedacht.

Jette blickte von einem zum anderen. „Was ist es?“

„Das wirst du schon sehen.“

„Leider ohne mich. Ich bin auf Achse.“ Der Vater nahm sich eine zweite Portion Quarkspeise. „Tut nicht so geheimnisvoll, sonst bildet sie sich womöglich ein, ihr macht einen Freiflug über die Alpen mit ihr.“

„Also, dann sagen wir es ihr. Wir machen mit dir eine große Grillparty an der Isar mit allem Drum und Dran, mit Lagerfeuer und mit Musik. Anja kommt auch. Sie bringt ihre Gitarre mit.“

Anja war Jonas' neue Freundin. Er hatte sie in einer Gärtnerei kennen gelernt, in der Anja jobbte, bis sie einen Lehrplatz finden würde. Anja war ein kräftiges, hübsches Mädchen. Sie stammte aus Österreich, wo ihr Vater ein kleines Baugeschäft betrieb.

Jette schabte den Rest des Nachtisches auf ihrem Teller zusammen. Alle sahen sie erwartungsvoll an, aber sie musste sich erst räuspern, ehe sie stockend hervorbrachte, dass sie für Donnerstag mit Ruth verabredet sei.

„Das kannst du nicht. Die Familie geht vor“, protestierte Christian. „Notfalls nehmen wir sie mit.“

Aber Jette hielt das für keine glückliche Lösung. Sie wollte mit Ruth allein sein. „Mitnehmen geht nicht. Sie hat mich zu einer Party eingeladen“, sagte sie rasch, um nicht zugeben zu müssen, dass es sich nur um ein Eis beim Italiener handelte.

„Das ist nett von ihr“, meinte die Mutter, die wusste, wie sehr Jette darunter litt, dass die Freundschaft mit Ruth mehr und mehr abkühlte.

„Ich dachte, es wäre aus zwischen euch“, sagte Christian, und es gab einen erdbeerfarbenen Fleck auf seinem T-Shirt, weil er wieder mal mit vollem Mund sprach. „Bring mir ein Stück Torte mit.“

„Wer kommt denn alles zu deiner Party?“, wollte Jonas wissen.

„So ein paar aus Ruths Klasse“, flunkerte Jette. „Ich weiß es nicht genau.“

„Niemand aus deiner Schule?“

„Doch, wahrscheinlich auch ein paar.“

Jonas sah seine kleine, schmächtige Schwester, die da eine große, fette Lüge auftischte, nachdenklich an. Irgendwie tat sie ihm Leid.

Christian sah nicht ein, warum das Picknick, von dem er sich so viel versprochen hatte, nur wegen Ruth platzen sollte. „Wegen der versaust du uns den ganzen Tag“, brummte er.

Jette wusste, dass Christian mit Ruth nicht viel anfangen konnte. Sie funkelte ihn an. „Ist es mein Geburtstag oder deiner?“

Es hatte ein paar Tage geregnet, aber an diesem denkwürdigen Donnerstag lichtete sich der Himmel, und die Morgensonne fiel auf den Strauß bunter Blumen, der Jettes Geburtstagstisch zierte. Die verpackten Geschenke bildeten einen Halbkreis um Jettes Platz. Als die Mutter die Geburtstagstorte auf den Tisch stellte, fing Christian augenblicklich „Happy Birthday“ zu grölen an und hielt seinen Teller hin, aber Jonas ermahnte ihn, seine Fressgier gefälligst so lange zu bezähmen, bis die Kerzen angezündet seien und Jette erschiene.

„Du kannst einem wirklich den Spaß verderben“, maulte Christian und sang zur Strafe nicht mit, als es dann so weit war, dass Jette hereingerufen wurde. Der Platz des Vaters war leer. Aber er denkt an mich, mir klingen die Ohren, dachte Jette, während Christian ihr als Letzter die Andeutung eines Kusses auf den Mund drückte.

„Du riechst wieder nach diesem komischen Parfüm“, sagte er angewidert.

„Halt dir die Nase zu, wenn du mich das nächste Mal küsst“, erwiderte Jette vergnügt. Nichts konnte heute ihre frohe Stimmung verderben, nicht einmal Christian, der sich als Jüngster der Familie am meisten aufspielte. Eine Weile war Jette auf das Mädchen aus Australien, mit der Ruth so eng befreundet war, eifersüchtig gewesen und hatte es sich anmerken lassen, aber Ruth hatte sie ausgelacht und gesagt: „Cindy steht auf einem ganz anderen Blatt. Cindy kann dich nicht ausbooten.“

Alle genossen das lange Frühstück am Geburtstagstisch. Jette trug das Muschel-Armband, das Christian gebastelt hatte.

„Behältst du das an bei deiner Party bei Ruth?“, wollte Christian wissen.

„Klar.“

„Vielleicht ist es nicht fein genug für diese Leute.“

„Hör auf zu sticheln“, ermahnte die Mutter ihn. „Iss lieber ordentlich. Du kleckerst.“

„Lass ihn sticheln, mir macht das nichts aus“, meinte Jette gut gelaunt.

Das Telefon klingelte, und Christian sprang auf. Vielleicht konnte er sich in ein längeres Gespräch verwickeln und sich dadurch vom Tischabräumen drücken. Aber nach einer Minute war er wieder da.

„Für dich, Schwester. Ruth."

Jette ging in die Diele und schloss die Tür hinter sich. „Hallo, Ruth!", rief sie in den Hörer.

„Hallo, Jette, du – es geht heute nicht", sagte Ruth bedauernd.

„Geht nicht ... Wieso?"

„Ein paar Freunde von Cindy kommen aus Australien, und Cindy und wir alle wollen sie vom Flughafen abholen. Ich kann mich davor nicht drücken. Das wirst du sicher verstehen."

Jettes Kehle war wie zugeschnürt, und sie brachte kein Wort über die Lippen.

„Also? Du bist mir nicht bös?"

„Nein, nein."

„Unser Eis läuft uns nicht davon, auch wenn's heute eine Hitze hat wie in Florida."

Jette schluckte. Eis ... Florida ... Kein Glückwunsch, kein noch so kleines Wort zum Geburtstag. „Ja, es ist arg heiß", sagte sie leise.

„Ich rufe dich wieder an und erzähle dir dann, was für Typen da angeflogen kamen", meinte Ruth aufgekratzt. „Tschüss, bis bald."

„Tschüss."

Jette blieb am Telefon stehen. Aus dem Wohnzimmer kam das Geklapper von Geschirr. Der Geburtstagstisch wurde abgeräumt. Christian protestierte gegen irgendwas und wurde von Jonas niedergedonnert. „Ruhe, seid friedlich", rief die Mutter lachend dazwischen. In Jettes Ohren rauschte es. Ihr war schwindlig, und sie dachte, sie würde umfallen, so hart hatte sie Ruths Absage getroffen.

Manchmal gibt sie es mir mit dem Holzhammer, aber sie weiß es sicher gar nicht, dachte sie. Aber das war ein schwacher Trost.

Christian riss die Tür auf. „Hast du Wurzeln geschlagen?", sagte er vergnügt und boxte sie leicht in die Seite. Wulli pflanzte sich vor Jette auf und blickte fragend zu ihr empor. In seinem Bart klebten Kuchenbrösel.

Jette nahm ihn hoch und drückte ihn an sich. Sie erreichte ihr Zimmer gerade noch rechtzeitig, ehe sie in Tränen ausbrach, Tränen der Wut und Enttäuschung und eines Schmerzes, von dem niemand etwas erfahren sollte.

Es klopfte an die Tür, und sie versuchte ihre Stimme zu festigen. „Ja?"

„Mutter will wissen, ob du Ruth ein Stück von deiner Torte mitbringen willst." Seit Jonas sechzehn war, klopfte er an.

„Nein, danke."

„Warum kommst du nicht vor zu uns?"

Jette war in einer Verfassung, in der sie niemand sehen wollte. „Ruth hat angerufen, ich muss mich fertig machen", sagte sie.

„Jetzt schon, am Vormittag? Das ist aber eine flotte Party. Die zieht sich wohl über den ganzen Tag hin?"

„Ja, so sieht's aus."

Jette biss sich auf die Lippen und verwünschte Jonas mit seiner Fragerei.

„Wann wirst du denn zurück sein?", wollte er wissen.

„Das kann ich nicht sagen. Es kommt auf die Stimmung an."

„Okay. Ich übernehme Wulli."

Jette versuchte sich zu bezähmen, aber die Nerven gingen mit ihr durch. „Wulli kommt mit. Und bitte lass mich jetzt in Ruhe. Ich bin spät dran", schrie sie.

Später zeigte der Spiegel im Bad, dass die Heulerei ihre Spuren hinterlassen hatte. So konnte sie der Familie nicht unter die Augen treten. Sie wartete ab, bis mit Sicherheit niemand in der Diele war, dann entwischte sie auf Zehenspitzen und zog die Haustür leise hinter sich zu. Sie ging rasch die drei Treppen nach unten, ohne den Aufzug zu benutzen. Sie hatte noch keinen festen Plan, wie sie den Tag verbringen würde, aber sie wusste, dass sie allein mit dem Kummer über die Abfuhr, die Ruth ihr erteilt hatte, fertig werden musste.

Auf der Straße kam sie sich noch verlorener vor. Das glanzlose Grau wirkte in der grellen Sonne noch grauer. Sie ging zögernd ein paar Schritte, blieb stehen und überlegte, welche Richtung sie einschlagen sollte, als Christian ihr vom Fenster aus zurief: „Hallo, Jette, wieso hast du dich so klammheimlich verdrückt? Du hast mein Muschelarmband im Bad liegen lassen. Du wolltest es doch anziehen."

„Ja, klar. Ich habe es nur nach dem Händewaschen vergessen", rief Jette zurück.

„Vergessen? Du, das war echt eine Sauarbeit", maulte Christian gekränkt. „Soll ich es dir runterschmeißen?"

Er wartete Jettes Antwort gar nicht ab, und wenige Sekunden später flog das in Zeitungspapier eingewickelte Muschelarmband aus dem dritten Stock und landete genau vor Jettes Füßen. Wulli stürzte sich darauf, in der Hoffnung, es könnte sich um einen Wurstzipfel handeln, aber Jette nahm es ihm weg, winkte Christian einen Gruß zu und setzte sich in Bewegung.

Was sollte sie nun anfangen? Es war noch nicht zwölf Uhr mittags. Geburtstagskind – Straßenkind, sagte sie sich ironisch. Ihr war elend zu Mute. Sie wusste nicht, wohin sie gehen sollte, und sie entfernte sich nur so weit vom Haus, dass Christian sie nicht mehr sehen konnte.

Dann blieb sie stehen und überließ Wulli die Führung, aber Wulli blieb ebenfalls stehen und blickte erwartungsvoll zu ihr auf. „Okay, gehen wir zum Italiener Eis essen“, entschied sie und setzte sich in Bewegung.

Auf den kleinen runden Tisch, an dem sie eine halbe Stunde später Platz nahm, hatte jemand mit Buntstift ein Tier gezeichnet, das ebenso gut ein Löwe als auch ein Schwein hätte sein können. Ich kann besser zeichnen, ich kann sogar verdammt gut zeichnen, dachte Jette, um sich wieder Mut zu machen. Sie wählte Himbeer- und Zitroneneis gemischt und ließ einen großen Klecks für Wulli auf den Boden fallen. Wulli war versessen auf Eis.

Als sie das letzte Mal mit Ruth hier gewesen war, hatten sie „Hexen“ gespielt. Hexen war früher ein Lieblingsspiel von ihnen gewesen. Sie sagten, wenn der nächste Mann, der hier vorbeikommt, ein schwarzes T-Shirt trägt oder wenn sich an den Tisch nebenan ein Punk setzt, könnten sie hexen. Manchmal bekamen sie Recht, und dann bildeten sie sich ein, sie besäßen wirklich übernatürliche Kräfte und könnten hexen. Ein paar Mal hatte Jette versucht, ganz für sich allein in der Schule zu hexen und sich bei einer Probearbeit eine Zwei in Mathe herbeizuhexen, aber das hatte nie geklappt. Hexen war Glücksache.

Es war erst ein Uhr mittags, als sie die Eisdiele verließ, und nun lagen noch viele Stunden vor ihr, die sie irgendwie hinbringen musste, denn um ihre Party glaubhaft zu machen, wollte sie nicht vor acht Uhr abends zu Hause erscheinen. Wulli, der so lange mit leerem Magen herumlaufen musste, tat ihr Leid, und das brachte sie auf die Idee, für ihn und für sich Essen einzukaufen. Sie hatte ihr Taschengeld in diesem Monat noch nicht angerissen. Sie konnte also zuschlagen.

Als sie sich mit Wurst, Brot, Käse und Orangensaft eingedeckt hatte, trat sie den langen Fußmarsch flussaufwärts an. „Jetzt machen wir beide ein Picknick im Grünen“, sagte sie zu Wulli. Ganz wohl war ihr bei diesem Gedanken nicht. Sie sah im Geist eine Suchmeldung in der Zeitung, die besagte, dass ein zwölfjähriges Mädchen in Begleitung eines struppigen kleinen Hundes gegen zwölf Uhr das Haus verlassen habe und seither spurlos verschwunden sei. Aber im gleichen Augenblick tat Jette diese Gedanken als Hirngespinste ab.

Nach dreistündiger Wanderung war sie müde und verschwitzt und legte eine Pause ein. Sie zog die Schuhe aus und kühlte die Füße im Fluss und warf für Wulli Steine, die er unermüdlich wieder zurückbrachte und sie Jette vor die Füße legte. Aber nach einer Weile verlor das Spiel für beide an Reiz, und Wulli begann sich intensiv für die Plastiktüte, aus der der Duft von Wurst und Käse kam, zu interessieren.

„Nicht jetzt, später, Wulli.“ Jette hatte sich in den Kopf gesetzt, bis zu dem Picknickplatz, an dem sie schon einmal mit der Familie gewesen war, weiterzuwandern. Der Pfad führte durch dschungelartiges Dickicht. Manchmal schlug ihr ein zurückschnellender Zweig ins Gesicht, oder ihre Füße verhedderten sich im Wurzelwerk der Weiden, aber je länger sie ging, desto klarer wurde ihr Blick für ihre Situation. Sie spürte, dass es sinnlos war, sich an die Freundin zu klammern, die sie schon halb verloren hatte. Warum die Augen davor verschließen? Die Zeit des Pfannkuchenbackens und Kicherns und Kreidekreishüpfens war unwiederbringlich vorbei. Sie sah das alles so klar, aber trotzdem schmerzte sie diese Einsicht.

„He, du, Mädchen!“, riss sie plötzlich eine heisere Stimme aus ihren Gedanken, und ein Mann trat aus dem Gebüsch und verstellte ihr den Weg. Jette wich zurück, und Wulli, der eigentlich geneigt war, jeden Fremden zunächst einmal schwanzwedelnd zu begrüßen, fing an, wütend zu bellen.

Der Mann stand wie eine Säule vor ihr, und ihr Herz hämmerte heftig. „Was wollen Sie von mir?“, brachte sie mühsam hervor.

„Ich habe dich schon eine Weile beobachtet, und es gefällt mir nicht, dass so ein hübsches Mädchen hier in den Flussauen ganz allein herumstreunt“, sagte der Mann in einem Ton, der väterlich klingen sollte.

Jette mochte diesen Ton nicht, und sie mochte den unruhigen Blick der hellen, fast farblosen Augen nicht, und das Gebell von Wulli erschien ihr wie ein Alarmzeichen. Der Mann war glatt rasiert, und er trug das schüttere Haar kurz geschnitten. Er hatte einen moosgrünen Anzug und halbhohe Stiefel an.

Wulli bellte immer noch und wollte sich gar nicht beruhigen. Die schmalen Lippen des Mannes, die aussahen wie mit der Feder gezeichnet, spalteten sich zu einem Lächeln. „Dein Hund hat was gegen mich.“

„Ja. Und ich auch“, erwiderte Jette.

Der Pfad war schmal, und der Mann versperrte ihr noch immer den Weg. „Also, wie gesagt, dieses Herumtreiben gefällt mir nicht“, sagte er, und seine Stimme klang nun nicht mehr väterlich, sondern herrisch.

Jette zwang sich, dem Blick seiner kalten Augen standzuhalten. „Ich treibe mich nicht herum“, sagte sie gereizt.

„Das musst du schon mir überlassen, wie man das nennt. Du kommst jetzt mit mir.“ Er streckte die Hand nach ihr aus, und Jette wich zurück.

„Rühren Sie mich nicht an“, fauchte sie.

„Mach keine Schwierigkeiten, Mädel. Ich bin von der Polizei“, sagte er scharf.

In Jettes Kopf gingen die Gedanken wild durcheinander. Er ist nicht von der Polizei, er ist ein Gangster. Wulli hat die Gefahr vom ersten Augenblick an gewittert. „Sie können mir keine Angst einjagen. Sie sind nicht von der Polizei", sagte Jette.

Sie maßen sich wie zwei Gegner vor dem Kampf, die kleine, magere Jette und der große, starke Mann mit dem unangenehmen Blick. Seine Hand fuhr wieder vor, um Jette zu packen, aber sie war auf diesen Angriff gefasst und hatte nicht umsonst einen Karatekurs für Kinder absolviert. Sie versetzte ihm einen harten Hieb auf seinen ausgestreckten Arm, der hauptsächlich deshalb so wirkungsvoll war, weil er so unerwartet kam und mit der Linken ausgeführt wurde. Jette war Linkshänderin. Der Arm des Mannes sackte nach unten, und Jette nützte seine Verblüffung, stieß ihn zur Seite und schob sich an ihm vorbei. Dann rannte sie los. Sie hörte Wulli vor Schmerz aufheulen und wusste, dass der Mann ihn getreten hatte, aber sie drehte sich trotzdem nicht nach ihm um.

Das halblange Kleid, das sie zur Feier ihres Geburtstages trug, behinderte sie, und sie schürzte es hoch und hielt es mit einer Hand fest. Sie hörte den Mann dicht hinter sich herkeuchen, aber sie wich geschickt wie ein Reh den Wurzeln und steinigen Hindernissen aus.

Der Abstand zwischen ihr und dem Mann wurde größer, sein Keuchen klang entfernter. Er beschimpfte sie, doch sie lachte in sich hinein, denn sie wusste, dass man beim Laufen mit dem Atem haushalten musste. Aber obwohl sie jetzt ganz sicher war, dass sie ihm davonlaufen würde, saß ihr die Angst noch immer im Nacken. Einmal wagte sie es, sich kurz nach Wulli umzusehen. Wulli lief dicht hinter ihr her, überholte sie schließlich und jagte vor ihr den Pfad entlang. Das Gestrüpp lichtete sich und gab den Blick auf eine Sandbank frei. Sie war ganz nah an dem Platz, wo sie eigentlich hatte picknicken wollen. Sie überlegte einen Augenblick, ob sie bergaufwärts laufen sollte, um die Straße zu erreichen, aber dann fiel ihr Blick auf die Sandbank. Sie sah zwei Gestalten dicht am Ufer, und es war, als ob sie aus einem bösen Traum erwachte, als sie Jonas erkannte. Sie stürzte auf ihn zu.

„Jette, was ist los mit dir? Wo kommst du denn her?", sagte ihr Bruder.

„O Jonas!" Sie brach in Tränen aus und konnte kein Wort herausbringen, nicht einmal die Gegenfrage, was er hier zu suchen habe. Es war einfach ein Wunder, und für Wunder gab es keine Erklärung.

„Jette, warst du denn nicht auf der Party? Wieso bist du hier?", forschte er und löste damit einen neuen Schwall von Tränen aus.

Jette vergrub das Gesicht in die Arme und schluchzte hemmungslos.

„Hat es Krach mit Ruth gegeben?", erkundigte sich Jonas. „So rede doch."

„Lass sie in Frieden, und hör mit deiner Fragerei auf", wurde er von Anja energisch unterbrochen.

Jonas' Freundin strich Jette über das verschwitzte Haar. „Falls es dich interessiert, was wir hier tun: Wir feiern deinen Geburtstag", sagte sie. Sie hatte eine wohlklingende, warme Stimme. „Ich finde es prima, dass du uns Gesellschaft leistet."

Jette lächelte Anja unter Tränen an. Sie wischte sich mit dem Handrücken über ihr verweintes Gesicht. „Ich mag vielleicht blöd sein, aber im Sport bin ich ein Ass", murmelte sie. „So schnell erwischt mich auch kein Polizist."

„Wieso Polizist?"

Jette begann von dem Erlebnis mit dem angeblichen

Polizisten zu erzählen, und alle waren sich darüber einig, dass er nichts Gutes im Sinn gehabt hatte und bestimmt kein Polizist war. „Wulli konnte ihn vom ersten Moment an nicht ausstehen“, sagte Jette.

Jonas schob Jette eine Scheibe Gelbwurst in den Mund. „Du musst dich stärken nach dieser Aufregung.“ Dann bekam auch Wulli eine Scheibe. „Warum hinkt Wulli?“

„Der Kerl hat nach ihm getreten“, sagte Jette. „Hoffentlich hat Wulli ihn gebissen, aber der Typ hatte ja Cowboystiefel an.“

„Er ist an uns vorbeigeprescht“, sagte Anja. „Ich dachte zuerst, er sei ein Jogger.“

„Ein Jogger?“ Jette verzog verächtlich die Lippen. „Ich bin halb so groß wie er und bin ihm davongelaufen, obwohl ich dieses blöde Kleid anhabe.“

„Aber Turnschuhe. Wie gut, dass man heutzutage zu jeder Gelegenheit Turnschuhe tragen kann“, meinte Anja.

„Jetzt erzähl mal, Jette. Wie lang warst du bei Ruth?“ Jonas legte sich zurück auf die warmen Steine und wartete auf Jettes Bericht. Aber er wartete vergebens, und er war sich klar darüber, dass er an diesen wunden Punkt nicht hätte rühren sollen. „Okay, es ist wohl nicht so gut gelaufen, und du bist früher weggegangen. Davon geht die Welt nicht unter“, meinte er tröstend. „Wie wollen wir es halten, dass zu Hause alles glatt geht? Du legst sicher keinen Wert auf ein Kreuzverhör.“

Anja saß Rücken gegen Rücken mit Jette und reichte ihr über die Schulter eine Traube. „Jonas und ich haben dich einfach bei deiner Freundin abgeholt, ja?“, sagte Anja. Sie wusste alles, und was sie nicht wusste, ahnte sie. „Lass dich zu Hause auf gar keine Fragen ein.“

„Das sagst du so. Du kennst Christian nicht. Der fragt

einem ein Loch in den Bauch." Allmählich fand Jette aus ihrer traurigen Stimmung heraus. „Habt ihr in der Thermosflasche kalte Limo? Kann ich einen Schluck haben?"

Anja reichte ihr die Thermosflasche, und Jette trank gierig. Dann warf sie sich zurück auf die heißen Steine und lag Kopf an Kopf mit ihrem großen Bruder.

„Weißt du schon das Neueste?", fragte Jonas schläfrig. „Die Eltern sparen nicht mehr auf ein Eigenheim."

Jette holte tief Atem. „Toll", sagte sie strahlend. Vielleicht würde jetzt diese Sparerei, wegen der sie sich so manchen Wunsch hatte versagen müssen, aufhören. „Ich war sowieso nie scharf auf ein Eigenheim. Mir genügt unsere Wohnung."

„Vater hat eine neue Idee eingebracht. Jetzt wird auf einen Lastzug gespart."

„Ein Lastzug? Ist der teuer?", fragte Jette enttäuscht.

„Er kostet so viel wie ein halbes Haus oder auch mehr."

„Ah? So ein Mist!", meinte Jette.

„Vater sagt, er will sich für den Rest des Lebens nicht mehr für die Firma abplagen, sondern nur noch für die eigene Familie."

„Ja, ja, das verstehe ich", meinte sie kleinlaut.

„Er sagt, als Fernlastfahrer kann er es auf die Dauer zu nichts anderem bringen als zu einem Herzinfarkt."

„Und wenn er einen eigenen Lastzug hat?"

„Ist die Schufterei dieselbe, nur dass er dann sein eigener Herr ist."

„Was ist das schon", sagte Jette wegwerfend.

„Frag Vater, was das ist. Er wird es dir erklären."

Ruth und Cindy

Für Ruth war dieser Nachmittag mit Cindy und ihren australischen Freunden wunderbar gewesen. Vom Flugplatz aus waren sie zunächst in das Hotel gegangen, in dem die Eltern von Cindys Freunden abgestiegen und wo auch Ruths Eltern dazugestoßen waren. Dann war die Jugend auf eigene Faust losgezogen und nach einem ausgedehnten Stadtbummel in einer Disko gelandet. Hier war Ruth auf zwei Mädchen und einen Jungen aus ihrem Reitclub gestoßen, und es hatte ein großes Hallo gegeben, weil es sich herausstellte, dass einer von Cindys Freunden, dessen Eltern Ungarn waren, ein Namensvetter von Ruths Reiterfreundin war. Ruth lud schließlich alle zu sich nach Hause ein, wo sie den Kühlschrank plünderten und eine fröhliche Party feierten.

Ruth saß mit Cindy auf denselben schwarzen Lederkissen, auf denen sie früher so oft mit Jette gesessen hatte, und sie sprach auch von ihr. „Heute ist ihr Geburtstag“, sagte sie beiläufig. „Aber stell dir vor, ich hatte ihn total verschwitzt.“ Sie erzählte Cindy, dass sie Jette zum Eis eingeladen, ihr dann aber abgesagt habe, als Cindy sie aufgefordert hatte, mit zum Flugplatz zu kommen. „Erst danach ist mir dann brennend heiß ihr Geburtstag eingefallen.“

Cindy schwieg und sah Ruth erwartungsvoll an, als müsste noch etwas nachkommen. „Und?“, fragte sie schließlich. Sie hatte Jette ein paar Mal gesehen, und sie wusste von ihrer Anhänglichkeit Ruth gegenüber, und Ruth hatte ihr auch von ihrer Blutsbrüderschaft erzählt, die sie beide damals so todernst genommen hatten und die Ruth heute wie ein Blindekuh-Spiel belächelte. „Und?“, beharrte Cindy auf ihrer Frage

„Was und?“, meinte Ruth verwirrt. „Man kann ja mal was vergessen, oder?“

„Ja, das kann man.“

„Es wird sich schon wieder einrenken. Jette ist in dieser Hinsicht Kummer von mir gewöhnt.“

Unter Cindys fragendem Blick wurde Ruth unruhig. Cindy war ihr überlegen, nicht nur, weil sie älter war, sondern weil sie den Dingen, die ihr wichtig erschienen, immer auf den Grund ging. Sie besaß auch einen ausgeprägten Gerechtigkeitssinn. „Warum hast du mir nicht einfach abgesagt?“, fragte sie.

„Ich wollte dich nicht enttäuschen.“

„Ach was, Ruth“, entgegnete Cindy mit einer ärgerlichen Handbewegung. „Für mich wäre das keine große Enttäuschung gewesen, aber für Jette ist es eine. Und warum hast du sie nicht einfach mitgenommen auf den Flugplatz?“

„Jette passt doch nicht zu uns, ich meine, sie ist so ganz anders als deine und meine Clique. Sie hätte sich hier auch bestimmt nicht wohl gefühlt, und mich hätte das belastet. Es war besser so, glaub mir.“

„Ich sehe das anders, und zwar ziemlich klar. Dir ist ihre Anhänglichkeit lästig, und du möchtest sie gern abschütteln. Stimmt's?“

Ruth wurde rot, weil Cindy mit klaren Worten das sagte, was sie selbst wusste, aber verdrängen wollte. „Mir tut es ehrlich Leid, dass das so gelaufen ist mit ihrem Geburtstag“, murmelte sie.

„Ihr Geburtstag ist noch nicht zu Ende. Ruf sie an.“

„Ruf sie an“, brauste Ruth auf. „Was soll ich ihr denn sagen?“

„Sag eben, wie es ist. Du hättest ihren Geburtstag vergessen, und du möchtest ihn mit ihr irgendwann nachfeiern."

„Okay, kann ich ja machen", meinte Ruth verdrossen und schlenderte zum Telefon in der Bibliothek. Als sie zurückkam, hatte sich Cindy zu den anderen gesetzt. Sie blickte Ruth entgegen. „In Ordnung gebracht?"

Ruth nahm sie beiseite, und sie setzten sich wieder auf ihren alten Platz. „Stell dir vor, was passiert ist: Jette ist um elf Uhr aus dem Haus gegangen und bis jetzt noch nicht zurückgekommen, und sie hat gesagt, sie würde zu mir gehen." Sie lachte leise. „Zu mir zu einer Party. Ist das nicht komisch?"

„Ich habe schon komischere Sachen gehört", erklärte Cindy trocken. „Mit wem hast du gesprochen?"

„Mit Christian. Das ist ihr jüngerer Bruder. Ich habe natürlich schnell gespurt und nicht gesagt, dass sie nicht bei mir war. Ich habe nur gesagt, sie sei früher weg, weil sie mit dem Hund spazieren gehen wollte."

„Das gefällt mir nicht."

„Was gefällt dir nicht?"

„Das Ganze gefällt mir nicht. Machst du dir eigentlich Gedanken, wie es in Jette aussieht?"

„Natürlich mache ich mir Gedanken", erwiderte Ruth mit Unbehagen. Cindy, die vier Sprachen sprach, Make-up trug und schon in der ganzen Welt herumgekommen war, hielt ihr eine Moralpredigt, die Ruth lästig war. „Lass uns zu den anderen gehen. Ich möchte kein Partykiller sein." Aber Cindy blieb sitzen und sah Ruth nur an. „Ist was?", fragte Ruth verstimmt.

„Ja. Ich wundere mich, wie lässig du eine Freundschaft fallen lässt."

„Freundschaft? Freundschaften zwischen sechs und elf Jahren sind doch nur Kindereien", verteidigte sich Ruth.

„Tut mir Leid, aber das sehe ich anders."

„Okay, du siehst es eben anders." Cindy war aufgestanden, und Ruth legte den Arm um sie. „Habe ich dir eigentlich schon mal von meinem Erlebnis in Tunis erzählt? Wie ich in einer Moschee versäumt habe, meine Schuhe gegen diese Filzschlappen auszutauschen, und wie dann so ein Typ brabbelnd hinter mir hergelatscht kam und ich zuerst dachte, er hätte es auf mich abgesehen."

Jemand hatte eine neue Platte aufgelegt, und Cindy summte die Melodie mit.

„Cindy, du hörst ja überhaupt nicht zu, wenn ich dir was erzähle", sagte Ruth.

„Doch, doch", erklärte Cindy abwesend.

Sie macht es mit mir, wie ich es mit Jette gemacht habe, dachte Ruth bitter. Sie lässt sich von mir anhimmeln, aber es kommt kein Echo. „Woran denkst du, Cindy?"

„Immer noch an deine Ansicht über Freundschaften. Ich habe mich vor acht Jahren von meiner besten Freundin trennen müssen, damals in London, bevor mein Vater nach Sydney versetzt wurde. Sie hieß Maggie Huss und war von neun Geschwistern die Jüngste. Sie war zwei Jahre älter als ich, und ich mochte sie unheimlich gern. Sie hatte pechschwarze Locken und sprach einen Slang, in dem sie es mit jedem Hafenarbeiter aufnehmen konnte. Ihr Vater war ein aus Sardinien eingewanderter Arrotino, ein Scherenschleifer, der mit seiner Maschine von Hof zu Hof zog. Maggie war ein feiner Kerl. Sie bewegte sich ganz locker in unserer versnobten Gesellschaft, und wenn sie ein Stück Käse mit dem Messer in den Mund schob, lachte sie in das versteinerte Gesicht meines Vaters und sagte: ‚Ich werde es schon noch lernen, geben Sie mir drei oder vier Jahre Zeit.' Und länger brauchte sie auch nicht. Heute spricht sie ein akzentloses Englisch und ist die jüngste und beliebteste Ansagerin beim englischen Fernsehen. Wir schreiben uns alle vier Wochen, und einmal im Jahr schaffen wir es, uns zu sehen. Maggie ist meine einzige wirkliche Freundin."

Das erzählt sie mir, um mir hinzureiben, wie sehr ich bei Jette versagt habe, dachte Ruth und nahm ihren Arm von Cindys Schulter. „Ich rufe noch mal an, um zu sehen, ob Jette nun zu Hause angekommen ist."

Nach zehn Minuten kehrte sie zu Cindy zurück. Sie hatte mit Jonas gesprochen und erfahren, dass Jette zu Hause sei und gerade unter der Dusche stünde. „Also, alles in Butter", sagte sie zu Cindy.

Cindy warf ihr einen zweifelnden Blick zu. „Jeder hat es so leicht, wie er es sich macht."

Kopf hoch, Jette!

Jette und Ruth besuchten nun über zwei Jahre nicht mehr dieselbe Schule, und ihre Verabredungen wurden seltener. Eigentlich sahen sie sich nur noch zufällig.

„He, Ruth", rief Jette über die Straße. Sie trug den gesteppten Parka, den sie von Jonas geerbt hatte, und winkte Ruth aus dem viel zu langen Ärmel heraus zu. Ruth blieb stehen und winkte zurück, aber als sie weitergehen wollte, rief Jette: „Warte doch, ich komme rüber." Sie lief über die Fahrbahn, wich den Autos mit raschen Hasenhaken aus und erreichte den gegenüberliegenden Gehsteig.

„Du spinnst", empfing sie Ruth. „Einfach über die Fahrbahn zu rennen! Mir ist das Herz stehen geblieben vor Angst."

„Wirklich? Ich dachte, ich sei dir schnurzegal."

„Was du auch immer denkst. Stell dir vor, du wärst unter ein Auto gekommen."

„Das möchte ich mir lieber nicht vorstellen", erklärte Jette lachend.

„Tierisch kalt heute", sagte Ruth.

„Ja." Jette überlegte fieberhaft, was sie mit Ruth sprechen könnte. Sie standen im Straßengewühl dicht beisammen und waren sich dennoch so fern. Ruth sah toll aus. Sie war in Reitkleidung.

„Kommst du vom Reiten?", fragte Jette, nur um etwas zu sagen.

„Sehe ich aus, als ob ich vom Segelfliegen käme?" Ruth lachte sie an.

Jette zerrte an ihrem grünen, selbst gestrickten Schal. „Ich frage immer noch so blöd, genau wie früher."

„Genau." Ruth nahm Jettes Arm. „Ich habe Lust auf eine heiße Schokolade. Du auch?"

Die Schokolade wärmte nicht nur den Magen, sie taute auch die frostige Atmosphäre auf. Jette nahm sich ein Herz und fragte, ob Cindy bei Ruth nun die Nummer eins sei.

„Fang du nur nicht wieder von unserer Blutsbrüderschaft an, Jette. Wir sind bald vierzehn. Abgesehen davon ist Cindy jemand, der auf Distanz geht, wenn du verstehst, was ich damit meine. Die ist nicht aufdringlich wie ..."

„Wie ich", fiel Jette ihr ins Wort.

„Quatsch. Was für neue Freundinnen hast du?"

„Keine."

„Warum denn nicht? Ich bin mit ein paar Jungen und ein paar Mädchen befreundet. Ich fühle mich unheimlich gut, ich habe mich ganz schnell integriert in meiner Schule."

Integriert? Das war wieder so ein Wort, mit dem Jette

nichts anfangen konnte. Sie würde es zu Hause nachschlagen oder Jonas fragen. „Anja sagt, ich sei eine unverbesserliche Einzelgängerin."

„Wer ist denn Anja?"

„Eine Freundin von Jonas. Sie sagt, ich würde mich vor Freundschaften drücken aus lauter Schiss, dass ich auf die Nase falle."

Die Mädchen sahen sich an, und es fiel ihnen nicht mehr viel ein, worüber sie miteinander sprechen konnten. Die Themen von früher fehlten. „Wo hast du denn heute deinen Hund?", erkundigte sich Ruth.

„Zu Hause. Ich war beim Turnen, da kann ich ihn nicht mitnehmen."

„Wie geht's mit deiner Turnerei?"

„Auf dem Bock und am Reck bin ich die Beste in meiner Altersklasse. Hast du es nicht in der Zeitung gelesen?"

Ruth schüttelte den Kopf. „Im Sportteil lese ich nur über Tennis und Reiten."

„Ja, das verstehe ich."

Sie leerten fast gleichzeitig ihre Tassen und stellten sie zurück auf den Tisch. Ruth stand auf und streckte sich. Neben ihr wirkte Jette klein und schmächtig, und sie verwünschte die Cordhose, die ihr um die Knie schlackerte. „Sehen wir uns mal wieder?", fragte sie beim Hinausgehen. Sie konnte es einfach nicht lassen. Sie wollte Ruth nicht ganz verlieren.

„Ja, ja, sicher", antwortete Ruth zerstreut.

Das Mädchen, das nach den Osterferien kurz vor Beginn des Unterrichtes in die Klasse fegte, war eine Neue. Sie blieb heftig atmend an der Tür stehen und überblickte die neunundzwanzig Köpfe, die sich ihr zuwandten. „Ich war zuerst in der 7b", erklärte sie, „aber da wollten sie mich nicht haben und haben mich weitergeschickt." Sie sprach so ungezwungen, als kenne sie alle die fremden Gesichter, die sich ihr zuwandten.

„Wo kommst du denn her?“, fragte ein Junge mit starken Brillengläsern und einer aufgestülpten Nase, die so aussah, als würde sie ständig irgendwelche interessanten Dinge erschnuppern. Er hieß Felix, und er war stark und drahtig und unter den Jungen weitaus der Beste beim Turnen, und er kam schwer darüber weg, dass die spillrige Jette ihm letzten Endes am Reck und am Bock immer die Schau stahl.

„Ich komme aus Linz, wenn dir das ein Begriff ist.“

Ein anderer Junge schrie: „Ja, liegt an der Donau. Ich kenne den Bach, ich habe einen Großvater in Passau.“

Das Mädchen hatte breite Schultern, war rundum gut gepolstert und hatte ein volles, strahlendes Gesicht. Nachdem sie ihre zukünftigen Klassenkameraden betrachtet hatte, steuerte sie auf Jette zu und blieb vor ihr stehen. „Du bist die Jette“, sagte sie. Und Jette wollte gerade fragen, woher sie das wisse, als Herr Brattering, den sie „Brathering“ nannten, das Klassenzimmer betrat. Er erteilte Biologieunterricht, gab gerechte Zensuren und wäre als okay eingestuft worden, wenn er die Klasse nicht in letzter Zeit mit der Bestimmung von Wurmarten genervt hätte.

„Ich heiße Marei“, sagte das Mädchen und beugte sich zu Jette hinunter. „Ich kenne dich von Fotos. Anja hat mir von dir erzählt. Kann ich mich neben dich setzen?“

„Ja, das heißt, da sitzt schon jemand.“

„Ich sehe niemanden.“

„Die kommt später aus den Ferien zurück.“

Marei setzte sich. „Das werden wir schon irgendwie hinkriegen.“

Marei war Anjas Cousine. Äußerlich erinnerte sie an ein unbeschwertes Bauernmädchen, aber bei näherem Kennenlernen fand man heraus, dass sie zu den Nachdenklichen und Schwärmerischen zählte, die ihre Träume im Geheimfach trugen. Sie hatte eine handfeste Art, sich durchzusetzen, aber sie war nicht rechthaberisch, sie spielte – wie ihre Cousine – gut Gitarre, war zugänglich, und sie lachte gern. Schon nach wenigen Tagen war sie keine Fremde mehr, sondern gehörte zur Klasse, als sei sie immer schon da gewesen. Alle mochten sie.

Sie unterhielt sich mit ein paar Mädchen, mit denen sie denselben Heimweg hatte, über Jette.

„Jette ist auf Tauchstation. Mit der wirst du nicht viel anfangen können", sagte eines der Mädchen.

Marei hörte sich das an und machte sich ihre Gedanken. Anja hatte zu ihr gesagt, sie sollte versuchen, Jette etwas aufzurütteln. Marei reizte es zu erfahren, was hinter Jettes Verschlossenheit steckte. Außerdem mochte sie Jette vom ersten Augenblick an.

Marei gelang es nur langsam, Jette so weit zu bringen, dass sie mit ihr von ihrer zerbrochenen Freundschaft mit Ruth sprach. „Es wäre wahrscheinlich auch dazu gekommen, wenn Ruth in meiner Schule geblieben wäre. Sie ist clever, und ich bin unterbelichtet", sagte sie bekümmert. „Sie hat einfach ein anderes Format, auch äußerlich."

„Anderes Format!" Marei hielt sich die Ohren zu und behauptete, sie könne sich diesen Unsinn gar nicht anhören, ohne Ohrenschmerzen zu bekommen. „In ein paar Tagen haben wir Pfingstferien. Ich gehe zu einem Onkel, der in der Nähe von Salzburg eine Schreinerei hat. Ich möchte später mal in seinem Betrieb in die Lehre gehen. Komm doch mit! Vielleicht bekommst du auch Lust, schreinern zu lernen."

Jette schüttelte den Kopf. „Ich stehe nur auf Sport und ein bisschen auf Malen. Sei mir nicht bös."

„Doch, bitterbös", lachte Marei. „Trotzdem könntest du Pfingsten mit mir kommen."

Aber Jette schlug es ab, denn sie hatte sich in ihrem Sportverein zu einem Trainingskurs im Geräteturnen eingeschrieben. Im Sport konnte ihr keine andere das Wasser reichen. Hier konnte sie zeigen, was in ihrem kleinen Körper an Energie steckte. „Im Turnen bin ich wirklich ein Ass", sagte sie und wurde verlegen.

„Mich hat Turnen in der Schule immer gelangweilt, und mir bleibt schon die Luft weg, wenn ich nur fünf Treppen steigen muss. Ich bin einfach zu dick", sagte Marei bekümmert und klopfte sich auf ihre Hüften.

„Ich könnte dich schon hinkriegen. Motivieren", verbesserte sie sich, um eines von Ruths Lieblingswörtern zu gebrauchen. „Nach den Pfingstferien werde ich dich mit dem Fahrrad herumhetzen, dass dir Hören und Sehen vergeht."

Aber es kam anders. Das Schicksal holte zu einem Schlag aus, der Jette an ihrer empfindlichsten Stelle traf. Beim Salto vorwärts am Schwebebalken stürzte sie so unglücklich, dass sie regungslos liegen blieb und vor Schmerz laut aufschrie, als man ihr auf die Beine helfen wollte. Ihr Sporttrainer, der sofort eine schwere Verletzung vermutete, sorgte dafür, dass man sie so liegen ließ, bis der Notarzt da war. Während Jette vorsichtig auf eine Bahre gelegt wurde, biss sie sich die Lippen blutig, aber sie klagte nicht.

Von der in der Klinik noch zur selben Stunde eingeleiteten Untersuchung spürte sie zum Glück wenig. Man hatte ihr starke Schmerz stillende Spritzen gegeben, um sie unterm Röntgenschirm nach allen Seiten bewegen zu können.

Jettes Mutter, die man informiert hatte, wartete in der Klinik auf den Befund. Jonas und Christian waren bei ihr. Christian sagte zum zehnten Mal: „Ausgerechnet Jette. Das ist wirklich ungerecht.“ Er blickte erwartungsvoll auf jeden, der einen weißen Kittel trug. Er stieß seinen großen Bruder an. „Glaubst du, sie wird wieder?“

„Klar wird sie wieder. Frag doch nicht so dumm“, gab Jonas gereizt zur Antwort.

Jetzt tauchte der Arzt auf, der die erste Diagnose nach den Röntgenaufnahmen stellte. Sein Gesicht war ernst.

„Herr Doktor ...?“ Die Mutter lief ihm besorgt entgegen, und Christian und Jonas drängten sich an ihre Seite.

„Ein Wirbel ist gebrochen. Zum großen Glück nicht der Halswirbel. Deshalb ist anzunehmen, dass es keine Lähmungserscheinungen auf Dauer geben wird.“

„Mein Gott ...“, stammelte die Mutter. Das Wort Lähmungserscheinungen in Verbindung mit ihrer sportlichen Tochter entsetzte sie. „Wieso denn Lähmungserscheinungen? Herr Doktor?“, fragte sie mit zitternder Stimme.

Jonas drückte ihren Arm. „Beruhige dich, Mutter.“

„Ein Mädchen im Nachbarhaus hat sich auch einen Wirbel gebrochen und ist querschnittsgelähmt“, murmelte die Mutter wie zu sich selbst.

„Das kann der Fall sein, wenn der Wirbel gebrochen ist“, erklärte der Arzt. „Bei Ihrer Tochter ist es der elfte Brustwirbel. Allerdings zeigt das Röntgenbild noch eine keilförmige Aussprengung aus der Wirbelsäule.“

Frau Schmitt, nicht viel größer als Jette, straffte sich. Sie hatte sich wieder gefasst und konnte jetzt ganz ruhig sprechen. „Was bedeutet das konkret?“

„Etliche Wochen Klinikaufenthalt, später Stahlkorsett.“

Jonas sah dem Arzt entsetzt ins Gesicht. „Ein Leben lang?“

„Nein, nicht ein Leben lang. Später eine umfassende heilgymnastische Therapie.“

Christian drängte sich vor und pflanzte sich vor dem Arzt auf. Er fand, es wurde zu viel herumgeredet, und er wollte es genau wissen. „Bleibt was? Meine Schwester ist nämlich eine tolle Sportlerin, und später wird sie vielleicht sogar Olympiasiegerin.“

Der Arzt suchte nach Worten, denn er wusste, dass es mit diesem Traum einer Sportkarriere nun wohl vorbei war. „So wie vor dem Unfall wird es nie mehr werden“, sagte er vorsichtig. „Aber deine Schwester lässt sich sicher was anderes einfallen.“

„Da kennen Sie sie schlecht“, meinte Christian.

Der Arzt lächelte ihm zu. „Klar, dass du sie besser kennst. Ich kenne sie ja erst seit einer halben Stunde.“ Er fasste die Mutter ins Auge. „Ihre Tochter hat einen gut durchtrainierten Körper, und sie wiegt nicht viel, was in diesem Fall von Vorteil ist. Wir werden versuchen, den ausgesprengten Knochen wieder gut einzusetzen. Mit Sicherheit wird Ihre Tochter sich gut regenerieren. Aber eine gewisse Behinderung wird wahrscheinlich bleiben.“

Jonas sah den Arzt an. „Behindert? In Klarschrift: Hoch- und Weitsprung und Bodengymnastik sind so gut wie ausgeschlossen.“

„Genau so ist es.“

Die Mutter, Jonas und Christian blickten sich betroffen an und dachten wahrscheinlich alle drei dasselbe: Wie sollten sie es Jette beibringen?

Marei war längst aus Österreich zurück. Der Juni hatte Trockenheit und eine ungewöhnliche Hitze mit sich gebracht. Jette lag schon die vierte Woche im Krankenhaus. Sie hatte ein gutes Verhältnis zu ihren Zimmergenossinnen, sie las, und sie hörte Musik aus dem Walkman, den der Vater ihr gebracht hatte, und wenn es Abend wurde, wartete sie auf die Amsel, die sich immer auf demselben Zweig einer Linde niederließ und ihr Lied ins Krankenzimmer schickte. Die Bewegungs- und Streckübungen, die Jette täglich unter Anleitung einer Krankengymnastin zu machen hatte, waren schmerzhaft und anstrengend, und jedes Mal stand ihr der Schweiß auf der Stirn.

An diesem Donnerstag kurz nach ihrer Zwanzig-Minuten-Gymnastik besuchten sie Anja und Marei.

„Wir haben dir was mitgebracht“, sagte Marei und überreichte Jette ein Päckchen.

Jette löste das rosa Band und das Seidenpapier. Aus einem schmalen Rahmen blickte ihr Wulli entgegen.

„Christian schickt dir das Foto. Er hat es mit seiner Polaroid gemacht.“

„Seit wann hat Christian eine Polaroid?“

„Seit gestern. Er hat sie bei einem Preisausschreiben gewonnen.“

Jette ließ sich mit einem Seufzer zurückfallen. „Christian war schon immer ein großer Gewinner, und ich bin ein großer Verlierer.“

„Unsinn.“ Marei setzte sich auf den Bettrand. „Du wirst auch noch zu den Gewinnern zählen, irgendwann mal.“

Jette hob zweifelnd die Schultern.

„Wulli ist wirklich ein süßer Kerl“, sagte sie lächelnd und stellte das Foto auf den Nachttisch neben den riesigen Strauß roter Rosen.

„Von wem hast 'n die?“, erkundigte sich Marei.

„Ruth und Cindy haben mich gestern besucht. Woher wussten sie eigentlich, dass ich hier liege?“

„So was spricht sich eben herum“, sagte Anja nach kurzem Zögern.

„Wahrscheinlich hat meine Mutter Ruth angerufen und sie gebeten, mich zu besuchen“, meinte Jette.

„Ich glaube eher, es geht über deinen Vater. Er hat mit Ruths Vater zu tun“, erklärte Anja.

„Ja, das weiß ich. Wegen des Bankkredits für seinen Lastzug. Jonas hat es mir erzählt.“

Marei griff in Jettes Haar. „Wenn du immer schon alles weißt, können wir mit gar keiner Neuigkeit aufwarten.“

Jette lachte in sich hinein. „Jetzt gehen unsere Ersparnisse also nicht in ein Eigenheim, sondern in einen Diesel. Das ist die Patentlösung. Da kann ja dann die ganze Familie mit ihm auf Tour gehen, einschließlich Wulli. Meine Mutter war sowieso nie scharf auf ein Haus, und wir Kinder auch nicht.“

„Du hast dich doch sicher gefreut über Ruths Besuch“, fragte Marei behutsam.

Jette kniff die Augen zusammen, als müsse sie scharf nachdenken. „Also ehrlich gesagt, es hat mich nicht vom Stuhl gerissen. Unsere Freundschaft ist einfach zu Ende. Das habe ich deutlich gespürt, und es hat mir nicht mehr wehgetan. Ich bin auch auf Cindy nicht eifersüchtig. Ich glaube, in der steckt mehr als in Ruth.“

Später erzählte Marei von der Schule, von den Lehrern, von den Arbeiten, die sie schrieben. „Alle fragen immer nach dir.“

„Das sagst du nur so.“

„Nein, ehrlich. Du fehlst allen. Der Nächste, der dich übrigens besucht, ist Herr Brattering.“

„Der gute Brathering.“ Jette warf sich herum und spürte diesen Schmerz, der sich bei bestimmten Bewegungen meldete. Niemand hatte bisher den Mut gehabt, ihr klaren Wein über ihren Zustand einzuschenken, aber sie hatte sich aus gewissen Bemerkungen ihr eigenes Bild zusammengesetzt und in aller Stille ihren Traum von einer Sportkarriere begraben.

„Wir haben deine besten Bilder in der Klasse aufgehängt“, berichtete Marei. „Du ahnst nicht, wie viele Kinder hereinkommen und sie sich anschauen.“

„Was habe ich davon?“, murmelte Jette traurig.

„Du vielleicht nicht“, warf Anja ein. „In eurer Schule ist doch eine Aktion in Gang, um für hungernde Kinder zu sammeln. Hat dir Marei nichts davon erzählt?“

„Ja, doch, hat sie. Ich soll da mittun und Plakate entwerfen“, sagte Jette mit einem gleichgültigen Achselzucken.

Marei fasste sie an der Schulter. „Mensch, Jette, komm zu dir! Das ist doch eine Aufgabe. Nicht jeder malt so gut wie du und hat so viel Fantasie. Stell dir vor, du kannst mithelfen, die Suppenschalen für hungernde Kinder zu füllen.“ Sie begann Jette zu schütteln.

„Autsch, du tust mir weh“, schrie Jette.

„Tut mir Leid, aber ich muss dich wachrütteln. Kein Kind in der ganzen Welt wird durch Hochsprung oder eine gekonnte Bauchwelle satt, aber durch das Geld, das wir sammeln werden. Felix’ Vater hat doch eine Druckerei und wird die Werbeplakate drucken. Du hast doch einen Zeichenblock hier.“

„Ja. Aber der ist schon voll.“

„Macht nichts. Morgen wird die ganze Klasse ausrücken und dir jede Menge Zeichenblöcke bringen.“

Jettes Gedanken begannen zu arbeiten. „Richtig gedruckte Plakate?“

„Ja. Vierfarbendruck. Ich sage dir, die Kasse wird klingeln, und die Kinder werden essen. Und du hilfst mit.“

In Jettes blasses Gesicht kam Farbe. „Dann bin ich wenigstens nicht ganz umsonst aufs Kreuz gefallen“, meinte sie und lächelte still vor sich hin.

Phil liebt Pferde, Mädchen und vor allem sich selbst. Als Maria sich in den gut aussehenden Jungen verliebt, ist sie zunächst skeptisch. Kann man so einem Macho vertrauen? Und tatsächlich dauert es eine ganze Weile, bis die beiden sich näher kommen ...

Beate kommt sich wie ein Mauerblümchen vor. Warum kann sie nicht so sein wie ihre große Schwester Corinna, die immer alle Herzen im Sturm erobert? Als sie den charmanten Philipp kennen lernt, beschließt sie, ihr Leben in die Hand zu nehmen.

Schneider Buch